iyi ki **kitap**lar var...

TİMAŞ YAYINLARI
İstanbul 2015

timas.com.tr

MÜCELLA
Nazan Bekiroğlu

TİMAŞ YAYINLARI | 3861
Edebiyat Kitaplığı-Roman | 194

YAYIN YÖNETMENİ
İhsan Sönmez

EDİTÖR
Seval Akbıyık

KAPAK TASARIMI
Ravza Kızıltuğ

İÇ TASARIMI
Tamer Turp

1. BASKI
Kasım 2015, İstanbul

ISBN
ISBN: 978-605-08-2041-6
9 786050 820416

TİMAŞ YAYINLARI
Cağaloğlu, Alemdar Mahallesi,
Alayköşkü Caddesi, No:5, Fatih/İstanbul
Telefon: (0212) 511 24 24
P.K. 50 Sirkeci / İstanbul

timas.com.tr
timas@timas.com.tr

Kültür Bakanlığı Yayıncılık
Sertifika No: 12364

BASKI VE CİLT
Sistem Matbaacılık
Yılanlı Ayazma Sok. No: 8
Davutpaşa-Topkapı/İstanbul
Telefon: (0212) 482 11 01
Matbaa Sertifika No: 16086

MÜCELLÂ

Nazan Bekiroğlu

TİMAŞ

NAZAN BEKİROĞLU

3 Mayıs 1957, Trabzon.

Dört yıllık üniversite hayatı hariç hep bu kentte yaşadı. Bulut. Deniz. Yağmur.

Türk Dili ve Edebiyatı eğitimini Erzurum'da aldı. Kar. Rüzgâr. Ova.

Halide Edip'le doktor,

Nigâr Hanım'la doçent.

Şimdilerde Trabzon, KTÜ Fatih Eğitim Fakültesi'nde Profesör. Suyun kıyısında.

İki kız çocuğuna anne.

Görünürdeki hayatı bundan ibaret.

Eserleri:

Nun Masalları (1997)

Şair Nigâr Hanım (1998)

Halide Edip Adıvar (1999)

Mor Mürekkep (1999)

Yûsuf ile Züleyha (2000)

Mavi Lâle (2001)

İsimle Ateş Arasında (2002)

Cümle Kapısı (2003) TYB Deneme Ödülü

Cam Irmağı Taş Gemi (2006) TYB Hikâye Ödülü

Lâ: Sonsuzluk Hecesi (2008) ESKADER Roman Ödülü

Yol Hali (2010)

Nar Ağacı (2012)

Mimoza Sürgünü (2013)

Kelime Defteri (2014)

Karınca İzleri-Hikmet Aksoy Kitabı (2015)

Bundan neredeyse kırk yıl önce, 1977 yılı Şubat ayının ilk gününde sömestr tatili için eve döndüğümde memleketine dönen üniversite öğrencilerinin çoğunu saran duygu sarmıştı beni de: Baba evinin tazeliği. Bir farkla, benimki babasını çoktan yitirmiş bir baba eviydi.

Yedi sekiz saat boyunca eski model bir otobüsün orta sıra koltuğunda, Zigana dağının karla kaplı çam ormanları ve dantel gibi beyaz kayın ağaçları arasından kıvrıla kıvrıla uzanan masalsı yolları geçerken bile iki viraj arasında başımdaki dönmeden fırsat buldukça Tolstoy'un *Diriliş*'inin üzerine eğilmiştim. Edebiyat Fakültesi'nin üçüncü sınıfındaydım o zaman ve üniversiteli olunca ilk kez evden uzakta yaşamaya başlamıştım. Paskalya tatilini geçirmek üzere halalarının evine giden uçarı üniversite öğrencisi Prens Nehlüdov'un hayat tecrübelerinden uzaktım elbet ama kapıyı ittiğimde beni de baba evinin iç aydınlığı karşıladı.

Çilekeş annemin yüzü, benim için kurulmuş sofra, benim için serilmiş yatak, benim için örülüp hazır edilmiş siyah yün kazak ve bu sahil şehrinde alışılmış bir fırtına ama alışılmamış bir soğuk. Nihayetinde erken inen kış akşamı, için için yanan gaz sobası başında ana kızın sohbeti, kıvrıldığım divanda üzerime atılan çizgili battaniye, *Diriliş* üzerinde kapanan gözlerim.

Bunca okumayı ne yapacağımı henüz bilmediğim zamanlar. Bir gün romanlar yazacağım aklımın ucundan bile geçmiyor ki hazırlık yapayım. Ama içimde bir boşluk sürekli olarak kendisini hissettiriyor. Lezzetli acısını hissetsem de onu neyle dolduracağımı bilmiyorum. Varlığa, olaylara, insanlara, yıldızlarla dolu gökyüzüne, ağaçlara, dağa, denize, toprağa bir garip bakan yanımla nasıl baş edeceğimi kestiremiyorum. Dilimin ucunda bir düğüm. Sanki biraz zorlasam dünyanın bütün dillerini konuşacağım.

Ertesi sabah sarman kedi Fesleğen'in gözlerini yüzüme dikilmiş hissederek uyandım. Biraz hâlleştik. O bana pati attı ben onun kulaklarının arkasını okşadım. Bir de soba üzerinde kızaran ekmeklerin kokusu. Ah annem. Kahvaltı sofrası hazırdı. Zeytin ve peynir, çay ve reçel. Perdeyi açtım. Acı soğuğu camın arkasından bile hissettim. Boncuk boncuk süzülen yağmur damlalarının arasından tam karşıda dikilen sıvasız apartman her zamanki gibi içimi kararttı. Burası bir zamanlar portakal, turunç ve nar ağaçlarıyla, hanımeli, limon çiçeği, leylâk fidanlarıyla dolu geniş bir bahçeydi. Bizim bahçemiz. Az ötede yerini şimdi unuttuğum çıkrıklı, eski bir kuyu vardı ve dutun dalından, babamın eliyle kurulmuş olsa da biz üç kardeşin en az birer defa üzerinden düştüğü bir salıncak sarkardı.

Bana kalsa kaldığım yerden *Diriliş*'in sayfalarına dönerdim ki solmuş bir eflâtun çiçek gibi yanıma ilişen annem alnımın üzerinden saçlarımı okşarken:

"Hadi tembel" dedi. "Kalk, kahvaltını yap. Hazırlan. Mücellâ ablaya gideceğiz bugün."

Mücellâ teyzenin, bir kalp kriziyle yer odasındaki bordo renkli halının üzerine devrildiğini, tıpkı annesi Neyyire Hanım gibi onun da yapayalnız can verdiğini camların bile buz tuttuğu tipili bir günde üniversite postanesinin telefon kabininde annemden duyduğumda fakültenin ikinci sınıfındaydım. Bir yıl geçmişti üzerinden ve onun, Neyyire Hanım'ı bile unutturarak bütün hatıralarını sahiplendiği boş ev hâlâ "Mücellâ'nın evi"ydi. Bir evin, ölüp gitmiş sahibinin adıyla anılmasını garipsemedim de:

"Bu soğukta mı?" diye sordum anneme.

"Hani soğuk nerede? Bir de Erzurum'da yaşıyorsun!"

Gülüştük. Tarçın rengi mantosunu giyerken "Ne acı" dedi annem ve yün şalını başına sararken ekledi:

"Mücellâ'nın eşyalarını dağıtıyorlar. Evi müteahhide vermişler. Kat karşılığı. Fahir abi gelmiş Almanya'dan, Keriman abla da. Filiz de orada olacak bugün."

Keriman teyzenin ismi her anıldığında annemin yüzünde beliren hoşnutsuz ifadeyi bu kez de yerli yerinde buldum. Neyyire Hanım'ın kindar gelini, demek neden sonra bu evin eşiğinden içeri adım atabilmişti. Tahrip gücü yüksek olsa da ismi var cismi yok, şimdiye kadar hiç karşılaşmadığım Keriman teyzeyle tanışacağım için bir heyecan hissetmedim fakat Filiz teyzeyi görecek olduğuma her zamanki gibi sevindim. Nadiren geldiği yazlardan tanıyor olsam da Fahir amcanın üzerimde bıraktığı bir duygu yoktu içimde. Benim için yedi kat yabancıydı.

İnsanların şemsiyeyi vücutlarının bir parçası gibi rahatlıkla taşıdığı bu şehirde bile hepsi rüzgârdan ters dönmüş şemsiyelerin arasında annemle Tabakhane yokuşunu indik. Köprüde yürürken aşağıdaki vadiye baktım. Bir zamanlar incir ve mandalina bahçeleriyle dolu olan şirin vadide birbirinin üzerine yığılmış, çıplak tuğla duvarlı derme çatma evler, teneke damlı gecekondular son bir yılda bile ne kadar artmıştı. Her gelişimde bir şeyler yok oluyor, yerini başka bir şeyler alıyordu. Dere ise her zamanki gibi boz bulanık, kötü kokulu, kirli bir su hâlinde akıyordu.

Köşedeki hapishaneyi geçtikten sonra o vakitler halk arasında hâlâ eski adıyla anılan Kindinar yokuşunu soğuktan nefesimiz kesile kesile tırmandık. Küçük mahalle camiini dönünce, ben kendimi bildim bileli ahşap kepenkleri inik kalaycının tam yanından kırık dökük taşları, harap kaldırımları, yosun tutmuş duvar dipleriyle daracık bir arka sokağa girdik. Bahçe içindeki aşı boyalı, kiremit damlı, iki katlı eski evlerin birkaçı yerinde dursa da çoğu paragöz müteahhitlerin eline düşmüş, yerlerinde betonarme apartmanlar yükselmişti. Ağaçların da Allah'a secde ettiğinin unutulduğu hafriyat zamanları başlamıştı çoktan.

Sonunda Mücellâ teyzenin evine geldik. Bir tarafı sokağa diğer tarafı Tekfurçayır'a bakan bir vadi yamacına kurulduğu için yoldan alçak hizadaydı bu kâgir, gösterişsiz evceğiz ve çok yüksek olmayan duvarlar bile onun iki katını saklamaya yeterliydi. Soru işareti biçimindeki demir tokmağı vurmaya gerek kalmadı çünkü rutubetin yediği ahşap, boyasız kapı yarı aralıktı. Üç basamakla inilen çardak altı yerli yerindeydi ve sağ taraf ev sol taraf bahçeydi. Annem iç kapıyı iterek eve girdi. Ben çardak altında durup bir süre etrafa bakındım.

Çocukluğumda ve genç kızlığımda annemle birlikte kim bilir kaç kez geldiğimiz bu küçük ev, üzerine sinmiş kasvetli gri rengiyle *Büyük Ümitler*'in terk edilmiş malikânesi gibi göründü bir an gözüme. Demek bir yıl yetmişti bir evin köhnemesi için. Zamanında bile her yağmurdan sonra düzeltilmesi gereken birkaç toprak basamakla inilen bahçe ayrık otlarıyla, ısırganlarla, dikenlerle dolmuş. Limon çiçeği, ıhlamur sargını, sarmaşık yabanileşmiş. Mevsimi gelince çardaktan sarkan mor salkım ise tümden kurumuş. Erik ağacı, limon, dut, incir, ayva, kiraz duruyor; yağmurun verdiğiyle yetinmiş, dayanıklı çıkmışlar. Kökü bahçede olsa da çardağı saran asmanın arsızlaşmış çıplak dalları iyice emdiği yağmurun ve soğuğun etkisiyle siyahımsı bir renk almış. Karayemiş ise yaşlanmış, koca ağaç olmuş ve bahçe duvarının onarılmamış gediği ile sokak arasında hâlâ bir sınır taşı gibi dikiliyor. Çardağa bakan alçak, küçük pencerenin camları kir pas içinde ama demir çubukları, örümcek ağlarıyla sarılmış ve boyası dökülüp paslanmış olsa da yerli yerinde. Dışarı uzatılmış teneke soba borusundan ince bir duman savrula savrula süzülüyor. Tüten bir baca kadar hayatı haber veren ne olabilir ki? Ama bu vaade fazla aldanmamak gerek çünkü biliyorum, bir parantez açılmış sadece. Hayat, bu metruk evde yalnızca birkaç gün için yeniden başlamış.

Rutubet içime işleyince kendimi daha fazla duygulanmaya bırakamadan içeri girdim. Sonradan ekleme, eğri büğrü beton bir zeminden ibaret sahanlıkta ayakkabılarımı çıkardım. Mantomu duvardaki ahşap askıya takarken sararmış yarım aynada kendime bir göz attım ve bumbuz sofaya geçtim. Dokuma kilim kaldırılmıştı. Beton zeminden, ucuz badanası çoktan dökülmüş, yer yer kabarmış duvarların pürtüklü yüzünden, kapılardan, kapı kollarından, taş tekneden, boşlukta bir hacim kaplayan ne varsa hepsinden etrafa acı bir soğuğun püskürdüğünü zannettim.

Uzunca, karanlık sofanın üzerinde iki oda vardı ve bu hâliyle ev bütünüyle vadi tarafına sarkmıştı. Her zeminin bir diğerinden farklı yükseklikte durduğu bu evde yine üç basamak inerek kendimi yer odasına attım. Bildiğim kadarıyla modası geçtiği, artık kullanışlı bulunmadığı için zamanında tadil edilmiş, ocağı kapatılmış, toprak zemini tahta döşenmiş eski bir mutfaktı aslında burası ve evdeki hayat yazsa çardak altında kışsa bu odada yaşanırdı. Sac soba paslanmış olsa da hatırladığım yerdeydi ve içindeki odunlar çıtırdayarak yanıyordu. Zamanın tozuna rağmen loş odadan vadiye bakan üç küçük pencere yine yan yana asılmış üç küçük tablo duygusu uyandırdı üzerimde. Zağanos vadisine doğru bakınca karşıda Tekfurçayır, az aşağıda Gülbahar

Sultan'ın türbesi ve İmaret mezarlığından geri kalanlar gibi arkasında yükselen üç çınar ağacıyla yamaca yaslanmış Paşazade'nin yalısı da yerli yerindeydi. Kalın duvarlara diz hizasında açılmış birer dolaba ya da seyir yerine benzeyen dörder camlı şu pencerelerin içinde bir minderin üzerine kıvrılarak kitap okuduğum zamanlar geldi aklıma.

Gözüm köşede, muşamba örtülü tahta masanın arkasındaki rafa ve onun üzerindeki idare lâmbasına ilişti. Benim çocukluğumda, henüz elektrik çekilmemiş olan bu evde aynalı gaz lâmbası yandığında gölgeler duvarlarda usulca yalpalanırken eşyanın şekilleri birbirinde erirdi ve bu ışık o vakitlerde her şeye yeterdi. Dikildiğim kapı ağzında her şey bir an için gözüme eskisi gibi görünse de yaşayanı kalmamış evlere sinen o terk edilmişlik duygusu çok geçmeden geri döndü ve sedirde annemin yanında oturan kadının meşhur Keriman Hanım olduğunu kolayca tahmin ettim. Yetmişine merdiven dayamış olmalıydı ve ilk bakışta hiçbir duygusunu anlamanın mümkün olmadığı o yüzlerden birine sahipti. Yine de alçak bir sesle ve ara sıra koluna dokunarak, anneme şikâyet edip duruyordu.

"Pervin, kızım" diyordu kırk yıllık dost gibi. Oysa benim gibi annemle de ilk karşılaşmasıydı. "Evin müteahhide verilmesi, mobilyanın satılması, eşyanın dağıtılması, hepsi başımıza kaldı. Apar topar geldik. Nasıl uğraşacağımı şaşırdım bu yaşta. İyi ki Filiz var."

Filiz teyzenin ise neşesinden, güler yüzünden bir şey eksilmemişti. Beyazlarını salmayı göze alamamış ama koyu renkli boyayla da baş edemeyen çoğu kadın gibi küllü bir sarıya boyamıştı saçlarını. Galiba kızlarıyla arası iyi olan bütün annelere sirayet eden o genç ruhla doluydu. Zamanenin ayrıntılarına, gençlerin şakalarına vâkıftı ve onun, sırtındaki fıstık yeşili bluz gibi, zaten bildim bileli her şeyi şenlikliydi. Nitekim bir süre benim ifademi aldıktan sonra, yapılacak işleri anında halletmeye alışık bir tavırla eş dosttan, hısım akrabadan kadınlara döndü.

"Haydi hanımlar" dedi. "Gelin, üst kata çıkalım. Yazıktır eskici eline düşmesin bunca eşya."

"Bunca eşya!" Sofanın ucundaki ahşap basamakları tırmanarak Mücellâ teyzenin yatak odasına girdiğimizde eşyanın, sahibinden geri kaldığında nasıl bir yüke dönüştüğünü ilk kez anladım. Dürülüp duvara diklenmiş halılar, denk edilmiş ve rutubetten yer yer lekelenmiş yorganlar; kapısı aralık, ceviz ağacından gardırop; gözleri çekilmiş, gül ağacından konsol, konsolun üzerinde zemini gülkurusu saten kaplı, kapağında boynu bükük, rengi solmuş sümbül demetiyle ahşap bir kutuda hepsi incik boncuk cinsinden kolyeler, broşlar, yüzükler.

Mücellâ teyzenin pirinç karyolası üzerine serilmiş iğne oyalı şifon başörtüler, siyah krep bluz, yine siyah renkte simli şal, yakasında bir demet solmuş kuş gülüyle mavi tayyör, adını bilmediğim bir eski zaman kumaşından karanfil rengi bir elbise ve daha bir yığın giysi odayı dolduran kadınlar tarafından çıplak ampulün zayıf ışığı altında sarraf eline düşen mücevher gibi değil ama eskici eline düşen kelepir gibi gözden geçirildi. Yo, bir nezaketsizlik yoktu tavırlarında. İç çekiyorlardı hatta Mücellâ teyzeyi anarken, üstelik hepsinin ona dair birçok anısı vardı. Ama sahibi ölmüş olsa da kendisi hâlâ varlığın maddesiyle dolu bir yığın eşyanın böylesi dokunaklı bir sahnede el değiştirmesine şahit olurken içime acı bir duygunun dolduğunu hissettim.

Annem konsolun üzerindeki billûr aynaya uzanırken bana öyle geldi ki elini sürse Mücellâ teyzenin ruhu incinecek gibi tereddüt etmişti. Oval aynanın abanoz sapına uzandığımda ahşaba sinmiş şubat soğuğunu parmak uçlarımda hissettim. Tozunu hafifçe üflediğimde nefesimin hararetinden camın yüzeyi buğulandı. Rutubetten sararmış, sırı gibi kenar suyu da bozulmuş, tarazlanmıştı. Yüzü yukarı doğru bakan bütün aynalar gibi tedirgin ediciydi ve kenarına işlenmiş bir demet çiçeğin gözü dünyada, aklı hatıralarda kalmış gibiydi. O gün o odadan Mücellâ teyzenin elleriyle işlenmiş, köşesi iğne oyalı bir de sandık örtüsü aldı annem. Başka da bir şeye dokunmadı.

Bana gelince... Konsolun üzerinde küçük boy bir koku duruyordu. Güzel kokuya daha o zamandan düşkün yanımla ilgimi o çekti. Şişe, vaktiyle sarı olması gereken rengi şimdi koyulaşmış, matlaşmış, kıvamı bozulmuş bir esansla yarıya kadar doluydu. Yarısı kullanılmış diğer yarısı geriye kalmış. Sırtımı duvara yasladım. Şişenin üzerindeki etiketten yer yer solmuş yazıyı okudum: *Lögalyon*. Kırk yıl önce bile artık rağbet edilmeyen, modası geçmiş, unutulmuş bir kokunun markası. Tümüyle silinmiş ismi ise okuyamadım. Uzun zamandır açılmadığından olacak şişenin kapağı sıkışmıştı. Neden sonra açmayı başardım ve ekşimiş bir eski zaman kokusu genzimi yakarken yanıma yaklaşan Filiz teyzenin sesini duydum.

"Al kızım, al Nazlıcığım. O da Mücellâ teyzenden sana hatıra olsun."

İlk kez Filiz teyzenin sesindeki daimi neşe gibi hayatın her türlü hâline dair gözlerindeki iş bitirici doğallık da beni rahatsız etti. Bir an evvel evine dönmek ister gibi bir hâli vardı üstelik. Kısacık kış gününde akşam inmeye yakındı ki yanında iki hamalla Fahir amca geldi. Hamallardan biri dikiş makinesini yüklenirken annem, gözüme çok daha yaşlı görünen ve sürekli hastalıklarından şikâyet eden bu adamla da fazla uzatmaya hevesli görünmeden üç beş kelâm etti. Vedalaştık. Ayrıldık.

Kapıdan çıkarken annem dönüp eve, bahçeye baktı. Başını esefle iki yana sallarken:

"Hey gidi Mücellâ abla, hey gidi Neyyire Hanım teyze" dedi. Bir hayata dair tanıklığı olan herkes gibi onun da "Şu çardağın dili olsa da konuşsa" diye mırıldandığını duydum.

O vakit çardağın dili var mıydı bilemem ama çok geçmeden bütün o odalar, duvarlar, kapılar, pencereler; üzerinde artık okunmaz olmuş nazar ayetiyle, yangın duasıyla mavi badanalı üçgen çatı alınlığı; çardak, asma, bahçe, koca ağaçlar, hepsi, Mücellâ'nın evi hâk ile yeksan oldu. Kısa zamanda yerinde bahçesi olmayan ama metrekaresi daha fazla bir apartman yükseldi.

Bense kırk yıl sonra hâlâ masamın başında, kitapların, defterlerin, kâğıtların, kalemlerin arasında oturuyorum. Kadrajındaki herkesin artık ölü olduğu eski fotoğraflardan birine sık sık göz atsam da penceremin dışında bahar bahçesi uzanıyor. Aramızda bir cam. Defterimin üzerinde tanıdık perdenin gül desenlerinin gölgesi. Bir de Fesleğen'in patisi.

Hatırladıklarıma sizi inandırmak için elimde bir eski zaman aynasından daha fazlası yok. Bu ayna örselenmiş bir demet mor menekşe olan annemden bana ne zaman geçti? Kıymeti bilinse de mahiyeti bilinmeyen o sırlı sandık örtüsü ne zaman benim masamın üzerine serildi?

Sırı dökülmüş bir aynanın içinde ancak yarısına kadar kullanılmış ama atılmaya da kıyılamamış bir eski zaman kokusu gibi yarım kalmıştı Mücellâ teyzenin hikâyesi. Annemden büyüktü ve ismi dilimden hep "teyze" hitabıyla çıkmıştı doğal olarak. Oysa ölüm yaşları eşitlediğinden, daha doğrusu insanı yaşsız kıldığından, ya da onu size anlatacak olan ben onun öldüğü yaşı çoktan geçtiğimden, içimden bundan böyle ona sadece ***MÜCELLÂ*** demek geliyor.

BİR

Tanımaktır anlamanın ilk şartı. Sevmek anlamaktan sonra gelir ve Mücellâ'yı anlamak için önce Neyyire Hanım'ın bahçesine bakmak gerekir. Zaman, 1930'larda bile orada sanki elli yıl önceden gelirdi ve bu kenar mahallenin kimi bahçelerinde hiçbiri budanmayıp oluruna bırakılmış gülfidanları, ormana dönmüş sardunyalar, cılız ortancalar görünse de Neyyire Hanım'ın bahçesi onun titiz eli tarafından çekip çevrilirdi.

Bahçesine düşkündü Neyyire Hanım. Bir köşede mütevazı bir bostan; mevsimine göre biber, domates, marul, nane, karalâhana. Diğer yanda ıhlamur, limon, ekmek ayvası, kiraz, Trabzon hurması. Neyyire Hanım meyve ağaçları, fidanlar, duvar diplerindeki bahçe çiçekleriyle hızını alamamış, üzerinde kabartma devesiyle gaz tenekesi, kızıl toprak saksı, sapı kırık porselen çaydanlık, kenarı çatlak kâse, eski hamam tası gibi içine toprak koyabileceği ne bulduysa hepsine birer sap daldırmıştı. Eli bereketliydi üstelik. Toprağa kuru dal batırsa iki güne kalmaz yeşerirdi. O bereketli elin eseriydi sağda solda sıralanmış sultan küpesi, katmerli begonya, alacalı karanfil. Bahçedeki yediverenlerle yetinmemiş, Neyyire Hanım çardağa bakan küçük pencerenin önündeki saksılarda gül bile yetiştirmişti.

Pervazına yeşil domatesler, ham limonlar, buruk ayvalar dizilmiş demir çubuklu bu pencereden yer odasına bir göz atılsa ana ile kızı görünür. Neyyire Hanım ellili yaşlarına henüz girmiştir ama daha fazla zannedilebilir. Gülerken bile yüzünü terk etmeyen sert bir ifadesi vardır çünkü. Bol ışıklı elâ gözlerinden hiçbir şey kaçmaz. Evde daima ensesinden düğümlü bir yaşmak. Dışarıda, kışsa başörtüsü üzerine çift çubuklu yün atkı, yazsa siyah şifon çatma baş. Bir yanı Cumhuriyet öncesinde kalmış eski kadınlardandır. Sırtında Neyyire Hanım'ın namaz eteğinden artan parçalarla dikilmiş, çiçekli basma elbisesiyle Mücellâ ise on-on bir yaşlarındadır. Ama olduğundan daha az gösterir. Henüz serpilmemiştir.

Mücellâ üç küçük pencereden sedir tarafındakinin içine oturmuş, dalgın dalgın vadiyi seyrediyor. Neyyire Hanım ise sedirde, dikkatle iğne danteli işliyor. Dışarıda, çardağa sarılan asma büklüm büklüm filizlenmiş, yaprak atmış çoktan. Hanımeli ve limon çiçeği açmış, yediverenler coşmuş, mor salkım çiçeklenmiş, sarkmış. Canı olan ne varsa topraktan başını uzatmış, gür yaprak, bol çiçek, yeşermiş, şenlenmiş. İki gün evvel battaniyeler yıkanmış, halılar dövülmüş, döşeme tahtaları fırçalanmış, sakız gibi ağartılmış. Hâsılı Neyyire Hanım'ın evi yaza hazırdır. Şu gürül gürül yağan kırkikindi yağmuru geçerse çardağa bile çıkılabilir.

Yaz bahar sevinci bir yana Neyyire Hanım'ın keyfi ayrıca yerindedir çünkü Mücellâ bugün beşi bitirmiştir.

Bütün keyfine rağmen, ipliğin ucunu el alışkanlığıyla düğümlerken gözü bahçe duvarının yıkık köşesine ilişince Neyyire Hanım, içinde her zamanki sıkıntıyı duydu. Duvar, ona göre bir evin hicap perdesiydi. Gel gör ki koca duvarın yıllar önce zelzelede yıkılıp da bir türlü onarılamamış bu köşesi -erkeksiz ev işte- Neyyire Hanım'ı sürekli tedirgin ederdi. Allah'tan, yaprakları yaz kış yeşil bir karayemiş fidanı da o köşeyi beklerdi. Üçgen çatı alınlığındaki ayet ve nazarlık kadar karayemiş fidanının da evi koruyup kolladığına inanırdı Neyyire Hanım. Bahçesine bu kadar titizken, mevsimi gelince ağaçların dallarını yapraklarını usulünce budamayı severken karayemişin dallarına fazla dokunmazdı bu sebeple.

Yine de bu gedik, karayemişe rağmen ev ile sokak arasında açılmış bir geçitti. Öyle ki yabancılar değil ama bahçe kapısının tokmağını vurup beklemeye üşenen eş dost, hısım akraba oracıktan atlayıverirdi içeri. Bahçeyi ve çardağı geçerek, çoğu kez evin kapısının üzerindeki çıngırağı bile çekmeye gerek görmeden girerlerdi eve. Çünkü bu evin iç kapısı bahçeye adım atabilecek kadar samimi olan herkese açıktı ve kilidin dilini kaldıracak bir ipin ucu kocaman düğümüyle dışarı uzatılmıştı.

Bir istisnası daha vardı bunun, postacı. O, kapı çalmaz fakat duvarın gediğinden içeri de atlamaz, kulak vermeyenlerin bile işiteceği kadar gür sesiyle "Postaa!" diye bağırır, daima acelesi olduğu için evden kimsenin çıkmasını beklemez, mektubu ya da havale kâğıdını karayemişin çatalına takıp giderdi.

"Postaa!" diye o alışıldık ses geldi bahçe tarafından. Postacı her zamanki gibi kapıyı çalmamış, duvarın yıkıntısından uzanmış, zarfı karayemişin çatalına takıp gözden kaybolmuştu.

"Koş kızım!" dedi Neyyire Hanım, Mücellâ pencerenin içinden bu tanıdık sese doğru zaten ayaklanmışken. Az sonra Neyyire Hanım, Fahir'in yazısını tanıdı. Üçgenini bozmamaya itina ederek zarfı açtı, dörde katlanmış kâğıdı çıkardı. Uzun uzun satırların üzerinde göz gezdirdi. Bu çizgiler, bunlar var ya, bir ucundan başlasan diğer ucundan alıp başını gidecek gibiydi.

Neyyire Hanım Kur'an'ı yüzünden okumayı bilir fakat harekesiz harflerden kelime çıkaramazdı. Zaten onun bildiği harfler de nicedir uçup gitmişti. Gerçi Mücellâ'yı mektebe verdiğinde, pencerenin içinde gaz lâmbasının ışığına iyice sokularak, iki büklüm, defterine eğilen kızın omuzu üzerinden gecelerce bakmıştı Neyyire Hanım. Düz çizgilerin, münhanilerin, hortuma, tarağa, merdivene, çembere, yılana benzeyen şekillerin çiziktirilmesini sabırla izlemiş, aklı erdiğince eğri büğrüyü işaret etmiş, hataları düzeltmesini istemişti Mücellâ'dan. Kendisi de *S* ile *Ş*'yi, *B* ile *P*'yi birbirine karıştırsa da yeni harfleri tanımıştı bir parça. *B* ile *A*, *BA* oluyordu, heceye geçmiş, bunu da anlamıştı. Ama iki harflilerden üç harflilere geçince işler karışmış, usulca çekilmişti Mücellâ'nın omuz başından. Bu kadarı bunca iş güç arasında artık fazlaydı.

"Neme lâzım okuma yazma bu yaşta sonra?"

"Neme lâzım!" Tamam ama Fahir'den her ay gelen mektuplar olmasa.

Neyyire Hanım "Hadi" dedi Mücellâ'ya. "Oku bakalım neler yazmış ağabeyin?"

Bu mektuplar epey zamandır küçük evin en önemli hadisesi, Mücellâ için de en büyük şenlikti. Mektup gelince, Mücellâ'nın çocuk dünyası da okuldaki teneffüsleri aratmayacak bir heyecanla dolar, postacının sesini özlemle beklerdi bu yüzden. Fakat mektepteki öğretmenin kara tahta üzerine inci gibi dizdiği satırlara hiç benzemeyen bu yazıyı, Fahir'in karınca duası gibi bir el yazısıyla döşenmiş mektubunu Neyyire Hanım'ın karşısında okumaya çalışırken Mücellâ daha dün bitirme sınavlarında dökmediği kadar ter döktü. Sesi titredi, harfler gözünün önünde birbirine karıştı, o kadar heyecanlandı, o kadar heceledi, kekeledi ki:

"Bırak!" dedi Neyyire Hanım her zamanki gibi. "Bırak! Beşi bitirdin ama bir türlü okumayı sökemedin! Mümine hemşire gelecek öğleden sonra. Gene ona okutur hem cevabını da yazdırırım."

Dudağını bükerken eklemeden edemedi. "Artık o da ne kadar okuyup yazabilirse!"

Sus pus olmuş Mücellâ'nın elinden çektiği mektubu sular seller kıvamında okurmuş gibi bir daha evirdi çevirdi Neyyire Hanım. Üç beş harfi, birkaç heceyi çıkarmasına rağmen tek kelimeyi tam olarak sökemedi. Ama arka sayfaya çıkartılmış bir bebek elinin şeklini görünce çizginin, dünyanın her tarafında ortak olan lisanını kestirebildi. Kâğıdı zarfa, zarfı da elbisesinin her zaman bir ambar kadar geniş ve dolu cebine itinayla yerleştirdi. Mümine hemşireyi beklemeye başladı. Nerede kalmıştı bu uydum akıllı?

Mümine hemşire yer odasının kapısında görününce:

"Buyur buyur!" dedi Neyyire Hanım. "Nerede kaldın a hemşire? Gören de sanır ki yedi mahalle öteden geliyorsun."

Yedi mahalle ötede değil ama iki kapı ileride oturan Mümine hemşire, Neyyire Hanım'a kardeşinden emanetti. Hatırası hazindi Halil'in. Genç adam işsizliğe dayanamamış, yıllar önce bir seher vakti bez bir torbada iki kat çamaşırı omuzuna atarak siyah bir posta vapuruyla, madeninde çalışmak üzere Zonguldak'a gitmişti. Fakat araya büyük bir maden kazası girince bir daha da ses çıkmamıştı kendisinden. Geçmiş zaman, yol yolak bilinmez, elde avuçta olan belli. Kimse gidip yerinde arayıp soramamış, devlet de "Öldü mü? Kaldı mı?" bu soruların hiçbirine "Evet" ya da "Hayır" diyememişti. Meçhullerden biri oluvermişti Halil. Uzun süre adı derin bir fısıltıyla telâffuz edilmiş, neden sonra onu ananlar "Rahmetli" sıfatını usulca ekleyivermişlerdi isminin önüne. Mümine de Neyyire Hanım gibi erkeksiz, Filiz'iyle bir başına kalıvermişti.

Yanında Filiz'le merdiven başında dikilen Mümine hemşireyi dikkatle süzdü Neyyire Hanım. Basma eteğinin üzerinde kim bilir kaçıncı kez sökülüp yeniden örülmüş gri yeleğiyle, gözüne her zamankinden daha heybetli görünmüştü gelini. Oysa eve ayak bastığı ilk gün Neyyire Hanım ağzı var dili yok Mümine'yi tepeden tırnağa şöyle bir süzmüş ve ona "Hemşire" diye seslenmişti anında. Çünkü Mümine o kadar sakindi ve bu hâliyle o kadar kendisiyle boy ölçüşülecek, gelin görümce kavgasına girişilecek biri değildi ki o ancak himaye edilebilir, kendisine yol gösterilebilirdi ve bu saflığıyla ondan ancak hemşire olabilirdi.

Fakat kaderin şakacı yanıyla cevval Neyyire Hanım ne kadar ufak tefekse sakine Mümine hemşire o kadar boylu posluydu. Gerçi Neyyire Hanım'a göre Allah Mümine'ye bir boy vermiş gerisini koyvermişti ama Mümine'nin aklından Neyyire Hanım'ın boyunun bir o kadarının da yerin altında olduğu hiç geçmezdi. Boyunun posunun kendisini görenlerde uyandırdığı ilk etkiye rağmen, en haklı olduğu anda bile bir kalp kırdığını hissetse azap ve ceza günlerce peşini bırakmaz Mümine hemşirenin. Gadre uğradığında bildiği tek yol vardır onun, susmak ve oluruna bırakmak. Neticede ilk bakışta "Etim sizin olsun kemiğim bana yeter" diyenlerdendir. Fakat gündelik hayatın önemsiz ayrıntılarında kimseyle didişmeyen, bu arada görümcesinin her dediğine de "He" diyen bu kadın duru bir sezgiyle hayati meseleleri fark eder, işte o zaman kendi bildiğini okumaktan vazgeçmez. Ve bir özelliği vardır ki onu Neyyire Hanım için önemli kılmıştır. Mümine hemşirenin nasılsa bu yeni harflerle okuma yazması vardır.

Nasıl? Millet Mektepleri açıldığında en evvel Mümine hemşire koşmuştu mahallenin okuluna. Akşam ezanından sonra, okuma yazması hiç olmayanlara eğitim veren *A* sınıfında, Gazi Paşa'nın, çerçeveli bir fotoğraftan sınıfı seyreden bakışları altında dört aylık kursu tamamlamıştı. Şehadetnamesi hâlâ, yeşil kadife kabı içinde yatağının başucuna asılı Kur'an'ın arka kapağı ile son sayfası arasındaydı, Halil'in büyük ihtimalle başkasına yazdırılmış ve okunmaktan solmuş tek mektubuyla iç içe.

Neyyire Hanım ise Fahir'in mektuplarını okutmak ve hemen o dakika cevap yazdırmak için eşi dostu, olmazsa Mümine hemşireyi bekler, çok dayanamazsa kalkıp kendisi giderdi. Gerçi Mümine hemşirenin okumasına da yazmasına da fazla güvenmezdi. Allah bilir, okudukları da yazdıkları gibi sadece kendi içinden geçenlerdi onun. Ama ne çare, Neyyire Hanım cihetinden Mücellâ'nın iki kelimeyi hecelemeden okuyamadığına bakılırsa belli ki Mümine hemşire evin mektupçusu olmaya devam edecekti. Mücellâ'nın okuması, işte gördük, beş yıl boyunca her sınıfta aldığı üçer karnede -o zaman öyleydi- kırık not getirmemesine ve bitirme sınavlarını takıntısız vermesine rağmen "Cim karnında bir nokta"dan öteye geçememişti! Öyle ya aklı bir karış havada, hepsi de yeni yetme, birbirine benzeyen bu ahir zaman muallimleri kızlı erkekli bütün talebeleri önlerine katıp "Bayrak salla, şarkı söyle" nizamında yürütmekten başka ne bilir ne öğretirlerdi? Hepsi eski köye yeni âdetler getirmeye yeltenmekte olan bir avuç çocuk.

Daha geçen sene Mücellâ "Anne, yarın öğretmen bizi Karagöz bahçesine götürecek" dediğinde Neyyire Hanım "Kızım hocana söyle" diyesi olmuş fakat daha gerisini getiremeden munis Mücellâ'sı "Hoca değil, öğretmen o" diye sözünü kesmişti. Öyle ya! Şimdi harfler gibi kelimeler de yeniydi ve ev ile okul arasındaki mesafe bile bir kız çocuğu için yeteri kadar tehlike doluyken Karagöz bahçesi gözüne dünyanın öbür ucu kadar uzak, bir o kadar da tehlikeli görünmüştü Neyyire Hanım'ın. Yarısı eskide kalmış kimi insanlar gibi yenilikler karşısında tedirgindi ama o kolay pes edeceklerden değildi.

Fahir'in el yazısı Mümine hemşire tarafından her defasında önce dura dura, ikincisinde biraz daha akıcı birkaç kez okunur, Mücellâ gözleri bir düğme gibi açılmış, yüzünde aydınlık bir gülümseme, dikkatle dinlerken Neyyire Hanım her satırı anında ezber eder, sonrasında da az çok birbirine benzeyen cevap faslı başlardı. Bir ay önceki cevabın hemen ardından hazır edilmiş esericedit kâğıt, zarfıyla birlikte köşedeki masanın üzerinde daima hazır dururdu ama sabit kalem her defasında biraz aranırdı. Mücellâ onu da bir yerlerden bulunca Mümine hemşire kâğıdı boylamasına ikiye katlar, daima gülümseyen hafif çilli yüzünü çevirerek Neyyire Hanım'ın yüzüne bakardı.

"Hadi abla, söyle."

Neyyire Hanım sedirin başında her zaman oturduğu köşeden gözleri hülyalı, içindeki bir kâğıttan okur gibi dökerdi cümleleri ağzından ve Mümine hemşire kalemin cızırtısı eşliğinde bir eski zaman arzuhâlcisi gibi ağır ağır yazmaya başlardı.

Hitap sevgiyle başlar, arkadan gelen satırlar selâmla dolar taşar, ufak tefek haberlerle çıkmalar yapar, teşekkürle genişler, sonunda hasretle biterdi tamamı tek paragraftan ibaret, noktasız virgülsüz bu mektupların ve Neyyire Hanım hayır dualarını hiçbir satırdan eksik etmezdi. Sonunda söz tükenirdi.

Sözü tükendikten sonra dili varmazdı Neyyire Hanım'ın ama "Gerisini de sen tamamla artık" dediğinde Mümine hemşire, Keriman'a selâmı da Neyyire Hanım söylemiş gibi sayfanın sonuna eklerdi. Tıpkı gelen mektuplardaki gelin hanım selâmını Fahir'in eklediğini her ikisinin bildiği gibi. Hiç görmediği torununa -Kâmil- hasret, sevgi ve kucaklamanın ise Neyyire Hanım'da kelimesi, cümlesi zaten fazlasıyla vardı. Bir de sık sık fotoğraf isterdi. Keriman'ın seyrek de olsa yer aldığı bu fotoğraflarda torunun yıldan yıla büyümesi dikkatle izlenirdi.

Mücellâ ise bazen simli bir yılbaşı manzarası bazen bir bayram kartı koyardı bu mektupların zarfına. Ama ne zaman "Keriman yenge" yazmaya kalksa kalbi gibi eli de titrerdi.

"Oku bakalım hemşire, ne yazmış neler anlatmış?"

Bu defa da Neyyire Hanım'ın sesinde hem kırgınlık hem özlem vardı ve çizgisi çıkartılmış minicik bebek eli, Neyyire Hanım'ın kestirebildiği manasıyla hâlâ arka sayfadaydı. Mektubun sonuna bırakılmıştı önemli haber. Sıradan bir şey, umursanmazmış gibi. Mümine hemşirenin gülümseyen bir sesle okuduğu iki cümleye bakılırsa:

"Bir misafirimiz daha geldi: Cemal. O da babaannesinin ve halasının elini öpmeye geldi."

Mücellâ sevinçle el çırparken bir fotoğraf daha köşedeki rafta diklenmiş diğerlerinin yanına sağ taraftan eklendi.

Mektup faslı bittikten sonra Neyyire Hanım ince çerçeveli gözlüklerini taktı. Bir yandan Mümine hemşireyle lâflarken bir yandan da bakır tepsideki su gibi, tazecik bezelyeleri ayıklamaya başladı. İçini çekti sonra. Bir avuç! Rahmetli Tevfik Efendi sağken, oğulcuğu Fahir'i burada, dizinin dibindeyken bu evde yemek böyle bir avuç nevaleden hazırlanmazdı ve Neyyire Hanım'ın sofra kurması saatler alırdı. Şimdi öyle mi ya?

Yerdeki halıya bakarken gözleri daldı Neyyire Hanım'ın. Mücellâ gibi Fahir'i de o halının üzerinde büyütmüş, o halının üzerinde aralarına giren karaçalıyla ağızlarının tadı bozulmuştu. Fahir'i veren kader Mücellâ'nın ana rahmine düşmesi için Neyyire Hanım'ı on dört yıl bekletmiş, bütün ilgisini Fahir'e verse de Neyyire Hanım ikinci bir çocuğu için için özlemiş, kırkında hamile kalınca da taze gelinler gibi bayram etmişti. Ama bayramı yarım kalmış, Mücellâ daha karnındayken kaybetmişti Tevfik Efendisini. Şeker hastalığı evin temel direğini önce eritmiş sonra bir fiskede devirmiş, bir muhalif rüzgâr geri kalanları da harman gibi savurmuştu.

Neyyire Hanım'ın çatısı altında, başkaldırana yer olmasa da bir tek Keriman'a yetmemişti gücü. Mümine hemşireye hiç benzemiyordu bu asi gelin. Daha nişanlıyken, Neyyire Hanım'a bir kez elini kaptıranın ondan kolunu kurtaramayacağından adı gibi emin olan Keriman, bu eve telli duvaklı geldiği günün sabahından itibaren boyun eğmeyeceğini göstermişti kayınvalidesine. Keriman'a göre Neyyire Hanım, bir köşede otursa bile her şeyi dikkatle izleyen, her şeye karışan, gençlerin her hevesini kursağında bırakan huysuz ihtiyarlardan biriydi. Çalıdikeni. Çare yok. Onun varlığı bile zahmetti.

Gerçekte Neyyire Hanım ve Keriman'dan biri dönerken diğeri yürüyordu aynı yolu. Aynı yolun yolcularıydı ikisi de ve doğruymuş gelinin kaynana toprağından yaratıldığı. Bu kez çetin cevize çatmıştı Neyyire Hanım. Neticede gelin kaynana, iki inatçı keçi gibi Fahir köprüsünde karşı karşıya durduklarında ne biri alttan almış, ne diğeri sözünü esirgemiş, yıkılıp giden Fahir olmuştu sadece.

Neyyire Hanım'ın ikliminde yetişen her şey gibi Fahir de mutedil mizaçlıydı. Gerçi erkek kısmından celâl beklerdi Neyyire Hanım fakat kaderin oyunu işte. Fahir'in görünürde aslanlar gibi delikanlı olduğuna kimse lâf edemese de davranışları, bakışları, sesi, hatta öfkesi; gürleyen yıldırımlar, sırt verip yaslanılacak yüce dağlardan çok sessiz sedasız akan cılız dereler gibiydi. Fakat asıl Keriman bu kapıdan içeri adım attığı andan itibaren anlamıştı Neyyire Hanım, Fahir, beklediği gibi değildi. Üstelik bu itidal Keriman'a göre de bir erkek için gereğinden fazlaydı. Bu yüzden Fahir'in kulağına çekip gitmeyi üflemişti gece müftüsü ilk geceden itibaren ve başarmıştı.

Bir erkeği paylaşamayan iki kadın arasında sabah sofrasında ilk büyük kavga koptuğunda Fahir en fazla bakır siniyi olduğu gibi halının üzerine devirmiş, yerinden fırlamış, mum iskemlesine bir tekme atmış, kapının aralığında durmuş ve:

"Beni mi öldüreceksiniz?" diye haykırmıştı. "Ne hâliniz varsa görün."

Fahir, mücadele edecek, kazanamasa bile yarası beresiyle devrilip gidecek erkeklerden değildi. Birisi karısı diğeri anası iki kadından her birine ayrı ayrı "Susun" diyebilmişti sadece. İkisi de susmamıştı ama. Üstelik aradan bir ay geçmeden kavganın daha büyüğü Neyyire Hanım'ın odasında kopmuştu.

Cemreler yakındı. Neyyire Hanım'ın baş ağrısı tutmuş, şakaklarını karanfil yağıyla ovmuş, patates dilimleri çatmıştı alnına beyaz bir tülbentle. Yatağından kalkamamış, kahvaltı sofrasını kuramamıştı. Sabah kahvesini bile içememişti ki işte asıl bu nadirattandı. Sabah kahvesini içmeden yanına yaklaşılmazlardan değildi Neyyire Hanım gerçi ama neticede tiryakiydi. Az şekerli bir kahveyi içtiğinde bütün yol yorgunluklarından sıyrılan seyyahlar gibi onun da dünya dertleri bir nebze hafifler, gergin sinir tellerinin üzerine bir sükûnet iner, kederleri bir anda yumuşar, hafifler, gerçekliğini yitirirdi.

Odanın kapısı aralandı. Fahir yatağın yanına bir iskemle çekti. Sesi kırık olsa da dilinin altındakini fazla saklamadan:

"Anne" dedi. "Biz İstanbul'a gidiyoruz. Ama yol masraflarını, orada ev bulmayı, iş kurmayı denkleştirmek için para lâzım."

Biraz durdu, devam etti sonra.

"Dükkânı dağıtsak. Terzilik zanaat işi. Benim elim rahmetli babam gibi yatkın değil. Müşteri az. Herkes sadece ceket ters yüz ettiriyor, yama yaptırıyor, astar değiştirtiyor. Kimsede terziye verecek para yok bu devirde. Dükkânın kirasını zar zor çıkarıyoruz. Ne uzuyor ne kısalıyoruz, tavşan kuyruğu gibi."

Ve annesinin rızasını istedi.

Neyyire Hanım'ınsa boğazına bir şey tıkanmış, dili bağlanmıştı. Her şey sessiz sedasız karara bağlanmış, öyle mi? Baba ocağı terzihane demek dört boğazı doyurmaya yetmiyordu. Onca yıl tıkır tıkır işleyen kapı şimdi mi kör kilit olmuştu?

Neden sonra şakağına sokulan bıçağın sancıları arasında Neyyire Hanım "Olmaz oğlum" diyebildi.

Fahir onu hiç duymamış gibi "Tadımız tuzumuz kalmadı anne" diye mırıldandı üst üste bindirdiği ayaklarına bakarken. "Keriman ile sen, olamadınız bir türlü."

Yine de Neyyire Hanım kendisinden istenen rızayı vermedi. Dükkân ekmek kapılarıydı. Fahir'de hiç mi vicdan yoktu ki biri sabi iki kadını yüz üstü bırakıp gidiyordu? Ne yer ne içerlerdi? Neyyire Hanım Fahir'in yorulduğu yerde han yapmamış mıydı bunca yıl? Böyle nankörlük görülmemişti. Hem Tevfik Efendi'nin hatıraları? Hem daha neler neler?

Fahir evden çıkıp da Allah bilir daha camiin köşesini dönmeden odanın kapısı itildi. Neyyire Hanım başını yastıktan kaldırıp Keriman'ın yüzüne baktığında böylesini daha evvel hiç görmediği bir bakışla karşılaşınca gözlerini kaçırdı. Keriman içeri girmemişti ve kapı yanında testi kulpu gibi beline dayadığı eline, yüzündeki limon sarısı renge ve içinden ateş fışkıran gözlerine bakılırsa sırayı saygıyı çoktan unutmuş, aşılmaz denilen sınırı aşmıştı. Bu kez lâfı dokundurmadı, dolandırmadı, açıkça söyledi Keriman. İçinde ne varsa perdesiz, peçesiz kustu.

"Kadın" dedi. "Bir oğul daha doğuramadın da böyle başımıza kaldın. Karaçalı oldun, aramıza dikildin."

Lâfı gediğine koymakta üstüne olmayan Neyyire Hanım ağzını açıp tek kelime edemedi.

"Kim kimin başına kaldı kızım? İşte dükkân benim dükkânım, işte oğul benim oğlum. Haddini bil" diyemedi.

Keriman onun içinden geçeni anlamış gibi:

"Dükkânın da senin olsun Nuh nebiden kalma kumaşların da paslı makasın da. Bırak oğlunun yakasını. Görmüyor musun gitmek istiyor. Yuvamızı bozma" dedi. "Yoksa ben gideceğim."

Kapıyı çarparken iki lâf daha etti.

"Aslı hû nesli hû!"

Gerisini hatırlamıyordu Neyyire Hanım. Dili gibi kulağını da yitirmişti. Gözleri kör. Tavan, başının üzerinde dönmeye başladı. Başını yastığa bıraktı.

Neyyire Hanım ve Keriman arasında bütün bunlar olurken her şeyi görmese de işiten biri daha vardı: Mücellâ. Böylesine alışık olmadığı bağırış çağırışı, nizayı kavgayı merdiven başında korkuluklara sarılarak dinlemiş ve ancak sessizce ağlayabilmişti eli ayağı boşalıp dudakları titrerken. Sorsalar, ne olup bittiği gibi ne için ağladığını da bilmezdi gerçi ama annesini üzen yengesine karşı kuvvetli bir nefret, ağabeyine karşı da bir tiksinti geçmişti içinden bu duyguların adını koyamasa da. Dahası bu kavganın bizatihi kendisinden korkmuştu Mücellâ. Bir kapı kuvvetli çarpsa, rüzgâr biraz hızlı esse, bekçi efendi düdüğünü her zamankinden keskin öttürse; kör dilenci sopasını yere hızlı vursa, türküsünü daha yüksek perdeden söylerken aşka gelerek yanık bir feryat koparsa korkardı zaten. Fakat bu gürültü onlara hiç benzemiyordu. Keriman'ın çarptığı kapı evi sarsarken Mücellâ, Neyyire Hanım'ın yatağına koştu, yorganın altına sindi iç çekişleri arasında. Bütün öğleden sonrayı da ara sıra başını kaldırıp annesinin yüzüne bakarak, yatağın yorganın kuytusunda geçirdi. Karnı acıkmadı, susamadı. Aşağı inmek istemedi. Bu ev sanki kendi evleri değildi. Değişmişti.

Neyyire Hanım gece sofraya inmedi. Elinde bir yağ kandiliyle geç vakit odasına gelen Fahir'e ölü bir sesle:

"Gidin oğlum" diyebildi. "Böylesi münasiptir. Aklın geride kalmasın."

Mücellâ hâlâ koynundaydı ve başı yastığın altındaydı.

Kırk yıllık ekmek teknesi, Tevfik Efendi'nin yadigârı terzi dükkânından Mücellâ ve Neyyire Hanım'ın payına düşenin hemen ertesi gün köşedeki tahta masanın üzerine bırakıldığına bakılırsa alışveriş çoktan yapılmıştı. İki paslı makas, bir kutu toplu iğne, rutubetten leke tutmuş birkaç top maroken ve markizet kumaş, sararmış yarım boy terzi aynası ise müşteri bulamamıştı.

Tevfik Efendi'nin dükkândaki fotoğrafını misafir odasının duvarına asarken Fahir:

"Anne" demişti. "Üzülme. Böylesi daha iyi."

Neyyire Hanım kocasının öldüğü güne ait takvim yaprağını çerçevenin arasına iliştirirken, Mücellâ hiç tanımadığı babasının fotoğrafına baktı. Siyah beyaz fotoğrafta sevimli fakat kendisine bütünüyle yabancı bir adam gözde gözlük, parmakta yüksük, kucakta dalga dalga dökülen bir kumaş, dikiş dikiyordu.

Ağabeyi ve yengesi gittikten sonra, o vakte kadar Neyyire Hanım'ın koynunda uyuyan Mücellâ'nın bir odası, pirinç bir karyolası, serili bir döşeği olmuştu. Çocuk işte. Bu sevinçle tez zamanda avundu. Karanlığın içinden silâh seslerinin duyulduğu gecelerde annesinin yatağına koşsa bile Filiz'in böyle bir odası yoktu neticede.

Neyyire Hanım'a gelince. İlk altı ay Fahir'den ses çıkmamıştı. "Elin İstanbul'u! Şimdi o iş kuruyor, ev diziyor, kolay mı?" diye düşünmüştü Neyyire Hanım. Küsmemiş, oğulcuğuna gönül koymamıştı. "Çok şükür kira vermiyoruz" diye avunsa da hazıra dağ mı dayanır? Kesenin dibi göründüğünde o gece kirpik kirpik üstüne indirmedi. Yerinden kalktı, gelinlik yatağının dikişini söktü. İki koca torbaya yün aktardı ve sabahın köründe gözünde yaşlarla Bitpazarı'nın yolunu tuttu utana sıkıla. Kilo işi yün satın aldığını konu komşudan işittiği eskicinin tezgâhını sora sora buldu. Fakat bu işin böyle gitmeyeceğini kısa zamanda kalbi nasır tutarken anladı. Aradığı çıkar yolu tireden saçaklı sabunluk, merserize ipten tencere tutacağı, altın telden hasır bilezik ören mahalleli kadınlar arasında buldu. Sipariş üzerine iğne oyası yapmaya başladı.

Meğerki kurtuluşun limanını ancak İstanbullarda arayan Fahir. Dünyayı sarsan krizin es geçmediği bu şehirde taştan ekmek çıkmadığını tez vakitte anlamıştı. Kara kara düşünerek geçirdiği birkaç ayın sonunda biçarecik, yapabileceği tek şeyi yaparak yine iğne ipliğe sarıldı, Beyoğlu'nda, vitrinindeki tüylü, çiçekli, meyveli şapkalar madamları ve matmazelleri bala koşan arılar gibi kendine çeken bir terzihaneye çırak olarak girdi. Fahir kaderin oyununa içerlemeyi aklına getirmezken anlayışlı Rum patron bu temiz Anadolu çocuğundan memnun kalmış, onun elini beğenmiş, haftalığından kısmamıştı. Annesi ile karısı arasında açılan uçurumda boğulmaktan son anda kurtulan Fahir, bu kaçışın vicdan azabını, iki kuruş bile olsa eve gönderdiği para ile giderebileceğini arkadan gelen altı ay içinde öğrendi. Keriman bile artık bundan sonrasına dokunulmaması gerektiğini kestirerek ses etmemişti.

Neyyire Hanım ise iğne oyası, Fahir'den gelen derken ele güne muhtaç olmadan yaşayıp gitmeyi öğrense de omuzlarına hayatın en büyük yükü binmişti.

"Kız çocuğu yetiştirmek! Hem de babasız kız çocuğu!"

Neyyire Hanım toprak testiyi ve teneke maşrapayı işaret etti.

"Hemşire" dedi. "Biraz su dök de şu bezelyeleri yıkayayım. Sonra da birer kahve içeriz karşılıklı."

Tevfik Efendi zamanında yer mutfağı bozulunca sofanın hemen girişine mozaikli betondan küçük bir taş tekne atılmış, derme çatma da olsa bir mutfak kurulmuştu bu köşeciğe. Yıllarca yer ateşi yakmakla uğraşmış Neyyire Hanım kapı önündeki maltızı tutuşturdu. Bezelyeyi ateşe koyduktan sonra "Otursana" dedi Mümine hemşireye. Kendisi de alçak bir hasır iskemleye yerleşerek pirinç kahve değirmenini dizlerinin arasına sıkıştırdı.

Kahvenin köpük çatlamadan fincanlara dökülmesini izleyen Mümine hemşire yeleğinin önlerini kavuştururken dalgın bir sesle:

"Neyyire abla" dedi. "Mücellâ'nın kaydını da herhâlde Kızorta'ya yaptırırsın."

Neyyire Hanım münasebetsiz bir soruyla karşılaşmış gibi başını kaldırdı. Mümine'nin yüzüne dik dik baktı.

"Yok hemşire" dedi. "Beşten sonra okuyup da ne olacak! Okuyup allâme mi olacak! Beşi bitirdi. Yeter de artar bile. Neme lâzım, babasız kız çocuğu."

Kahvesinden höpürdeterek küçük yudumlar alırken, sesinden geçen kırgınlığı büyük bir şevkle açıklamak ihtiyacını hissetti.

"Kızorta'nın kızlarının namını duymayan mı kaldı?"

Neyyire Hanım'a bakılırsa hepsi de okul çıkışı daha pembe görünsün diye yanaklarını kendi elleriyle çimdikleyen, dudaklarını çikolata kâğıdı ile boyayan, eli işte gözü oynaşta bir güruhtu Kızorta'nın siyah önlük üzerine beyaz yakalı, beyaz kemerli kızları. Göz süzmek, mendil ısırmak, gerdan kırmak, baş sallamak eskide kalmıştı gerçi ama onlar, daha afili görünsün diye şapkalarını yan yatırmayı ihmal etmezlerdi. Üstelik lisenin şapkası yeşil şeritli öğrencileri gibi fötr şapkalı kıranta beyler, saçları briyantinli olsa da boş gezenin boş kalfası delikanlılar; kasketli, çapulalı, süklüm püklüm köylüler bile bu kızların geçeceği yerlerden eksilmez, paydos vakti okulun kapısı önünde birikir, hiç olmazsa adımlarını yavaşlatırlardı hassaten.

Neyyire Hanım macunları dökülmüş pencerenin pervazına vururken kulağını çekeledi, dilini damağına yapıştırdı. "Çık çık!" Başını uzattı, demir çubuklu pencereden içeri, halının üzerinde her şeyden habersiz, fındık taneleriyle beştaş oynayan Filiz ve Mücellâ'ya bakarak mırıldandı.

"Allah muhafaza, evlerden ırak."

Neyyire Hanım, öyle bir kestirip atmıştı ki Mümine hemşire daha fazla üstelemedi. Ama bu sefer aynı sebebin üzerine başka bir cümle kurdu.

"Neyyire abla. Tamam, babasız kız çocuğu. Haklısın. Ama bari Akşam Sanat'a versen, dikiş nakış öğrense. Kolunda bir altın bileziği olsun. Bak Filiz'i de Akşam Sanat'a vereceğim ben.

Öyle hevesli ki elinden gelse vesikalık fotoğraflarını, aşı kâğıdını şimdiden çıkartacak. O da babasız."

Neyyire Hanım bir kez daha pencereden içeri doğru boylandı. Mücellâ sakin sakin sırasını beklerken Filiz bir fındık tanesini havaya atıyor, o daha düşmeden yerdeki taneleri topluyordu neşe içinde. Mücellâ'dan birkaç ay küçük olan Filiz de, Mümine hemşire gibi rahmetli Halil'in emanetiydi. Öyle bilir öyle hissederdi Neyyire Hanım. Severdi Filiz'i ama aklı bir karış havada bu kız çocuğuna bakınca yüzünden hoşnutsuz bir ifade geçti. Üstelik hoşnutsuzluğu Filiz'den çok kalender meşrep Mümine'ye yönelikti. Neyyire Hanım ne kadar uyarsa da saf Mümine, Filiz'i bir türlü çekip çevirememiş, kulağını bükememiş, daha bu yaşta onun suyuna gitmişti her daim. Bugün böyleyse yarın nasıl önü alınırdı bu kızın? Hiç düşünmüyor muydu bu kadın? Mücellâ'nın her zerresine nüfuz eden Neyyire Hanım'ın iradesinden Mümine'de eser yoktu. Filiz'i Akşam Sanat'a yazdıracağını işte şimdi ağzından kaçırmıştı!

Mümine hemşireye ve Filiz'e dair dilinin ucuna gelenleri yine de içine attı Neyyire Hanım. Ama gözünün önüne bu kez Akşam Sanat'a giden kızlar kalabalığı, onların sokak ortasında yüksek sesle konuşmaları, gülüşmeleri gelince lâfını esirgemedi. Üstelik sözü, "Kızım sana söylüyorum gelinim sen işit" kabilindendi.

"Yook!" dedi o'ları arka arkaya dizerek. "Akşam Sanat'a gitsin de adı mı çıksın hemşire?"

Neme lâzım, söz olurdu! Neyyire Hanım, ince peçelerin bile kızların iffetsizliğine hamledildiği zamanlardan kalma, onca yıllık kocasının, gündüz gözüyle diz kapağından yukarısını görmemişliğiyle övünen kadınlardandı. Mücellâ'nın namusuna gelecek bir lekenin, gerçekleşmesine gerek yok söylentisi bile, Neyyire Hanım'ı öldürebilirdi. Yıkılır giderdi şu bordo renkli halının üzerine. Böyle şeyler oyuna gelmezdi.

Dikiş nakışa gelince. İşte kırk yıllık Neyyire Hanım. İşte elinin işi herkesin malûmu. Öyle bir öğretirdi ki iğne oyasını Mücellâ'ya, altın bileziği kendi elleriyle kızının koluna öyle bir takardı ki bundan böyle Akşam Sanat'ın hocaları ondan örnek almaya gelirlerdi.

Mümine hemşire yerinden doğruldu, beyaz namaz örtüsünü çekiştirirken içi cız etti. Ama bu sırçayı ne kadar taşlasa da çatlatamayacağını anladı. Bilirdi ki Neyyire Hanım'la söz yarışına girilmezdi. Filiz'e seslendi, bakışlarını kapıdan yana çevirdi.

"Abla" dedi. "Ben gideyim, ikindi okunur şimdi."

Filiz beştaşta bütün fındıkları toplamış, Mücellâ daha ikinci aşamada takılıp kalmıştı.

Mümine hemşire ve Filiz kapıdan henüz çıkmıştı ki kırk yıllık minarenin kırk yıllık müezzini ikindi ezanını okumaya başladı.

Tanrı uludur Tanrı uludur

"Tövbe estağfurullah" diye söylendi Neyyire Hanım. Mahallenin minaresinden ilk işitildiğinde halkı sokaklara döken, Neyyire Hanım'ı da kapının önüne çıkaran bu seda, bu yeni usul birkaç aydır çıkmıştı.

"Dur bakalım hele, daha neler göreceğiz?"

Neyyire Hanım alelacele yerinden kalkıp abdest almaya doğrulduğunda müezzin:

Tanrıdan başka yoktur tapacak'a henüz gelmişti.

Mücellâ'nın beşi bitirdiği o günlerde Neyyire Hanım yükünün yarı yarıya hafiflediğini hissetti. Babasız kız çocuğu yetiştirmenin mektep kısmını sırtından atmıştı. Bundan gerisi gözüne daha kolay göründü. Böyle giderse Neyyire Hanım'ın hayattaki en büyük dileği gerçekleşinceye yani hayırlı bir kısmeti çıkıp Mücellâ bir yuva kuruncaya kadar geçecek zamanı kazasız belâsız atlatmak zor olmayacaktı.

Fakat yine de dikkatli olmak gerekti. "Kız dediğin iffetinden tanınır" derdi Neyyire Hanım. Ortalıkta fazla görünmemeliydi kız kısmı. Onun için tedbiri elden bırakmamalı, dizgini en baştan sıkı tutmalı, düğümünü sıkı atmalıydı şimdiden. Bir kızın yarınını -bir yuva kurmak- garanti altına almanın yolu onun bugününün sınırlarını çizmekle mümkün olabilirdi en fazla ve o da bahçedeki karayemişin işaret ettiği sınır taşından öteye geçemezdi.

Bu korkuyla çekmişti bir gün Mücellâ'yı karayemiş fidanının altına Neyyire Hanım yıllar önce ve orada ona hayatının en önemli dersini vermişti. Fahir İstanbul'a gideli bir kaç ay olmuştu ve Mücellâ o sonbahar mektebe başlayacaktı.

Mücellâ'nın hiç unutmadığı bu çocukluk resminde, "Bak!" demişti Neyyire Hanım. "Bak!"

Bakmıştı Mücellâ da.

Oysa hayatının en büyük dersini alacağı o günde Mücellâ kış boyu kapalı kalıp baharın ilk güneşiyle çimene yayılmış civcivler gibi mutlu, bez bebeğini ortancaların yanına serdiği kilimin üzerine oturturken, minicik oyuncak testiden ona su verirken başını kaldırıp annesine baksa da çok geçmeden oyununa dalmıştı.

Beyazlar kaynıyordu, renklileri kendi içinde kumaşına, dokusuna göre ayırdı Neyyire Hanım. Aristo'nun adını elbette duymamıştı bir kere bile ama mezarı bilinmeyen hâce-i evvel eğer yattığı bir yer varsa oracıktan başını şöyle bir kaldırsa, bu kusursuz tasniften memnun kalırdı. Meşe kütüğünden çamaşır sopasını kolunun var gücüyle çeviren Neyyire Hanım salkım saçak beyazları kaynar kazandan bakır leğene kuş gibi aktarıverdi.

Değme kadının çekip çeviremeyeceği ağır çarşaflar elleri arasında bir mendil kadar hafiflerken başını kederle salladı. Şuradaki gelinlik çarşafıydı ve o bile bugüne kadar dayanmışken Tevfik Efendi dayanamamıştı.

"Ah Tevfik Efendi" diye söylendi Mücellâ'ya göz atarken Neyyire Hanım. "Ne vardı böyle erkenden çekip gidecek? Beni gencecik koyup gittin de ne oldu sanki?"

Gerçi Tevfik Efendi öldüğünde Neyyire Hanım "Daha otuz dokuzumdaydım" dese de kırk birinden gün alalı çok olmuştu ve Tevfik Efendi de ellisini bulmuştu. Fakat diğer yandan Neyyire Hanım'ın, öldüğünde seksen beşinde olan babası, doksanını geçmiş annesi, yüz yaşına merdiven dayamış babaannesi ve benzer yaşlarda göçüp giden akrabasının hepsi ona bakılırsa bu dünyayı birer civan iken terk etmişti ve Tevfik Efendi de rahmetli Halil gibi bu kalabalık arasında olsa olsa beşik bebesiydi.

Kocasının son nefesini verdiğini anladığı ilk anda düşüp bayılmadan saniyeler evvel aklından geçen ilk düşünce şu olmuştu karnı burnundaki Neyyire Hanım'ın:

"Ben nasıl büyütüp ortaya çıkaracağım bu iki çocuğu?"

On dördündeki Fahir bile çocuk sayılırdı. Ama erkekti nihayetinde. Kendini çekip çevirir, korur kollardı. Ama ya öteki? Daha ana karnında. Hem aşermeleri ve diğer alâmetler gibi rüyaları da Neyyire Hanım'a öyle gösteriyordu ki bu kız olacaktı. Ah keşke bu da oğlan olsaydı!

Neyyire Hanım bunları düşünebilmiş, sonra olduğu yere bir kütük gibi uzanıvermişti. Mahallenin kadınları kendisini güç belâ ayılttıktan sonra o gece bir ölünün başında uyumaya direnerek -böyle bir acıya bir daha uyanmaktan korktuğu için- sabahlarken yine de sızdığında bir rüya görmüştü.

Rüyasında geniş, ferah bir odadaydı karnı burnundaki Neyyire Hanım. Kendi misafir odasıydı burası ama gerçekte eskiciden peyderpey alınarak bir araya getirilmiş tekeş koltuk, kanepe değil yepyeni eşyalar vardı etrafta. Yerde de Tevfik Efendi'nin Bitpazarı'ndan yüklendiği gevşek düğümlü mavi halı değil, bordüründen sarhoş atların ayakları dolanarak geçtiği, zemininde sırlı bahar bahçelerinin çiçek açtığı ipek bir Acem halısı. İkramlar geliyordu birbiri ardına tepsilerin üzerinde, şerbetler içiliyordu. Kalabalığa ve ortada bir gelinin oturduğuna bakılırsa bir koltuk merasimi yapılıyordu burada. Başında mumdan yapılmış portakal ve limon çiçeklerinden bir taç duran gelinin sağ omuzuna doğru gümüş teller sarkıtılmıştı ve aynı telden bir tutam, elindeki çiçeklerin arasına da katılmıştı. Gelinin yüzü duvakla kapalıydı ama güzel boynundaki kadife kurdelenin ucunda kocaman bir Reşat altınının parladığı da gözden kaçmıyordu. Kendi kızıydı bu Neyyire Hanım'ın, karnındaki kız. Tülün arkasından bile olsa insan hiç kendi kızını tanımaz mıydı? Onun güzelliğinden, başına konan talih kuşundan kendine çıkardığı gurur ve saadet payıyla yaslanıyordu arkasına Neyyire Hanım. Rüya bu, bir yandan karnındaki bebeğin tekmelerini hissediyor bir yandan da çetin bir yolu selâmetle yürümüş ve bir kazaya uğramadan menzile varmış olmanın huzurunu hissediyordu bütün ruhunda, bedeninin her zerresinde. Zamanında kendi giyemediği gelinliğin, kendisine yapılmayan kına gecesinin, gelin hamamının, kendisine alınmayan eşyanın, dizilmeyen ağırlığın, kendi içinde kalan her arzunun, her eksiğin kızında telâfi edildiğini anlarken gözlerinin hazdan yaşardığını hissediyordu. Sanki kendi kızında dünyanın bütün kızları gelin oluyordu. Yüzünü tam seçemediği damat geliyordu o sırada ve güzel gelin onun kolunda, ışıklar saçarak bir koridorun sonunda kaybolurken arkasından seslenmek istiyordu Neyyire Hanım. Ama adını bulup çıkaramıyordu bir türlü kendi kızının ve o anda "Mücellâ" diye fısıldıyordu muhterem bir ses kulağına. Rüyasının içinde bile Neyyire Hanım karnındaki çocuğun adının ve kaderinin bir resminin kendisine bağışlandığını anlıyordu. "Mücellâ" diye sesleniyordu gelin olmuş kızının arkasından.

Bir ölünün başında görülen bu güzel rüyadan uyandığı andan sonra Neyyire Hanım bir daha aynı rüyayı görmese de birkaç hafta sonra kucağına aldığı bebeğe Mücellâ adını koymuştu elbette. Gerçi kucağındaki bebek esmer yüzü, kapkara ve kalın kaşlarıyla rüyasındaki kumral gelinin bebekliğine pek benzemiyordu ama Neyyire Hanım hep rüyasının gerçekleşmesini beklemiş, hep aynı hayali kurmuştu. Bir gün Mücellâ'nın gelin olması. Tıpkı rüyasındaki gibi bu kapıdan teli duvağı, şanı şerefi, yüzünün akıyla, devlet ve ikballe çıkması. Her anne bunu ister elbet. Ama böyle bir rüya gerçekleşmez mi hiç? Neyyire Hanım bunun bir gün olacağına adı gibi inanmış, kendisini buna hazırlamıştı.

Eli çabuk Neyyire Hanım dağ gibi çamaşırı "Bana mısın?" demeden indirdiğinde öğle okunmamıştı bile.

Duvarın arkasından kendini sokağa atmış şamatacı tatil çocuklarının dünyanın her tarafında aynı çığırtkanlıkla çıkan sesleri geliyor, alnı çizik, kafası yarık, başıkabak oğlanlar misket; dizleri, dirsekleri yara bere içinde kızlar çizik taşı oynuyorlardı bağırış çağırışlara bakılırsa. İp atlayan, körebe oynayan, az ötedeki yangın arsasında pırpırlı uçurtma uçuranlar da eksik değildi.

Mücellâ'nın kulağı duvarın arka tarafında olsa da "Ne o öyle bağırıp duruyor bu kızlar? Tövbe tövbe" diye söylendi Neyyire Hanım.

Ona kalsa bu sokakta kızlar sürekli İvyan çakalı gibi çığrışır, oğlanlar da Vabis kornası gibi bağırıp dururdu ve Neyyire Hanım kime ne söylese, suya seslense bile hepsi "Kızım sen işit" kabilindendi.

O sırada İvyan çakallarının da Vabis kornalarının da sesini tek başına bastıran, bir türlü tam telâffuz edemediği kelimeleri yarı yutan yarı yuvarlayan, nezle görmemiş bir ses işitildi:

"Sinema makinesi geldi! Sinema! Seyyar sinema!"

O vakitler bu mahallenin de en ücra kıyı köşesi, icrâ-yı sanat ederken büyükler kadar çocuklara da seslenen seyyar esnafa açıktı. Macuncu, sucu, süpürgeci, yoğurtçu, karpuzcu, bohçacı, bilûmum satıcı geçerdi bu sokaktan. Hallâç, lehimci, demirci, bileyici, eskici, sobacı, kunduracı, lüküs tamircisi de eksik değildi, her türlü hizmet ayağına gelirdi mahallelinin. İnsanlar seyyar berberine, paslı kerpeteniyle dişçisine bile alışıktı sokak esnafının. Ama seyyar sinemacıya gelince Neyyire Hanım işte orada dururdu.

Pazar yerinde sırtında bir üniformayla, bebek arabasından bozma bir tablayı iterek yazın kavun karpuz, kışın mor patates, yağlı marul satan Rus gibi zamanında ülkesindeki ihtilâlden kaçmış, bir daha geri dönememiş bu sinemacı Rus'u da hiç sevmezdi Neyyire Hanım. Halk arasında onun Rusya'da bıraktığı malikânelerine, kontluğuna, prensliğine, generalliğine dair hikâyeler eksik olmasa bile değil mi ki sesi şuradaki dut ağacından eksik olmayan karganın sesi kadar çirkindi ve sinema makinesi de tekin değildi.

Neyyire Hanım bir baş uzanınca, karayemişin yaprakları arasından bile fark etti onun "sinema makinesi" dediği açılır kapanır dört bacak üzerindeki siyah kutuyu. Göğsünde dizi dizi madalyaları, nişanları ile bu insan azmanı Rus, "Sinema!" diye bağırıyor olsa da kara kutunun üzerindeki delikten içeri bakıldığında bütün görünen, sessiz filmlerden kırpılmış birkaç sahneydi. Neyyire Hanım da gençliğinde nasılsa bir bayram günü bu sihirli kutunun içine bakmıştı mahalleli kadınlarla. O, parmaklarının ucunda yükselerek gözünü dayadığında kol dönmeye başlamış, bir kanepeye yarı oturmuş, saten giysisinin kuyruğu yere büklüm büklüm dökülen bir kadın ile gözleri en az kadınınkiler kadar sürmeli genç bir adam el ele, nefes nefese birbirlerine baygın baygın bakmaya başlamışlardı.

Sinema makinesinin karanlığında neler döndüğünü bilmez değildi Neyyire Hanım. Lâkin gelen, *Fareli Köyün Kavalcısı* olsa çocukları başına ancak bu kadar toplayabilirdi. Çocuklar yaklaşır, kara kutunun içine bakar, o sırada sinemacı kolu yavaş yavaş çevirir ve harikalar görünmeye başlar.

"Serapa acıklı filmler! Hepsi burada! Kırk para! *Şeyhin Oğlu, Kırk Haramiler, Kraliçenin Düğünü, Âşıklar Kralı*!"

Neyyire Hanım "Kim sokuyor bu âdemleri çoluk çocuğun arasına?" diye söylense de o sırada Mücellâ karayemiş fidanına doğru bakmış, bakmakla kalmamış, sesin cazibesine kapılmış, yerinden doğrulmuş, iki adım atıp dalı kenara doğru çekmişti bile. İçinde, bilinmeyen bir dünyanın kendisini çağıran sesine dair kuvvetli bir hevesle bu sihirli kutunun şenliğine şahit olacaktı ki daha iki dakika evvel başını şefkatle okşayan annesinin soluğunu ensesinde hissetti.

Mücellâ çardağın altına atılmış kilimin üzerinde oturabilir, bahçede oynayabilir, karayemişe kadar gidebilirdi. Ama şu sokak tarafı var ya, Allah saklasın, görünür görünmez bütün tehlikeler o taraftan gelirdi. Sokağa adım atsa Mücellâ'sı hafazanallah münasebetsiz bir yığın şey öğrenir de Neyyire Hanım'ın ruhu bile duymazdı. Bir şeyden korunmak, onunla hiç karşılaşmamakla mümkün olabilirdi en fazla. Öyleyse araya bir sınır taşı koymak lâzım. Bu lüzumla Neyyire Hanım yönleri göstermeye başladı.

"Bak Mücellâ. Bak annem. Bu karayemiş ağacı, bu da bizim evimiz. Şurası da sokak, anladın mı?"

Neyyire Hanım ağaç dese de karayemiş, bir fidandı hepi topu. Mücellâ yüzünü önce karayemişe sonra annesine çevirdi. Annesi, elâ gözlerine kocaman bir çınar gibi göründü.

"Anladım."

"Bak, bu karayemiş ağacının ötesinde, sokakta kötü adamlar vardır. Küçük kızları kaçırır, türlü fenalık yaparlar."

Mücellâ küçük kızların başına gelen türlü fenalıkların neler olduğunu bilecek çapta değildi. Ama koca çınar yine de ürkütücü sahneler tafsil etti ve "Bak" diye ısrarla yineledi.

"Şu karayemişten bir adım öteye geçmeyeceksin. Tamam mı?"

"Tamam" dedi Mücellâ, karayemişin ötesinde sinema makinesinin kolu döndükçe çığlıkları ve kahkahaları artan kızların seslerini işitirken bile "Neden?" diye sormak aklının ucundan geçmeden. "Tamam." Çünkü o bilirdi ki annesi bir şeye "Hayır" dediyse bir bildiği vardır. Ona karşı gelinmez. O hem anne hem babadır.

Bu büyük sözleşmenin ardından kiliminin kıvrılmış kenarını düzeltti Mücellâ. Minicik takunyalarını yan yana özenle çevirdi. Toz bulaşmıştır ne olur ne olmaz, eteğinin ucunu silkeledi. Bez bebeğini başköşeye oturttu. İyice yaklaştırdı sarnıçtaki yağmur suyunun bile yatıştıramadığı kıvırcık, kabarık saçlarla çevrelenmiş yüzünü boş gözlerle bakan bebeğin ablak yüzüne. İşaret parmağını onun burnuna doğru salladı.

"Bak!" dedi sokak tarafını gösterirken. "Bak! Bu karayemiş fidanı. Oradan bir adım öteye geçmeyeceksin. Anneler daima doğru söyler. Söz dinle e mi?"

Söz dinledi Mücellâ. Bundan sonra attığı her adımda, her anneyi mutlu kılabilecek kadar uslu bir kız çocuğu oldu. Usluluğu, ara sıra kendisini şu sokağa atmak istese bile, neticede kendisine çizilen yolu hoşça bir mantıkla benimseyebileceği ve çoğaltabileceği kadar cömert bir usluluktu hatta. Neyyire Hanım, misal, elinden gelse, Mücellâ'yı kalınca bir urganla şu karayemiş fidanının gövdesine bağlardı ama zaten Mücellâ kendisini adamaya yaratılıştan hazırdı. O, gönüllü teslim olanlar taifesinden, annesinin bir dediğini iki etmeyen, o bir isterse iki veren hayırlı evlâtlar zümresindendi. O kadar yetindi ki kendine verilenlerle Mücellâ, kendisinden istenmeyenleri bile kendiliğinden çıkarıp verdi.

Misafir geldiğinde kapı önünde ayakkabıları, içeride terlikleri çevirmeyi; aynı odaları, sofayı, çardağı her gün silip süpürmekten şikâyet etmemeyi, süpürürken atlıların gidip yayaların kalmamasına dikkat etmeyi, çayı demliğe koyarken har vurup harman savurmamayı, terleyince sırta tülbent koymayı tez vakitte öğrendi. Kulaklının pilâva, tavanın kayganaya ait olduğunu, yemek yaparken yağı, tuzu el kararı, göz kararı ayarlamayı; pişirirken ateş başında yanmayı, taze fasulyenin fazla tuz kaldırmayacağını, zeytinyağlıların bir kaşık şeker atılırsa daha lezzetli olacağını, su böreği açmayı, asma yaprağından dolma sarmayı öğrendiği gibi öğrendi Mücellâ oturururken derli toplu olmayı, eteklerini dizlerinin üzerine çekmeyi. Kızların canının sıkılmayacağını, karınlarının ağrımayacağını, korkunca damak çekmeyi, biraz daha fazla korkunca şekerli su içmeyi, durgun sularda ifritlerin beklediğini, akşam ezanından sonra bahçeye sıcak su dökülmeyeceğini hevesle, istekle öğrendi.

Hele kahve pişirmeyi. Hazır kahveye güvenilmezdi ve kahve, ağzı sımsıkı kavanozlarda bile çabuk bayatlar, kokusunu da tadını da kaybederdi. Öyleyse Mücellâ koyu yeşil taneleri mangal ateşinin üzerinde rengini dikkatle takip ederek ağır ağır çevirmeyi, önce yağını kusan sonra kokusunu salan bu taneleri tam kıvamında ateşten çekmeyi, pişireceği zaman kahve değirmeninin kolunu çevirmeyi, kahveler içildikten sonra fincanların ve cezvenin bekletmeden yıkanması gerektiğini... Vee: Kızların kahve içemeyeceklerini -yoksa kararırlardı- teni zaten kar beyazı olmayan Mücellâ biraz daha kararmaktan korkarak öğrendi.

Neyyire Hanım onu günden güne izledi. Allah'a hamdolsun, belli ki yetim yavrusu anacığını üzmeden büyüyecekti. İlk mektep meselesini kontrol altına alması da hiç zor olmamıştı Neyyire Hanım'ın. Mücellâ da her kız çocuğu gibi mektebe başladığı gün başının üzerinde bir yelken gibi sallanan kolalı kurdelesini bozdu, beyaz yakasını, siyah önlüğünü kirletti, tozlanan pabucunun önünü tükürüklediği parmaklarının ucuyla sildi. Ama mektep dediğin sokağın ucu. Hademe çıngırağı sallar, sabah dokuzda evden çıkar Mücellâ. Aynı çıngırak saat üçte sallanır, hemencecik eve döner Mücellâ.

"Bak" demişti Neyyire Hanım. "Okulda hademe zili salladığı anda, hadi sana beş dakika müsaade, evde olacaksın. Gözüm üstünde. Tamam mı?"

Bu da tamamdı.

Neyyire Hanım'ın yasakları Mücellâ'nın etrafını böyle böyle çevirmeye başladı. Karayemiş fidanı yıkık bahçe duvarının bir çocuk adımıyla bile geçilebilecek harabesi önünde bir sınır taşına dönüştü, hükmî şahsiyet kazandı. Mücellâ'nın yoluna o narin gövdesiyle bir heyulâ gibi dikildi.

Karayemişin dalları, yaprakları bile kökünün toprağa bağlandığı yerden daha öteye uzanıp sokak tarafına dal budak salarken bu ağacın ötesine adım atmayı düşünmedi hiç Mücellâ. Böylece bahçenin bittiği, bambaşka bir dünyanın başladığı noktaya dikilmiş ve giderek kavileşen bir sınır taşı gibi, içine bakılamayan sinema makinesinin, sokakta oynanmayan çizik taşı, saklambacın, çıkılmayan anne sözünün manasını kendisinde toplayan bir simge oluverdi.

Böyle olunca tez zamanda Mücellâ'nın adı "Neyyire Hanım'ın uslu kızı"na çıktı. Onu Mücellâ kılacak, bir başka ismin gölgesinden kurtaracak ne bir varlığı ne de öyle bir arzusu vardı. Hani, *Dede Korkut* zamanında yaşayan bir oğlan olsaydı Mücellâ adsız kalırdı.

"İyi de abla, bu kızın canı hiç sıkılmaz mı? O da bir parça sabi değil mi nihayetinde?"

Mümine Hemşire ne zaman hâl dilince bu soruyu sorsa, Neyyire Hanım'ın cevabı hazırdı: Elbette! Gezmekse gezmek. Mahallenin kadınlarıyla birlikte güneş battıktan sonra Moloz kumsalından denize girmeye gitmemişler miydi? Neyyire Hanım çarşı pazar, konu komşu, hısım akraba dolaşırken Mücellâ da her daim yanında değil miydi? Ve işte yarın Hıdrellez'di.

Mahallenin kadınları kafa kafaya vermiş, Telsiztepe'ye gitmeyi kararlaştırmışlardı bu Hıdrellez'de. Bayram yerindeki salıncak, dönme dolap, cambaz, atlıkarıncaya değil kıra gideceklerdi. Neyyire Hanım, Mücellâ yanı başında, akşamdan hazırlığa başladı. Suyuna soğan kabuğu atarak yumurtaları haşladı. Ne güzel bir fes rengi olmuştu. Taze nanesini bol tutarak pazı kayganasını ateşe oturttu. Biber, patlıcan, kabak kızartırken mücveri de ihmal etmedi. Sabah erkence yola çıkılacak, çünkü ikindi okunmadan evinde olmalıydı kadın kısmı ve otobüs, taksi nerde, bütün yol yürüyerek gidilip dönülecekti.

Ortalığı toparlayıp, odasına çekilmeden önce son iş olarak tel dolabın kapağını ardına kadar açtı Neyyire Hanım. Taş teknenin altında, büzgülü perdenin arkasında iç içe duran bakır tencereleri, çinko kapları, emaye tepsileri çekti. Hepsini ağzı açık olarak yan yana dizdi. En son da minik cüzdanını, yine ağzını açarak köşedeki masanın üzerine bıraktı.

Kendisini merakla izleyen Mücellâ sormadan o cevapladı.

"Hızır'ın eli İlyas'ın eline değdiği anda bereketten nasiplensinler diye."

Uzun süren bir kıştan sonra nihayet yaşlıların kemiklerini ısıtan sıcak bir gündü. Telsiztepe'ye vardıklarında tatlı eğimli, geniş bir çayır uzanıyordu önlerinde ve diz boyunda fışkırmış yemyeşil, taptaze çimenlerin arasında, bembeyaz papatyalar, sarı düğün çiçekleri, sapsarı hindibalar göz göz parlıyordu. Büyükler sepetleri açıp yaygıları sererken altın rengi bahar güneşinin altında, ışıklar içindeki çayırın üzerinde, önce çiçeklerin arasına oturdu Mücellâ.

Başını kaldırdı, içi parıltıyla dolu, kıvrım kıvrım, tek tük bulutlara baktı. Ne kadar da yakındalardı. Sonra yerinden kalktı Mücellâ. Kızların arasına karıştı. Karayemişin arkasından işittiği fakat şenliğine katılamadığı bütün seslerin acısını çıkartırcasına, artık mektepteki teneffüslerde kalan bütün oyunları son bir kez oynarcasına, ip atladı, saklambaç, körebe, kovalamaca oynadı. Hatta beşi bitirmiş Mücellâ o yaşta, küçücük taşlarla odalarını çiziverdiği bir ev kurdu kendisine, hanesine misafir buyur etti. Kahve ikram etti hayali fincanlarda. Yine hayali bir kapıyı çalarak iade-i ziyarette bulundu. Zaten esmer yüzü güneşten iyice yandı, yanakları kızardı ve ikindi vakti eve döndüklerinde yer odasındaki sedirde uyuyakaldı.

Hıdrellez'i bilip kutlasalar da gül dibine dilek bırakmak, deniz kıyısına inip kumsalda isteklerin şeklini çıkarmak âdeti yoktu Neyyire Hanım'ın çevresinde. Fakat o da Mücellâ sedirde uyurken, bütün anneler gibi, bir avuç tuz karıştırdığı bir tas suyu taş teknenin oluğundan akıttı. Yetinmedi, nereden gelmişse bir yalıçapkını asmanın dalından onu gözetlerken, bahçe toprağına bir avuç fasulye ekti.

Birkaç gün sonra büyüyen fasulyenin gövdesindeki eğrilikleri atlatılmış tehlikenin heyecanıyla uzun uzun inceledi Neyyire Hanım, parmağının ucuyla Mümine hemşireye gösterdi. Allah muhafaza, demek o fasulyeyi toprağa ekmese, tuzu suya karıştırıp dökmese, bütün bu eğrilikler -vaktine saatine denk geldiyse tabii- müstakbelde doğacak bir bebeğe geçecekti. Evinde, beşikte olsun bir kız çocuğu bulunan hiçbir anne ihmal etmezdi bu yüzden Hıdrellez tuzunu, fasulyesini ve zamanın ne çabuk geçtiğini en çok anneler bilirdi.

"Kız dediğin ne ki?" derdi Neyyire Hanım sık sık bütün eski kadınlar gibi. Bahar çiçeği gibi bir gecede serpilip açılırdı hepsi, aniden patlayan tomurcuklar gibi aşar geçerlerdi genç kızlığa açılan o eşiği. "Kız beşikte çeyiz sandıkta" dememişler boşuna. Hem meşguliyet iyiydi, boş durmak şeytanın işine yarardı. Meşgul olan kızın canı da sıkılmazdı.

Vaktin zamanın geldiğine kanaat getiren Neyyire Hanım, Hıdrellez ertesi, Mücellâ'nın elinden tuttu. Terzi Aznif'in atölyesini, Çemberci Yakup Efendi'yi, iskemlesi ve küçük masasıyla her zamanki köşesinde müşteri bekleyen bunak arzuhâlciyi geçtiler. Neyyire Hanım, Tevfik Efendi zamanından beri bildiği *Binbir Çeşit* mağazasının kapısını itti.

Çeyizi hazırlanacak bir kıza ne lâzımsa hepsi bu dükkândaydı. Amaroza, krepdöşin, samba, maroken, saten, dantel, şifon kumaşlar, hatta arayanı soranı olmasa bile daha eski zamanlardan kalma gronlar, canfesler, dibalar, lâhurlar *Binbir Çeşit* mağazasına İstanbul'dan gelir, şehrin en ünlü terzihanesini işleten Halet ve Hilkat Kardeşler'e bile dudak uçuklatırdı hem fiyatları hem kaliteleri. Diğer yandan şehrin kadınlarının dilinde burası "Amanlar" olarak kalmıştı. Sahibi, her müşkülpesent müşteriyi

"Aman efendim" ile başlayan uzun cümlelerle ikna etmeye kalkıştığı ve her defasında başardığı için. "El-Aman!"

Neyyire Hanım alt kattaki çeşit çeşit ufak tefeğin, top top kumaşların, hatta iffetli kadınların dönüp bakmaya utandıkları jarse iç çamaşırlarının yanından çabucak geçti. Bunca renkli, ışıltılı eşya karşısında kendisini harikalar ülkesine girmiş gibi hisseden Mücellâ'yı kolundan çekerek merdivenlere doğruldu. Üst kat "Allı verelim morlu verelim" dense yeri, öyle kalabalıktı. Yine de aradığı makaraları, bobinleri, çileleri, ibrişimleri, tireleri, çamaşır ipeklerini, molinaları, gümüş telleri, sırmaları eliyle koymuş gibi buldu Neyyire Hanım. Nakış ipliklerini çarşaflık ketenler, bohçalık hasseler, örtülük poplinler, patiskalar izledi.

Para ödemek için Aman Efendim'in karşısına dikildiğinde:

"İki sap ip beş kuruş, efendi" diye çıkıştı Neyyire Hanım. "Neredeyse bir ekmek fiyatı!"

Aman Efendim'in sesi bile çıkmadı.

Aman Efendim'le küçük ev arasında yıllarca sürecek seferlerin ve cephe savaşlarının bu ilk akşamında Neyyire Hanım idare lâmbasının ışığında Mücellâ'yı dizinin dibine çekti. O günden sonra, siyah çarşafı içinde buram buram terlerken bile küçük bir dükkân hacmindeki variyetini çardağın altına ya da yer odasına intizamla yayan bohçacı kadının sermayesi de ihmal edilmedi. El işinin her türü, her modeli eline tutuşturulan Mücellâ sanki bugün, en geç yarın kısmeti çıkacakmış gibi çeyiz işlemeye başladı.

Bu evdeki çok şey gibi Mücellâ'nın sandığı da önce elli yıl evvelden kalma âdetlerle doldu. Gerçi para kesesi, saat kesesi, tarak kesesi, bilûmum keseler gibi hotoz, uçkurluk da yoktu bu çeyizlerin arasında ama hatırı geçen konu komşudan itirazın yükselmesi yine de gecikmedi. Kim koyuyordu Allah aşkına bu devirde kızının sandığına gümüş tel işleme hamam peştamalını, üçgen baş havlusunu? Sırma saçaklı, gümüş pullu peşkirlere kim elini kurulardı? Kaşık torbası mı kalmıştı? Bunlar eski âdetlerdi. Ama Neyyire Hanım da eski köye yeni âdet getirmek niyetinde değildi. Telkâri nalınlar, göbeğinde minyatür timsahıyla gümüş hamam tası, fildişi tarak için dişten tırnaktan artırılıp göl edilmiş kesenin ağzı açıldı. Dahası dükkândan Mücellâ'nın payına düşenin bir kısmına bile dokunuldu.

Fakat Neyyire Hanım yeni moda işlerden de gereken ilgiyi esirgemedi. Kenarları antika yapılacak bohçanın ipliklerini Mümine hemşire çekti. Üçer teli iğne iplikle boğmak ilk anda Mücellâ'ya zor gelse de pencerenin içinde ipin ucunu düğümledi. İğneyi, elinin üzerinde gerdiği ketenin bir altından bir üstünden geçirdi. Koca bohça. Hiç bitmeyecek gibi göründü ilk anda gözüne bu iş. Ama Mücellâ'nın zamanı çok, yapacak başka da işi yok. Bitmez denilen iş bitti. Sıra köşe işine geldi. İki hafta almadı kenarına incecik bir sıra danteli geçirilmiş bohçanın köşesine kanaviçenin incecik karelerini takip ederek kırmızının on bir tonuyla Mücellâ'nın gül buketini işlemesi. Elinin emeğine uzaktan bakınca Mücellâ pek mutlu oldu ve yeni bir işe başlamak için sabırsızlık duydu.

Nar, sümbül, çarkıfelek motifleri; portakal, limon, susam çiçekleri; köşe dantelleri, iğne ardı, kasnak, gergef işleri, Türk işi, düğüm işi, firkete işleri, mekik oyası, boncuk oyası, pullu oyalar, dal oyaları ne varsa Mücellâ tekmilini birden ezber etti. Günden güne eli ilerledi. Hele de daha o yaşta üç yüz altmış adet motifi birleştirerek yaptığı tığ işi yatak örtüsü gibi aynı emek ve sabırla ördüğü masa örtüsü de konu komşunun diline destan olunca "Neyyire Hanım'ın uslu kızı"nın adı bu kez de "Neyyire Hanım'ın hamarat kızı"na çıktı.

Tez zamanda dolmaya başladı Mücellâ'nın servi ağacından güve tutmaz çeyiz sandığına zorlu dantelleri kar gibi poplinlere ustaca tutturulmuş yatak takımları, upuzun yastık kılıfları, havlular, yorgan çarşafları, karyola etekleri, yaygılar, oda takımları, şerbet peşkirleri, bardakaltları, sürahi ağızlıkları, sehpa örtüleri, peçeteler. Hatta köşe kırlentleri ve yer minderleri için yüzler, yeşil kadife bir Kur'an kabı, Enam kılıfı, şamdanlı seccadeler, seccade ayakları bile hazır edildi. Yorganlar sonraya bırakıldıysa da -öyleydi âdet, yorganlar nişandan sonra diktirilirdi- Neyyire Hanım'ın zihninde onların resmi de hazırdı. Biri tavus kuşu diğeri serpme lâle desenli iki yorgandan biri yün diğeri pamuk olacaktı. Biri mercan kırmızısı, diğeri eğrelti yeşili iki adet saten yorgan da gelin yatağı, lohusalık için diktirilecekti. Çember yüzlü, çiçekli olanlar ise gündelik.

Farkındaydı elbet Mücellâ, kendisine ördürülen, işletilen her şey gibi annesinin daha geçen sabah kahve keyfi esnasında konu komşuyla sohbetini ettiği müstakbel yorganlar da çift kişilikti. Dahası kimi yastık başlarına, havlu ağızlarına şimdilik sadece *M* harfi işlenmişti, Mücellâ'nın *M*'si. Bir harflik yer daha vardı yanlarında. Çiftin henüz teki belliydi. Antikanın tellerini sayarken, *M*'nin kuyruğunu özenle sararken, Mücellâ ara sıra başını kaldırıp pencereden dışarı, karşı yamaçtaki Paşazade yalısına doğru baksa da bunca eşyayı gönlünce kullanacağı odaları, şu örtüyü üzerine yayacağı yatağı gözünde canlandırmaya çalışıyordu daha fazla. Çınarlar siliniyordu gözünün önünden. Bir ev beliriyordu onların yerinde. Ayrıntılı bir resim olmuyordu bu ama belki Paşazade'nin yalısı gibi bir ev. Biraz daha zorluyordu hayalini Mücellâ. Daha geçen gün karayemişin altında Filiz'in anlattığı ayrıntıları hatırlayınca -hiç inanamamıştı- yüzü kızarsa da bunca çeyiz kendisi için hazırlanan biri geliyordu aklına.

Demek bütün bu hazırlıklar adının ilk harfine ait yer şimdilik boş kalan biri içindi. Onu düşününce içinden harlı bir nefes yanaklarına doğru yükseliyordu Mücellâ'nın. Kimdi? Neredeydi? Şu an ne yapıyordu? O da Mücellâ'yı onun kendisini düşündüğü gibi düşünüyor muydu? O zaman Mücellâ eline hız veriyordu.

Ama ne hikmetse bu çiftin, elinin altından şunca mahremiyetle geçiveren tekini Mücellâ'nın merak etmesi uygun görülmedi. Bir keresinde bembeyaz saten bir bohça tutuşturuldu eline. Kenarının oyası için günlerce örnek arandı. Epey itinalı, itibarlı bir usta işi yani. Nasıl olduysa Mücellâ "Damat bohçası mı bu?" diye soruverince öyle bir baktı ki ona Neyyire Hanım, bakış değil başka bir şey vardı gözlerinde, soyut bir şiddet. Bu bakışlar atlıyı atından indirebilirdi.

"Elinin işine bak sen kızım" dedi Neyyire Hanım. "Gerisini sual etmen münasip düşmez."

Damat! Ne ayıp kelimeydi demek bu! Mücellâ hemen o an gündelik lügatinden sadece damadı atmakla kalmadı, koca, evlilik, zifaf, gerdek, bütün bu kelimeleri ekleri ve kökleriyle, imaları ve telmihleriyle siliverdi. Kendisine düşen, susmak ve işine bakmaktı sadece. Yine de hiç sonu gelmeyecekmiş gibi dümdüz uzayan bir çarşaf kenarından iğnenin ardı geçerken, kelimesi olmasa da ana kız aynı hayali kurmakta sakınca görmedi. Ama mahremiyetin üzerine perde çekildi.

Servi ağacından sandık, Mücellâ on üçüne geldiğinde yükünü epeyce aldıysa da işler bu kadarla bitmedi. Neyyire Hanım haklıymış. Mücellâ Akşam Sanat'a gitmeden de iğne oyasında usta kesildi, altın bileziği koluna takıldı. Kendi çeyizinden arttırdığı zamanlarda önce eşe dosta, konu komşuya, evlenecek fakir kızlara hediyeten iğne oyası yaptı. Acemiliğini attı. Çok geçmeden sipariş almaya başladı ve kazandığı ilk parayı sıkı fanilâsıyla göğsünün arasına sıkıştırdığı o Temmuz ayında, kendisinden küçük Filiz'in epey zamandır o kadar sızlana sızlana ama yüzüne dikkatle bakılırsa gururlana gururlana anlattığı şey biraz geç kalsa da Mücellâ'nın da başına geldi.

O Filiz ki daha bir ay önce geçmişti Mücellâ'yla aynı aynanın önüne. Mümine hemşire eski dikiş makinesinin başında kan ter içinde kalmış, iki kıza yakası fırfırlı gömlek dikmeye çalışıyordu. İkisinin de sırtında teyelli gömlek, ayna önüne geçtiklerinde Mücellâ ümit dolu safiyetin mutluluğuyla "Biz birbirimize benziyoruz" dediğinde, çocukluğunu yitirmiş bir ruhun acımasızlığıyla çekmişti Filiz onu aynanın önüne bir daha "Yo, hiç de benzemiyoruz" diyerek ve en evvel söylemişti en hakiki cümleyi.

"Bir kere ben güzelim sen değilsin."

Sonra sıralamıştı sebepleri bir bir.

"Ben beyazım sen karasın. Benim tenim manolya seninki bulanık. Benim saçlarım dalgalı, yatık, seninkiler kıvırcık ve kabarık. Benimkiler altın kumralı, parlak, seninkiler kül rengi, mat."

Filiz'in yanında, onunla aynı aynaya o zaman kendisini ilk kez görüyormuş gibi bakmıştı Mücellâ. Birbirine bitişik duran, neredeyse gözlerine kadar inmiş kalın kaşlarına; uçları aşağı doğru bakan küçük ve kuytuya kaçmış gözlerine; dar alnına, küçük yüzüne, sivri burnuna, ince dudaklarına, hiçbir parıltısı olmayan esmer tenine ve ah evet, başını almış giden kıvırcık, kabarık, kül rengi saçlarına.

"Ama benim boyum senden uzun. Hem sen tombulsun ben zayıfım" demek aklına gelmemişti Mücellâ'nın ve evdeki abanoz aynanın gösterdikleri de Mümine yengenin aynasında görünenden daha farklı değildi.

Şimdiyse o kaçınılmaz olan şey gerçekleştiğinde, masumiyetin kendisini terk ettiğini anlayamayacak denli masum kaldı Mücellâ. Şu adını anmaya cesaret edemediği -zaten doğru dürüst bir adı da yoktu galiba- iki damla kan bedeninden çarşafına sızdığında o bedende bütün kötülükler gibi bütün hazlara da açık bir yanın var olduğunu yarım yamalak bir bilgi olarak bildi sadece. Bedeni gibi ruhuna da üşüşmeye hazır bütün duyguları ve duyuları, bütün kötülüklerle birlikte bütün coşkuları ve hazları girmeye hazır bekledikleri kapının önünden gerisin geri itti. Bir romancı olsa, "Masumiyetin ortasına bir damla kan, durgun göle bir taş kocaman" diye artistik bir cümleyle tarif edebilirdi bu büyük olayı. Ama yo, hiçbir şey olmamıştı sanki Mücellâ'ya. Dün nasılsa bugün de öyle. Her dem nurlu bakire, her yaşta çocuk gibi.

O nurlu bakire eline bembeyaz bir patiska ile iğne ve iplik verileli beri hayatı şu kuytu odanın hemen daima soldaki penceresinin içinde oturduğu yerden seyretmişti. Kışın aniden kararan kısacık günleri ve uzun geceleri gibi yazın bitip tükenmek bilmeyen kavurucu öğleleri, su ve hanımeli kokan baygın ikindilerinde de onun günleri birbirini tekrarlaya tekrarlaya geçerken tabiatın günleri renklendi, çeşitlendi. Geceleri yatağının yanındaki mavi badanalı duvara sokaktaki havagazı lâmbasının çizdiği şekillere bakarak, rüzgârın sesini dinleyerek uyudu Mücellâ. Uyandığında hemencecik Paşazade'nin çınarlarına baktı. Onların renginden, kımıltısından anladı günün nasıl geçeceğini. Ağustos ortasında çakan şimşekler, yaprakların sararma zamanını haber verdi örneğin ve eylül mutlaka güçlü bir fırtınayla girdi. Sonra yeniden açtı havalar. Fakat uzun sürmedi. Vakti geldi kar yağdı yağmur yağdı, vakti geldi çiçekler açtı. Hepsi de hiç şaşmayan bir düzende kendi zamanını bildi. Hepsini Mücellâ dalları yaprakları, bulutları rüzgârı okurken, yağmuru tanıyıp havayı koklarken ağaçlarda, toprakta, gökyüzünde seyretti. Bulutların şekilden şekle girmesinden, denizin hareketinden, toprağın kokusundan, bacadan tüten dumanın renginden, yönünden, gövdesi kıpırtısız fakat tepedeki dalları ağır ağır sallanan servilerin dilinden mevsimleri tanıdı, takvimini çıkardı, zamanı okumayı öğrendi. Zamanın eli ağır, günleri haftalar, haftaları aylar kovaladı.

"Kızım" diye seslendi Neyyire Hanım üfleye üfleye yakmaya çalıştığı kuzinenin başında, dumanlar arasından. "Gazyağı bitti. Bir koşu bakkaldan iki litre alıp gelsen."

Gazyağı ile işleyen bir hayata sahiplerdi neredeyse. Mutfakta üçayaklı, pompalı, pirinç gazocağı; sobayı, kuzineyi tutuşturmak için gazyağı; odalarda, sofada, merdiven başında, pencere içinde gaz lâmbası, misafir odasında karpuz lâmba; gece vakti bahçeye çıkmak ya da bir yere gitmek gerekirse hepsi de birbirine benzeyen Zonguldak feneri, deveci feneri, gemici feneri.

Üflemekten başı dönen Neyyire Hanım sedirin kenarına yaslanırken ekledi.

"Ha, unutma. İki kalıp sabun, bir şişe tuz ruhu, bir paket de çamaşır kolası al."

Mahalle bakkalı bu, iki adım ötesi. Kapıdan başını uzatsan tezgâhın üstünü görürsün. Yine de uyarmadan edememişti Neyyire Hanım.

"Çabuk dön. Oyalanma bir yerlerde sakın."

Bir kamyon, koca hortumunu uzatmış, üzerinde kırmızı harflerle *GAZ* yazan teknesinden hemen yandaki depoya gaz aktarıyordu. Tek taraflı camı önüne ufak tefek dizilmiş kırık dökük bir baraka, loş, rutubetli, küçük bir yerdi mahallenin bakkaliyesi. Raflarda çakılar, Tekel kibritleri, ispirto şişeleri, çay paketleri, kalıp kalıp yeşil sabun, kalın bir iple destelenmiş beyaz ve ucuz mumlar, gaz lâmbaları, ipe dizilmiş lâmba şişeleri, fitiller; yerde un, mercimek, kuru fasulye çuvalları, açıkta satılan kuyruk yağı, Arap sabunu; tezgâh üstünde çekirdek kahve, tezgâh altında itibarlı müşteriye ayrılmış nadir eşya; kenarda gaz varili ve teneke litrelik, hepsinden yayılan ama tek başına hiçbirisi olmayan ağır, karışık bir koku.

Mücellâ birkaç metrekareye sığdırılmış bu kalabalık arasında kendisine iki adımlık yer bularak tezgâhın önüne yaklaştı. Bakkalın çırağının önünde dikildi. Gözü açık, kulağı daima kirişte bakkal Sefer Efendi herhâlde gazyağı deposundaydı ve kim bilir yine ne işler çeviriyordu?

Bakkalın çırağı ise daha dün sağa sola koştururken, bir gecede patlayan bahar tomurcukları gibi aniden çocukluktan delikanlılığa geçmişti. Yüzünde, erken gelişmişlerin çoğunda görülen sağlıklı pembe yanaklar ve kırmızı etli dudaklarla o da aniden gelen bu erkekliği ne yapacağını bilememiş, kendisini oluruna, içinden gelene bırakmıştı. Güzel, çirkin, yaşlı genç, fark etmeksizin dişiler zümresine kayıtlı her varlık onun alâkası dairesindeydi. Büyük bir merakı kışkırtan hadsiz bir iştiha. Yüzünde, içindeki ateşi bir türlü dışarı atamamışlara mahsus daimi bir ter. Henüz terlemiş ayva tüyü bıyıklar, birbirine yakın, kazan kulpu gibi çatma kaşlar, derin parıltılı renkli gözler. Tırnakları yarısına kadar yenmiş, avuçları da yüzü gibi her daim ter içinde. Güzel mi? Evet ama henüz son hâlini alamamış, rahatsız edici, itici bir güzellik bu. Bütün benzerleri gibi.

İşte bu yüze dikkat ve merakla baktı Mücellâ. Sanki biraz daha bakarsa, kutu içinden kutu çıkaran oyuncaklar gibi başka başka garibeler belirecekti gözünün önünde. Şaşıracaktı Mücellâ. Bir kol dönmeye başlayacak ve sinema makinesinin içinde göremediği ne varsa hepsini birden şu yüzde görüverecekti.

Birden kendine geldi. Küreği şeker çuvalına daldırırken sırıtarak "Ne istiyorsun?" diye sormuştu daha dün kalınlaşmış ses Mücellâ'ya.

"Gazyağı. Ben alırım."

Elindeki şişeyi çabucak kenara bıraktı Mücellâ. Litrelik tenekeyi aldı, gaz varilinin musluğunu açtı. Bir huni yardımıyla daha ilk litreyi şişeye doldurmuştu ki Sefer Efendi çıka geldi. Önce çırağını azarladı. Böyle işleri neden müşteriye bırakıyordu? Gazyağı bu, damlası dökülse zarar ziyandı. "Çekil kızım" diyerek sırtını tezgâha döndü ve bidonun başına geçti.

Tam o sırada, diğer ufak tefeği kese kâğıdına koyarken çırak, yine önünde dikilip kendisini izleyen Mücellâ'nın yüzüne baktı ve sırıtarak gözünü kırptı. Tek gözü bir an için dümdüz bir çizgi hâlini almıştı ve Mücellâ'nın yüzü kızarmıştı.

İki adımlık yolu koşarak eve döndüğünde kan ter içinde kalmıştı Mücellâ. Hayret! Bu nasıl olmuştu? Aman Ya Rabbi! Böyle şeyler mazbut kızların da başına gelirmiş demek ki! Elindekileri taş teknenin yanına bıraktı. Bir süre şaşkın şaşkın etrafına bakındı. Ruhun böylesi çalkantısını ancak bedenin daha fazla yorgunluğunun alt edebileceğini basit bir sezgiyle hissetti. Fırfırlı gömleği çıkardı. Basma eteği sırtına, ahşap takunyaları ayağına geçirdi. Kollarını dirseklerine kadar sıvadı.

"Bugün salı kızım, iş yapılmaz" diyecek oldu epeydir evdeki işlerin ağırlığının yavaş yavaş kendi yorgun omuzlarından

Mücellâ'nın genç omuzlarına kaymaya başladığını fark eden ve ses çıkarmayan Neyyire Hanım.

"İkindi okundu" dedi Mücellâ. "Çarşambaya girdik sayılır."

Bahçedeki dutun altında öyle bir ateş yaktı ki, itfaiyeciler dumanını görse "Yangın var" diye koşup gelirlerdi yalan yok. Yastık kılıfı, yorgan ağzı, karyola eteği, çarşaf, havlu, beyaz cinsinden ne varsa hepsi kaynar kazana atıldı. Beyazlar kaynarken içeri geçti Mücellâ. Eteklerinin ucunu belindeki kuşağa taktı. Tahta fırçasını sağ ayağının altına aldı, elini beline dayadı. İçine sinmedi böylesi. Diz çöktü. Tel fırça sağ elde. İleri geri!

Neyyire Hanım, elde çorba tası, evden çıkarken:

"Kızım" dedi. "Bu temizlik de nerden çıktı zamansız? Fazla yorma kendini. Yarın birlikte yaparız. Hadi gir içeri."

Döndüğünde, içi Mümine hemşirenin soğuk algınlığıyla o kadar doluydu ki cilâsız döşeme tahtalarının o günkü kadar ovulup ağartılmadığı Allah'tan Neyyire Hanım'ın dikkatini çekmedi. Üstelik dutun altında ateşi harlandıkça harlanan kara kazanda kaynatılan çarşaflar ve havlular da hiç o günkü kadar beyazlamış değillerdi.

"Bakkalın çırağı bana göz kırptı!"

Bunu genç kızlığının, sınırları annesi tarafından konulmuş ve karayemişin kökünden öteye geçmeyen mülkiyetine yönelik öyle bir saldırı bildi ki Mücellâ, o gece hiç olmadığı kadar erkenden yatağına girdiğinde tavuklar bile henüz uykuya varmamıştı. Yorganın altında bacaklarını karnına doğru çekerek bir yumak gibi kıvrıldığında, kendisini sorguladı. Bir türlü bitmedi bu sorgu. O mu yanlış bir adım atmıştı? Kendisini en fazla da kendi nezdinde aklamak için Mücellâ öyle çok çaba sarf etti ki saatlerce yatağında dönendi durdu.

Rüyalarını kaydettiği bir defteri yoktu Mücellâ'nın. Fakat o yorgunlukla, açık pencereden içeri hanımeli ve mor salkımın baygın kokuları dolarken bir parça daldığında çok güzel bir rüya gördü.

Yeşil ile mavi arası billûr gibi bir suyun içindeydi. Sığ bir suydu bu ama Mücellâ yine de bütün vücuduyla sırt üstü suyun içinde oluyordu. Başını da sokuyordu suya usulca ve rüya bu ya her şeyi yine de bütün berraklığıyla görüyordu. Sonra başının üzerinden, omuz başlarından, burnunun ucundan, bacaklarından, kollarından küçük pembe çiçekler kar taneleri gibi ağır ağır dökülmeye başlıyordu. Avucunu yummadan, elinin içinde tutmaya çalışıyordu onları Mücellâ. Fakat sanki beklediği bir duygu varmış da onu yaşatmadan, içinde dolması gereken bir yer varmış da o yeri bulmadan kayıp gidiyordu çiçekler. En sonunda üç çiçek avucunun içine gelip konduğunda bir anahtarın kilide uyması anında duyulana benzer bir his duydu Mücellâ. Avucunu yavaşça kapatırken gözlerini açtı. Sabah ezanı okunuyordu.

Ona bir şey olmuştu.

Gözünü açar açmaz dünkü hadiseyi hatırlaması için birkaç saniye yetti. "Ben böyle bir rüya gördüysem o da benzerini görmüş müdür?" diye merak etse de kalbinin bir köşesinde tanımadık bir sevimle göz kırpan bıyıkları yeni terlemiş çapkın sıcaklığı söndürmeye kalkıştı yine de Neyyire Hanım'ın kızı. Bakkalın çırağının uyandırdığı meraklı heyecanı, o iç içe açılan kutuların bilmediği harikalarını inkâr etmedi ama kendisinde özenle şekillendirilmiş bilinç, bilinçsiz yanını ikna etmeye yeltendi. O kadar ki içinin, en fazla da kendi içinde kontrol edilmesi, inzibat altına alınması gerektiğine kani olan Mücellâ olup biteni Filiz'e anlatmamakla kendini bir yandan sınadı, öbür yandan cezalandırdı.

Fakat o günden sonra Neyyire Hanım'ın göz hapislerinden bir fırsat kotarılmış fısıldaşmalarda Akşam Sanat talebesi, hayat bilgisi güçlü Filiz'in anlattıklarına bakılırsa her genç kızın başına gelesi o büyük hadiseyi, gözlerine özel bir manayla dokunacak bir çift gözü, hızı kendi adımlarına uydurulmuş bir çift güçlü adımı, arkasından gelecek, izini sürecek, ismini merak edecek, yanına yaklaşıp bir çift söz söyleyecek ya da avucuna bir mektup sıkıştıracak her bir erkek varlığını, bir yandan varlığını hedef almış büyük bir tehlike olarak belledi. Bir yandan da zihninin bir köşesinde, duygularının en saklı, hani o rüyasında pembe çiçekler uçuşturan yerinde "Niye hiç kimse benim yanıma yaklaşmıyor?" diye merak etti.

Mücellâ'nın, korunmuş ismiyle taçlanan ömründe o vakte kadarki kayda değer tek hadise bir ikindi vakti iki kalıp sabun, bir şişe tuz ruhu ve bir paket çamaşır kolasını kese kâğıdına doldururken bakkalın çırağının ona göz kırpmasından ibaret kalacaktı şayet on beş gün sonra Filiz, misafir odasında Mücellâ'ya en büyük sırrını açmasaydı. Neyyire Hanım pazara kadar gitmiş, Filiz yine de yerinden kalkıp kapıyı bacayı kontrol etmiş, "En büyük sırrım" diye Mücellâ'ya yemin billâh ettirmiş, ondan sonra anlatmıştı uzun uzun.

Filiz'in yüzündeki neşeli umursamazlığa bakarken kulaklarına inanamadı Mücellâ. Bakkalın çırağı ve Filiz ha! Kimse kimseyi sahiplenmiş, bir şey konuşulmuş, bir söz verilmiş değildi ama haksızlığa mı uğramıştı Mücellâ? Aldatılmış mıydı? Gönül mü eğlendirilmişti kendisiyle, oyun mu oynanmıştı? Tecrübesiz bir kalbin sahibi olarak Mücellâ meseleyi kendi içinde bu kadar büyütemedi elbet. Yine de bir göz kırpmanın üzerine bile bu kadar uykusuz kalan, o kadar kurup kaldıran Mücellâ içinde derin bir acılık hissetti. Demek o da aynı rüyayı görmemişti. Üzerinden geçti gitti ve bu ilk sendelemede Mücellâ, annesinin ona çizdiği yolun emniyetine karar verdi.

O kadar ki manzaranın gündelik kısmıyla daha fazla ilgili görünmeye çalıştı. Filiz bunu nasıl yapmıştı? Nasıl cesaret etmişti? Nasıl bu kadar ileri gidebilmişti? Ya biri duysaydı? Ele güne rezil olmaz mıydı?

"Nasıl yaptın?" Bunun cevabı gelmedi. Ama onun yerine daha ağır bir şey geldi. Dörde katlanmış bir kâğıdı Filiz, kaşla göz arasında çantasından çıkardı ve Mücellâ'nın göğsünün arasına sıkıştırıverdi.

"Bunu" dedi, "Mehmet'e verirsin."

Demek adı Mehmet'ti.

"Delirdin mi sen?" diye haykırdı Mücellâ yerinden fırlarken. Bir anda avuçlarından ter, göğsünden ateş fışkırmıştı ve gözü kapıdaydı. "Annem duyarsa ikimizi de öldürür."

"Duymasın diye sana veriyorum ya zaten" diye güldü Filiz. "Senden şüphelenmek kimsenin aklına gelmez. Ama benim bakkala gidip de Mehmet'e mektup verdiğimi bir gören olursa?"

Kendisinden şüphelenmek kimsenin aklına gelmeyecek olsa da Mücellâ'nın daha fazla dil dökmesine, kâğıdı geri vermesine vakit kalmadan kapı açıldı. Sıcaktan ve yorgunluktan bitap düşmüş, yanakları pençe pençe kızarmış Neyyire Hanım elinde pazar filesiyle karşılarına dikilmiş, her zamanki gibi soran gözlerle bakıyordu.

"Hadi kızlar" dedi. "Öldüm yorgunluktan. Bir kahve yapın bana."

Mücellâ çardak altında nefeslenen Neyyire Hanım'a fincanı götürürken sanki göğsündeki kâğıt hışırdadı. Mücellâ sandı ki üzerinde *El-firak*'ıyla, *Âh minelaşk*'ıyla, ortasından bir ok geçmiş acemi işi kalp şekliyle o çizgili kâğıt şimdi yerinden çıkacak, havada taklalar atarak Neyyire Hanım'ın fincanının kenarına ya da ayaklarının dibine konacak. Neyyire Hanım ocak başına geçtikten sonra bile Mücellâ, attığı her adımda dörde katlanmış kâğıdın pıt diye yere düşeceğinden korktu. Öyle ağır bir yük ki sahibine teslim etmekten başka kurtuluş yolu yoktu.

Gece boyunca göğsündeki o kâğıtla yemek yedi, oya işledi, sofrayı topladı, bulaşıkları yıkadı Mücellâ. Elini ara sıra kalbinin üzerine götürüp durdu korkuyla. Asıl müşkül, odasına çekildiğinde başladı. Hepi topu tek sayfa defter kâğıdı Mücellâ'nın gözünde o kadar büyüdü ki nüfustaki arşiv defterleri bunun yanında ilk mektep birinci sınıf okuma fişi gibi kalırdı. O cüsse odayı doldurdu da Mücellâ onu saklayacak bir yer bulamadı.

Yastığın altı? Ya annesi gelir de yastığını düzeltmeye kalkarsaydı? Konsolun çekmecesi? Ya annesi? Kilimin altı? Ya kâğıdın sesi?

Uzun süre "Nereye saklasam?" diye düşündü durdu Mücellâ. Sonunda odanın yedi iklim dört bucağını dolaşmış da bir türlü yer beğenememiş olan kâğıdı tekrar göğsünün arasına sıkıştırdı. O kâğıt koynunda uyudu sabaha kadar. Güzel bir rüya görmedi ama ertesi günün temizlik günü olduğuna hiç bu kadar sevinmemişti. Uyanır uyanmaz bakkalın yolunu tuttu.

Bakkalın çırağı iki kalıp Hacışakir sabunu, bir kâse Arap sabunu, tuz ruhu ve iki paket çamaşır çividini fileye doldururken Mücellâ kapıdan yana bir göz attı. Sefer Efendi yine görünürlerde yoktu. Avucuna sıkıştırdığı kâğıdı tezgâhın üzerine bıraktı kaşla göz arasında. Yine ter içinde kalmıştı. Arkasına bakmadan, koşarcasına çıktı kapıdan fakat birden durdu. Kibritleri tezgâhın üzerinde unutmuştu ve işin kötüsü mektubun kimden geldiğini söylememişti. Geri döndüğünde yarılanmış sayfadan başını kaldıran çırak bir kez daha Mücellâ'ya göz kırparken gülümsedi, Filiz'e selâm söyledi.

Mücellâ içinden "Şeytan görsün yüzünü" diye geçirdi. "Bir daha da bakkala gelirsem!" Zaten birkaç hafta sonra da çırağın, Sefer Efendi tarafından, eli uzun olduğu için işten çıkarıldığı mahallede duyuldu.

Aralık ayının son günlerinden biriydi. Kasvetli bir yağmur yağmıştı bütün gece şıpır şıpır ve sabah güneş açmıştı. Gökyüzü cam gibi berraktı şimdi ama kuru ayaz vardı. Neyyire Hanım bayramlaşmayı fırsat saydı. "Hadi kızım" dedi Mücellâ'ya. Mantosunu giydi, çubuklu yün atkısını başörtüsünün üzerine attı. Öğle ezanı henüz okunmuştu ki ana kız, Paşazade'nin kapısını çaldı.

Neyyire Hanım ile Paşazade uzak akraba olsa da teklifsiz gidilen, çat kapı girilen yerlerden değildi Paşazade yalısı. Arada daima mesafe vardı. Ama yolları büsbütün birbirinin kapısı önünden geçmez de değildi. Gerçi Neyyire Hanım'a kalsa suyolu ederdi şu Paşazade yalısını ama İstanbullu gelin her zaman mesafeli her zaman resmî idi. Çarıklı erkân-ı harp addetmese de avam bulurdu Neyyire Hanım'ı. Mücellâ ise eh! Sessiz sedasız, aklı başında ama anasının kızıydı neticede. Yine de bayram ziyareti, hastalık, mevlid, düğün, Allah esirgesin ölüm, yas, işte bunlar iki ev arasında ihmal edilmezdi.

Ağır demir kapıyı emektar Vehbi Efendi açtı. Henüz iki üç adım ilerlediklerinde Mücellâ fark etti ki vaktiyle kırmızı süs balıklarının yüzdüğü mermer havuz boşaltılmış, üzeri brandayla kapatılmış. Bir zamanlar gür damarlar hâlinde yükselip sonra istiridye biçimli mermer tabaklara kat kat dökülen fıskiye de kurutulmuş. Çoktandır şehirde salgın hastalıklar hele de sıtma baş gösterince her bir sivrisinek, Nemrut'un beynini çürüten atası gibi bütün şehrin korkulu rüyası oluvermiş, durgun su, içinde yaşayan ifritlere inanmayanların nazarında bile en meşum şeye dönüşüvermişti. Belediyenin talimatları birbirini izlemiş, durgun suların külliyen kurutulması emredilmiş ve Paşazade'nin meşhur havuzu da bu tedbirler cümlesinden nasibini almıştı. Çünkü savaş başlamış, Neyyire Hanım'ın beğenmediği Mücellâ'nın okuması üç yıl önce, 1939 yılının Eylül ayında gaz lâmbasının hülyalı, hüzünlü ışığında işe yaramıştı.

"Anne" demişti telâşla önündeki gazete kâğıdını göstererek Mücellâ. "Savaş başlamış."

Bu eve geldiği ilk gün -okula bile gitmiyordu-, havuzun yanındaki mermer aslan heykelinin yelesini okşadığında emektar gülümseyerek bakmıştı Mücellâ'ya. Oysa şimdi önlerine düşmüş adamın bakışlarında keder vardı ve Mücellâ artık on dokuz yaşındaydı.

Koca yalıda sadece oturma odasındaki soba yanıyordu ve yeşil çini sobasıyla misafir odasının kapısı sımsıkı kapatılmıştı. Hizmetçi kızın tepsisinde birbirini takip eden kahve, çikolata, şerbet, baklavadan da şimdi eser yoktu. Paşazadelere bol ikramlı olmak düşerdi gerçi ama savaş Paşazade'nin yalısından da çok şey götürmüş, tepeden sarkan kristal avizenin ampulleri biri hariç gevşetilmişti.

Çok geçmeden Müzeyyen Yenge göründü. Her zamanki gibi siyahlar giymişti ve kurşuni ile griyi de siyahın bir tonu sayarsak başka renk giydiğini neredeyse kimse görmemişti. Yalının sönüklüğüne mukabil yakasında hâlâ elmas bir dal vardı ve parmağındaki kazayağı yüzük de aynı karattaydı.

Müzeyyen Yenge, sülâlenin İstanbullu geliniydi. Bu taşra şehrine gelin geleli beri, hepsi de nasılsa vüzeradan, süferadan yedi göbek dedelerini de içinde doğup büyüdüğünü söylediği yalı gibi o kadar çok anmış o kadar çok anlatmıştı ki ne zaman İstanbul'daki hayatından söz etmeye başlasa anneannesinin, kopçaları elmas kaftanından söz etmeden geçmezdi. Dedesinin kol düğmelerinin pırlanta olduğundan bir vesile ile mutlaka bahsederdi. Hele dedesinin dedelerine ait maun sandalın, saçakları suyu süpüren sırma örtüsüyle Boğaz'da süzülüşünü öyle bir anlatışı vardı ki Mücellâ o sandal şimdi şu vadinin boşluğunda yüzecek sanırdı. Neticede Boğaz'ın huyundan, suyundan, âdetinden, geleneğinden nasipliydi sokağa çıkarken daima eldivenli, şapkalı; ipek mendili ve fuları daima parfümlü Müzeyyen Yenge. Zadegânlar tarihe karışmıştı çoktan ama ona bakılırsa yüksek zevkin bütün ayrıntılarını, âdâb-ı muaşereti bu sülâleye hatta bu şehre o getirmişti ve ucuz zevklerden vebalı gibi uzak durmak gerekirdi.

Lâkin kendisini vebalı gibi iten Müzeyyen Hanım'a şehrin de söyleyeceği olmuştu elbet. "Sonradan görme. Yalı eskintisi." Dahası şehrin intikamı, Paşazade'yi de ihmal etmemişti. Müzeyyen Hanım'ın el atmasıyla tadil edilen, çatısına dantelli alınlıklar, pencerelerine panjurlar, sağına soluna balkonlar, çıkmalar eklenen, tekmili beyaza boyanan ve denizle bütün ilgisi onu bir yamacın üzerinden seyretmekten ibaret olan dede yadigârı mütevazı köşk zalim bir ironiyle "Paşazade'nin yalısı"na dönüşüvermişti halkın dilinde. İsmi, kulağına okunan ezandan bu yana Paşa'ydı evet ama taşı gediğine koyan halk, "Doktor Bey" demeyi unutarak ona kendi evinde bile hanım köylü olduğunu hatırlatmıştı içten içe.

Fakat aradan geçen yıllar iki tarafı da birbirine yaklaştırdı, benzetmediyse de bir kararda eritti. Müzeyyen Hanım da bu şehrin bir ferdi, bir evlâdı oluverdi. Ama feleğin rengine pek aldanmamalı. İşte, konukların yanına çıkmadan önce Venedik işi, oymalı boy aynasında seyrettiği azamet ona yeterdi ve onun yanında insanın kendisini değersiz hissetmesi işten bile değildi.

Müzeyyen Yenge tarafından resmî bir bayramlaşmayı içtenlikten uzak, öylesine sarf edilmiş birkaç söz izledi.

"Nasılsınız Neyyire abla? Fahir'den haber var mı? Gelecek mi yakında?"

Kalınca, buğulu bir sesle fakat akıcı konuşuyordu.

Neyyire Hanım'a kalsa uzun uzun anlatacaktı Fahir'in Rum patronunun ne kadar iyi bir insan olduğunu ama bu savaş kıtlığının Beyoğlu'ndaki terzihaneyi de vurduğunu, Fahir'in mektupları gibi havalelerinin de artık kesildiğini ve ah lâzım değil mektup ve para ama acaba onu da tekrar askere alırlar mıydı? Bunu düşününce kalbi sıkışıyordu Neyyire Hanım'ın. Gideli beri -tam on üç yıl- Fahir ana evine ancak birkaç defa gelebilmişti. Gelmesin. Yol yok, vasıta yok. Ama her defasında kendi babasının evinde kalan gelin hanım Neyyire Hanım'ın sokağından geçmek şöyle dursun Mücellâ'nın bile semtine uğramadığı için onun cihetinde neler olup bittiğinden ana kızın haberi olmuyordu lâkin Kâmil de Cemal de Neyyire Hanım gibi Mücellâ'nın da burnunda tütüyordu.

Müzeyyen Hanım ara sıra başıyla onaylasa da Neyyire Hanım'ın uzadıkça uzayan sözünü kibarca keserek Mücellâ'ya döndü:

"Mücellâ, sen nasılsın kızım?"

"İyiyim yenge. Hamdolsun. Yusuf Ziya nerde? Hiç görünmedi."

Müzeyyen Hanım henüz cevap vermemişti ki o sırada dökme demirden kol aşağı doğru çekildi.

"Hah! İşte geldi."

Oturma odasının kapısı ürkekçe itildi. Aralığa uydurulmuş koyu yeşil, kocaman bir göz, odayı bir süre kolaçan etti. Tazecik parmakların ucu göründü sonra. Utangaçlığını üzerinden atınca Yusuf Ziya ancak içeri girebildi. Henüz okula gitmeyen ve bahriyeli kıyafeti giydirilmiş bu çocuk Müzeyyen Hanım'ın ikazı üzerine misafirlerin elini sırayla öptüyse de çocukları bir tarafa bıraktı. Hiç tereddüt etmeden Mücellâ'nın yanına ilişiverdi. Başını kaldırdı sonra, Mücellâ'nın yüzüne baktı.

"Mücellâ abla" dedi. "Hadi gel kitap okuyalım."

Odadakiler bıyık altından gülüşürken "Tamam okuyalım. Hadi gel" dedi Mücellâ tatlı bir sesle ve onun saçlarını okşayarak. Ne de olsa ara sıra geldikleri yalıda Mücellâ'yı ilgiyle dinleyen, gözlerini kısarak, bazen alnını kırıştırarak dikkatle izleyen bu çocuk Mücellâ'nın minik arkadaşıydı ve Yusuf Ziya'ya da masallar anlatan, kitap okuyan, elinden tutup onunla bahçede dolaşan, oyunlar oynayan Mücellâ ablasından başka kim vardı?

Kalın sayfaları resimli, iri yazılı bir kitaptı Yusuf Ziya'nın elindeki. *Ormandaki Ev*. Mücellâ'ya öyle geldi ki Müzeyyen Yenge ne kadar ihtişamlı bir denizse işte koltuğunun altına sokulmuş olan Yusuf Ziya o kadar sakin akan bir dereydi. Alnına dökülmüş siyah perçemlerinin altındaki koyu yeşil gözlerinden kuşlarla ve böceklerle bile iyi geçinmeye yazgılı olduğu okunuyordu bu çocuğun ve her uzvundan itaat her zerresinden uyum akıyordu.

Paşazade ise siyasette aynı şeyi savunurken bile tartışacak bir şey bulan erkeklerin katıksız bir örneğiydi ve Mücellâ ile Yusuf Ziya *Ormandaki Ev*'in odalarını bir bir açarken o, erkeklerle savaş muhabbetine çoktan başlamış, bu arada *Philips* marka radyonun düğmesini çevirmişti.

Ayaklı mobilyasının içinde dört başı mamur, saltanatlı ve ancak iki kişinin taşıyabileceği cesametteki sihirli kutu misafir odasından oturma odasına alınmıştı nicedir fakat üzerindeki dantel örtüsüyle yeri yine başköşeydi. Paşazade bir süre radyonun ısınmasını bekledi, lâmba tam olarak yanınca kocaman beyaz dişlere benzeyen tuşlardan birine bastı. Yan taraftaki kulakçığı yavaş yavaş çevirmeye başlayınca akıl ermez ihtimallere gebe bir istasyon arama faslı başladı. İncecik ibre Bükreş'ten Varşova'ya, Kahire'den Moskova'ya vaat ettiğini vermeyen şehir isimlerinin üzerinden geçti. Odadakiler kulak kabartırken ne söylediğini, nece konuştuğunu kimsenin bilmediği ecnebi spikerlerin gevezelikleri, uzaydan geliyora benzeyen gizemli sinyaller, uzak çöllerin yanık Arapça nağmeleri işitildi. Derken iki istasyon arasındaki tuhaf cızırtılı uzun boşluklar, bir gidip bir gelen sesler arasından tanıdık bir şarkı yükseldi.

Yollarına gül döktüm
Gelir de geçer diye
Gelmedin boynumu büktün
Başka yâr sever diye

"Bakın" dedi Paşazade. "Alman yayını bu. Türkiye'nin yollarına güller serpiyor, yanı başında savaşa çağırıyor."

İbre biraz daha kayınca radyonun içinden gelen gong sesi odanın ortasında yedi kez yankılandı. Memlekete saat ayarı verildi. Paşazade saatini uzun uzun kurarken *Ajans Haberleri* başladı.

"Harbe girsek ne fark edecek ki Paşa Bey?" dedi misafir erkeklerden biri *Ajans* bittikten sonra. Kâğıt ve mürekkep yokluğundan bu yana kapısına kilit vurulmuş mahalli bir gazetenin sahibiydi. Bu genç adamın, gözleri ateş saçarak anlattıklarına bakılırsa Türkiye savaşa girmemişti Başvekil İnönü'nün sayesinde ama savaşa hazır bir ordu beslemenin maliyeti milleti yakıp kavurmuştu. Olan fakir fukaraya oluyordu.

Genç gazeteci yeni zenginlere, Ankaralı kodamanların ihtikârına ses çıkarmayan hükümete verdi veriştirdi. Ateşli nutkunu başladığı cümlelerle bitirdi. Tamam, savaşa girmemek büyük nimetti ama Başvekil Efendi işlerin böyle çığırından çıkmasına mani olamıyorsa savaşa girseler daha iyiydi!

Paşazade ise "Mevzu savaş ve gençlerin ölmesi ise gerisi teferruattır" dedi ve bu kez o, odadakilere Başvekil'in ferasetinden uzun uzun bahsetti. Ülkeyi savaşa sokmadığı için İsmet Paşa'ya dualar ederken bile ders anlatır gibi konuşmuştu ve o bir şey anlatmasa herkesin cahil kalacağından neredeyse emindi.

Mücellâ ise bir kulağı Paşazade'nin dersinde olsa da hafif bir sesle *Mırnav Mırnav Bizden Üst Katta* masalına başlamıştı. Koltuktan aşağı bacaklarını sallayarak, savaştan da kıtlıktan da habersiz su gibi berrak kahkahalar atan Yusuf Ziya'nın önce başını okşadı, sonra onu sevgiyle bağrına bastı. Nedense içinden bir ninninin mısraları geçti:

Yine o menekşe gözler aralı
Oya kirpiklerde yaşlar sıralı

Dışarı çıktıklarında akşam ezanı çoktan okunmuştu. Neyyire Hanım, Mücellâ'nın kolunda, iki yamacı kestirmeden birbirine bağlayan patika boyunca Paşazade'yi aratmayacak bir talâkatla ismini bildiği, her yerde karşısına çıkan çatık kaşlı resminden tanıdığı Başvekil Efendi için hayır dualarını ardı arkasına ekledi.

Demek Rusya da bu ülkeye saldırabilirdi. Onca siyasetten aklında bir bu cümle kalmıştı Neyyire Hanım'ın. Oysa muhacirlikten önce burunlarının dibinde aniden belirerek Trabzon'u bombalayan Rus gemisi *Kraliçe Maria*'nın ürkütücü heyulâsı şu an bile damarlarındaki kanı bumbuz kesmeye yetmişti. O gün bu gün Karadeniz'e her baktığında Rus armadasını görmekten korkardı Neyyire Hanım ve Rus dendiğinde ürperirdi. Acem kahvecilerle, Ermeni ya da Rum madamlarla bir alıp veremediği yoktu onun ama pazar yerinde kavun karpuz satan, mahalle aralarına sokulup sinema makinesinin kolunu çeviren pos bıyıklı Rus asilzadelerle karşılaştığında başını çevirirdi bu yüzden. Şimdi, savaşa girsek daha iyiymiş, he mi?

Gecelerce, rüyasında ikinci bir muhacirliğe çıktıklarını görüp durdu Neyyire Hanım. Neme lâzım rüyalarını hayra tabir etse de bir yanını hicrete hazır tuttu.

İlk Dünya Savaşı'nın eseriydi Neyyire Hanım. Mücellâ ikincisinin bakiyesi oldu.

Mücellâ'ya gençliğinin en güzel yıllarından aklında en fazla neyin kaldığını sorsalar karartma geceleri gelirdi aklına önce. Sonra: Ekmek diye yedikleri, daha üç gün önce sekiz kuruşken bugün on altı kuruşa aldıkları, çavdar ve arpa unundan ibaret o karneli kara çamur. Adamı olanın, iltimas bulanın fazladan çıkardığı vesikalar. Sümerbank'ın, Kızılay Aş Ocağı'nın önünde saatlerce uzayan kuyruklar. Çöp yığınlarını, yanında çocuklarıyla karıştıran kadidi çıkmış kadınlar. Hamal küfelerinin, gazete tomarlarının arkasında üşüyen ya da soğuk taşların üzerinde dizlerini karnına doğru çekerek kıvrılıp kalan çocuklar. Yüzünde, herkesin benzi solarken bazı ayrıcalıklıların yüzünde beliren o tiksindirici sağlık ve refah parıltısıyla, Sıtmayla Mücadele, Veremle Savaş derneklerinin önündeki kuyrukları yaran, muayene odasının kapısı onlara anında açılan iltimaslılar. Karaborsalar, tezgâh altılar, istifler, iltimaslar, adam kayırmalar, vurgunlar, yokluklar.

Yağ yok, tuz yok, şeker yok, gazyağı yok. Pirinç, kuru fasulye, et, patates, nohut, soğan, peynir, çay, sabun, buğday tümden tükenmiş. Bir avuç çivi kimya olmuş. En ufak eşya parçası kıymete binmiş. İğne yok, iplik yok. Olan ancak itibarlıların evine giriyor, bulunan da aynı fiyatta kalmıyor. Hele şeker. Çaylar kuru üzümle, pekmezle içiliyor.

Bunun adı düpedüz kıtlıktı ve kıtlık sanki denizi de vurmuştu. Hele kahve! Bir fincanlık kuru kahve için kıyamet kopuyordu ve Neyyire Hanım bir avuç nohut kahvesiyle yeni zengin Sefer Efendi'nin bakkal dükkânıyla ev arasındaki iki adımlık yolu yürürken daha düne kadar övgüler dizdiği Başvekil Efendi'ye ilk kez içinden inkisar ediyordu.

Sadece olağanüstü zamanlarda görülen ama savaşın bir ilkokul müsameresi gibi sergilediği manzaralar yol boyuna dizilirken bile hayat en olağanüstü şartlarda en şaşırtıcı doğallığıyla kendi istikametinde aktı gitti. Savaşın da gündelik hayatın devamına izin veren iniş çıkışları, susmaları, yorgunlukları vardı çünkü. O fasılalarda gülündü, ağlandı. Doğumlar, ölümler, aşklar yaşandı, düğünler yapıldı ve Mücellâ'nın aklında o yıllardan şunlar da kaldı:

Elindeki fiske şamdanıyla Neyyire Hanım'ın Mücellâ'nın kapısını daha gün ışımadan itmesi. Soğuk bütün bedenini bir eldiven gibi kaplarken Mücellâ'nın, Neyyire Hanım'la bir topak peynir, bir litre süt, iki yumurta bulabilmek umuduyla alacakaranlıkta yola düşmesi. Ve ah! İki belediye görevlisi tarafından hamama götürülen bir sefalet taburuyla karşılaştıklarında Neyyire Hanım'ın yürüyen Mücellâ'nın arkasından:

"Fahir Fahir" diye seslenmesi. "Bekle biraz, gitme."

Mücellâ bu seslenmeye biraz kızsa daha çok gülse de Neyyire Hanım genç kızların, hatta parmak kadar kız çocuklarının adının, çarşıda pazarda, yolda izde öyle uluorta seslendirilmesinden oldum olası hazzetmezdi. Bir kadının en büyük erdemi isminden az bahsedilmesiydi ona göre ve ismini korumak kız kısmının en önemli vazifesiydi. Çünkü çenesi düşük erkek milleti için bir genç kızın adını öğrenmek bile başlı başına bir olaydı. Ağızlarına sakız ederlerdi o ismi de kimselerin ruhu duymazdı. Öyleyse neme lâzım kız bu, adını fukara-yı sabirinden bile kimse öğrenmese o kadar iyiydi.

Lâkin fukara-yı sabirin Çifte Hamam'ın kapısından girerken Mücellâ'nın yaşının yirmiye merdiven dayadığını düşününce, yaslandığı duvarın önünde kalbinin üzerine bir ağırlık çöküverdi Neyyire Hanım'ın. Hem bu ağırlık son yıllarda bu kalbi sık sık yoklamaya başlamıştı. Olmuştu elbet Mücellâ için Neyyire Hanım'ın ağzını arayanlar. Ama sayısı bir elin parmaklarını geçmeyen bu ağızları anında tıkamıştı Neyyire Hanım. Kiminin gözünün üstünde kaşı vardı çünkü kiminin eksiği gediği. Zaman geçerken bir kürklüyü o beğenmemiş, iki kürklü de Neyyire Hanım'ın kızını beğenmemişti.

Yaz güneşinde iç odanın ayna gibi parlayan camlarına bakarken "Maşallah" diye geçirdi içinden Neyyire Hanım. Bir Cihan Harbi görmüşlerin hafızasında ikincisinin de anıları birikirken Mücellâ kuru suyla bile eskisinden hamarat, Neyyire Hanım eskisi kadar endişeli.

Öğle ezanı henüz okunmuştu ki -hâlâ *Tanrı uludur*- karayemişin gediğinden iki kişi, birer cennet kuşu neşesiyle bahçeye atladı. Kapının düğümlü ipi kilidin dilini kaldırdı. Neyyire Hanım, Filiz'in çat kapı gelmesine alışkındı, hah işte yine gelmişti ama yanındaki şu kızı görünce yüzü asıldı.

"Nadire" dedi Filiz. "Akşam Sanat'tan arkadaşım."

Sahanlıkta, ayakkabılarını çözmek için eğildiğinde bile sırıtan Nadire'yi, doğrulduğunda tepeden tırnağa süzdü Neyyire Hanım. Başının üzerindeki kuş yuvasına benzeyen topuza -takmaydı-, saçlarına -papatya suyuyla sarartılmıştı-, dudağının kenarındaki ben'e -sabit kalemle kondurulmuştu-, tırnaklarındaki narçiçeği ojeye -bu kıtlıkta nereden bulmuştu- baktı. Üç saniye yetti bu rasat için. "Hoş geldiniz kızlar" dese de bu gelişten pek hoşnut olmamıştı. Filiz bile Neyyire Hanım için fazlasıyla serbest, fırıldak gibi dönen bir kızken -ah Mümine hemşire-, bundan daha ilk bakışta hiç hoşlanmamıştı.

İki kızın girişteki yarım aynada saçlarını başlarını, sağlarını sollarını uzun uzun gözden geçirmeleri, yetmedi, parmaklarının ucunda yükselebildikleri kadar boydan, başlarını çevirebildikleri kadar sırttan kendilerini seyretmeleri Neyyire Hanım'ın sinirini tepesine sıçrattı. Şimdiki gençlerde hiç mi utanma kalmamıştı?

Neyyire Hanım'ın aynalarla arası iyi değildi. Evindeki en büyük ayna işte şu yarım aynaydı ve aynalarla arasından su sızmayanlardan da hiç hazzetmezdi. Ona göre, aynalar hiç tekin şeyler sayılmazdı. İnsanı olduğu gibi gösterse de canını, ruhunu yansıtmayan bu yüzeylerin önünde fazla durmaya gelmezdi ve insanın kendi şekli şemailiyle fazla uğraşması da hayra alâmet değildi. Ayna işte! Başının örtüsünü bağlarken, mantonun düğmesini iliklerken, oranı buranı düzeltirken geçersin karşısına. Ama o kadar.

Tamam, temiz intizamlı olmak gerekti elbet kız kısmı için, bunda bir kusur yoktu. Ama ayna, yetmedi, pencere camı, mağaza vitrini, hiçbir fırsatı kaçırmayan kızlar tehlikeli gruptandı. Çünkü onlar, kendi hayran kaldıkları görüntülerini göstermek de isterlerdi ve bunun için en uygun ayna da bir erkeğin hayran hayran bakan gözlerinden başka bir şey değildi. Hiçbir fırsatı kaçırmazdı kızlar bu yüzden ama böylesi gidişlerin sonunda daima belâlı serüvenler başlardı. Üstelik bu bir karış havada uçan akılların, yarım saatte, masumcacık kızlara sirayet etmesi de kaçınılmazdı.

İşte şimdi biri yetmemiş diğeri de gelip kapısına dayanmıştı ve belli ki bu da aynalı takımındandı. Şu Nadire kızı ensesinden tutup silkelesen, çantasından, ceplerinden herhâlde boy boy, model model aynalar dökülürdü. Filiz de geri kalmazdı ondan. Allah'tan ki Mücellâ'nın odasındaki tek ayna konsolun üzerine diklenmiş abanoz el aynasıydı ve o da ancak yüzü boyundan yukarı gösterecek kadardı.

"Hafazanallah" diye söylendi zihninde uçuşan binbir türlü düşünceyi kovalayarak Neyyire Hanım. Mücellâ'nın kulağına üflemeyi şu iki arsızın gitmesinden sonraya bıraktı. Ama misafir odasının kapısı önünde bir aşağı bir yukarı gitti geldi. Mücellâ ise bir heves kahve fincanlarını büfeden çıkarmış, gazocağının başına geçmişti çoktan. Pompayla hazneye gaz gönderdi. Kibrit rutubetliydi, birkaç kere çaktı. Ateşin kıvama gelmesini bekledi.

Kulptaki narin kuş gagasını uzatırken, incecik, altın renginde bir su, dudağın porselene dokunduğu yerden dalgalanarak geçti. Nohut kahvesi yudumlandıkça zarif bir gül buketi üç fincanın da çeperinden aynı sırada kendisini gösterdi ve fincanlar tınlayarak tabağa kapanırken Filiz romanlarını anlatmaya başladı. *O ve Ben*'in cımbızla çekilmiş heyecanlı sahneleri, *Leylâklar Altında*'nın yarısı, *Hıçkırık*'ın tamamı. Bütün o hikâyeler, ilgiyle dinlese de Mücellâ'nın kalbine şöyle bir dokunup geçti. Yani iyiydi, hoştu *Başkasının Aşkı, Kalbimin Limanı.* Hoştu ya, o gemiler bu limana uğramıyordu.

O limanlardan bu denizlerde yoktu yok olmasına ama kader Mücellâ'dan esirgediği bütün gemileri getirip bu sülâlenin diğer limanlarına demirliyor, bunda boş kalanın acısını öbüründen çıkarıyordu sanki. Bir de mektuplar vardı çünkü çantaların sökülmüş astarı altında gizlendikleri yerden çıkarılan. Sanki bu şehirde Filiz'in izini gözleyen bütün delikanlılar onun aşkından sarhoş olmuşlardı ve yollarına nameler döküp duruyorlardı açıkça yazılmış beyitleri, imalı baş harfleri ile:

Gönülde var iken muhabbet
İmza koymaya ne hacet

Sıra ters çevrilmiş fincanları açmaya gelince Nadire önce başındaki kuş yuvasını düzeltti, koltuğa iyice yerleşti. Bir tarafa itilmiş sıkıntılar, pirüpak olmuş kalpler, lâflar, dedikodular, akrebe benzese de kıskaçlarıyla ancak kendisini sokan düşmanlar, göz göz olmuş yürekler, kem gözlerden ok gibi fırlayan nazarlar, devlet kuşları, göz aydınlıkları, haneye doğan aylar, "At murattır katır saltanat"lar, "Bak işte görüyor musun?"lar, "Hasta gördüm, tabut gördüm, ben bu fala bakamam"lar ve nihayet genç kızları en çok ilgilendiren o mahrem ayrıntılar. Büyük haberler, mektuplar, kısmetler, talipler, yanıp tutuşan âşıklar, yol gözleyip duran Mecnun'lar...

Kâğıda yazılsa koca bir kitap oluşturacak bu istihbaratın hepsi küçücük bir fincanın çeperlerinde ve tabağında görülür, yorumlanırdı uzun uzadıya. Bu kez de gözlerini kocaman açarken dudaklarını büzdü Nadire ve okumaya başladı. Filiz'e yakın bir kısmeti, onun boyunu posunu gözüyle görüyormuş gibi tarif etti. Cary Grant'a benziyordu bu kısmet. "Bak bak, işte tam şurada"ydı ve yan yatırılmış fötr şapkası bile başındaydı.

Bunu işitince Filiz, Nadire'nin dizine vurarak öyle bir kahkaha attı ki sesini az kalsın taş teknenin başındaki Neyyire Hanım bile duyacaktı. Çünkü daha dün bir parça kâğıt arayan Mümine hemşire, Filiz'in defterinin arasında onun kim bilir hangi sevgilisinin fotoğrafına rastlamış, Neyyire Hanım'dan ödünç bir otoriteyle:

"Kim bu kızım?" diye sormuştu kaşlarını çatarak.

Filiz bu, yalan mı yok? "Aa! Anne tanımıyor musun? Hollywood yıldızı Cary Grant" demişti anında.

İnanmıştı saf Müminecik fotoğrafı evirip çevirirken ve Cary Grant'ın mor mürekkepli bir kalemle Filiz için imzasını ne zaman "Aşkla" attığını düşünemeden.

"Ha, öyle mi?"

Şimdiyse Nadire, Cary Grant'a benzeyen kısmetin resmini fincandan bulup çıkarmıştı? "Öyle mi?"

Mücellâ'ya gelince. Şekersiz nohut kahvesinin telvesinde narçiçeği tırnağının ucuyla gösterdiği şekilleri Nadire gerçekten gördü mü? Mücellâ bundan emin değildi ama fincanda bulunmayan kısmetin resmi tabakta çıktı.

"Mücellâ" diye başladı Nadire. "Bak görüyor musun? Şurada kocaman bir balık var. Yunus balığı gibi. Gagasını hanene uzatmış. Sana üç vakte kadar bir kısmet var."

Mücellâ dikkatle bakınca tabaktaki şekli evet bir balığa benzetti ama bu üç vakit nereden çıktı, nasıl bu kadar katiydi? İşte ona akıl erdiremedi. Yine de bu haberin esintisi kalbine dokundu. İçinde sabırsızlıkla birlikte bir ümit hissetti.

Kızlar gittikten sonra Neyyire Hanım "Mücellâ" dedi. "Bana da bir kahve yap kızım. Başıma bir ağrı girdi."

Nohut kahvesi çıkalı beri tiryakilerin çoğu sahtesiyle oyalanmak yerine bağrına taş basmış, çaya itibar etmişti. Fakat Neyyire Hanım sıcak bir fincanın kulpunu tutmak, porselenin tınısını duymakla avunanlar arasında kalmıştı. Çardağın altına alçak hasır iskemleyi attı, fincanı eline aldı. Hayatında sayılıdır, üç veya dört en fazla, kim bilir kimden kalma kırmızı uçlu *Gelincik* sigarasını önlüğünün cebinden çıkardı. Küflenmiş mi, kontrol etti, tüttürmeye başladı. Diline takılan tütün kırıntısını parmaklarının ucuyla alırken gözleri, şenliğinden neşesinden kaybetmiş olsa da bütünüyle küsmemiş vefakâr limon ağacının gövdesinde bir noktaya takılı, düşüncelere daldı.

Çok mu sıkmıştı bunca yıl Mücellâ'yı? Göz açtırmamış mıydı kendi kızına? Yaş yirmiye dayanmıştı. Vakit geçiyordu. İçinde bir huzursuzluk hissetmedi değil Neyyire Hanım. Ama bağını gevşek tutsaydı da Mücellâ elin günün ağzına sakız mı olsaydı Filiz gibi? Hayır. Bugün de olsa aynını yapardı. Ne yaptıysa rüyasının gerçekleşmesi için yapmıştı.

Neyyire Hanım'ın aşka açılan her kapıdan bir felâketin gireceğine dair sarsılmaz bir inancı vardı. Pek haksız da sayılmazdı hani. Yolu aşka uğrayıp da bedbaht olmamış tek fert yoktu ona göre dünya yüzünde. Dünya yüzünü gezmeye gerek yok. Az değildi bu şehrin de istediği kızı alamadığı için herkesin gözü önünde beylik bir tabancayla kendisini vuran aslan parçası delikanlıları, sevdiğine verilmediği için yataklara düşen gencecik kızları.

Misal mi? O kadar çok ki. İşte Saadet Hanım'ın kızı Muallâ. Yüzüne bakmaya kıyamazsın, öyle güzellik. Ama ağır olup batman gelmeli kız kısmı. Kendini o kadar cömertçe vermişti fındık tüccarının oğluna Polita'daki boş sayfiyede de ne olmuştu sonra? Terk edip gitmişti oğlan arkasına bakmadan. Hevesini almıştı nasılsa. O kadar vaat, nikâh, evlilik sözü buhar olup uçmuştu. Kız ise kuruyup verem olmuştu. Benzer bir kader, gelip Şefika'yı bulmuştu. Üstelik onu terk eden nişanlısıydı.

Neyyire Hanım'ın yedi kat yabancılardan anlatacak çok hikâyesi vardı ama bu sülâlenin kadınları da aşktan yana kazalı belâlıydı. Üstelik çok yakındalardı. İşte Tevfik Efendi'nin halakızı Nefise. Gençliğinde ailesi tarafından hiç de tasvip edilmeyen bir aşka düşmüş, çulsuz delikanlının annesi "İstemek için geleceğiz. Perşembe günü müsait misiniz?" diye haber yollasa da ne o perşembe ne de daha sonrakiler müsait olmuş, evin kapısı onlara hiç açılmamıştı. Mesele bir süre sonra yılan hikâyesine dönmüş, ümitsizliğe kapılan delikanlı "Kaçalım" demişti sonunda. Vakti, saati kararlaştırılmıştı hatta. Nefisecik ise günlerce kalbindeki aşkla ailesinin kendi alnına kazılı onuru arasında kalmış; doluya koymuş olmamış, boşa koymuş almamış; sonunda anasına, babasına, halasına, amcasına, dedesine, ninesine, ağabeyine, ablasına, kundaktaki kardeşine, bilûmum akrabasına, sülâlesine bir yüz karası getirmemek için bağrına taş basmış, kırıp dizini oturmuştu baba evinde. Kapı önünde saatlerce bekleyen delikanlıyı görmemek için perdeleri sımsıkı çekmiş, onun ıslığını duymamak için başını yastıkların altına gömmüştü. Gerçi arkadan gelen günlerde kızcağız zaten yataktan kalkamamış, zafiyet geçirdiği tez vakitte anlaşılınca, -aman ince hastalığa düşer- Çamlık'taki sanatoryumda aylarca tedavi görmüştü. Allah'tan zafiyet erken fark edilmişti de iyileşmiş, çoluk çocuğa bile karışmıştı. Kindinar yokuşunun başındaki koca evinde Nefise Hanım'ın şimdi alnı ak yüzü paktı ama kalbinde taş gibi bir acının ağırlığıyla yaşadığından olacak gözlerinde daima kederli bir bakış asılıydı. Hep aynı gözlerle bakardı hayata: Kazalı belâlı yolları kazasız belâsız atlatmayı, eylemekten çok eylememeyi başaranların çorak bakışı. Yaşanmamıştan çıkarılan gururun acı tacı.

Nefise Hanım gibi kaşları çatık, kederleri kalplerinde düğümlenip katılaşmış kadınların artık eskide kalmış hikâyelerini Neyyire Hanım aklından bile geçirmek istemezdi. Şeytana uyup konu komşuyla dedikoduya katılsa bile gizli gizli geçiştirirdi Nefise'nin hikâyesini. Gizli gizli, çünkü gençlerin yanında konuşulmazdı böylesi mevzular. Gönül bu. Hele de şimdiki gençler eskilere hiç benzemiyordu. Herhâlde hiçbiri Gülbahar Sultan'dan bile olsa edip eyleyeceği için ferman beklemezdi ve hangisinde Nefise Hanım gibi öpülesi alın, çelik gibi irade var olabilirdi?

Neyyire Hanım yerinden kalkarken ince bir yağmur başladı. Sonra aniden güneş açınca bahçe bulutlar, ışıklar, renkler içinde kaldı. Mücellâ ise Neyyire Hanım'ın limonun gövdesinde, asmanın dallarında çatallaşan teorilerinden habersiz, misafir odasını toplarken fincan tabağını eline almıştı. Nerede Nadire'nin tarif ettiği balık biçimindeki kısmet? Demin görür gibi olmuştu ama bu kez onca telve kalabalığı arasında bir türlü bulamadı.

"Amaan!" dedi, fincanı da tabağı da taş teknede akıtırken. Mücellâ'nın zaten falı da fallık hâli de yoktu ki falında çıksındı. Ama bu resimler yine de, şu balık. Seyri hoştu, kalbe su serpiyordu.

O günden sonra Mücellâ ne zaman nohut kahvesi içse her defasında gecikti fincanın soğuması. Tabaktaki balık, kısmeti gösterdi önceleri. Fakat o kısmet bir türlü tabaktan çıkıp da Mücellâ'nın yoluna dikilmedi.

Sonunda tabaktaki balık şekil değiştirdi. Hanede görünmesi geciktikçe ve yaş yirmi dördü bulunca, ayaklarını altına toplayarak pencerenin içinde oturan bir kız suretine dönüşüverdi. O zaman Mücellâ'nın canı sıkılmaya başladı.

Kahve tabağı Mücellâ'dan esirgediği kısmeti Filiz'e tam zamanında gönderdi. Üstelik o kısmet Filiz'in karşısına çıkıncaya kadar korkulan olmadı, Türkiye savaşa girmedi. Kırklı yılların yarısını bir baştan bir başa süpürüp geçen ekmek karneleri, vesikalar, kuyruklar, karartma geceleri tarihe karıştı. Fakat savaşın etkisi yıllarca devam etti. Fakir fukaradan bir kısmı belini bir türlü doğrultamadı. Başını sokacak bir evi, marul, lâhana ekebilecek bir karış toprağı, bahçesinde ıhlamuru, ayvası olanları, kendi yağıyla kavrulanları savaş dokunup yokladıysa da mahalle arasını bütünüyle devirmedi. Neyyire Hanım ve Mücellâ şükür harp bittiğinde sırtı pek karnı toktu ve Filiz o sonbahar İş Bankası'na memure olarak girmişti.

Alagarson kestirdiği saçlarını daha özenle tarıyordu artık Filiz. Akşamdan limonlu suyla ıslatarak kâğıtlara sardığı kâküllerini sabah dalga dalga açıyordu. Diz üstünde lâstikle sıkılmış fitilli çorap yerine *Binbir Çeşit* mağazasından rica minnet, ilk maaşla alınmış ipek çoraplar giyiyordu. Öyle önemliydi ki ipek çorap, ezkaza çorabı kaçsa işe gitmeden önce ilmekleri çektirebileceği bir yer arıyor, kalın ökçeli ayakkabılarını da akşamdan zeytinyağıyla parlatıyordu. Boyu hemen diz altında, kloş etek diktiriyordu Mümine hemşireye ona nezaret ederek, model tarif ederek. Enine çizgili, kısa kollu bluzunun yakasına iliştirdiği broşu gözü gibi saklıyordu. Böyle olunca, her an gelebileceği için kendisine daima hazır olunması gereken birini fazla beklemedi Filiz. Hesabına yüklüce bir miktar para yatırmaya gelen ve kendisinden yaşça hayli büyük mühendisin dikkatini öyle çekti.

Şakaklarına düşen kırları, açılmaya başlayan alnıyla o bahar günü bankonun önüne dikildiğinde, genç olan her şeye bir daha ele geçmeyecek bir yitiğe bakar gibi bakmaya çoktan başlamıştı Refik Bey. Bir gişenin arkasında, sadece yüzüyle seyredilen, bu hâliyle bütün manasını gözlerinde toplayan herkes gibi Filiz'in de önündeki belgeyi doldururken bir anlık göz kırpma mesafesini dünyanın en harikulâde ve uzun olayı gibi seyretti o sebeple. Baharlarını saçması için bir şey yapmasına gerek yoktu bu kumral başın. Onun, kendi yüzüyle aynı hizada öylece durması, tel zımbaya bakması, makbuzu uzatması, hafif bir tebessümle imza boşluğunu göstermesi, dolma kalemi geri alması, o makbuzun bir anda Shakespeare mısraı kadar anlam kazanması bile yeteri kadar önemli bir hadiseyken; gözünü açıp kapatması, susması, bir de dudağının sol üst yanındaki ben'i. Bunca güzellik yetmezmiş gibi. Mühendis bey kaderinin bir başkasına bağlandığını ise Filiz'in sesini duyduğu ilk anda anladı.

Meselenin başlangıçta ne Mümine hemşireyi ne de Neyyire Hanım'ı ilgilendirir bir yanı var gibiydi. O kadar ki Filiz, sırrını -yine sırdı- Mücellâ'ya açtığı zaman, Neyyire Hanım bir yerlerden kulak kabartmasın diye kapıyı kontrol etmiş, ondan sonra başlamıştı anlatmaya. İki kız Mücellâ'nın yatağının üzerinde yan yana bağdaş kurmuşlardı ve nisan kokularının pencereden içeri buram buram girdiği bir akşamdı.

Bir müddet boşluğa dalgın dalgın baktıktan sonra "Mücellâ" dedi Filiz birdenbire, hiç hazırlık, giriş yapmadan. "Ben âşık oldum."

"Hadi oradan" dedi Mücellâ elini boşlukta sallayarak. "Seni şıpsevdi. Yanından erkek sinek geçse ona da âşık olursun sen."

"Yok, Mücellâ" dedi Filiz başını iki yana sallarken. "Bu defa bildiğin gibi değil."

Dokunduğu her şeyin yanına bir parça kalbini, bir parça teninin ateşini bırakmayı âdet edinmiş Filiz'in bahar sanki üzerine inmiş, bütün parıltısını serpmişti. Boynundaki şifon eşarp gibi uçuyordu. Işık saçıyordu gözleri, dudağı, elleri, saçının her bir teli, parmaklarının ucu, burnuyla dudağı arasındaki çifte çizgi, hatta giydiği elbisenin kumaşı. Gözlerinden şefkat akmıştı sırılsıklam ve Mücellâ o zaman ortada görmezden gelinmeyecek serseri bir şenlik ateşinin gezindiğini hissetti. Bu defa belli ki gel geç bir heves, bir tevatür değildi. Filiz'i hiç böyle görmemişti.

Bu kez soruları arka arkaya sıraladı Mücellâ. Kimdi? Neyin nesiydi? Kaç yaşındaydı? Ne iş yapardı? Nereliydi? Nasıl tanışmışlardı? Yoksa hiç konuşmamışlar mıydı henüz? Bu da uzaktan uzağa mıydı?

Her âşıkın sevgilisinden bahsetmek istediği kadar uzun anlattı Filiz, hiç nazlanmadan. Gerçi gizlemedi. Ne Cary Grant'a benziyordu mühendis bey -yakışıklı olacak da ne olacak? Yüzünde pilâv mı yiyecekti?- ne de boyu bir seksen beş civarındaydı. Briyantinli saçları da alnının üzerine halka halka dökülmemişti ama sırtında kalıp gibi duran çizgili kruvaze takımı, başında hafif yan yatmış fötr şapkası ile bu adam, evet Nadire'nin fincanda gözüyle görür gibi tarif ettiği kısmetti. Hem hesabına yatırdığı parayı Mücellâ bir bilse! Çok zengindi.

O yatağın üzerinde Mücellâ, Refik Bey'in ayrıntılı tercümeihâlini öğrendi. Bankanın hatırlı müşterilerindendi Refik Bey. Manisalıydı. Ailesinin üzüm bağları vardı ama o İstanbul'da okumuş, üniversiteyi bitirir bitirmez hükümet kapısından tayin istemiş, mesleki kader kendisini yıllar sonra bu Karadeniz şehrine getirip bırakmış. Anadolu'da bu kadar hizmet ettikten sonra, kırkına merdiven dayayınca artık İstanbul'a dönmek zamanının geldiğine kanaat getirmiş, o hafta tayin isteyecekmiş ki İş Bankası'nın kapısından girdiği o güne kadar bu şehirden ayrılamayacağı aklının ucundan bile geçmemiş. Ama ne zaman gişelerden birine yönelmiş, işte o zaman kumral renkli şu kısacık saçlar boynuna dolanıp elini kolunu bağlamış.

Filiz şimdi yere oturmuş, sırtını karyolaya yaslamıştı. Kâğıdının sol kenarından çiçekli bir su geçen Refik Bey'in mektubunu -bu defa astar arasına saklamamıştı- çantasından çıkardı. Pembeleşen yüzünde bir gülümseme, yeşil mürekkeple ve çok düzgün, eğik bir el yazısıyla yazılmış satırları hafif bir sesle okumaya başladı. Ara sıra başını geri çevirerek Mücellâ'nın yüzüne bakıyordu. Öyle ya, böyle bir mektup almak, böyle cümlelere, böyle mısralara muhatap olmak kaç kıza nasip olurdu?

Başım ki fırtınalardan bir anda kurtuldu
Senin dizinde nihayet biraz sükûn buldu

Mücellâ ise onun daha çok sesini dinliyordu. Kırkına merdiven dayamış da aşkın şair kestiği -şiiri onun yazdığını zannetmişti- Refik Bey'in mektubuna kâğıttaki kenar süsü kadar yaklaşmıştı ve yüzünde tebessüm olsa da aklı en fazla "Ne olacak bu işin sonu?" kısmında kalmıştı.

“Ne olacak?” Ne olmayacağı belliydi en azından. Arkadan gelen birkaç gün içinde Mücellâ bile anladı ki kördüğüm olmuş, sımsıkı bir bağdı bu. Nikâhtan başka da çözümü yoktu. Refik Bey o hafta cumartesi günü banka çıkışında Filiz'i beklemiş, ele güne aldırmadan bir pastaneye götürmüş, her ikisinin de önündeki çay soğurken yeniyetme delikanlı gibi heyecandan dili damağı kuruya kuruya “Evlenelim” demişti. Sonra düzeltmişti cümlesini, usule erkâna uygun olarak soruya çevirmişti:

“Benimle evlenir misin?”

“Evet, ama” demişti Filiz işaret parmağıyla çay bardağının ağzını okşarken, “Bugün evlensek yarın memleketinize dönmek istersiniz siz. En azından İstanbul'a gitmek niyetindesiniz anladığım kadarıyla. Oysa benim bir annem var. Onun da benden başka kimsesi yok. Annemi bırakıp sizinle nasıl geleyim?”

Öbürü gülümsemişti. Bu gözler ona böyle baktıkça Refik Bey değil Filiz'i alıp bir yerlere götürmek, bugün öleceğini bilse, mezarının şu toprakta kazılmasına razı olurdu. Daha geçen akşam Şehir Kulübü'nde kurulmuş bir içki masasında vali, Mal Müdürlüğü için ağzı aramış da o reddetmişti.

Pazartesiyi zor bekledi Refik Bey. Kararını değiştirdiğini vali beye bildirdi. Resmî müracaatını yaptı. Ankara'dan adam bulmaya, araya milletvekili, bakan koymaya, iltimas kurmaya gerek bile kalmadı.

Bütün bunları ya çardağın altında, ya yatağının üzerinde, ya misafir odasında, Filiz'in tatlı sesiyle okuduğu akıcı bir romanı dinler gibi dinledi Mücellâ. Mesele artık ciddiye binmiş, böyle bir kısmete Mümine hemşire yürekten razı olmuştu. Kaç kişi Teknik Üniversite bitiriyordu bu devirde? Mestan kuyruğunu sallasa mühendise çarpıyor değildi. Ama biraz düşünmüş:

"Bir de halana soralım kızım" demişti Mümine hemşire. "Ne de olsa baba yarısı."

Kalbinde, bundan sonrası kendi başından geçecekmiş gibi bir kıpırtı, bir hazırlık arzusu hissetti Mücellâ. Başlamıştı en önemli serencam. "Bugün ona yarın bana." İstenme gecesi, nişanda, nikâhta, düğünde ne giyecekti? Ne takıp takıştıracak, saçını nasıl tarayacak, nasıl yatıracaktı? Ama hepsinden önce ve en önemlisi, mesele Neyyire Hanım'a açılacak, fikri sorulacaktı.

Neyyire Hanım elde fincan, ayaklar bakır mangalın kenarında, ilk anda biraz surat astı. İşi yokuşa sürmeyi bile denedi. Pek hevesli görünen Mümine hemşireyi tersledi ve en beklendik yerden itiraz etti. Bu adam Manisalıydı. Bugün olmazsa yarın, Filiz'i de alıp gitmek istemez miydi?

Bu kapının peşinen kapadığını -aferin Filiz'e-, endişeye mahal olmadığını anladıktan ve her şeyi enikonu döküp tarttıktan sonra Neyyire Hanım'ın cevap yetiştireceği bir şey kalmadı. Aradaki on beş yaş farka gelince, Neyyire Hanım işte buna hiç itiraz etmedi. İyiydi. Erkek kısmı genç kalır, kadın tez çöker. Erkek ne kadar büyük olsa o kadar iyiydi.

Filiz'in Mücellâ'dan küçük olduğunu, sırayı, saygıyı hiç konu etmese de şu yakıcı sızıyı bastırmanın en uygun yolunu onun üstüne gitmekte bulan Neyyire Hanım gönül huzuruyla "Evet" dedikten sonra işe bütünüyle el koydu. İçinde Mücellâ için birikmiş olan kuvvenin tamamı Filiz'de fiile çıktı. Başka türlü, adını koymaya cesaret edemediği bu kıskançlığı üzerinden atamaz, onun üstesinden gelemezdi Neyyire Hanım. Bir şeyin tam ortasında değilse kıyısında köşesinde kalamazdı. O bir işte ya vardı ya yoktu. Var olmaya karar verince de fikir beyan etmek, iki kelâm etmek isteyen Mümine hemşireyi öyle bir geri püskürttü ki:

"Sen bir köşede otur. Söze de fazla karışma hemşire. Kız anasısın. Ağır ol batman gel" dedi. "Unutma Filiz benim kardeşimin yadigârı. Ben onun babası sayılırım. Babasının olduğu yerde sana söz düşmez."

Ses çıkarmadı Mümine hemşirecik. Ne önemi var, kızı ha o evden istenmiş ha bu evden? Filiz mutlu olsun da, Neyyire Hanım varsın oyalansındı.

Neyyire Hanım ise bir yudum acı kahvenin yokluğuna hiç bu kadar içerlememişti. Oysa bir kızın hayatının en önemli hadisesi evlilikti ve o da istenme gecesinden düğün gününe kadar adım başı kahve ikram ederek yürünen bir yolun nihayetindeydi.

Onu da Refik Bey bir gece önceden bir yerlerden bulup gönderdi.

İstenme gecesi kız tarafından Paşazade ve Nefise Hala takımları hazırdı. Akrabadan Sahir de unutulmamıştı ve yanında bir yıllık karısı, yeni gelin Pervin'i ile bu cümbüşe katılmıştı. Oğlan tarafından ise damadın sadece kendisi ve eski Mal Müdürü ile karısı vardı. Refik Bey'in zaten iyice yaşlı olan annesinin ve babasının ta Manisa'lardan kalkıp buralara kadar gelemeyişine Neyyire Hanım bile kırılmadı. "Anayurt dört baştan demir ağlarla örülse" de üzerinde henüz karayolu denecek doğru dürüst bir şey yoktu. Daracık, tozlu topraklı, taşlı çukurlu, yokuşlu, uçurumlu, keskin virajlı olanları da nefesi her an kesilecekmiş gibi tıkana tıkana, homurtular arasında ilerleyen burnu sivri bir otobüsün içinde gitmek yürek istiyordu.

Büyükler misafir odasında toplanmış -eskiciden gül ağacı bir büfe bile alınmıştı-, kızlar ise yer odasında kapı ağzına yığılmış. İstenme faslı başlamadan havadan sudan hoş beş edildi. Neyyire Hanım, Refik Bey'e "Evlâdım, biraderiniz bari daha sonra gelsin" derken Mücellâ kulak kesildi. "Acaba?" Bu ağabey, Refik Bey'den bile dört yaş büyüktü. Ama Mücellâ'nın yaşları toplayıp çıkarmasına gerek kalmadı. Birader beyin içine kapanık, gülmez, konuşmaz, gece uyumaz gündüz uyanmaz, bir sigarayı yakmadan diğerini söndürmez garip bir âdem olduğunu Refik Bey gizlemeyince Mücellâ -ve bittabii Neyyire Hanım- birbirinden habersiz, imkân sathına bile çıkmamış bir ihtimalin üzerine sünger çekiverdi.

Yine de istenecek kızın elleri titrediği için cezve başına geçen Mücellâ'nın heyecanı da Filiz'inkinden az değildi. Misafir odasının önünde sahibine teslim edinceye kadar sağ salim götürebildiği tepsiyi Filiz'in dolaştırmasını seyrederken de, "Allah'ın emri Peygamber'in kavli" senet gösterilerek yapılan istemeye bütün aile namına Paşazade "Evet" derken de yanaklarının kızardığını dudaklarının kenarındaki gülümseme gibi kimse fark etmedi Mücellâ'nın. Az önce taş tekne başında yaldızlı fincanlardan birini düşürüp kırdığını kimsenin fark etmediği gibi. Varsın bütün fincanlar parmaklarının arasından kaysın. Herhâlde çift kişilik yatak takımına isminin ilk harfi şimdilik işlenmemiş biri şu kapıyı çalacaktı.

Bu küçük şehirde sınırları titizlikle çizilmiş âdetler vardı ve en fakir ailelerde bile nişan kız tarafının payına düşerdi. Mümine hemşireyi geri iterek gidişatı tek başına ele almış olan Neyyire Hanım acı tadını bunca yıl üzerine hatırladığı kahveyi yudumlarken uzun uzun düşündü. Tamam, hâlden anlar Refik Bey'in kız tarafından bir şey beklemediği belliydi ama her işin de bir âdâbı vardı. Ele güne rezil olmanın gereği yoktu.

Refik Bey'e kalsa o geceyi ve arkadan gelen bütün geceleri oracıkta geçirirdi. Fakat Mal Müdürü'nün usul erkân bilen karısı istenme merasiminden sonra kulağına eğilmişti sessizce. Erkenden müsaade istemişti Refik Bey bu yüzden. Kız tarafının erkekleri ise ikinci parti kahveyi içerken Refik Bey'i de Filiz'i de unutmuşlardı çoktan. Mevzular derindi. Tek partili sistemden çok partili sisteme geçilmiş, Başvekil'e bir dönem daha iktidar garantisi veren seçim üzerindeki şaibeler ise hiç dinmemişti. "Kendilerini şekersiz bıraksa da babasız bırakmadığı" halkından umduğu vefayı görememişti Başvekil. Boş fincanları toplamaya gelen Mücellâ'nın ilgisini hiç çekmedi bunlar.

Yer odasındaki kadınlar ne Demokrat Parti'nin yükselişinden ne de Aydınlı toprak ağası Menderes'in kibarlığından ve yakışıklılığından bahsediyorlardı. Onlar için Türkiye'nin de dünyanın da en önemli şahsiyeti şimdi Filiz'di ve sonunda mevzu nişanın nerede yapılacağına geldi dayandı. Halkevi salonu? Paşazade bunu sağlayabilir miydi acaba? Müzeyyen Yenge'den ses çıkmadı. Başka? Başka?

O vakit tatlı, yumuşacık, saygı gibi sevgiyle de dolu bir ses işitildi.

"Neyyire Hanım teyze" dedi Pervin. "Nişanı neden bizim evde yapmıyorsunuz ki?"

Müzeyyen Yenge gibi Neyyire Hanım da sedirin köşesine bir demet menekşe gibi ilişmiş bu taze geline -yirmisinde bile değil- baktı. Etek ucundan bir karış görünen fistolu jüpona dudak bükse de Neyyire Hanım, Pervin'i severdi. Daha el öpmeye geldiğinde Neyyire Hanım onu pek saygılı, pek edepli bulmuş, "Demek Kızorta'dan böyleleri de çıkıyor" diye geçirmişti içinden. Fakat itiraf etmeli ki Pervin'i hanesine en fazla da mektupçu olarak sefayla seyranla kabul etmişti Neyyire Hanım. Pervin daha nişanlıyken bile kendisini hiç ihmal etmemiş, hâlden anlamış, ziyarete her geldiğinde kışsa yer odasındaki sedirde yazsa çardak altında:

"Neyyire Hanım teyze" demişti. "Fahir abiden mektup var mı yeni?"

"Var kızım. Olmaz mı?"

Mücellâ bile sular seller gibi okunan mektubun cevabının da aynı hızda yazılmasını, Pervin'in buğday başakları gibi esen el yazısını her defasında keyifle seyretmiş, Neyyire Hanım ise "Mümine de okuma yazma mı biliyor?" diye geçirmişti içinden. "Mücellâ'nınki de yazı mı?"

Sevinçli haberler de okumuştu Pervin ana kız onu can kulağıyla dinlerken, kederli ya da en azından endişeye mahal verecek haberler de olmuştu bu mektuplarda. Fahir ikinci askerliğinden de terhis edilmişti. Allah bir daha göstermesindi. Onun yokluğunda Keriman tütün fabrikasına işçi olarak girmişti. Zordu iki çocukla uğraşmak. Hele biri ne haylaz. Kâmil ortaokuldan tasdikname almıştı. Cemal ise okula başlamıştı. Rum patron vefat etmişti. İstanbul belini doğrultamamıştı hâlâ. Fahir yine para gönderemeyecekti. Bittabi yollar uzun gurbet uzak. Bu yaz gelmesi de söz konusu değildi.

Bunlar hep kelime olarak biçimlense de gizlisiz saklısız her şey gözünün önünden geçmişti Pervin'in. O, bir sır kâtibi gibi kâğıtların üzerinden seyretmişti bu evde için için akan sessiz fakat dertli ırmağı. Hiç karışmadan, fikir beyan etmeden, sadece nakletmiş, sadece seyretmişti, o taraf ne yazıyorsa onu okuyarak, bu taraf ne diyorsa onu yazarak. En fazla Sahir'in kulağına fısıldamıştı ana kızın hayatında Fahir'in, Kaf Dağı'nın arkasında yaşayan peri padişahının oğlu gibi ismi var cismi yok bir varlığa dönüştüğünü. Oysa Fahir'in son gelişinde çatı aktarılırken, masanın kırık bacağı onarılırken, soba boruları boyanırken, baca temizlenirken Neyyire Hanım gibi Mücellâ'yı da bunların yapılmasından çok evde bunları yapan bir erkeğin varlığının sevindirdiğini. "Erkekli ev işte! Bütün komşular görsün" istediklerini. Gecenin karanlığında işitilen silâh seslerinin bile Fahir yukarda uyurken Mücellâ'yı tedirgin etmediğini. Ama Fahir gittikten sonra Mücellâ'nın her gece kapıyı bacayı sıkıca kontrol ettiğini.

Şimdi Pervin diyor ki "Nişanı neden bizim evde yapmıyorsunuz?"

"Olur mu kızım? Sahir Efendi ne der sonra?"

Neyyire Hanım "Efendi"yi gerçek anlamında, sahici ağırlığında kullanırdı. Henüz manası kaymamıştı onun dilinde bu unvanın. Bir azaltma iması taşımaz, küçültmez, horlamazdı. Yüceltir, ulułardı.

"Sahir'i tanımıyor musunuz? Memnun olur."

Bu genç adam, Tevfik Efendi tarafından akraba olmasına rağmen bütün eski zaman kadınları gibi Neyyire Hanım da erkeği değil kadını kendine mahrem hissetmişti. Oysa Mücellâ'dan bile küçüktü yaşı Sahir Efendi'nin ve elinde büyümese bile Neyyire Hanım'ın ona masal anlatmışlığı da vardı.

"Neme lâzım kızım. Biz müsaademizi isteyelim de. Şimdi içerisi kalabalık. Sen hele gece bir çıtlat. Yarın Mücellâ'yla mağazaya gider, yüz yüze bir sorarsınız. Böylesi münasip düşer."

Ertesi gün Mücellâ ile Pervin kol kola, Sipahipazarı'na doğru yola koyuldular. Sahaf eski kitaplarını yaymışsa da manifaturacılardan bir kısmı hâlâ boştu. Sofralarda beyaz ekmek vardı nicedir ama kolayına geçmemişti yıkıntının izleri. Çarşı kendisini toparlamaya çalışıyordu.

Sahir Efendi sabah erkenden anahtarı kilitte Besmele'yle çevirmiş, kepenkleri akordeon gibi iki yana katlamış, tenteyi germiş, kapısının önünü süpürmüş; divitin, basma, poplin, keten, pazen, hasse, mermerşahi toplarını dışarı atmış, vitrinin önüne sıralamıştı. Amaroza, samba, krep, saten, jorjet, dantel, kadife, tafta, yanardöner gibi hassas kumaşları ise içerideki tezgâhlarda, raflarda bırakmıştı.

Pervin'i ve Mücellâ'yı camekânlı yazıhanesine aldı Sahir Efendi. Masasının üzerinde ağır metal gövdesi, sık sık çevrilen kocaman kolu, rakamları, göstergeleri ile karmaşık hesapların yapıldığı bir hesap makinesi vardı. Fakat *Defterikebir* gibi günlük hesapların tutulduğu *Yevmiye Defteri* de henüz kapak kaldırmamıştı ve hemen yanda Evliya Çelebi'nin *Seyahatname*'si açıktı.

Hâl hatırdan, hoş beşten, çaydan sonra söz Sahir Efendi'nin, duvarda soluk bir fotoğrafı asılı, rahmetli babasına bile geldi.

"Ah" dedi Mücellâ. "Ne efendi, ne mübarek adammış rahmetli. Annem hep anlatır."

Kahveci çırağı boşları ikinci defa alırken Mücellâ asıl konuya ancak girebildi. "Sahir Efendi" diye başladı. Yüzünde hem çekinme hem muhabbet vardı.

"Hay hay!" dedi Sahir Efendi. "Bana sormanıza gerek yoktu ki."

Pervin'den yana bakarak gülümsedi.

"Ev sahibi 'Tamam' dediyse bize de 'Tamam' demek düşer. Öyle değil mi Mücellâ abla?"

Mücellâ'nın yüzünden hafif bir pembelik geçti.

Paşazade'nin yalısı ne kadar tadilatlıysa Sahir Efendi'nin Kemerkaya'daki baba malı taş konağı o kadar hakikiydi. Nişan gecesi sokak kapısından girenler sağlı sollu meyve ağaçları ile dolu iki büyük bahçe arasında uzanan Malta taşı döşeli taşlığı geçtiler önce. Sarmaşıklar duvarlara tırmanmış, yaban gülleri sokağa taşmış; hanımeli, yasemin ve leylâk kokusunu salmıştı bu sıcak bahar akşamında. Erkekler için bahçeye masalar atılmış, dutun dalındaki salıncak toplanmış, ağaçlara kâğıt fenerler, kandiller asılmış, konağın bütün ışıkları yakılmıştı. Alt kattaki salona sandalyeler sıralanmış, bütün odaların kapıları açılmış, çifte merdivenle çıkılan üst kat salonu bile hazırlanmıştı. Bir tek Sahir Efendi'nin kütüphane odasına dokunulmamıştı. Fakat ne gam! Şu hâliyle bu konakta bir değil iki kızın nişanı aynı anda yapılırdı da ne çiftlerin ne konukların birbirinden haberi olurdu.

Yüzükleri Sahir Efendi takarken, -Paşazade renk vermese de biraz kırılmıştı bu işe- nişan tepsisini Mücellâ tuttu. Sırtında nefti renkte -nefti, Mücellâ'nın rengini boğmuştu-, etek uçları volanlı, yaka ağzı siyah dantelli bir elbise vardı ve saçlarını kömürlü ütüyle yatırmaya çalışmıştı. Sahir Efendi'nin kısa konuşmasını dinlerken elleri titriyordu Mücellâ'nın. Erkekler bahçeye geçtikten sonra nişan tepsisinin heyecanını hâlâ yüreğinde, eklemlerinde hissederek, bir parça dinlenmek için bir sandalyeye oturdu ve etrafındaki kalabalığa bakmaya koyuldu Mücellâ. Bir odaya çekilmiş ağırbaşlı yaşlıların dışında en güzel elbiseleri, eğer kıtlık zamanı bozdurulmamışsa en kıymetli mücevherleriyle ortalıkta seğirtip duran kadınlardı bunlar. Mahcup tazecikler, neşeli gençler, gençliklerinden vazgeçmemişler, hatta dünkü çocuklar. Hepsi hayat doluydu. Hepsi çiçek açmış, yapraklanmış, uçmak için kanat çırpmışlardı sanki. Limonatasını yudumlarken bunca kadın ve kızdan kiminin kaşına gözüne baktı Mücellâ, kiminin gül dudağına, hokka burnuna, manolya tenine, kiminin boyuna posuna, saltanatına. Hepsi gözüne öyle güzel geldi ki. Teki bile bir kadını ömür boyu mutlu edebilecek bütün bu olağanüstü güzelliklerin hepsini olağan bir şeymiş gibi bir arada kendinde toplamışlar da eksik değildi. İşte sözü sohbeti tatlı, zihninde saklı onca masal, kıssa, fıkra dillere destan Mutaves Hanım'ın henüz bir aylık gelini Zarife. Saçlarından, teninden, gözlerinden, ellerinden, bileğinden, ayağından, pabucunun ökçesinden, tırnağının ucundan, cümle azasından, endamından, yetmezmiş gibi güldüğünde dişlerinden ışık yayılıyordu sanki. Kurşuni satenden dümdüz bir elbise giymişti. Ne yakasında dantel ne de etek ucunda fırfır vardı. Tek süsü sol göğsünün üzerindeki ayva pişmişi rengi yapma güldü ve elbise Zarife'yi değil Zarife elbiseyi güzel göstermişti.

Böyle bir güzellik karşısında hissedilecek duygu belliydi. Etekleri tül tül uçuşan ateş kırmızısı nişan elbisesi içinde, arasına kırmızı güller kondurulmuş saçlarıyla her zamankinden daha güzel görünen Filiz dâhil bütün kadınlar ha demeden hayran olmuşlardı çoktan. Kıskançlık duygusundan kimsede eser yoktu. Meydan okumanın, kusur aramanın, denklik taslamanın gereksiz ve geçersiz kaldığı; kayıtsız şartsız, hem de gönüllüce kabulden başkasının mümkün olmadığı saf güzellikti çünkü bu.

Zarife. Onun şöhreti güzelliğiydi. Mücellâ, volanlarını dizinin üzerinde düzeltirken merak etti: Kendisine böyle bakılmak acaba nasıl bir şeydi? Kendisine böyle bakılan bir kadın neler hissederdi? Nasıl yaşar, nasıl davranırdı? Her şey gibi ona da mı alışırdı? Alışmak için önce fark etmek gerek, yoksa hiç farkında olmaz mıydı?

Oturduğu yerde taşlı, dantelli yelpazesini sallarken Zarife'yi uzun uzun süzen biri daha vardı: Nefise Hala. Kendi oğluna da ah böyle güzel bir kız bulsaydı! Gerçi Şerafettin Yüzbaşı'nın evlenmeye pek niyeti yoktu. Onun varı yoğu kışlası ve askerleriydi. Ama gençliğindeki o hazin hikâyeden sonra, kocasına değilse de çoluk çocuğuna dört elle sarılmış Nefise Hanım almayacağı eşyayı bile deneyen kadınlardandı.

Neyyire Hanım nişanla nikâh arasının fazla uzatılmamasını hâl diliyle damat beyden rica etmişti. Artık delikanlılar sınıfında sayılamayacak Refik Bey için de geçen her gün kayıp demekti zaten. Nikâh hazırlıkları haftasına başladı bu sebeple ve özellikle yaşlılar bu aceleden memnun kaldı. Nişan, güvenilmez bir şeydi çünkü bu küçük şehir için.

"Yüzük dediğin ne ki? Metal parçası! Bugün parmağında yarın çıkarıp attın. Oldu, bitti."

Nişanlı kızların da bekâr kızlar gibi ağır olup batman gelmesi beklenirdi bu yüzden. Nişanlılarıyla öyle ulu orta gezip tozmaları, pastanede oturmaları, Âşıklar Parkı'na kaçmaları, sinemaya gitmeleri, hele loca tutmaları hoş karşılanmazdı. Uzun lâfın kısası ateşle barut yan yana durmazdı.

Gerçi nişanlı oldukları süre içinde Refik Bey ve Filiz'in gezip tozmaları, oturup kalkmaları sürdü gitti. Kimse Refik Bey'i kınamayı aklına getirmese de Filiz hakkındaki dedikodular bitmedi bu yüzden. Mücellâ'yı da birkaç kez çay bahçesine, dondurma yemeye filân götürdüler gerçi ama nişanlı kızlar hakkında söz edilmesin diye annelerin aldığı refakat tedbirleri cümlesinden değildi bu. Filiz öyle istemişti sadece.

"Mücellâ da gelsin. İki yer görsün, o da biraz gezsin."

Mücellâ mevsimlik şarkıcıların icrâ-yı sanat ettiği sahildeki gazinoya ilk kez onlarla gitti.

Nikâh hazırlıkları sürerken Neyyire Hanım'ın içinde Mücellâ için birikmiş kuvvenin tamamı Filiz için bir kez daha açığa çıktı. Çünkü sandık açılınca görüldü ki saf Mümine hemşire, iki üç havlu, çarkıfelek dantelli bir yatak takımı, bir takım da sehpa örtüsü biriktirebilmişti sadece. Fukara kızların çeyizinde bile daha fazlası vardı. Şimdi tabii ev kurulacak, eşya dizilecek. Sınırları keskin bir cetvelle çizilmiş malûm vazifeler arasında yatak odası, mutfak kız tarafının. Daha ne ince hesaplar var. Neyyire Hanım'ın baş ağrısı anında tuttu. Ama pabuç bırakmadı bu ağrıya. Muşamba örtülü masanın üzerindeki çizgili kâğıtlardan birini aldı. Avuç içine sığacak kadar küçülmüş, ucu yenmiş kurşun kalemi Mücellâ'nın eline tutuşturdu. Kendisi de sedirin köşesine kuruldu. Baş ağrısı hafiflerken gözlerini kıstı. Muhayyel bir evin mutfağından yatak odasına, sahanlığından hamamcığına kadar açılmadık kapı, çekilmedik göz, kurcalamadık köşe bırakmadı. Ayrıntıda bile, kız tarafının payına ne düşer, hangisi oğlan tarafının vazifesidir, pirinç arasında taş ararmış gibi gözden geçirdi. Hiçbirini diğerine karıştırmadı. Kararsız kaldıklarını oğlan tarafına bıraktı. Zihnindeki tanzimeyi tamamladıktan sonra mahkeme binasındaki müddeiumumîyi aratmayacak bir sesle Mücellâ'ya döndü.

"Yaz kızım" dedi. "İğne, iplik, iğnelik, topluiğne kutusu..."

Ara sıra Mücellâ'nın omuzu üzerinden kâğıdı kontrol ediyor, yazılanları okuyamasa da satırları, kelimeleri sayıyordu.

"Bakır kazan, hamam tası, Halep sabunu, Kandiye sabunu..."

Onun unuttuklarını da Mücellâ tamamlarken liste henüz bitmişti ki nişanlılar geldi ve Refik Bey gayriihtiyari gülümsedi:

"Oğlan tarafı kız tarafı mı var aramızda? Bunlar eskide kalmadı mı artık halacığım? Hem benim dayalı döşeli bir evim var zaten. Siz zahmet etmeyin rica ederim."

Hayli nazlandıktan sonra ancak "Tamam" dedi Neyyire Hanım. Lâkin bir hususta diretti. Evlilik yatağı önemliydi. Mücellâ da başıyla onayladı. Gerçi piyasada mobilya namına bir şey yoktu. Dükkânlar boştu. Ama Sahir Efendi kolladı. Bitpazarı'na, kim bilir hangi eli dara düşmüşün, hiç kullanılmadığına yeminler ederek bıraktığı pirinç bir karyola Refik Bey'in bekârlık yatağının yerine kuruldu. Arkasına da Mümine hemşirenin ipek duvar halısı asıldı. İki güzel geyik hiç tükenmeyen bir iştahla, ırmağın kıyısına inmiş su içiyorlardı.

Ağırlık dizmeye çıktıkları gün Neyyire Hanım dünyanın zannettiğinden daha çabuk değiştiğini anladı. Onun zamanında -gerçi ona ağırlık dizilmemişti- kızın ve oğlanın ailesi, kuzenler ve çocuklar dâhil, mağazalara doluşur, mantoluk, elbiselik, gecelik, sabahlık için kumaş kestirilir, yine cümbür cemaat gidilen terzide model beğenilir, ölçü verilir; kunduracıda gelinin ayağının şekli bir kartonun üzerine çıkartılarak terlik, pabuç ısmarlanır, kolonyacıdan *Altındamlası* alınırdı. En önemlisi, alış veriş boyunca gelin susar, öne çıkmaz, fikir beyan etmezdi. Kendisine bir şey sorulduğunda meselâ sarıdan nefret ettiğini söylemez, "Siz bilirsiniz" diyerek boynunu büker, ömrü boyunca görüp göreceği gardırobun seçimini, içi gitse de büyüklere bırakır, saygıda kusur etmezdi.

Şimdiyse kimse Neyyire Hanım'ın fikrini sormuyor, Filiz kimseye metelik bozdurmuyor, kesenin mührünü elinde tutan Refik enişte de Filiz'in bir dediğini iki etmiyordu. Dahası Refik

Bey, kadınların saç tokalarından, firketelerinden, yelpazelerinden anlayan, alışverişten hoşlanan nadir erkeklerden biriydi. Sahir Efendi bile tezgâhın üzerine serildiğinde tiril tiril titreyen, bir yüzüğün deliğinden su gibi akan ipeklileri Refik Bey'e gösterirken hâlinden pek memnundu. Bu ağırlık dizme, iki metrelik yünlü kumaş uğruna mağazanın ortasında tartışan sonunda nişanı bozan ailelerin ağırlık dizmesine hiç benzemiyordu.

Gelin hamamı yaşlılar için cennetti. Hamama gitmek için hiçbir fırsatı kaçırmazlardı bu yüzden ve köşesi sırma ile hançer yaprağı işli kadife, canfes, atlas bohçalar yerini çoktan popline, basmaya, hasseye bırakmış olsa da, her birinin asker bavulu cesametindeki bohçası her daim hazırdı.

Gün almak için Çifte Hamam'ın kapısına dayanmak Filiz ile Mücellâ'ya kaldı. Ağır kapıyı güçlükle iterek attılar kendilerini içeri. Camekânlı bölmede, yılların rutubetiyle sararmış, kenarları kıvrılmış fotoğraflar, acemi halk ressamlarının elinden çıkma çocuksu resimlerle kaplı duvarın önünde, kasasının başında oturuyordu hamamcı kadın. Üzerinde "Sıhhatler olsun" yazılı bir tarakla kurna başında, bütün vücudunu kapatan upuzun saçlarını tarayan meşhur Güzeller Güzeli Fatma, Kız Kulesi, sümbül koklayan genç kız, kuzu otlatan çocuk, kurdeleyle bağlanmış bir gül buketi o duvardaydı. Diğer duvarda ise üzerindeki toza bakılırsa uzun zamandır ele alınmamış bir cümbüş, yanında tef ve darbuka.

Bütün benzerleri gibi kınalı saçlarının dibinden bir karış beyazları görünen altın dişli hamamcı kadın sararmış parmakları arasında tuttuğu sigaradan nefes çekerken şu ikisinin gelin hamamı için geldiklerinden emindi. Çünkü bir görüşme talep ederek camekânın kapısını itenlerin hemen hepsi gelin hamamı için gelir, utanıp sıkılmadan pazarlık ederlerdi. Tabii eğer bir alacak meselesi için gelmemişlerse ki nadirattan değildi. Önce Mücellâ'ya sonra Filiz'e baktı hamamcı kadın. Yakında gelin olacak bir kızın yüzünde görülen o alışıldık telâşlı sevinci ikisinin de yüzünde buldu. Bu da nadirattan sayılmazdı. Kimi hala, teyze kızlarının gelinden fazla gelin olmasına da hamamcı kadın alışıktı. Hâlâ geçmeyen su ve odun kıtlığına dair tafsilatı uzun uzun sıraladı. Savaş yılları ah kendilerini nasıl hırpalamıştı! Ama şevklerini kırmak, müşteri kaçırmak da istemedi. Şikâyeti kısa kesti:

"Siz eğlenmenize bakın. Ben tanzim ederim her şeyi. Endişe etmeyin."

Haziran ayının ilk salı günü yaşlılar daha kapıdan içeri girmeden anladılar Çifte Hamam'ın eski görkeminin kalmadığını. Bacadan külhanın dumanı tütse de kubbelerin dökülmüş, ufalanmış taşları arasından öbek öbek yabani otlar ve aslanağızları fışkırmış, tepedeki camlardan birinin boş kalan yeri ağır bir muşamba parçasıyla kapatılmıştı. Cümle kapısının üzerindeki kandilin camı da kırıktı. Kapı eşiği, yükselen yolun altında kalmış, hemen yan taraftaki çeşme kör olmuş, alınlığındaki eski yazılı kitabe benzerleri gibi kazınmış, teknesi çerçöple dolmuştu.

İçeride de durum farklı değildi. Camegâhtaki havuz kurumuş, fıskiyeler susmuş, suya eğilen fesleğenler yok olmuş, meydancı, peştamalcı, yanaşma tümden tarihe karışmıştı. Ilıklıkla cehennemi sıcaklık arasındaki kalın ve ağır tahta kapıyı itmek hâlâ güç kuvvet istiyordu ama iki kulaklı, içi perdahlı yekpare mermer kurnaların kenarları aşınmış, yeşil bir pasla kaplanan pirinç muslukların zarif oymaları yer yer kırılmış, içinde şifa ayetleri yazılı taslar gibi kına tasları da -ortalıkta görünmediğine göre- besbelli çalınmıştı. Yine de, gülistanî ya da zerduzî hamam peştamalları yerine basit bir keşan ya da ucuzundan keten örtülere sarınmış kadın kısmının keyfini kaçırmadı bu yokluklar. Hepsinin bir parça sabunu, kınası, rastığı, yeni hayatı bereketli olsun diye gelinin kurnasına atacak kırk parası vardı şunun şurasında ve erken gelenler sekizgen göbek taşının etrafında çoktan yer kapmıştı.

Peştamallara sarınmış, olanca altınını ya da sahte gerdanlığını, küpesini, yüzüğünü takmış takıştırmış her yaştan, her boydan onca Havva kızının arasında Mücellâ ne Dante'den ne de onun *Cehennem*'inden haberdardı elbet. Ama eğer o kitabı okumuş olsaydı şu kesif sıcağın içinde yanakları pençe pençe, vücudu yarı haşlanmış, genç yaşlı, az kısmı zayıf ya da kadidi çıkmış, çoğu iri yarı, kat kat yağları ıslak peştamalın altından fırlamış, bir kısmı düpedüz insan azmanı hemcinsleriyle dolu bu hamamı rahatlıkla Dante'nin *Cehennem*'ine benzetebilirdi. Fakat diğer yandan aynı Çifte Hamam, serinliği, sıcaklığı, göbek taşı, mermer direkleri, derin kurnaları, tasları, su sesi, buğusu, uğultusu, tepedeki aydınlıktan serpilen ışık huzmeleri, bütün kusurları gizleyen buhar perdesi ve bu perdenin arkasında bir görünüp bir yok olurken peri kızına dönüşen siluetleri ile Oryantalist bir ressamı da keyfe boğabilirdi.

Hangi sanat anlayışına sahip olursa olsun dışarıdan bakan bir göz, sırmalı peştamala sarınmış Mücellâ'nın ise bin ağızlı külhanın hararetinde terlediğini değil, Zigana dağının zirvesinde kar fırtınasına tutulduğunu sanabilirdi. Kış mantosu gibi sarındığı peştamalın içinde Mücellâ'nın ıslak saçları nihayet yatışmış, alnına, boynuna yapışmış, yanakları pancar gibi kızarmıştı. Ağır bir rastık ve kına kokusundan, ne işe yaradığı ve nasıl kullanıldığı sadece kadın milletinin malûmu bir sürü müstahzaratın, ıtriyatın, ilâcın karışık rayihasından içi hafifçe bulandı. Kendini serinliğe atacaktı ki udu, cümbüşü, tefi, hanendesi sazendesi, biraz eskimiş olsa da hâlâ gösterişli peştamalları, nakışlı kemerleri, kulaklarının arkasında pembe gülleri, süsleri püsleri ile çengi takımı çıkagelince bulantısını unuttu Mücellâ, seyre daldı.

Önce ağırdan aldılar. Derken iki zil arasındaki köprüye takılmış kırmızı kurdeleleriyle tef yol gösterdi. Kan kaynatan nağmelere geçtiklerinde önce üç beş taze ortaya çıktı. Ardından gencecik gelinler, anneler, ardından da yolu çoktan yarılamış ama gönlü genç kalmışlar yerinden kalktı. Çifte Hamam, Çifte Hamam olalı kubbeleri böyle inlememişti. Neyyire Hanım, Mümine hemşire, Müzeyyen Yenge, bu arada oğluna hâlâ kız arayan Nefise Hala ise pek mutlu ama ağırbaşlıydı.

Ahenk kıvama erdiğinde çengi takımı gelin havasına geçti ve Filiz ortaya getirildi. Kısacık saçlarıyla, eskilerin hayalindeki ve hatıralarındaki gelinlere pek benzemiyordu Filiz. Arasından gümüş teller geçirilmiş ve omuzundan sarkıtılmış kol kalınlığında örgüleri yoktu onun ama Mücellâ'nın sandığından çıkarılmış gümüş tel işleme peştamala sarınmış, omuzundaki tek benin, baldırındaki çifte benin açıkta kalmasına aldırmamıştı. Mücellâ onun yürürken nasıl olup düşmediğine hayret etse de tasmasında gümüş bir çift kuşun şıngırdadığı telkâri işli sedef nalınlar da gelin hanımın ayağındaydı. Natırın elindeki fildişi tarak bir ipek tüyünü okşar gibi Filiz'in saçlarının üzerinden kayarken Mücellâ serinlikteki sedire kendini attı.

İki gün sonra Belediye Nikâh Dairesi'nin nice kız ve erkeği ağırlamış kapısı bu kez Filiz ve Refik Bey için açıldı. Eflâtun bir tayyör giymişti Filiz. Ellerinde aynı renkte dantel eldivenler, başında yine aynı renkte ve benekli tülü gözlerine kadar inen bir şapka vardı.

Nikâh memuru o meşhur soruyu sorarken "Filiz Maden, siz, hiçbir tesir altında kalmadan..." diye başlamıştı.

Yıllar önce soyadı kanunu çıktığında, gelin görümce, iki yaralı kadın kafa kafaya vermiş, her ikisi de kendi rahmetlisinin mesleğini ebedi birer hatıra gibi adlarının arkasına eklemişti:

"Neyyire Terzi, Mümine Maden."

Tabii Fahir'e de sorulmuştu mektupla ve muvafakati alınmıştı. Uygundu elbet, bir aileye baba mesleğinden uygun soyadı mı olacaktı?

Şimdiyse Filiz son kez Maden soyadıyla anılıyordu, öyle mi?

Mümine hemşire gözyaşlarını tutamadı. Neyyire Hanım onu dirseğiyle dürtmek yerine kendi gözlerini kuruladı.

Nikâhtan sonra tebrikleri kabul etmek için kapı önüne dikildiklerinde kucağındaki iris buketi örselense de Filiz mutlu, Refik enişte o kadar mutluydu ki, merdivenleri inerken Zarife'nin, Mutaves Hanım'ın kulağına eğilerek söylediklerini duysalar bile umurlarında olmazdı.

"Filiz de hayırlısıyla dünya evine girdi. Bundan sonra akıllı olur inşallah."

"İnşallah kızım."

Filiz hakkında nişanlı kaldığı kısa süre içinde bile yorulmak bilmeden dedikodu çarkını çeviren şehir, nikâh imzasını gördüğü, tüllü çiçekli şekeri ağzına attığı andan itibaren ona iade-i itibar etti. Sesini külliyen kesti. Nikâh bu. Her şeyin üzerinden kalın bir çizgi, dahası bir silgi geçirmişti. Filiz hakkında söylenen her söz, her dedikodu unutulmuş, biricik yeğeni, Neyyire Hanım'ın bile gözünün bebeği olmuştu.

Pervin, Filiz'i kutlarken:

"Eflâtunlu kız" demişti gülümseyerek.

Filiz'in hemen yanında, o da tebrikleri kabul eden Mücellâ ise açık mavi bir tayyör giymişti. Ayağında hafif topuklu siyah iskarpinler, elinde kare biçimli, küçük, yine siyah bir çanta vardı ve yakasına bir demet kuş gülü takmıştı. Kulağına eğilenlerden en çok duyduğu cümle "Darısı başına" oldu.

Filiz ertesi gün Mümine hemşirenin evinden -Neyyire Hanım artık buna karışmamıştı- telli duvaklı çıkıp da kendi evine geçtiğinde -evet artık kendi evi vardı- bir kadife kurdelenin ucunda boynuna takılan koca Reşat altını ve koluna geçirilen hasır bilezik Refik Bey'in sülâle nezdinde saygınlığını kemale erdiren son adım oldu.

Çünkü bu küçük mahalle arasında gelinlerin koluna takılan bileziklerin savaş yıllarındaki gibi hâlen bile âdet yerini bulsun, zevahir kurtulsun diye konu komşudan ödünç alınıp hemen ertesi sabah iade edildiği kimseye sır değildi. En babayiğit kayınvalideler bile gelinlerini bir çift gümüş küpe, üç beş gümüş bilezik ile avutuyordu "Söz, sahicilerini alacağım fazlasıyla. Hele bir düze çıkalım" diyerek. Tazeciklerin parmaklarına takılan nişan yüzükleri bile -demir değilse- gümüştü ve kimsede bu durumu kınayacak hâl yoktu.

Refik Bey ise kız tarafı hamamcının bahşişini havlu, tülbent cinsinden verse de eve girerken Filiz'inin başına saçılan konfetilerin arasına buğday ve şeker gibi bol miktarda kırk para bile katmıştı.

Sonrası da geldi. Bir hafta sonra Refik Bey ve Filiz "Biz gidiyoruz" demişlerdi Mümine hemşirenin sofrasının başında neşe içinde. Seyahate çıkıyorlardı -balayıydı bunun adı- ve demek çoktan biz olmuşlardı. Öyle ya, Filiz'in çift kişilik yastık kılıfındaki boşluğa *R* harfini daha bir hafta önce Mücellâ işlemişti. Filiz'in evini temizleyip pakladığı, düğün gecesine hazırladığı, çeyizini, çamaşırını dutun altındaki kara kazanda kaynattığı, demir tellere sererek kuruttuğu, kömürlü ütüyle ütülediği, saten yorganını kapladığı, pirinç karyolasına kolalı dantelli etek serdiği, aynasını parlattığı günlerdi.

İstanbul'a kadar vapurla gideceklerdi. Bir hafta bilemedin on gün kadar kalıp oradan yine vapurla İzmir'e, sonra karayoluyla Manisa'ya geçeceklerdi. Geleni karşılamak kadar gideni uğurlamanın da âdet olduğu zamanlardı ve yolculuk günü küçük çaplı bir kalabalık rıhtımda toplanmıştı. Çünkü o zamanlarda yola da yolcuya da seyrek rastlanırdı. Hele vapurlar, ineni ve bineniyle hayatın her türlü ihtimaline açıktı ve işte limanı olmayan bu deniz şehrinde, küçük rıhtımın az açığına demir atmış bembeyaz ve zarif cüssesiyle *İstanbul* vapuru, yolcularını kendisine getirecek sandalları, salapuryaları karşılamak üzere incecik merdivenini suya doğru sarkıtmıştı.

Açıkta bekleyen gemilere yük taşıyan çaparalar, mavnalar arasında sandalların biri gidiyor diğeri dönüyor, yolcu taşıyorlardı *İstanbul* vapuruna. Allahtan deniz cıva bir aynanın yüzü kadar durgundu da sandallara dua ile binen kadınlardan, ihtiyarlardan suya bir düşen olmadı. Filiz sandala binerken onun elinden tutan, oturmasına yardım eden Refik eniştenin, karısının omuzundaki şalı düzelttiğini kıyıdakiler seçebilse de sandal vapura rampa edip merdivene adım attıklarında artık tanınmaz olmuşlardı. Neden sonra vapur ağır ağır hareket etti. Mendiller sallandı. Gözler bir daha kurulandı.

Rıhtım boyunca geri döndükleri süre boyunca herkes suskundu. O telâş, hiç bitmeyecekmiş gibi görünen o acele aniden kesilivermişti. "Bu kadar mı? Bitti mi yani?" Bitmişti işte. Gitmişlerdi onlar ve bunlar geride kalmıştı. Mücellâ konup kalkan martıların kahkahalarına, kaya oyuklarında patlayan dalgalara kulak verdi. Denizin keskin kokusunu içine çekti. Rıhtımı dolduran kalabalığa baktı. Nereden gelir nereye giderdi bu insanlar? Bunların hepsinin birer hayatı vardı. Tıpkı kendisininki gibi. O zaman Mücellâ ilk kez kendi yaşadığının dışında başka hayatlar, başka insanlar, bambaşka yerler olduğunu fark etti. Şu gemiye binen yolculardan biri de o olsa. Bunu düşündü. İçinden ilk kez belki kıskançlığa değil ama imrenmeye benzer bir duygu geçse de devamını getiremedi.

Neyyire Hanım ise önlerini kesen hamallardan birini azarlarken gençlerin mürüvvetini görmüş yaşlılara mahsus bir gönül huzuruyla Mümine hemşirenin koluna girdi. Sağlı sollu tek tük evler, mısır ve tütün tarlalarıyla dolu Kindinar yokuşunun ortasında dinlenmek için durduklarında denize doğru baktı Mücellâ. İşte, ilkokul öğretmeninin anlattığı gibi dünya yuvarlak. Burada boz bulanık bulutlar yağmura hazırlanırken orada ufka yakın *İstanbul* vapuru küçülmüş, güneşi bir inci tanesi kadar parlak gövdesinde yansıtarak ağır ağır yol alıyordu. Açıklarda bir tuz şilebi vardı ve siyah bir posta vapuru da onun uzağına demir atarken tatlı bir yaz yağmuru başladı.

"Yaz yağmuru" dedi Neyyire Hanım endişeli görünen Mümine hemşireye bakarak. "Merak etme. Şimdi yağar az sonra açar."

Bir hafta sonra, Filiz'in, uğradıkları her limandan Mücellâ adına postaya verdiği kartpostallar arka arkaya gelmeye başladı. Postacı karayemişin çatalına gün aşırı bir zarf taktı.

Filiz'in istif ettiği yazılara bakılırsa önce Giresun'a uğramıştı *İstanbul* vapuru, sonra Fatsa'ya. Uğradıkları her limanda şiyaviya kürek usulü işleyen hantal mavnalar ağır ağır yük taşımışlar, gemiye çuvallar, balyalar yüklenmişti. Gemi ana baba gününe dönmüş, fındık ve tütün tüccarları boy göstermişti birinci mevkiin güvertesinde. Hepsi de yükünü tutmuş savaş zenginleri, şimdi İstanbul'a para yemeye gidiyorlardı.

Bir yolcu gemisi olmasına rağmen *İstanbul* vapuru uğradığı her limanda dura bekleye, yel üfürsün sel götürsün misali Samsun'a varmış, orada da zaman kaybetmiş, sonra Sinop'ta almıştı soluğu. Zonguldak'ta yükü hafiflemişti biraz. Çünkü üçüncü mevki güvertelerini, ambar üstlerini dolduran maden işçileri Zonguldak'ta inmişlerdi. İçlerinden bir deri bir kemik kalmış, veremli olduğu her hâlinden belli birisi daha fazla ayakta duramamış, vapurdan battaniye içinde indirilmişti. Filiz ağlamıştı o zaman akıbetini bilmediği babasını hatırlayarak Refik Bey'in omuzunda. Karanın görünmez olduğu Kerempeler açıklarında Karadeniz'in meşhur fırtınalarından birine bile yakalanmışlardı. Ama kimse merak etmesin, Filiz iyiydi. Yolculuk Boğaz'dan içeri girmeleri ve Galata rıhtımına demir atmalarıyla sona ermişti.

Bir haftalık aradan sonra Filiz'in kartpostalları yeniden başladı. Topkapı Sarayı, Kız Kulesi, Taksim Meydanı'nda Atatürk Anıtı. Daha sonra Kordon'da faytonlar, İzmir Saat Kulesi. İzmir'e, oradan nihayet Manisa'ya geçmişlerdi. Aradaki karayolu o kadar bozuk, dolambaçlı ve tehlikeliydi ki Filiz'i canından bezdirmişti. Refik Bey'in anne ve babası kendi evlâtları gibi bağrına basmışlardı Filiz'i. Ağabey, evet Refik Bey'in dediği gibiydi. Üzüm bağlarını dolaşmak içinse ayrı bir gün gerekmişti.

Mücellâ kartpostalları misafir odasındaki büfenin üzerine, tüllü, ipek kurdeleli nikâh şekerlerinin yanına dizmiş, Filiz'in gelin telinden çektiği üç kıvırcık teli de birinin köşesine iliştirmişti. Hayatı seyretmeye alışkındı Mücellâ. Kartpostallar gibi zarfların üzerindeki pulları da dikkatle inceledi. Bunlar da Fahir'den gelenler gibi adı var kendi yok bambaşka diyarlardı. İşte Kadifekale, işte İzmir Körfezi ve işte duvarda *Saatli Maarif Takvimi*.

Saatli Maarif Takvimi'nin yaprakları bir bir eksilirken Mücellâ çardaktan görünen uzak rıhtımı, manzaraya bir ucundan giren ya da ufukta aniden beliren, denizin üstünden gelip geçen vapurları, şilepleri saymayı âdet edindi. Zaman içinde her birini tanıdı. Hangisi ne zaman gelir, ne kadar kalır, ezberledi. Bazen fırtınada demir atan bir geminin açıktaki dalgaların üzerinde savrularak günlerce suların durulmasını bekleyişini merakla takip etti. Her sabah uyanır uyanmaz denize baktı ve Filiz yine o gemilerden biriyle balayından dönüverdi.

Seyahatten sırtında kloş etekli, siyah puanlı beyaz bir elbiseyle dönen Filiz İstanbul'daki trenleri, Boğaz'da işleyen Şirket-i Hayriye vapurlarını, kuyruklu İmpala'ların insana kendini prenses gibi hissettiren kibar şoförlerini, fayans panolarına dört mevsimin resmedildiği Markiz Pastanesi'nde içtikleri kahveyi; duvarları altın yaldızlı, ağır oymalı aynalarla kaplı Löbon'da yedikleri çikolatalı pastayı uzun uzun anlattı. Tramvaya binmişler, hatta bir gece tiyatroya bile gitmişlerdi. Aşklı meşkli bir şeydi seyrettikleri ama ne oyunun ne de oyuncuların adını hatırladı Filiz. Gittikleri filmin adını ise unutamamıştı: *Senede Bir Gün*. Üstelik bir akşamüstü Cahide Sonku ile Beyoğlu'nda karşılaşmasınlar mı? Saçları altın gibi sapsarıydı Cahide'nin ve eğer dedikodu değilse, sigarasının külünü altın tablalara silkeleyen bu kadının ipek iskarpinlerindeki taşlar hakiki pırlantaydı. Şampanyadan başka içki içmediği söyleniyordu ve uyanık olduğu saatlerde bile tatlı bir rüyadaydı. Kim istemezdi onun gibi yaşamayı? Yanına yaklaşıp imzalı bir fotoğrafını istemediklerine Filiz ne kadar da pişmandı.

Hele girdikleri ıtriyatçıda hepsi de arka odalardan, kasalardan çıkarılan Avrupa malı krem, sabun, losyon, parfüm, sırma püsküllü kristal şişe önlerine serilince -para varsa ürün de vardı- Filiz bile bunca müstahzaratın hangi sırayla, hangi ayarda, hangi kıvamda kullanılacağını bellemek için bir kılavuz gerektiğine kanaat getirmişti de Refik Bey ne kadar gülmüştü, kendisini tutamayıp gülümseyen satıcıyla birlikte.

Konudan konuya atlarken Filiz, bir yandan da seyahat çantasını açmış, *Yıldız* mecmualarının koca iki cildini koymuştu sehpanın üzerine.

"Bak, Refik enişten bunları sana aldı."

Mücellâ sayıdan sayıya, sayfaları yavaş yavaş çevirirken fotoğrafları inceledi, başlıkları okudu. Onun hiç tanımadığı renkli bir âlem, son yılların dünya sosyetesi, krallar kraliçeler, artistler, yıldızlar arasında neler olup bittiği, gözlerinin önünden geçti. On gün gecikmeli ekmek gazetelerinde, Paşazade'nin asık yüzlü radyosunda yoktu böyle haberler. Ama işte, Rita Hayworth Ali Han'la evlenmişti. Hayranlarının hatırasında en güzel hâliyle kalmak isteyen Greta Garbo inzivaya çekilmişti. İngiltere'de Prenses Elizabeth beş saat süren bir törenden sonra beyaz kraliyet atlarının çektiği bir masal arabasıyla, yollara dökülmüş halkın arasından geçmişti. İran'da Şah Rıza, kendisine bir erkek evlât veremeyen dünyalar güzeli kraliçesini boşamış, bir süre sonra Süreyya'yla evlenmişti. Süreyya daha güzeldi. Paris'te dikilen, elmas ve altın işlemeli, yirmi beş kilogram ağırlığındaki gelinliği de daha değerli.

"Bırak şimdi okumayı" dedi Filiz eliyle *Yıldız* cildinin kapağını kapatırken. "Sonra okursun. Bak şimdi, sana neler aldım?"

Seyahat çantası bir daha açıldı.

Her gittikleri yerden Mücellâ için aldığı ufak tefeği renkli ambalaj kâğıtlarından bir bir çıkardı Filiz. Ellerini başının üzerinde birleştirmiş, tül eteği kolalı, porselen bir balerin biblosu, uzun saplarının üzerinde hiç solmayan hatta tozlandığında yıkanabilen plâstik güller, Beyoğlu taşından bir broş, taklit bir inci kolye ve kapağındaki boynu bükük sümbül demetiyle içi gülkurusu saten kaplı ahşap bir mücevher kutusu.

Beyoğlu'ndaki bir stüdyoda hem Refik Bey'le baş başa hem yalnız olarak bir kitaba eğilmiş pozda çektirdiği fotoğraflardan birerini de Filiz, üzerini kırmızı mürekkepli bir dolmakalemle imzalayarak Mücellâ'ya hediye etti. Artık rafın, büfenin üzerine sığmayan fotoğraflar, bütün o kartpostallarla birlikte karton sayfalı bir albümün kesiklerine yerleşti. Kapağında açık denizlere yelken açmış kabartma gemisiyle albüm de Filiz'in hediyesiydi.

Asıl hediyeyi ise birkaç ay sonra Mücellâ'yı misafir odasının bir köşesine çektiği gün verdi Filiz. Hamileydi.

Filiz'in baş dönmelerini sanki kendi başında hissetti Mücellâ, sanki onun da durup dururken midesi bulandı. Karnında bir pıhtı kan canlandı, kıpırdadı. Onun da canı sanki kış ortasında yeşil erik istedi. Durup dururken burnuna haşlanmış taze mısır kokusu geldi. Hiç kimse "Aman ağır kaldırma! Dur şu yastığı sırtına koyayım" demese de onun da kolu kanadı kırıldı, kendisini tonlarca yük taşımış gibi yorgun hissetti. Düğün gecesinin üzerinden tam dokuz ay on gün geçmişti ki Filiz sancı çekerken Mücellâ dokuz doğurdu. Nur topu gibi bir kız doğdu güneş batarken, Gülümser. Yüzünün neredeyse yarısını kaplayan kocaman, siyah gözleri vardı ve başındaki gür saçlar da simsiyahtı. Mücellâ hayatında bu kadar güzel bir bebek görmemişti. Üstelik aynı cümleyi on bir ay sonra bir kez daha tekrar etti. Feriha. Gözleri çimen yeşiliydi. İkisinin de kundağına yedi delikli nazar boncuğu anında iliştirildi.

İlk kızın kırkı çıkıncaya kadar Filiz'in evinde, beşiğin yanına serilmiş bir yer yatağının üzerinde uyudu uyandı Mücellâ. İkinci kızın lohusa şerbetini kaynatırken, kafası İsviçre saati gibi çalışan Neyyire Hanım ayrıntılı hesaplar yapmaya yeniden başladı. Filiz çalışan kız. Bugün yarın bankaya dönecek. Çocuklar desen ikiz gibi. İş zor yani. Kim bakar kim büyütür bu sabileri? Kalender

Mümine hemşire adım atmaktan aciz, dünya yansa farkında olmaz. Ona çocuk mu emanet edilir? Öyleyse bu bebeler bu evde, Mücellâ'nın elinde büyüyecekti. Mücellâ'nın istediği bir göz, Allah iki göz vermişti.

"Filiz'e bir tek sevmek kaldı" denemezdi elbet. Öğlen meme vermek için o yokuşu kan ter içinde çıkıyor, akşam iş dönüşü alıyordu çocukları. Sabaha kadar uykusuz kaldığı da oluyordu, Refik Bey'le birlikte beşik de sallıyordu, çingene salıncağı da kuruyordu. Ama Mücellâ da anne olmadan iki kez anneliği tattı. Çoluk çocuğa karıştı. Çocuk büyütmenin bütün haz ve meşakkatlerini yaşadı. O kadar ki Filiz'in geç kaldığı bir öğle vakti, düğmelerini açtı. Ağlamaktan katılma raddesine gelmiş bebeğin ağzına bal şerbetini kendi memesinin ucundan akıttı. Memeden kesildikten sonra kızlar çoğu geceler "teyzesine" bırakıldığında Mücellâ hafif bir bebek ağlamasının geceye ne kadar yakıştığını, gecenin ve bebeğin sesinin aynı tınıdan olduğunu anladı. "Ben senin sütannenim" diye Feriha'yı sakinleştirirken Gülümser'in saçlarını okşadı.

Nazik tenleri incinmesin diye ek yerleri antikalı zıbınlar, üçgen kol bezleri dikti önce bebeklere Mücellâ. Uğur böcekli, bohça büyüklüğünde kundaklar işledi. Ajurlu battaniyeler, patikler, yelekler, tozpembe hırkalar ördü. Yıllar bebek adımları hızında önce yavaş sonra koşarak geçtikçe, duvardaki takvim değiştikçe hiç aksatmadan, doğum günlerinde fotoğrafçıya götürerek yaş fotoğrafları çektirdi kızlara. Mahalle camiinin minaresinden *Allahuekber* sadasını nihayet yükselten Demokrat Parti "Yeter söz milletindir" dediğinde, kendisini muhalefette bulan Milli Şef, Milli Mücadele kahramanı olarak köşesine çekilmek yerine yakıcı bir muhalefet yapmayı yeğlediğinde ve karşılığı gecikmediğinde Mücellâ albümlerde sıralanan fotoğraflar gibi yaş günü pastalarının üzerindeki mumlardan da saydı yılların geçtiğini.

Paşazade'nin oturma odasında özenle biriktirilen *Ulus*'un manşetlerinde, Refik eniştenin *Zafer*'lerinde hatta Filiz'in *Hayat* mecmualarında memleketin ırmağı boz bulanık taşkınlar, umulmadık seller yaparken Mücellâ bir dikiş makinesi satın aldı eskiciden. Dikiş dikmeyi ilerletti. Feriha da bir yıl erkenden birinci sınıfa yazdırıldığında siyah önlükler, beyaz yakalar biçti minik okullulara. Yağlı kâğıdı kumaşın üzerine itinayla iğneledi ve organze kumaştan kesip çıkardı etekleri tarlatanlı, sağı solu kurdeleli, tüllü, çiçekli 23 Nisan gelinliklerini. Tacı, duvağı kendi eliyle ve gururla kondurdu "kızlarının" başına.

"Büyük dost" Amerika'nın yardımı ile fabrikalar, barajlar, yollar açılırken, sanayi hamleleri birbirini izlerken, makineli tarıma geçilirken ve memleket küçük Amerika rüyasına dalarken bile diktiği mantoların ters yüz edilmiş eski kumaştan olduğunu kimse anlamadı Mücellâ'nın. Kızların taşbebekler ile başlayan oyun oyuncak faslı, kâğıt elbiseli bebeklerden; saman kâğıda basılı masal kitapları rengârenk resimli *Ayşegül*'lerden geçti. Memlekette her taşın altında aranan komünizm gibi irtica da milli düşman addedildiği sıralarda Gülümser ve Feriha mandolin kursuna başladı.

Halk genel seçimlerde ezici çoğunlukla iktidardan yana olsa da iki küçük istisnadan Kırşehir'in kendisini kasaba olarak bulduğu ve Malatya'nın ikiye bölündüğü sırada mandolinlerin ikisine de ağzı büzgülü siyah torba kılıfı dikti Mücellâ hevesle. Ve yaşı otuzu bulduğunda mevsimleri hâlâ yer odasının penceresinden seyreden Mücellâ iki kızın "Bak Postacı Geliyor"dan öteye geçemeyen konserlerini derin bir mutluluk içinde dinledi.

Yıllar önce, kızlar henüz bebekken ne zaman çarşıya inseler Neyyire Hanım puseti iten Mücellâ'ya etraftan duyulur bir sesle "Teyzesi ağzını sil, teyzesi sırtını dikle, teyzesi şöyle teyzesi böyle" diye seslenmişti. Olur ya, etrafta oğluna, kardeşine kız arayan biri olabilir. Ama mağaza sahipleri, tezgâhtarlar, seyyar satıcılar o zamanki gibi şimdi de Mücellâ'yı çocukların annesi sanmakta ısrar etti ve ne zaman çarşıda pazarda bir çocuk "Anne" diye seslense Mücellâ boş bulunup başını o tarafa çevirdi.

O yıl kış çok uzun sürmüş, ilkbahar bir türlü gelememişti. Sayılı günler, kıştan kalan soğuklar, biri erken gelen diğeri geç kalan fırtınalar, hepsi şu küçücük şehrin üzerinde karşılaşmış, birbirine karışmıştı. Çarşıda pazarda selâmlaşan herkes üşümekten bir araya toplanmış omuzlarıyla aynı cümleyi tekrarlıyordu birbirine:

"Kışın böyle üşümedim vallahi."

O da geçti. Sonunda ilkbahar, kışla ezeli savaşını kazandı. Bunca maninin arasından sıyrıldı. Bahar, biraz geç kalmış olsa da yolunu gözleyenlere hoş geldi, safa getirdi. Dallar yeşerdi, kır çiçekleri açtı. Evlerin yekdiğerine eğildiği bu sokak arasında ille de turfanda patlıcan, biber kızartmasının, sarımsaklı cacığın gizlisi saklısı olmayan kokusu bir pencereden taşarak sokağı baştan sona dolaştı. Nihayet Mücellâ sobaları kaldırdı. Bir bir yokladığı giysilerin hiç kullanılmadıkları hâlde, durdukları yerde nasıl böyle eskidiğine şaşarak naftalin kokulu yazlıkları kim bilir kaçıncı kez çıkardı. Bembeyaz poplin geceliğini yatağının ayakucuna bıraktı. Neyyire Hanım ise yaz boyunca bile pazen gecelikle uyumaktan vazgeçmezdi. Son yıllarda daha çok üşümeye başlamıştı ve en ufak serinlikte üzerinize afiyet romatizmaları azdığı gibi nezle de kapıyordu.

Dutun altındaki meşhur kara kazanda çamaşır kaynarken, Neyyire Hanım'ın hamarat kızı -evin yükü artık bütünüyle onun omuzlarındaydı- "Bismillah" dedi. Tırnaklarının arasına nereden bulaştığını hatırlamadığı karaya aldırmadan, her daim emre amade çalı süpürgesinin ucunu ıslattı, dört bir yana silkeledi hafifçe. Yaz temizliğine başladı. Büyük bir şevkle odaları, sofayı, hamamcığın pürtüklü çimento zeminini, camları, çerçeveleri, kısacası bütün evi elden geçirdi. İkindiye doğru misafir odasının kapısını itti, pervaza yaslandı. Uzun uzun dört bir ciheti inceledi.

Renkli çikolata kâğıtlarıyla kapladığı zeytin dallarını geniş karınlı porselen vazoya yeni koymuştu Mücellâ. Geçen bahardan kalma kurutulmuş bir gül buketinin yer yer kırılmış, dökülmüştü yaprakları. Filiz'in hediyesi uzun saplı plâstik güller ilk günkü renklerinde, taptazeydi. Aslan bacaklı büfenin camekânında ıhlamur rengi limonata bardakları, ağzı yaldızlı

kahve fincanları, kesme nakışlı su takımı Mücellâ kendini bileli aynı düzende diziliydi. Evin en kıymetli eşyası olarak ceviz kasnak içindeki İsviçre saati, onu büfenin arkasındaki duvara elceğiziyle asan Tevfik Efendi'den bu yana ağır ağır sallanan sarkacında zamanı elemekle uğraşıyor, sehpanın üzerindeki minik, porselen balerin ellerini başının üzerinde kavuşturmuş, bitmeyen figürünü tekrarlıyordu. Tekeş koltukların ve kanepenin baş ve kolluklarında, sehpanın ve büfenin üzerindeki yıldız motifli beyaz dantel örtüler haftadan haftaya yıkanıp kolalansa da ilk gün serildikleri tertipteydi hâlâ. Ayda yılda bir kere, o da hatırlı konuklar geldiğinde yandığı zaman fanusundaki ağız ağıza vermiş ve kanatları sevinçle açılmış iki kuş gibi onların konduğu çiçekli kiraz dalının kıvrımlarını da duvarlara, tavanlara yansıtan lâcivert karpuz lâmba da büfenin üzerinde her zamanki yerindeydi. Neticede hayatın iç odada attığı bu evde her şeyin en güzeli, en değerlisi misafir odasına hapsedilmiş, kapı da sımsıkı üzerlerine çekilmişti.

Mücellâ "Anne" diye seslendi sofaya doğru.

"Hıı?" dedi Neyyire Hanım.

"Bak ne diyeceğim? Şu mavi halıyı yer odasına alsak, bordoyu da misafir odasına sersek."

Aslında Mücellâ'nın sesinde teklif etse de kabul görmeyeceğine dair bir teslimiyet en baştan vardı. Bilirdi ki Neyyire Hanım bir eşyayı bir yere koyduysa o artık oraya çiviyle çakılmış, tutkalla yapışmış gibi sabitlenir, bir daha yerinden kıpırdamazdı. Bu kez de yanılmadı.

"Bilir bilmez yere konuşma kızım" diye tersledi Mücellâ'yı Neyyire Hanım. "Büyüklüklerine bir baksana. Biri daha büyük, misafir odasına uygun; diğeri küçük, yer odasına."

Öyle ya! Mücellâ, sesinde aynı peşin yenilgiyle fakat yaşı artık otuzu çoktan geçmiş olmanın verdiği hırçın bir söz cesaretiyle:

"Her şey aynı yerde duruyor yıllardır" diye söylendi. "İçim sıkıldı. Azıcık değişiklik yapalım. Bari şu büfeyi karşı duvara yaslayalım. Kapıdan girince daha iyi görünür. Olmaz mı?"

Sofadaki ses anında cevap verdi: Olmazdı tabii. Büfe de bu evdeki her şey gibi kendisine ait olan yere kara tutkalla yapışmıştı. Neyyire Hanım'a kalırsa kıyamete değin de orada kalacaktı.

Neyyire Hanım dayanamamış, belini tuta tuta misafir odasının kapısına dikilmişti. Göz ucuyla her şeyi şöyle bir süzdü. Değişiklik var mı yok mu, kontrol etti. Birkaç santim öne kaymış kanepeyi dizini dayayarak güçlükle duvara doğru itti. Sandalye, kanepe, koltuk, yatak, konsol, büfe, masa, evde mobilya cinsinden ne varsa onların sırtını sıkı sıkı duvara yapıştırmakta kimse Neyyire Hanım'ın eline su dökemezdi.

Mücellâ "Aman" dedi, kanepeyi yeniden birkaç santim öne çekmek isterken.

"Dur hele kızım" dedi Neyyire Hanım onun yüzüne dik dik bakarak. "Benim usulüme karışma."

Bir an durdu. "Kendi evin olduğunda istediğin gibi dizersin eşyanı."

Neyyire Hanım ile İstanbullu gelinin evet, çok sık görüştükleri, birbirlerinin külüne muhtaç oldukları söylenemezdi. Suyolu etmemişlerdi iki yamaç arasında kestirmeden uzanan patikayı. Fakat yine de bayramlar ve mevlidler gibi bazı uzun kış gecelerinde de Mücellâ ve Neyyire Hanım'ın yolu Paşazade'nin yalısından geçerdi. Çünkü böyle gecelerde Müzeyyen Yenge'nin misafir odasında meclis kurulur, sohbeti güzel, sözü tatlı Mutaves Hanım'ın dillere destan masalları en çok bu gecelerde hatırlanırdı.

O itibarla bahçe kapısının tokmağı sabah erkenden vuruldu. Emektar Vehbi Efendi, basamakları inmeden başını içeri doğru uzattı. "Hanımlar" diye seslendi önce. Kapıya çıkan Mücellâ'ya, Müzeyyen Hanımefendisinin davetini bildirdi. Bu gece kadınlar Paşazade yalısında toplanacaklardı. Acaba Neyyire Hanım ve Mücellâ da buyurmazlar mıydı?

Cevap, pencereden başını uzatmış Neyyire Hanım'dan anında geldi. Evet tabii, memnuniyetle buyururlardı.

Kıble çıkmış, karakışın ortasında şaşırtıcı bir sıcak bastırmıştı. Eskiler bu zamansız sıcakları, fırın ağzı gibi esen vakitsiz rüzgârları hayra yormazdı ama. Haksız da değillerdi çünkü rüzgâr güneyden esince işte böyle ürkütücü bir sıcak bastırır fakat ardından genellikle ani bir yağmur ve şiddetli soğuk gelirdi. Hepsini de mevsimlerin dilini artık ezberlemiş Mücellâ, Vehbi Efendi kapıyı çektikten sonra, çardaktan denizin yüzüne bakınca seyretti.

Yaşmak yaşmak açılırken yüzyıllardır çözülmemiş bir buz kütlesinin donuk mavi rengine bürünen deniz bir süre harekete hazır fakat ne yapacağına karar verememiş gibi durdu. Sonra aniden Rize'ye doğru akmaya başladı. Arkası gecikmedi. Ufuktan itibaren koyu gri bir sis perdesi savrula savrula yaklaştı. Çok geçmeden iri taneli bir yağmur başladı. Bir yandan kendi yağdı bir yandan yerdekini kaldırdı, savurdu. Hava aniden soğumuştu.

Akşam namazından sonra Neyyire Hanım mantosunu giyerken "Yumdu gözünü yağıyor mübarek" diye mırıldandı. O, atkısına sıkı sıkı sarınırken Mücellâ, sokak kapısını da evin kapısı gibi kilitledi, birkaç kez geri itti, yokladı. Alışkanlık işte. Oysa karayemişin hâlâ beklediği duvardaki gedik yerli yerindeydi. Ana kız elde deveci feneri, arka bahçeden kestirme patika yola geçtiklerinde Neyyire Hanım Mücellâ'nın koluna girdi. Kimin kimi taşıdığı belli değildi.

Misafir odasında yeşil çini soba harlanmış, iki katlı kilerinin ağzını cömertçe açmıştı Müzeyyen Yenge. Kristal avizeden salkım salkım dökülen yumuşak ışığın altında on kadar kadın toplanmıştı. Bir kısmı genç, çoğu birbirini izleyerek yetişen, değişen, yaşlanan, günü gelince içlerinden biri çekip giden kadınlardı bunlar. Sadece Pervin yoktu aralarında. Evi uzak olduğu için değil, birkaç ay sonra doğum yapacağı için.

Pervin'in bu defa daha farklı ve daha zor geçen hamileliği Sahir Efendi'de bir ümit uyandırmıştı:

"Bir kızım olsa."

İki erkek çocuğun üzerine üçüncü bir erkek, güzel olurdu belki. Ama kız, daha da güzel olmaz mıydı?

Hamile kalan her kadını dünyanın en harikulâde varlığı gibi izlemeye alışkın tecrübeli kadınlar mevzu Pervin'den açılınca gülümseyerek sırrını sadece kendilerinin bildiği emareleri yorumladılar. Başlarını salladılar. Alâmetler belirmişti. Pervin'in canı tatlı, reçel değil yeşil erik, turşu istemişti. Karnı düşük değil göğsü hizasında, yüzünden yukarıydı ve alnını, yanaklarını çiller, lekeler basmıştı.

"Kızı olacak anne çirkinleşir" dedi Mutaves Hanım.

Evet, kızı olacaktı! Hatta takvim hesabını da uzman hekimlere parmak ısırtacak bir doğrulukla yaptı Mutaves Hanım.

"Mayısın başı" dedi. "Haftasını geçmez, yazın bir kenara."

Ne kadar haklı olduğu mayısın üçünde belli olacaktı: Nazlı.

Fakat şimdi mayısa da, Nazlı'ya da, bahara da, güle de çok var. Karakışın ortası. Emektar, sobaya kömür atarken dışarıda rüzgâr uğuldadı. Su boruları zangırdadı, yağmur kamçı gibi camlara çarptı. Böyle vakitlerde Mutaves Hanım'dan bir masal dinlemek gecenin uzayacağı anlamına gelirdi. O, uzun uzun anlatır, uzattıkça uzatırdı. Hüsrev'in suda yıkanan Şirin'i görmesiyle parmağını şaşkınlıktan ağzına götürmesi arasına bir portakal soyumu zaman girebilirdi meselâ. Portakalı soyan taze eller üç dilimi keyifle şapırdatıncaya kadar Hüsrev ancak atından inebilirdi. Kimse şikâyet etmezdi bu geniş zamanlardan. Sabaha kadar dinlenebilirdi Mutaves Hanım'ın kıssaları gibi daha önce kimsenin işitmediği "Geyik Hikâyesi", "Temimdar"ı. Onun ağzından cümleler dökülmeye başladığında ele avuca sığmaz kendi torunu bile muma dönerdi. Hele "Yüklükteki Canavar"ı öyle bir anlatırdı ki onu dinleyen çocuklardan biri o gece ezkaza uyansa bir daha gözüne uyku girmezdi. Belki sadece Paşazade radyoya dikkat kesildiği, gazeteleri satır satır okuduğu yan odadan, kulağına çalan bu masallara dudak büker, burun kıvırırdı.

Son zamanlarda memlekette işler hiç iyi değildi ve Paşazade'ye göre masal dinleyecek zamanlar geçmişti. İktidar ve muhalefet arasında "kemâl-i nefret" kalplere girmiş, iş sanki kan davasına dönüşmüştü nicedir. Bir araya gelmek, karşılıklı konuşmak yoktu iki tarafın da lügatinde. Yenmekten başka dil, ezmekten başka hedef bilmiyorlardı ve ikisi de diğerine "Kardeş, benim ecza kutumda şunlar var. Seninkinde ne var? Çıkar, şu garip vatanın yaralarını saralım" demiyordu. Ne hikmetse her ikisinin de tek gayesi vatanın, milletin mutluluğu olan iki parti o mutluluk gayesinde bir türlü anlaşamıyor; bir taraf diğerini vatanı batırmakla, öbür taraf bu tarafı vatan hainliğiyle suçluyordu. Aynı şeye bakan iki taraf birbirine taban tabana zıt iki şey görüyorsa o gözlerin merceklerinde birer odak kaymasının meydana geldiği muhakkaktı. Ama hiç kimse o odak kaymasını düzeltecek yegâne şey olan karşılıklı konuşma ve uzlaşmaya yanaşmıyordu. Hezeyan her iki tarafta da oturup konuşmayı imkânsız kılacak raddeye varmıştı.

Memleketin gidişatıyla dertli Paşazade burun kıvırsa da meyveler henüz dağıtılmıştı ki Mücellâ, Zarife'nin kulağına eğildi.

"Mutaves Hanım teyze bize o güzel masallarından birini anlatsa."

Zarife, hâlâ Mücellâ'nın onu Filiz'in nişan gecesinde ilk kez gördüğü kadar güzeldi. Bu nazenin hanım otuzunu devirmiş ve biri canavar gibi iki oğul doğurmuş olsa da hâlâ ayrı ırktan, ayrı sınıftan, ayrı cinstendi. Güzeller zümresindendi.

Mutaves Hanım'sa ilk anda nazlandı:

"Vakit geç oldu hanımlar. Sol böğrüme de sanki yel girdi. Ağrım var hafifçe."

Ne yel ağrısı ne vaktin gece yarısı onu yıldırabilir, bütün masallarını şu uzun kış gecesinde ardı ardına dizebilirdi Mutaves Hanım. Beklediği sadece tezahüratı. O da gecikmedi.

Nefise Hanım'ın yanında oturan aheste Güzide bile heyecana gelmiş, yerinden doğrulmuş, "Hadi Mutaves teyze" demişti.

Nefise Hala nişanda, düğünde, mevlidde, kandilde, çarşıda, pazarda, hamamda gözlerini dört açarak aradığı kızı sonunda bulmuştu: Güzide. Daha doğrusu oğlu bulmuştu bu kızı, Nefise Hala da pek münasip görmüş "Evet, tamam" demişti. Fakat milyonlarca ihtimal arasında bir mümkün olan bu büyük buluşmanın gerçekleşmesi için Kore Harbi'nin çıkması, artık kırkını geçmiş bulunan Şerafettin'in Albay rütbesiyle savaşa katılması, gazi olarak geri dönmesi gerekmişti önce. Sular durulduktan, her günkü hayat başladıktan sonra yaşanan sıradan bir günde arkası asker dolu cemselerden biriyle Sarıkışla'ya doğru yol alırken yokuş aşağı inen Güzide'yi görmesi icap etmişti. Kore'den döneli birkaç yıl oluyordu ve içi bir parça gurur çok fazla hüzünle doluydu Şerafettin Albay'ın. Mizacı ise eskisinden daha asabi olmuştu.

Ajans Haberleri'nden duyulmuştu savaş önce. Ardından başında kasket, sırtında yamalı bir ceket, çorapsız ayaklarında kara lâstiklerle, gazete tomarını boynuna çaprazlamasına asmış bir oğlan çocuğu avazı çıktığı kadar bağırmıştı:

"Yazıyor yazıyor! Kore'de savaşı yazıyor!"

Bu haber mahalle aralarına kadar girmişti yükünü ala ala. Neyyire Hanım ve Mücellâ çok geçmeden heyecanla koşmuşlardı Nefise Hala'nın bir kartal yuvasına benzeyen evine. Çünkü işitilmişti ki Şerafettin Albay da Kore yolcusu.

Müzeyyen Yenge, yatağına serilmiş Nefise Hanım'ın bileklerini limon kolonyasıyla ovarken çıkmanın önündeki divanda sigarasını tüttüren Şerafettin Albay:

"Uzun hikâye" demişti Paşazade'ye kinayeli. "NATO'ya gireceğiz! Öyle kolayına almazlar adamı."

İki erkek konuşmuşlardı bir süre. Asker bu! Şerafettin Albay siyasilere kızgındı. Paşazade de onaylamıştı onun öfkesini. İkisinin uzun uzun konuştuklarına bakılırsa Birleşmiş Milletler'e verilen en aceleci, en istekli cevabın sahibi Türkiye, vaat ettiği tugayla cömertlikte İngiltere'den sonra ikinci sıradaydı. Öyle ya, bugün biz Güney Kore'nin yardımına koşmasak yarın maazallah bize bir şey olsa yardımımıza kim koşardı? O kadar aceleciydi ki hükümet, Meclis kararı bile beklenmemiş, "Savaşa hayır" diyenler ise anında vatan haini ilân edilmişti.

O gün en saf, en kestirme soruyu ise Neyyire Hanım sormuştu.

"Kore mi? Evlâdım orası da neresi?"

Sonbaharda anlaşılmıştı Kore'nin neresi olduğu. Şerafettin Albay, torbalarını sırtlanmış askercikleriyle yola çıktığında, Amerikalıların tahsis ettiği beş gemiden birinde İskenderun limanından kalkıp Süveyş Kanalı'nı ve Kızıldeniz'i geçmiş, Yemen kıyılarını izleyerek okyanusa açılmış, Hindistan ve Serendip'e uğramış, Bengal Körfezi'ni aşarak ancak yirmi bir gün sonra, haritadaki yerini bile bilmedikleri Pusan limanına varmışlardı. Burası Fizan'dan da uzaktı.

Yolculuk boyunca Türk askerlerinin sigara kâğıdı inceliğindeki iki dilim ekmekle doymaması dışında her şey iyiydi. Tabii bir de alafranga tuvaletle ilk kez karşılaşan askerlerin, bizi "Yabancılar nazarında mahcup etmemeleri ve onların nazikâne de olsa ihtarlarına uğramamayı sağlamak adına" uyarılması gerekmişti. Şerafettin Albay, koca adam, bu emri askerlerine tebliğ etmesi kendisinden istendiğinde, işte o zaman sersemlemişti. Bunu hiç unutmamıştı ve güvertenin metal aksamına indirdiği yumruğun sağ elinin üzerinde açtığı yaranın izi bir türlü geçmemişti.

Sarıkışla yolunda, elinin üzerindeki o yarayı ovarken ilk kez görmüştü Şerafettin Albay Güzide'yi. Genç kız, sırtında çiçek desenli, yazlık, hafif bir elbise; başında, kenarından tafta kurdele sarkan hasır bir şapka, ayaklarında düz keten iskarpinlerle yokuştan aşağı doğru geliyordu. İlk bakışta göze çarpan herhangi bir özelliği yoksa da kolunda kiraz dolu bir sepetle ağır ağır yürüyen, bal rengi saçları kısa kesilmiş, yüzü hafif çillenmiş bu kızın sadeliği Şerafettin Albay'a sevimli görünmüştü. Onun eli, bütün yorgunluklarını giderebilir, kâbuslarla bölünen uykularına bir sükûnet dokundurabilir, elinin üzerindeki yara izini silebilir zannetmişti. Nicedir ilkyazı unutmuş Şerafettin Albay'a, kaderin hangi bilinmez cilvesiyle, bahar gibi gelmişti Güzide. Roman okumazdı Şerafettin Albay gerçi ama bir film sahnesi açılmıştı sanki önünde.

Mücellâ göz ucuyla inceliyordu şimdi Mutaves Hanım'dan masal isteyen Güzide'yi. Aslanlar gibi Şerafettin Albay'ın bu aheste beste kızın nesini, neresini beğendiğini merdivenli evde gelin görmeye gittikleri günden bu yana Neyyire Hanım gibi Mücellâ da pek anlamamıştı ya yine üzerinde durmadı.

"Aman onlar mutlu olsun da!"

Mutaves Hanım'sa başörtüsünü düzeltirken koltuğa iyice yerleşmişti. Haraşo örgü, buğday rengi hırkasının düğmelerini ilikledi. Dinleyeni hemen etkisi altına alan tatlı bir sesle ve büyüleyici bir telâffuzla sözü söze dizmek üzere başladı:

"Altın Tartmaz Kızın Masalı." Bunu ilk defa anlatacaktı.

"Bir padişahın dünyalar güzeli kızıyla evlenmek isteyen bütün şehzadelere o padişahın bir şartı varmış.

Kızımı şu koca terazinin bir kefesine koyacağım. Kim ki kızımın ağırlığınca altını diğer kefeye koyup da teraziyi dengede tutmayı başarırsa sultan hanımı ona vereceğim."

Mutaves Hanım anlatırken genç kadınlar kendilerini çoktan bırakmış, çocukların gözleri düğme gibi açılmıştı. Ununu eleyip eleğini asmışlar bile yüzlerinde meraklı bir tebessümle dikkat kesilmişlerdi. Hele Mümine hemşire adeta kendisinden geçmişti.

"Karun kadar zengin padişahların dünyanın dört bir bucağından gelen yakışıklı şehzadeleri, sultan hanımın yedi sülâlesini tartmaya yetecek kadar altın ve mücevheratı koca terazinin kefesine yığmışlar sırayla.

Oysa sultan hanım ufak tefek, mini minnacık bir şeymiş de buna rağmen terazinin kefesi bir türlü ağır basmıyor, yerinden kıpırdamıyor, sultan kızı altın tartmıyormuş.

Meğer sultan kızın gönlü bahçıvanın oğluna düşmüşmüş nicedir. Bir köşeye çekmiş olup biteni ağaçların dalları, yaprakları arasından ve kederler içinde seyreden bahçıvanın oğlunu. Kendi parmağından çıkardığı minicik bir altın yüzüğü delikanlıya vermiş. 'Al' demiş, 'Bunu koy terazinin kefesine.'

Oğlan demiş: 'A sultanım, olur mu? Siz bir sultan, onlar şehzade, bense bahçıvanın oğlu. Onlarda dünyanın hazineleri bende bir yüzük.'

'Olur' demiş kız. 'O sihirli bir yüzük. Maddesi, örsün üzerinde aşktan dövülmüştür. Hem benim gönlüm sende. Bundan daha ağırı olur mu? Onu da koy kefeye.'

Sonunda bahçıvan oğlunun boş kefeye bıraktığı yüzük sultan kızın bulunduğu kefeyi bir anda havaya kaldırdığında herkes bu işe şaşmış. Ama padişah sözünü tutmuş ve kırk gün kırk gece sürecek düğünün hazırlıkları başlamış."

Masala, hurafeye, gözünün görmediği, aklının almadığı her şeye külliyen savaş açmış Paşazade bile yan odadan gülümsemişti. Yanında Mutaves Hanım'ın masalını merakla dinleyen biri daha vardı: Yusuf Ziya. Çünkü ne kendisi bahçıvanın oğlu, ne sevdiceği padişah kızı olsa da onun da bir olmaz masalı vardı ve işin kötüsü epey zamandır sihirli yüzüğü kayıptı.

Koca dağ gibi delikanlı kendisini yoklamaya gelen ince hastalıktan şimdilik habersiz, köşedeki divana hafifçe uzanmıştı.

Neyyire Hanım çubuklu atkısını başına atarken Mücellâ da mantosunu sırtına geçirdi.

"Hafazanallah" diye söylendi Mücellâ. Sol gözü nicedir seğiriyordu. Aşkla meşkle başlayan ürkütücü hikâye nice durakta yükünü ala ala korkulu bir kitabın sonsözüne gelip dayanmış, savaş yıllarında semtlerine uğramasa da pusuda beklemeyi seven verem, şimdi Paşazade'nin yalısında yaralı bir kalbin kapısını kolaylıkla itivermiş, haneye çöreklenmişti.

Mart başı. Bahar "Geliyorum" dese de kış her zamanki gibi gitmemekte ısrarlıydı. Ağaçların dibinde erkenci kır menekşeleri, sabırsız çuha çiçekleri. Toprakta hayat çoktan başlamıştı ama sert bir soğuk ana kızın yüzünü yaladı. Perde perde açılıp kapanan sisin ortasında, ıslak toprağa ağır ağır dökülen bembeyaz gelin tacı yapraklarının arasında yürüdüler patikayı. Vadinin iki yamacı arasında, tek adımda karşısına atladıkları oyuncak gibi bir dere bahar coşkunluğuyla oyunlar oynamaya başlamıştı.

Kapıyı emektar açtı.

"Nasıl?" dedi Mücellâ elindeki hoşaf kâsesini uzatırken.

"Aynı."

Duvar saatinin sarkacı boşluğun içinde bir sağa bir sola yalpalıyor. Hastalık bütün yalıyı evirip çevirmiş, kendisine benzetmiş. Her şey beyaz. Her şey ilâç kokusu. Her ses incelmiş, hafiflemiş, sobanın üzerinde kaynayan suyun sesine, buharına karışıyor. Herkes fısıltıyla, işaret diliyle konuşuyor. Bakışlardan derin bir keder okunuyor. Ümit yok, Allah'tan ümit kesilmiyor.

Neyyire Hanım bir koltukta soluklanırken Mücellâ bir ölüyü ziyaret eder gibi dikildi Yusuf Ziya'nın başına. Göğsünden yükselen hırıltı onu rahat bırakmasa da hasta, kendinde değildi. Başı, sapı kırık bir çiçek gibi yastığın üzerine düşmüş, balmumu kadar sarı fakat hâlâ güzel yüzü içten gelen bir ışıkla aydınlanmıştı sanki. Kuytuya kaçmış gözleri yarı aralıktı ve ince bıyıklarının üzeri gibi gür kaşlarının düğümlendiği, simsiyah perçemlerinin dağıldığı alnında da boncuk boncuk ter toplanmıştı. Yorganın altından bile bir deri bir kemik kaldığı anlaşılan bedenin varla yok arası çizgilerine bakınca Mücellâ başını iki yana salladı.

Çok geçmeden gözlerini açtı Yusuf Ziya. Başında dikilen Mücellâ'yı görünce "Abla" dedi başını yastığın üzerinde çevirmeye ve gülümsemeye çalışarak. Ama bir öksürük nöbetiyle tıkandı.

Kendi başına ne yatabiliyor, ne kalkabiliyor, ne dönebiliyordu Yusuf Ziya. Emektar ve Müzeyyen Yenge, sırılsıklam olmuş fanilâsını değişmek için onu yatağın içinde oturttuklarında gördüklerine ise yüreği dayanmadı Mücellâ'nın. Kemikleri sivrilmiş omuzlar, omurgası fırlamış bir sırt, kalem kadar incelmiş kollar, bacaklar ve hepsini incecik bir örtü gibi saran, normal insanlarda rastlanmayacak kadar sarı ve bir o kadar da kara bir deri.

Dudaklarını ısırırken içini çekti Mücellâ. Yıllar önce bir bayram günü, koltuğunun kenarına ilişerek "Hadi kitap okuyalım" diyen, bahriyeli kıyafetine heves etmiş çocuk bu muydu? Bu yarı ölü çehre mi o zaman çocukluğun saf aydınlığıyla dolu, yüzüne bakarak ona "Mücellâ abla" demişti? Ondan kendisine masallar anlatmasını istemişti? Mücellâ'nın minik arkadaşı bu muydu? Eriyip gitmişti dağ gibi delikanlı.

Koca dağ gibi delikanlı ama kendi yatağı ile annesinin ona gösterdiği yatak arasında cılız bir su gibi akmıştı nihayetinde. İstanbullu gelin, Yusuf Ziya'dan ilk darbeyi, oğulcuğu lise bitince Viyana'da Türkoloji tahsil etmeye karar verdiğinde yemişti.

"Nereden çıktı oğlum Türkoloji? Sana doktor ya da mühendis olmak yaraşır" dediğinde hiç ummadığı bir kararlılık bulmuştu sakin sular gibi akan oğlunda.

İstanbullu gelin o zaman şaşırmıştı. Oysa oğlunun gözlerine her baktığında görürdü ki Yusuf Ziya kendisini ona bağlayan göbek bağını bir kız çocuğu gibi taşır. Bu yüzden her zaman biraz kararsız. Herkesin suyuna gider, "Herkesin gönlü olsun" der. Bu yüzden en fazla kendi gönlünden fedakârlık eder. Lâkin işte, hiç umulmadık zamanlarda başını kaldırır ve münasebetsizce kaderini eline almak ister.

Ama anne çok geçmeden anladı ki oğul yine sakin sular gibiydi. Sadece Müzeyyen Hanım kendi dağını yeteri kadar büyütmemişti. İdare-i maslahatta daima yarar gören Paşazade, gece:

"Varsın olsun Müzeyyen Hanım" demişti. "Madem öyle istiyor fazla üzerine gitme. Hem Viyana'da okuyacak. Fena mı?"

Sabaha kadar dönüp durduktan, tavanın tahtalarını saydıktan sonra ertesi gün "Peki" demişti İstanbullu gelin daha fazla üstelemeyerek. Yusuf Ziya üzerindeki enerjisini, onu kullanmasını gerektirecek asıl zamanlara saklayarak "Peki" demiş, ona da olur gibi gelmişti. Ondan sonra Yusuf Ziya kimi zaman vapurla kimi zaman iktidarın övünç kaynağı, yeni yapılmış güzel ve rahat karayollarıyla İstanbul'a gitmiş, oradan Viyana'ya geçmiş, aynı yollardan geri dönmüştü defalarca. O yollar ki yapımları esnasında kendini gösteren yenilik hamlesi "İstanbul'un yüzünü gözünü açayım" derken hızını alamamış, kimi camileri, tekkeleri, medreseleri, hanları, hamamları, sebilleri, mescitleri ezip geçmiş, bu arada Sinan yapısı birkaç eseri de dümdüz etmişti. Yine de oğulcuğunu sağ salim, tez vakitte kendisine kavuşturan bu yolları yapanlara -Paşazade diş bilese de- Müzeyyen Hanım müteşekkir kalmıştı için için.

Ama aynı yolları arşınlayarak üçüncü sınıftan dörde geçtiği yaz Yusuf Ziya Viyana'dan memlekete bir evlilik kararıyla döndüğünde, Müzeyyen Hanım işte o zaman önüne çıkanı boğacak bir sele benzemiş, enerjisini tüketeceği zamanın geldiğini sezmişti.

Şaşkınlığını üzerinden attıktan sonra "Zinhar" demişti Yusuf Ziya'ya. "Rızam yoktur. Olmaz. Dünyalar bir araya gelse olmaz. Sütümü helâl etmem ki olmaz."

Misafir odasındaki kanepenin üzerinde ana oğul yan yana oturmuşlar, Yusuf Ziya dirseğini koltuğun kenarına dayamış, bir ayağını sakince öne doğru uzatmıştı. Müzeyyen Hanım'ın ise yüzünü ateşler basmış, meşhur soğukkanlılığını korumaya çalışsa da gece boyunca zaman zaman sesine, sinirlerine hâkim olamamıştı. Bu aşkın evlilikle hecelenmesi ihtimalini bile reddetti. Aşk gelir geçer, evlilik ise ömür boyu sürerdi.

Müzeyyen Hanım'a bakılırsa Suna bütün kusurları toplayarak gelmişti ve onun itirazı her anne için geçerli olabilecek türdendi. Hangi anne "Evet" diyebilirdi böyle bir evliliğe?

Suna zadegândan değildi bir kere! Bu çok önemliydi! Çünkü tuz kokmaz asil azmazdı, davul bile dengi dengine çalardı. Hadi bunu görmeyelim, geçelim. Ama Suna, Yusuf Ziya'dan üç yaş büyüktü. Olur mu hiç? Peki tamam, bunu da görmedik diyelim. Ama Suna bir nikâhtan arda kalmıştı. İşte orda durmalı. Bu artık geçilecek, görülmeyecek türden değildi. Gerçi ancak altı ay evli kalmışmış ama ne fark eder ki? Duldu neticede. Dul kelimesini öyle üzerine basarak söylemişti ki İstanbullu gelin, gözlerindeki şu bakış olmasa bile sesindeki tabir memleketin bütün dullarını ezip geçmeye yeterdi. Başka birinin soyadından, yatağından arda kalmış biri mi aslanlar gibi Yusuf Ziya'sına karı olacaktı? Nereden vursan dökülüyordu kısacası. Suna mı Müzeyyen Hanım'a gelin olacaktı?

Yusuf Ziya "Anne" dedi. "Saydıklarından hiçbirinin önemi yok. Hiçbiri kusur değil bunların. Ben onu her hâliyle seviyorum. Sen beni anlamıyorsun."

"Aklını başına topla" dedi Müzeyyen Hanım yerinden doğrularak. "Ben seni, senin kendini tanıdığından daha iyi tanırım, daha iyi anlarım. Senin mizacında ateş yoktur. Su gibi akıyorsun sadece, önüne gelene ucuz bir çiçek gibi açıyorsun. Bu yüzden yanlış kararlar alıyorsun. Ben sadece senin kararlarını düzeltiyorum."

Yusuf Ziya yüzü kıpkırmızı, gözleri birer ateş parçası, o da yerinden doğrulurken:

"Koysana kendini benim yerime. Görmüyor musun? Öleceğim" dediğinde Müzeyyen Hanım ensesindeki sımsıkı topuzu düzeltti.

"Korkma" dedi. "Kimse aşktan ölmez. O işler sadece masallardadır. Bir de romanlarla filmlerde. Hangi ateş sonsuza kadar yanmış ki? Biraz tüter sonra sönersin. Birazcık acı çekeceksin. Ama bir ömür pişmanlık duymandan iyidir. Sonra bana teşekkür edeceksin. Gerçeğe dön artık. Kendine de ailemize de yakışmayan işler eyleme."

Ana oğul gece boyunca konuşup durdular. Paşazade ise ara sıra konuya karışsa da her zamanki gibi idare-i maslahatçı fakat bu kez Müzeyyen Hanım'ın düşüncelerine daha yakındı. İkna olması gecikmedi. Ona göre de bu, iyi bir evlilik tasavvuru değildi. Özde kararını verince gidişatı Müzeyyen Hanım'a bırakarak, gündüz muayenehanesine, gece evdeki köşesine çekildi. Kulağını radyoya verdi, gözünü gazeteye dikti. Çoktandır tepede de bir şeyler ters dönmüş, büyü bozulmuştu. Mahalle kahvesinde bile konuşuluyordu Amerika'dan beklenen kredinin gelmediği. Görkemli projeler yarım kalmıştı bu yüzden. Durum vahimdi.

Mesele o yaz tatili boyunca sönmek yerine alevlendi. Yusuf Ziya da ilk anda Nuh demiş nebi dememişti. Müzeyyen Hanım anladı ki tedbir almazsa bu ateş en evvel Yusuf Ziya'yı yakacak. Tedbir ise bazen zor ile gerçekleşirdi, cebir bazen iyiydi. Çünkü Yusuf Ziya için en iyi olanı Müzeyyen Hanım bilir, bunu şu an Yusuf Ziya fark etmese de bu böyledir.

Bu sorumlulukla Müzeyyen Hanım kendisinde direnme gücü buldu. Üzerine inen gaddarlığı Allah'ın bir lütfu bildi. Bir anlık saman alevine aldanıp oğulcuğunu yangın ateşine atamazdı. Şayet mesut olacaklarına inansa, Yusuf Ziya hamamcının, bohçacının kızını karşısına gelin diye çıkarsa önlerinde durmaz, mani olmazdı. Yollarına çıkmazdı Allah şahit. Hangi anne oğlunun mutsuz olmasını ister ki? Ama her şey bu kadar açık seçik ortadayken sessiz kalmak da annelere yaraşmazdı. Eğer o, bugün bir zafiyet gösterse yarın iş işten geçtikten sonra en başta oğulcuğu ona sormaz mıydı? Bu evliliğe göz yumsa, bizatihi Yusuf Ziya'nın kendisi hem bu dünyada hem öbür dünyada yakasına yapışmaz mıydı:

"Ey ana. Hadi ben cahildim. Sen bana niye mani olmadın? Beni göz göre göre nasıl ateşlere attın?"

Yusuf Ziya henüz bilmiyor ama Suna'yla evlenirse, aradan iki yıl geçmeden başını taşlara vuracaktı. O kendini tanımaz da Müzeyyen Hanım oğulcuğunu eğe kemiği kadar yakınından tanırdı. O, böyle bir kızla yapamazdı. En yakıcı aşktan geri dönmek, en basit bir evliliği bozmaktan daha az hasar verirdi. Öyleyse bu işi şimdiden bozmalı. Anne olarak Müzeyyen Hanım'a düşen vazife buydu. Öyle kuvvetli kurmuştu ki sebeplerini, onu bu yoldan kimse döndüremezdi. Çok da tartışmamalıydı böyle işleri. Tarttıkça ağırlaşırdı. Fazla söze hacet yok, en iyisi hiç yokmuş gibi davranmalıydı.

Yusuf Ziya'da parlayan direnç az zamanda pörsüdü, sonbahar başlarken tükendi. Müzeyyen Hanım'ın gerekçelerini anladığı ve ona hak verdiği için değil, onu aşamayacağını sezdiği için. Aşıp geçse bile silip atamaz ki. Oysa ezip geçmek için önce silmek, yok saymak gerek. Ya çarpışacak ya kabullenecekti Yusuf Ziya. Fakat o hele de annesiyle çarpışacak, ona başkaldıracak, bir zafer için bu kadar hasar alacak, daha önemlisi, aldığı hasarla hiçbir şey olmamış gibi yaşayacak mizaçta değildi. Gerçi biraz tütüp sonra sönmedi ama sindi ve ezildi. Kendisini annesine bağlayan göbek bağını yangının ortasındayken bile bedeninden kesip atabilmiş değildi.

Yusuf Ziya, Suna'ya giden yol üzerinde bütün haşmetiyle karşısına dikilen anne heybetine ayağı takılıp yere kapaklanınca, bir süre sağa sola sürüklendi. Gittiği yerde de kaçtığı yerdeki dert, Viyana'ya dönemedi. Kimseye bir şey edemediğinden kendisine çok şey etti. Çok geçmeden yataklara düştüğünde ise onun, annesini ezip geçecek, silip atacak gücü kendisinde neden bulamadığını sormayı kimse aklına getirmedi. Oğlunun aşkına tek başına karşı duran Müzeyyen Hanım'a bile konu komşu, hısım akrabadan hiç kimse "Sen de Paşazade'ye sevdalanıp gelmedin mi İstanbullardan?" diyememişti.

Çünkü bilirlerdi ki siyahlar giyen Müzeyyen Hanım tam da bu yüzden bu evliliğe karşıydı. Aşkın çok çabuk bittiğini bizzat tecrübe etmişti. Gelin olduktan sonra geçen zaman, Paşazade'ye karşı içinde yakıcı duygular namına ne varsa yok etmiş, aşk adına soğumuş bir kalp bırakmıştı. Geriye kalan onca yıllık bir kül yığınıydı. Lâkin kaybı büyük olmamıştı Müzeyyen Hanım'ın çünkü evlilikte başlangıçta bulunana değil sonraya kalana bakmak gerekirdi ve Paşazade'den geri kalanlar Müzeyyen Hanım'a fazlasıyla yetmişti. Kendi Paşa'sı her taş gibi kendi yerinde ağırdı. Attığı adım bile cihanı titretirdi. Yusuf Ziya'nın da babasından geri kalır yanı yoktu. Ana sezgisi hayat tecrübesi, Suna ise bir hiçti.

Sadece bir gün, Yusuf Ziya'nın verem olduğu anlaşıldığı sıralarda, emektar Vehbi Efendi, yaşına başına, artık ağarmış saçına sakalına, bunca yıldır bu kapıda harcadığı ve helâl ü hoş ettiği onca emeğe güvenerek:

"Hanımım" dedi. "Kaderdir, ne yazıyorsa yaşanacak. Kendini o kadar da sağa sola atma. Oluruna bırak. Heder etme, yazıktır çocuğa."

Müzeyyen Hanım'ın kaşları, saçlarının dibine kadar kalktı.

"Kader yaşanacak zaten Vehbi Efendi" dedi. "Ben sadece onun kaderini kolaylaştırıyorum."

Ve ekledi: "Sen kendi işine bak. Münasebetsizlik de etme. Benim oğlum benim sözümü dinler."

Kestirip atmıştı. Alın Yusuf Ziya'nındı ama kaderi yazan kalem şu elmas yüzüklü parmakların arasında duruyordu. Biçare Ziya'nın önü karanlık ardı karanlık. Emektar ağzını doldurdu:

"Be kadın, çocuğun göz göre göre gidiyor. Bundan böyle ne sözü ne dinlemesi?" diyecekti ki sustu. Ağzı taş dolu.

Bunca yıldır bu kapıdaydı. Olur olmaz kaprislerini çekmişti İstanbullu gelinin ama söz hiç bu kadar ağırlaşıp acıtmamıştı.

"Kabahat sende değil" diye geçirdi içinden emektar bu kez Paşazade'ye sitemler ederek. Başını iki yana salladı. Yoluna çıkan hizmetçi kızı azarladı. Kendisine buyrulduğu gibi işinin başına döndü. Bodruma indi. Taşla karışık kömürü ayıklamaya başladı.

Öğleye doğru bakır tencereyi, tavayı bir torbaya doldurdu, kalaycı aramak üzere evden çıktı. Yokluk başlamış, pahalılık yine alıp başını gitmiş, karaborsa hortlamıştı.

"Sefer Efendi'ye sor bakalım. Bir köşede taze kahvesi var mıdır?" diye seslenmişti Paşazade emektarın arkasından.

Halk kemer sıkarken kahve yine nohut olmuştu.

Gerçi halk, kemer sıkarken bile gazetelerden gördüğü kadarıyla Hilton Oteli'nin açılışı, İstanbul'a yağan iki uçak dolusu Hollywood yıldızı, günlerce süren balolar, kokteyller, ziyafetler ile oyalanmayı ihmal etmedi; Şah ve Süreyya'nın Türkiye ziyaretini fazlasıyla önemsedi. Fakat bu taşra şehrinde Kraliçe Süreyya'nın pardösüsünün lavanta mavisini tartışmaya ne hacet? Dedikodunun asıl çarkı Mutaves Hanım'ın masalları arasında bile benzeri olmayan "zalim ana ile masum oğlunun serencamı" üzerinden bütün hızıyla dönmeye başladı. Ana ile oğul, Müzeyyen Hanım ile Suna, Paşazade yalısını bir kez olsun görmemişlerin sofrasında bile biri âşık diğeri diken sıfatında tanınır çiftler olduklarında, artık ok yaydan çoktan çıkmış, iş işten iyice geçmişti.

İstanbullu gelin hepsine kulaklarını tıkadı, gözlerini kapadı. Olamazdı. Müzeyyen Hanım'ın kendisi için değil, Yusuf Ziya'nın iyiliği için. Dünyalar yerinden oynasa bile olmazdı.

Olmadı.

Yusuf Ziya verem olup yataklara düştüğünde bile olmadı, Müzeyyen Hanım'ın onun başında sabahladığı gecelerde, eli Yusuf Ziya'nın alnında, başı onun yastığının üzerinde ölümü beklediklerinde bile.

Yusuf Ziya'nın hastalığı boyunca Neyyire Hanım ve hele Mücellâ'nın eli Paşazade yalısının kapısını her gün her saat çaldı. Felâket günleri, uzak akrabaları birbirine yaklaştırmıştı. İstanbullu gelinin ihtiyacı yoktu elbet bir tas çorbaya, kuru üzüm hoşafına. Fakat hasta evi gündüz kadın gece erkek ziyaretçilerle dolup taşsa da -Pervin ve Sahir Efendi bile bebeği birkaç saatliğine iki ağabeyine bırakarak geliyorlardı- vakit ilerleyince herkes kendi evine çekiliyordu nihayetinde. Herkesin işi gücü, kendine ait bir hayatı vardı. Uzak şehirlerden son bir veda ziyareti için gelen hısım akraba bile geri döndü. Bir tek ana kız, gecenin sessizliğinde dahi ayağını yalıdan çekmedi. Neyyire Hanım ile Müzeyyen Yenge yan odadaki divanın üzerinde uyuyakalsalar da Mücellâ çok geceyi Yusuf Ziya'nın başındaki koltukta geçirdi, o koltukta sabahladı.

Odanın içinde kuvvetli bir ışık, bir perde kapanıp açılıyormuş gibi söndü, yandı. Uykusuna düşkün Mücellâ gözlerinin üzerinden geçen bu ışıkla kendisini attı. Nicedir Yusuf Ziya'nın ilâcını vermek, terini silmek, çamaşırını değiştirmek, yastığını yorganını düzeltmekle geçen iki uyanıklık arasında; bacaklarını kıvırarak sığdığı koltuğun üzerinde, başı arkalıkta, dirseği kolçakta, eli kâh şakağında kâh kucağında, gözünün biri uyusa diğeri açık, tilki uykusuna alışmıştı.

Gözünü açar açmaz Yusuf Ziya'ya baktı. Uyuyordu görünürde. Uzun süre öksürmemişti bu gece ve bu iyiye alâmetti. Doktora bakılırsa zayıf da olsa bir ümit doğmuştu sanki. Ama mum sarısı yüzdeki hafif aralık iki göz kapağının arasından her zamanki donuk parıltı geçiyordu ve Yusuf Ziya'nın alnı yine ter içindeydi.

Koltuğun kenarlarına tutunarak usulca yerinden kalktı Mücellâ. Sırtı, boynu, bacakları ağrımıştı. Perdeyi hafifçe araladı. Bembeyaz mayıs bulutları masmavi gök üzerine top top yayılmış, parlak güneşin önünü bir kapatıyor bir açıyorlardı. Kendisini uyandıran ışık oyununun sebebini anladı Mücellâ. Kolunu pervaza, alnını koluna dayadı. Uzaklarda görünen kendi evceğizlerine baktı.

O sırada Yusuf Ziya'nın zayıf sesini duydu. Bu kısık ses derin suların içinden, dalgalara çarpa çarpa geliyordu.

"Mücellâ abla. Yaklaş biraz yanıma."

Yüzünde öyle yorgun bir ifade vardı ki Mücellâ onun konuşmamasını yeğlerdi. Yine de koltuğa dönerken şefkatle sordu.

"Söyle Ziya. Ne istiyorsun?"

"Yok" dedi Yusuf Ziya. "Yaklaş. Buraya otur."

Yorgan ağzına kapanmış sapsarı elinin ayasında, fırlamış damarları yelpaze gibi açılmıştı ve gözüyle yanını işaret etmişti. Mücellâ onun kolunun hizasına, bir demet sarı süsen işlenmiş yastığının yanına ilişince hastanın yine ter içinde olduğunu fark etti.

"Dur" dedi. "Terlemişsin. Şu tülbendi arkana koyayım. Sonra konuşursun."

Yusuf Ziya'yı kendisine çekerek yatağın içinde doğrulttu. Otururken sırtı bükülen, kolları düşen hasta dik tutamadığı başını Mücellâ'nın boynuyla omuzu arasındaki boşluğa bırakmıştı. Onun sırtına tülbent koymak için eğildiğinde kollarının arasında bir deri bir kemik kalmış, çuval gibi boşalmış bir beden buldu Mücellâ. Ekşi bir hastalık kokusu genzini yakarken bir şifacının sihirli eli gibi bütün o ateşi çekip çıkaracağını sansa da bu bumbuz sırt elini sadece üşüttü Mücellâ'nın. Tülbendi koyup geri çekildiğinde bir an için bu zayıf bedenin bu yanından baksa öbür yanını göreceğini zannetmişti.

"Hah tamam. Şimdi söyle Ziya. Ne istiyorsun? Biraz süt içsen. Biraz ballı pekmez versem."

Hasta yüzünü buruştururken başını olumsuz anlamda salladı.

"Bir şey istemem. İçim almıyor. Dinle beni."

Zayıf ses, zorlukla alınan iki soluk arasında dura dura:

"Mücellâ abla" dedi. "Senden bir şey isteyeceğim. Ama yapar mısın acaba?"

"İste" dedi Mücellâ. Sesi serapa şefkat kesilmişti. "Ne istersen. Elbette yaparım. İste yoluna hanlar, saraylar kurayım."

Yusuf Ziya bile gülümsedi bu acemi şakaya. Perişan zihnini düzeltmeye çalıştı. Bir gayret uzandı. Başucundaki komodinin gözünden bir tomar kâğıt çıkardı. İncecik parmakları gayritabii biçimde uzamıştı ve iki kelimesi arasındaki mesafe daha açılmıştı.

"Mücellâ abla... Bu mektubu Suna'ya postalar mısın?"

Yaralı bir güvercinin gözleriyle bakarken:

"Zarfım yok ama Mücellâ abla..." diye ekledi. "Onu da sen alır mısın?"

Mücellâ mektubu çantasına henüz atmıştı ki Müzeyyen Yenge içeri girdi. Kahvaltı hazırdı.

Bahçeye çıkınca havuzun kenarına, vücudu yay gibi gerili olsa da ağzından fışkıran su kesilmiş, kıvrım kıvrım yeleleri çoktan yosun tutmuş aslan heykelinin gölgesine oturdu Mücellâ. Bacaklarını uzattı. Çantasının sapını kucağında iki eliyle sımsıkı kavrarken gözlerini yumdu. Güneş ışığını elmacık kemiklerinin üzerinde hissederken bol yapraklı ağaçların gölgeliklerine sinmiş kumru ve güvercinlere kulak verdi. Gözlerini açtı. İlk defa görüyormuş gibi bahçeye, topraktan fışkıran çiçeklere, yeni açmış akasyaya, başının üzerine doğru eğilen leylâk dalına, peygamber güllerine baktı. O sırada emektarın çıktığı veranda kapısı, menteşelerinin üzerinde hafifçe gidip gelirken renkli camlardan süzülen bir demet ışık baklava biçimli karoların üzerinde sükûnetle eridi, hafifleyip rüyalaştı. Aynı ışık kapının billûr tutamacında yansıdı. Baharın dokunduğu her şeyden yakamozlar saçılıyordu bu mayıs sabahında. Mücellâ'nın içinden bile hayatın o taşkın sevinci geçmişti bir anlığına. Şurada gencecik bir çift gözün içinden ölümün donuk ışıltısı geçerken burada hayatın kendi seyrinde hem de bu kadar güzel akıp gitmesi Mücellâ'ya acımasızlık gibi geldi. Yerinden doğruldu. Patikaya girerken emektara "Öğleden sonra gelirim Vehbi abi" diye seslendi.

Üstünü bile değiştirmeden yer odasındaki muşamba örtülü masanın başına geçti Mücellâ. Veremlinin teriyle rutubetlenmiş kâğıt tomarını çantasından çıkardı. Sırtta dikişin yırttığı kısma bakılırsa bu yapraklar çizgili bir defterden çekilip kopartılmıştı. Dörde katladığı tomarı Fahir için her zaman hazır tutulan zarflardan birine dikkatle yerleştirdi Mücellâ. Suna'nın adresini de aynı dikkatle zarfın üzerine geçirdi.

O gece odasına çıktığında yıllar önce Filiz tarafından bakkalın çırağına yazılmış iki satırlık kâğıdı bile saklayacak yer bulamadığı geldi aklına Mücellâ'nın. Şimdi Neyyire Hanım içeri girse, yine o kadar ürker miydi? Değil tabii. Ama o gecenin terini bambaşka bir sebeple de olsa yine saçlarının arasında hissetti. Neyyire Hanım çantasından bir şey almaya kalkar mıydı? Kâğıtları görür, ne olduğunu sorar mıydı? Sorsun! Ama ya kendi başına bir işgüzarlık yapar, Müzeyyen Yenge'ye ağzından bir şey kaçırır mıydı? Herhâlde! Öyleyse bakkalın çırağına yazılmış yarım kâğıdı saklayacak yer bulamayan sırdaş Mücellâ şimdi bu kalın zarfı nasıl saklayacaktı?

Bütün gece yastığının, yorganının altında, iki elinin arasında kucağında, göğsünün üzerinde tuttuğu kalın zarfla, yarı uyku yarı uyanıklık arasında kıpırdayıp durdu Mücellâ. Gözünün önüne dik duramayıp yorgana doğru bükülen kadidi çıkmış o sırt geldi, genzine o ekşi ter ve hastalık kokusu doldu yeniden. Kendisini, henüz görülmeye başlanmış rüyalardan atarak uyandı. Sokak lâmbası havalanan tül perdenin gölgesini mavi badanalı duvarda oynaştırırken kalktı, çıplak ayaklarının ucuna basarak perdeyi çekti. Demir teline takılmış paslı halkaların sesini duyunca durakladı. Neyyire Hanım'ın odasına kulak kabarttıktan sonra yavaşça biraz daha çekti. Yatağına girdi sonra. Yazılmış, fakat herhâlde vazgeçilerek üzeri hafifçe karalanmış cümlelerle dolu ilk sayfayı duvardaki aydınlığa doğru kaldırdı. Okumaya başladı.

Allah şahit, seni on iki yaş altı bir çocuğun masumiyetiyle sevdim. Namahremim değildin diye öptüm gözlerinden. Gözlerimden öpme ayrılmayalım, niye demedin?

Bu cümleleri okumasıyla kâğıdı göğsüne kapaması bir oldu Mücellâ'nın. Sapsarı bir yüzle, yattığı yerden doğruldu. Fakat işte kâğıt parmaklarının arasında, avuçlarının içinde duruyordu ve hiçbir şey olmamıştı. Biraz bekledi. Bir daha kâğıdı ışığa doğru kaldırdı.

Aşka düştüğü besbelliymiş ölmekten korkanların. Oysa ben ölmekten korkmuyorum. Söyle bana, ben niye korkmuyorum?

Kolu yorulmuştu Mücellâ'nın. Yatağından çıktı. Terliklerini ayaklarına yine geçirmedi. Beyaz muslin geceliğiyle pencerenin önünde, iki dizinin üzerine yere oturdu. Neyyire Hanım'a kalsa iki kelimeyi hecelemeden okuyamayan Mücellâ oracıkta, şapkası rüzgârda sallanan bir sokak lâmbasının ışığında sayfalarca mektubu baştan sona sular seller gibi okudu.

İlk kez hayatında böyle bir şey okuyordu Mücellâ. Ne Refik eniştenin Filiz'e yazdığı ahir zaman sevdalıklarıyla dolu süslü kâğıda benziyordu bu ne de Filiz'in bakkalın çırağına yazdığı kâğıttaki acemi heveskârlığa. Böyle duyguların, böyle kelimelerin, böyle cümlelerin varlığından bile haberi yoktu Mücellâ'nın. Işık doluydu kimi cümlelerin içi ama şu kâğıttan evvelde keder bidayette keder damlıyordu. Çoğunu tam olarak anlayamadı, derin manasına eremedi ama kâğıttan bile Yusuf Ziya'nın öyle bir yandığını hissetti ki Mücellâ, kibrit-i ahmer gelse söndüremezdi bu ateşi.

O gece o pencerenin önünde, kalbinin olmayan kapılarına kilit takıla takıla otuz beşini bulmuş Mücellâ'nın eylemsiz hayatının ortasından Yusuf Ziya'nın mektubu bir yangın alevi gibi geçti. Ve kendisine böyle bir mektup yazılan kadın ne hisseder, Mücellâ bunu da merak etti.

Suna,

Evleniyormuşsun. Benden gizliyorlar ama kuşların dili var ve bizim emektarın ağzında bakla ıslanmaz. Uzun uzun anlatmıyor. Kısa söyleyip geçiyor. Yaranın en fazla kanadığı yerden dağlandığına inanıyor. Kangren olmuş uzva merhem kâr etmez, satırı birdenbire indirmek gerektiğini biliyor.

"Unut bey" diyor. "Evleniyor."

Hamlet olsam "Sana çeyiz olarak bir belâ armağan ediyorum" derdim. Değilim. Senin gördüğün ve seni gören ne'm varsa yakmak isterdim. Yüzümü ne yapardım oysa?

Bu mektubun eline geçip geçmeyeceğini bile bilmiyorum. Ama yazmaktan başka çaresi olmayan bütün yaşama kusurluları gibi ben de yazdıkça yazıyorum. Kadınları güçlü olan bu sülâlenin erkeklerinden geriye bir avuç yazı kalır. Balkan gönüllüsü İsmail'in günlüğü bizde hâlâ okunur. Ben de onlardan biriyim. Öyle olmadığımı zannetmiştim oysa. Kendimi senin yanında güçlü hissetmiştim. Denenmemiş gücün kaç kırat çektiğini kim bilebilir? Çocukmuşum. Öğrendim.

Ben ki sana yemin de ettim söz de verdim. Yemin dine, söz ahlâka dayalı. Dinimi Allah bilir, ahlâkım ise annemdendir. Şimdi bana cevap yazma ama al bu nameyi bir köşede sakla.

Yattığım bu odaya, ilâç kokusuna alıştım artık. Dışarıda bir hayat varmış. Ben de tam ortasındaymışım az zaman evvel o hayatın. Unuttum çoktan. Sobanın üzerinde sürekli kaynayan suyun buharı her şeyi içine çekiyor, inceltip hafifletiyor. Hiç kimsenin sesi buharın sesinden daha yüksek çıkmıyor. Sonra uzaklaşıyor herkes. Yalnız bırakıyorlar beni. Uyumam, dinlenmem için. Bense uyanık olduğum zamanlarda ve takatim varsa sana bu satırları yazıyorum.

Zarfım yok. Mektup kâğıdım da. Bir defterin boş sayfalarına yazıyorum. Bir defter yaprak yaprak nasıl eksilir? Bir çırpıda yazılmıyor böylesi bir mektup. Günden güne, saatten saate yazım değişiyor. Kimi düzgün, kimi eğri büğrü, çizgiden çıkmış. Yazım gibi üslûbum, duygularım da değişiyor. Günüm günüme saatim saatime uymuyor. Bu günlerden birinin hayatımın son günü olabileceğini bilmem bile ona özel bir kıymet atfetmem için yetmiyor.

Gündüzleri penceremin perdesini açıyorlar. Bulutların şeklinden, gökyüzünün renginden, taşların yosunundan, kuşların cinsinden mevsimleri çıkarıyorum. Sonbaharın geldiğini, karın gökten döküldüğünü, havanın buz kestiğini ağaçtan, yapraktan seyrediyorum. Güneşin, denizin bağrından her gün biraz daha erken doğduğunu, dağın arkasından biraz daha geç battığını görüyorum; çizdiği kavsin yer değiştirmesini izliyorum odamın duvarlarında. Bahar geliyor. Vadinin boşluğuna sonsuz sayıdaki ışık çizgileri hâlinde yağan yağmurdan anlıyorum bunu, yamaçlara yayılan sürülerden.

Vadinin karşı tarafına yaslanmış, mütevazı bir ev var. Pencereme, çerçeveli bir fotoğraf gibi asılmış. Uzak akrabadan bir anne ile kızı yaşar orada. Karşı karşıya tutulmuş iki ayna gibi bakıyoruz birbirimize. Her ev kendi yansımasını diğerinde seyrediyor. Sonra annem geliyor. Ayak seslerini duyduğumda defteri saklıyorum yastığımın altına.

Yanıma oturuyor. Yüzü incelmiş, uzamış. Süzgün, soluk. Yaşlanmış.

"Ne yazıyorsun?" diye soruyor.

"Hiç" diyorum.

Ne yazdığımı biliyor oysa. Üstüme gelmiyor. Zaferinden emin. İki kibrit çaksam zaferi hasar almaz.

Sonra doktor geliyor. Çantasını masanın üzerine bırakırken:

"Nasılsın bakalım bugün?" diye soruyor. Onun yanında babam da gözüme doktor gibi görünüyor ilk kez.

"İyiyim."

Yalan bütün bunlar. Ne ben iyiyim ne de yazdığım hiç. Hiç olsa, bir yolunu bulup bunca yazıyı sana göndermek ister miydim hiç?

Suna,

Gerçek diye tek şey varsa, gerçek tek bir şeyse yani, onun benim tarafımdan nasıl göründüğünü sana anlatmaya kalkışsam, aramızda bir köprü kuramadan boğulur giderim. Zahirim bunca ortadayken içimi sana anlatmaya kalkışsam utanırım. Öyleyse ne? Niye yazıyorum? Bilmiyorum. Bu satırların sonuna varabilirsem seninle birlikte ben de öğreneceğim neden yazdığımı.

Bir kuyunun başında yalpalıyorum. Herkes bir tarafımdan tutmuş, beni oradan geri çekmeye uğraşıyor. Herkes ne yaşadıysam onu bana unutturma derdinde. Herkes aynı şeyi söylüyor.

"Unut artık. Düşünme."

Tek çare unutmakmış gibi. Şu yeryüzünde yaşanmışın dönüp geriye bakması olmasa unutabilirim ben de. Keşke biraz daha az düşünebilsem. Ama ben en fazla dönüp geriye bakabiliyorum. Ve hep hatırlıyorum.

En fazla ilk karşılaşmamızı hatırlıyorum. Henüz hiçbir acıya bulanmamış o saf tanışma anını. Seni gördüm. Bir köprünün kenarına yaslanmış Tuna nehrine bakıyordun ve ben o an içimden köprüye dair en az on romanın bir o kadar şiirin ve filmin ismini geçirmiyordum. Ama sırtında leylâk rengi bir sonbahar mantosu vardı senin ve ben leylâk rengini tanıyordum. Çiçeklerin ve kuşların adını biliyordum.

Beni görmüyordun o esnada. Sonra başını kaldırdın ve bana baktın. Ben senin ellerini gördüysem sen de benim ellerimi görmüş olmalıydın. Yanında sınıf arkadaşlarımdan biri olmasa cesaret edip yaklaşabilir, gülümseyebilir miydim öyle? Bilmiyorum.

Sevda dediğin ne ki? Tarifsiz bir tanışıklık duygusu. Sebepsiz bir gülümseme arzusu. Rüzgâr esti. Mantonun düğmelerini iliklerken sen de bana gülümsedin. Sen bana gülümsediysen bu sana değil bana bir şey katmış demekti.

Acaba? Bu ümit bile yetti.

Sandım ki o an bana bir şey oldu, üzerimden bir şey geçti. Kendimde bir başkalık hissettim. Göklerden bir şey aniden üzerime yağmur gibi dökülmeye başladı. Ne olduğunu anlayamadım ama her şey gözüme iyi ve güzel göründü. Sandım ki güzelleştim üstelik hep de güzelmişim.

Nefes alsam işitilir bir sessizlik içinde kaldım birdenbire. Dünya, yörüngesinde ilk defa dönmeye başladı. Irmaklar ilk kez o sessizliğin içinde akmaya başladı; yapraklar, dallar ilk kez kıpırdadı. Nehrin dalgaları ışıklar içinde kalırken usulca birbiri üzerinde kırıldı. Bir sincap ağaçtan ağaca atladı kızılkuyruğunu parlatarak. Hepsini ilk kez görüyordum. Anna Karenina'daki Levin'in cümlesiyle söyleyeyim: "O gün orada gördüklerimi bir daha da görmedim."

Tüy gibi hafifledim. Cismim o kadar ortadan kalkmıştı ki rüzgâr bedenimin bir yanından esse öbür yanından çıkıyordu. Yüzüme bakan ensemi, göğsüme bakan sırtımı görüyordu.

Dünyaya melekler indi sandım. Yanında durduğun defne fidanı bile cennetten gelmeydi. Bütün kötülükler yundu yıkandı. Kan davaları son buldu. Kanlı bıçaklılar birbirinden helâllik aldı. Kimseye dargın değildim, zaten olsaydım o an barışırdım.

Bildiğim kadarıyla insanın dilinin tutulması gerekirdi böyle bir durumda. Benimse dilim çözüldü. Konuşmaya başladım.

İsmini merak ettim. "Suna" diye tekrarladım içimden. Sana bundan daha fazla yakışacak bir isim olamayacağını siyah bir kurdeleyle arkadan bağlanmış saçlarını gördüğümde anladım. Anlamadığımız o kadar dil arasında aynı dili bölüştük. Aynı fakültedeymişiz. İki sınıf varmış aramızda. Üç yaş büyükmüşsün benden. Aynı ülkenin bambaşka şehirlerinden gelmişiz. Ben Karadeniz'in kıyısında doğup büyümüşüm de sen İzmir'denmişsin. Ben cılız bir suymuşum da sen başına buyruk akmayı severmişsin.

Her aşk insanın kendini eşsiz hissetmesiyle başlarmış. Bense senin eşsiz olduğunu hissettim. O yüzden benim ruhuma düşen her şey senin de ruhuna düştü biz ikimiz bir ırmak köprüsünün korkuluklarına yaslanmış suya bakarken ve şairliğim tuttu.

Sandım ki çoktum bir oldum. Eğriydim doğruldum. Yitiktim bulundum. Yitik malımı bulur gibi buldum seni. Bir daha kaybolmam sandım. Anlamsızdım anlam kazandım. Bir kadının aşkında er kılındım. Ve senden önce yaşadıklarımın sonuncusu olan bu yaşantıyla kalbimin zayıflığını aşarak kendime geldim.

Özel olan bir şey. Sadece ikimizin arasında. Sadece ikimizin arasında olduğu istekle, mutlulukla, taleple kabul edilen bir şey. Mahremiyeti de zaten bu sır oluşturmaz mı? Ve iki kişi arasında mahremiyetten daha büyük ne olabilir ki? Hikâyeni öğrendim daha ilk günden. Ne gam! Ben seni şimdi bulduysam benden öncen yoktu.

"Benim de senden öncem yoktu" diyesim var. Lâkin benim senden önce bir hayatım gerçekten yoktu.

Hayatımın yeni bulduğum gücüyle her şeyi, en baştan bildiğim şeyi, annemin bu işe karşı çıkarken önce sıralayacağı sonra vazgeçmeyeceği sebepleri ezer geçerim sandım. Yanılmışım. O zaman nereden bilebilirdim? Tahtımın kenti Viyana bahtımın da kentiydi. Ama hiçbir âşık kendini benim kadar aldatmamıştı.

Açtıktan sadece birkaç saat sonra solmaya başlayan çiçeklerden biri değildim kanımca. Bana kalsa az boz bir aşk da değildi benimki. Aşk, sanırdım benden öğrenilecekti. Mahkeme-i Kübra'da bütün aşklardan tek başıma sorumlu tutulacağımı sanırdım. Meğer aşkın sernamesi teslimiyet, ben sernameyi atlamışım.

Değil! Ah benim ruhum. Sen bakma benim şiire yeltenen bu cümlelerime. Ben sadece orta karardım, bütün parıltım içinde sadece vasattım. Kederimden öleceğimi zannettiğimde bile haklıymış Müzeyyen Hanım, ölmedim. Haklıymış annem. Ben, üzerinden geçen ufacık bir dalgayı tufan zanneden bir kaşık su. Benim acım dindiyse dinmeyecek acı yoktur.

Suna,

Herkesin payına bir şey düşüyor şu dünya âleminde. Kimi öyle kimi böyle. Kimi öncesinde kimi sonrasında. Kimi kendini koruyor kimi saldırıyor. Kimi susuyor kimi söylüyor. Kimi inanıyor kimi yalanlıyor. Kimi seviyor senin gibi kimi kaçıyor benim gibi. Sonra, kimseyi vuramayınca hayata kendini vurduruyor. Bir ben. Eyleye-

medim. Ben yüzmeyi sığ kıyılarda öğrendim. Denizin dibindeki uçurumları görünce gerisin geri dönüverdim.

Hatırımda bir de son karşılaşmamız var. Bu kışın ortasıydı galiba. Ağaçların yaprakları dökülmüş, dallar çıplak. Hastalığımın en harlı zamanları. Veremin, bana söylenmeyen kim bilir hangi merhalesi? Senin her şeyi göze alarak, annemi, kendi aileni, elin gününün ne diyeceğini, bütün kınamaları ve kınayıcıları, dedikoduları, bütün bunları hiçe sayarak, hiç tanımadığın bir şehirde Paşazade yalısının kapısını çalarak, önüne dikilen her kimse onu elinin tersiyle bir kenara iterek odama girdiğin gün. Şu hasta yatağımın önünde diz çöküp ellerime sarıldığın gün. Sırtındaki leylâk rengi aynı manto, boynundaki eşarbın deseni, ellerin ve sesin kalmış aklımda. Bir de saçların, her zamanki gibi.

"Haydi" demiştin. "Ziya, kalk gidelim buradan. Seni almaya geldim."

Yüzündeki, masum bir çocuk bakışı değildi. Gözlerinde gördüğüm güç beni bile şaşırttı. Yüzünün rengine bakılırsa damarlarındaki bütün kan çekilmişti senin de benim gibi.

"Haydi" diyordun sürekli. "Ziya, kalk gidelim. Viyana'ya dönelim. Orada evlenelim. Bize kim dur diyebilir? Biz istersek bize kim mani olabilir? Bu hayat bizim, bize kim karışabilir?"

"Kim?" İşte benim hayatımın sorusu. "Kim?"

Annem yan odadaydı oysa. Kapı aralıktı. Pencerenin önünde yüzü yarı dışarı dönük, ellerini göğsünün üzerinde kavuşturmuş, ayakta duruyordu. Ensesindeki topuzdan bir tutam saç kurtulmuş, boynuna sarkmıştı. Senin sırtın dönüktü ama ben onun yüzünü yandan görüyordum. Ne tuhaf! Senin yüzüne benziyordu.

Sen "Haydi" dedikçe o sadece bekliyordu. İçinde fırtınalar kopmuyordu onun. Benim ne yapacağımı biliyordu çünkü. Ben onun eseriydim. Benim gücümün sınırlarını doğduğum günden itibaren çizmişti. O sadece kendisi değildi, beni de kendisi kılmıştı. Kendisi bir şey yapmıyordu. Sadece beni, onun istediğini yapacak kıvama getirmişti. Ömrüm boyunca onun en fazla da kendi gücünü kontrol etmesini sevdim. Ve onun kadar kendinden emin bir sen vardın da ben kendimden emin değildim.

Sen "Haydi" dedikçe ben gözlerimi yumdum sadece. Sağ elim, her şeyi anlatan bir manada önce boşluğa açıldı, sonra göğsümün üzerine kapandı. Gözlerimi açtığımda gözlerini dikmiş bana bakıyordun. Bakışlarındaki ifadeyi bir kâğıda yazsan bu kadar açık okuyamazdım. O kadar hayâsızdım.

Daha fazla mücadele etmedin. Mücadele gücün olmadığı için değil, uğrunda mücadele edilecek bir şey kalmadığı için. Sen bende ne gördün bilmiyorum ama ben senin gördüğün kişi değildim. Oysa orada, pencere önünde dikilen heykel seninle aynı mizaçtandı. Toprağınız aynı ateşli sudan karılmıştı. Onunla mücadele edebilirdin ama benimle mücadeleye, benim için olsa bile değmezdi.

Üzerime eğildin. Elini alnıma koydun, saçlarımı yana doğru ittin. Gözlerimden öptün ve dünya kelimeleriyle:

"Ziya" dedin. "Biliyor musun, neredeyse aşka inanacaktım. Benim için üzülme. Sen de artık acı çekme."

Senin için artık sadece şifa bulsun diye dua edilecek bir veremliydim.

O an anladım bundan sonraki hayatında benden nefret bile etmeyeceğini. Sen oda kapısından çıkarken arkandan baktım. Bir an zannettim ki bir kayısı ağacının yapraklarını okşadığında sana yeniden onun meyveleri kadar yakın olabilirim. Ama ben sana "Gitme" diyemedim.

Oysa beni sana bağlayan o en sade bağı düşünüyordum. Karanlık ırmağa bırakılan bir çiçek kandili. Bir kadınla bir erkek arasında bütün kalbî bağlardan arındırıldığında bile en sade kalan o anı. Ruhun tene dokunma anını.

Senin hayatının benim kâğıdıma düşen yazısı bu Suna. "Git." Oysa sende manası da yok bu cümlenin mukabelesi de. Her şey kendisi için yitirilecek biriyken ben, bir kopçamı kaybetmeyi göze alamadım ben. Ben, şu yazdıklarımın altında şifrelenmemiş ve kurgulanmamış adımla Yusuf Ziya.

Ben ki ne yeteri kadar âşık ne yeteri kadar evlât olabilmiş biriyim. En fazla kendimden vazgeçtim. Cılız bir suydum ben. Koca bir dağ, annem suretinde karşıma dikildi. Azgın bir sel olup taştı yoluma. Ben bir kaya gibi sabit duramadım. Suçluyum.

İnsanın kendinden razı olmayışı ama kalbine yenilmeyişi bir türlü. Birisini yarı yolda bırakışından da öte, suçtur. Suçluyum. Aşkın endazesi akıl olmasa gerek. Suçluyum.

Suç? Gözüme uyku girmeyen geceler boyunca bildim ki, tek insanın yaşadığı bir dünyada bile zulmün, yani suçun her türlüsü işlenebilir. Çünkü insanla insan arasında evet hukukun en ciddisi vardır. Ama insanın kendisiyle arasında da aynı hukuk vardır. Onun için suçluyum. Lâkin sende suçum olan şey annemde masumiyetim oluyor. Annem. Mayam onun rahminden.

Ben ve annem. Her birimiz tek başına isyankâr. İki kişi yanılmış da biri günahkâr. Birini yoldan çıkaran var biri sadece kendisi. Çocuk kötülük yapar ama yaptığının farkında değildir. Adını koyamaz çünkü. Bir çocuktu benim annem. Hâlâ çocuktu. Hâlâ bihaberdi. Açıkça söyledi. Açıkça söylemese böyle kısalmazdı yolları. Bir yanı öbür yanını önce yıktı sonra yıktığının başına diktiği taşı okşayarak ağladı. Bu yüzden bana en fazla kötülük yaptığı anda bile annemden nefret etmedim. Zalimdi ama masumdu benim annem.

Masumiyetin bozulması gerekti. O yüzden mi sen geldin?

O yüzden sende bütünlensem de annemde tamamlandım ben. Annem, ben gerçekleşeyim diye kaderin bana biçtiği elbise. Vesile. Sebeplerin bütünü. Annem, zalimim ve kınayıcım, benim ağlayıcı kadınım. Benim suçum. Benim masumluğum.

Bense bilerek ve isteyerek bir güvercinin kafasını koparan bir çocuk kadar masumum ancak. O kahverengi gözlerin son bakışı ömür boyu bırakmasın peşimi. Gündüzleri unutsam gece rüyalarıma girsin. Artık sebeplerim, sonuçlarım bu dünyaya sığmıyor. Savunmama gelince, sebebim yok ki bahanem olsun. Bahanem yok ki savunmam olsun.

Mücellâ ablanın başımda sabahladığı, benimse sabaha çıkamayacağımı zannettiğim gecelerde bile varlık, kelimeler hâlinde belirdi zihnimde. Yaratılmış olan her şey, ağaçlar, yapraklar, uzaklık, zaman. Sonra kelimeler yerini seslere bıraktı. Benim kendi sesim; boşluğun içinde asılı kalan, önce dağılıp sonra toplanan. Sonra iç seslerim, kulakla işitilmesi mümkün olmayanlar. İçe akıtılmış, gerisin geri gönderilmiş hıçkırık. Bunca kelimenin ve sesin işaret ettiği manayı kendi hayatında bir kez tecrübe etmişler anlar ancak benim yazdıklarımı.

Ama sen beni anlama. Bu sayfaları neden yazdığımı şimdi bu mektubun sonuna yaklaştıkça anlıyorum ben de. Suç varsa karşılığında ya adalet ya merhamet olmalı. Sen adaletle hükmet Suna. Suçla beni. Kına. Yargıla. Ayıpla. Ko, azapta kalayım. Ama anlama. Anlamanın sonu merhamet, onun da sonu affetmektir çünkü. Affetme beni.

Çünkü benimki gibi bir suçun bağışlanması, onu işleyenin azabını artırır sadece. O yüzden esirgeme beni, bağışlama. Daha büyük bir azaptan kurtar beni.

Şimdi ey bezirgân, suçu suçluya ödetmeli masuma değil. Bu yüzden ben bir isimden ibaret kalsam bile, ölsem bile, kalsam bile, bir isim bile kalmasa benden geriye. Sen o ismi unutma. Unutmak affetmektendir. Aşkın olduğu yerde açılmaz affın kapıları. Oysa kalbim tanık sen beni affettin.

Ama sen yine de affetme beni ne olursun. Ne olur bana karşı da bir kırgınlığın olsun.

Tamburanın teli tam koptu kopacakken ve hikâyenin sonu Kerime Nadir romanlarını aratmaz hazin bir sona doğru iyice yaklaşmışken -kader bu, belli mi olur-, hayatın yolu aniden yön değiştirdi. "Yakında ayağa kalkar" diyen doktor haklı çıktı. Öksürükler, tıkanmalar azaldı. Terleme nöbetleri hafifledi. Allah'ın hikmeti işte, "Allah'tan ümit kesilmez" denen hasta iyileşti.

O kadar beklenmedik bir sevinçti ki bu, küçük şehir derin bir "Oh!" çekti. Dilinin kemiği olmayan muhalefetle bu dile kulak vermek yerine çareyi onu kesmekte bulan iktidarın bu şehirdeki müfritleri bile o günlerde bir an için "Onlar ve Bizler"i unuttu. Ölümün kıyısından gerisin geri dönen ve hikâyesi herkesin malûmu Yusuf Ziya'nın sevincinde birleşti. Alnı secde görenlerden şükür namazı kılanlar bile oldu.

Nereden girmişse, camdaki karasinek yeknesak vızıltısına henüz başlamıştı ki Neyyire Hanım öğle uykusuna uzandığı yerden, bahçe kapısının itildiğini işitti. Temmuz sonu. Güneşin yeni fırçalanmış yer tahtaları üzerine danteller işlediği, rutubeti çekilmiş odaların basma perdeler arkasından bile yanıp kavrulduğu günlerden biriydi.

Müzeyyen Yenge "Huu! Neyyire Hanım, Mücellâ" diye seslendi. Mücellâ anında kapıya çıkmış, Neyyire Hanım neden sonra başını pencereden uzatmıştı.

"Çok yardımınız dokundu bize bu hastalık boyunca. Müsaitseniz yarın akşam size iade-i ziyarette bulunmak isteriz."

İstanbullu gelinde aylar boyunca, gece gündüz kendisini yalnız bırakmayan Neyyire Hanım ve özellikle hiçbir emeğini esirgemeyen Mücellâ'ya karşı kuvvetli bir muhabbet dalı yeşermişti. İnsanın mahiyeti zor günde, hele de hastalık zamanlarında belli olur. Kısacası Müzeyyen Hanım, *iyi günün dostu dar günde hani*, bunu iyi anlamıştı.

"Paşazade üstünüze afiyet biraz rahatsız. Ben ve Yusuf Ziya. Değişiklik Yusuf Ziya'ma iyi gelecektir. Zahmete girmeyin ama. Şu çardağın altında bir kuru çay içsek yeterli."

Mücellâ "orasını bana bırak" dercesine gülümsedi. Neyyire hanım ise "Elbette" diye seslendi pencereden. "Allah'a şükürler olsun. Ne saadet, ne devlet, ne mürüvvet."

Müzeyyen Yenge gider gitmez Neyyire Hanım öğle uykusunu da camdaki karasineği de bir tarafa bıraktı. Nicedir yine kendini afiyette hissetmese bile romatizma ağrılarını anında unuttu. Pencereden Mücellâ'ya seslendi:

"Hadi kızım."

Mücellâ çardak altından yukarı, ona şaşkınlıkla baktı.

"Nereye?"

"Pazara. Hadi!"

"Yorulmaz mısın?"

"Yorulmam yorulmam."

Neyyire Hanım on yaş -yetmez yirmi yaş- gençleşmişti birden. Mücellâ ise sanki hiç kimseye anlatmadığı o çocukluk rüyasındaydı yine, hani omuz başlarından pembe çiçeklerin aktığı.

Tezveren Dede'nin hatırı sayılır yokuşunu koluna sımsıkı tutunduğu Mücellâ ile uçar gibi indi Neyyire Hanım, Mücellâ onun bu hâline için için gülerken. Dik bayırın tam ortasında durdular. Ana kız, sağ taraftaki makamın önünde mumlar yakmış, parmaklığa rengârenk çaputlar bağlamış, dileklerini tez günde tez vakitte gerçekleştirmesi için Tezveren Dede'yi vekil eylemiş kadınların arasına karıştılar. Yusuf Ziya'yı kendilerine bağışlayan Allah'ın adını anarak Dede'nin ruhuna üç İhlâs bir Fatiha okudu Mücellâ. Gencecik adamın sağlığının, afiyetinin tamamı, devamı için dualar etti Neyyire Hanım, başörtüsünün uçlarıyla gözlerini silerken.

Yokuşun sonunda sandıkçının önünden geçerken beşik ile tabutun, çeyiz sandığı ile teneşirin yan yana teşhir edilmesi bile ana kızın keyfini kaçırmadı. Çarşı esnafı ve omuz kantarlarının arasından geçerek girdikleri pazar yeriyse yaz ortasının bütün renklerine boyanmıştı. İşporta tezgâhlarının başında salatalık, domates, balık satıcıları hançerelerini yırtarcasına müşteri çağırıyor ama seçmeye kalkışanı da aynı tonda azarlıyorlardı anında. Paşa patatesi, mor patates, Rus patatesi, yer bostanı, dal bostanı, Hos'tan biberli kavun, Samsun'dan karpuz, Yedikule, kıvırcık, yağlı marul... Hepsini mutlulukla seyretti, hepsinin kokusunu içine çekti Mücellâ ve hayatın her şeye rağmen en doğal hâlinde akması bugün ona dokunmadı.

Evin yükü onun omuzlarına bineli beri pazar yerindeki bütün meyve ve sebzenin, bilûmum tanelilerin, yağın, peynirin cinsini bilir, zamanına göre ne alınır ne alınmaz ezberinde taşırdı Mücellâ. Sokağa atacak tek kuruşu yoktu onun da. Ama bu kez titizlik göstermedi. Ne gelse vurmazdı bundan böyle. Misafir ağırdı.

Neyyire Hanım'ın da neşesi o kadar yerindeydi ki ihtilâl kaçkını, pos bıyıklı şu malûm Rus asilzadesinin iyice eskimiş, yama üstüne yama binmiş; göğsü, kurdelesi solmuş olsa da hâlâ nişanlarla, madalyalarla kaplı üniformasının içinde, bebek arabasından bozma tablayı iteleyerek geldiğini görünce bile başını çevirmedi. Fakat az sonra fark etti ki bebek arabası tanıdık olsa da onu iten, her zamanki Rus değildi.

Üç kuruşa domates
Dört kuruşa patates

Neyyire Hanım nezle görmemiş bu sesi tanıdı. Mücellâ'nın kolunu sıktı:

"Aa! Bu bizim sinemacı general değil mi Mücellâ? Tevekkeli değil çoktandır mahalle arasında görünmüyordu. Peki öbürüne ne oldu?"

Bu kez "Hayrola posbıyık" dedi iyice yaşlanmış adama dönerek. "Senin sinema makinesi nerede? Bu bebek arabası sana mı geçti? Şimdi tablacılığa mı başladın?"

Posbıyık, önce Mücellâ'ya döndü ciddiyetle. Ellerini pantolonunun dikişleri hizasında sallandırdı. Reveransını tamamlamak için boyun keserek zarif bir selâm verdi. Neden sonra Neyyire Hanım'a dönerek:

"Ah madam" dedi. "Şimdi sinema salonları var artık. Kimse bizim büyülü kutuya itibar etmez oldu."

Sonra tablayı işaret etti:

"Bu, benim biraderindi. Kendisi, siz diyorsunuz ya, rahmetli oldu. Ailesine ben bakıyorum şimdi."

"Ne çare, kader." Manası her dilde aynı olan bu cümleyi yarı Türkçe yarı Rusça söylerken, yerinden yurdundan olmuş yaşlı generalin gözünün önüne bir zamanlar Petersburg kanallarından birinin kenarındaki görkemli malikâne değil ama şu küçük şehirde başlarını soktukları izbede tifodan kıvrana kıvrana can veren kardeşinin çehresi geldi.

Neyyire Hanım ise yaşlı Rus'un yüzüne, arasında toz birikmiş derin alın çizgilerine dikkatle baktı. Kir pas içindeki bu hırpani adam mı bir zamanlar genaraldi, konttu, prensti? Biraz önce kendisine reverans yapılan Mücellâ'dan başka kim inanabilirdi buna? Yine de Neyyire Hanım onların da tıpkı kendileri gibi birer hayatlarının olduğunu, ayrılık, vatan hasreti, ölüm, hastalık, yoksulluk başa gelince aynı acıları çektiğini ilk kez fark etti. İçine keder doldu birden. Her taş yerinde ağır. Üzüntüsüne kendisi bile hayret ederken "Bu iyi bir insan" diye geçirdi içinden. "Üstelik çileli." Ve her şeyi hoş görebilecek kadar mutlu olduğu bu günde, duygularının varabileceği son noktada Neyyire Hanım, Umumi Harp'te Trabzon'u bombalayanlar hariç, bütün Rusları affettiğini hissetti.

"Allah rahmet eylesin General Efendi" dedi usulca. "Üzülme. Bu dünya ölümlü. Kim ölmeyecek ki? Eve dönünce ben senin biraderin ruhuna bir Yâsin okurum."

Lâhanam dürü dürüm
Ayrılık küçük ölüm

Hâlâ davudî ama canlılığını yitirmiş ses, tablasını ite ite, ağır ağır uzaklaşırken Neyyire Hanım eskisi gibi pazar esnafının bir kısmıyla şakalaştı bir kısmıyla tartıştı. Kolunun üzerine dizdiği taş baskısı "Elif ile Mahmut", "Kerem ile Aslı"yı satmaya çalışırken nağmeli bir sesle yerine göre mani, semai, koşma, divan okuyan destancıya bile lâf attı.

Mücellâ'nın kolları ağrımaya başladığında hamal çağırmanın zamanı geldi. Yükünün fazlalığından müşterisini gözüne kestirmiş bir hamal, sırtında sepetiyle zaten enselerinin dibinde bitmişti. Destancı ise tarihten bugüne ışık hızıyla geçmiş, nasılsa bir uyarını bulmuş, *Kesik Baş* hikâyesinin arasına gündelik siyasete dair dörtlükler sıkıştırmıştı. Çünkü kimse "Köroğlu ile Nûnî Hanım" gibi eski hikâyelere dönüp bakmıyor, Ankara'daki ateşli siyaset çok daha fazla merak ediliyordu. Koyu partili olduğu anlaşılan destancı, "Hükümeti yıkmak için" ikide bir toplanan, konuşması kanunla kontrol altına alınmış olmasına rağmen yine de uslanmayıp "yıkıcılık yapan Nifakçılar"a verip veriştiriyor, "Vatan Cephesi"ne liste liste kaydolanların ağzından döktüğü öfke dolu dörtlüklere bakılırsa "Muhalefet eskisinden de beter bir isyan, bir ihtilâl" fikri besliyordu.

Hamalın söylenmesine aldırmayarak -yol uzuyordu- bir şişe *Pe Re Ja* kolonyası almak için Kemeraltı'na geçtiklerinde daracık damara azgın bir kan gibi hücum eden kalabalıktan Neyyire Hanım'ının başı döndü. Yusuf Ziya'nın sevinciyle üzerine sinen yanıltıcı güç söndü. Hac malzemeleri, mevlid şekerleri, nazar boncukları, püsküller, ziller, çanlar arasında sürüklenirken tansiyonu fırladı. Sağdan soldan bakırcıların hiç durmayan tokmak sesleri beyninin içinde zonklayınca biraz soluklanmak için Acem kahvecinin kaldırıma atılmış boş masalarından birine oturdu. Neyyire Hanım soğuk limonatayı ağır ağır yudumlarken kahvehanenin içine kaçamak da olsa göz gezdiren Mücellâ duvarları dolduran onca resim arasında İran İmparatoriçesi Farah Diba'yı tanımıştı. Süreyya da kendisine bir veliaht veremeyince, Şah onu da boşamış, Farah'la evlenmişti. Veliaht, şükür bu defa gelmişti.

Ülkenin gidişatı, siyasetin vahameti ile Süreyya'nın hüznünden, Farah'ın kendi adıyla anılan meşhur topuzundan daha fazla ilgili olan yaşlı genç bir sürü müşteri ise tahta masalarda kâğıt oynuyor bir yandan da masadan masaya lâf atıyordu. Memleketin evlâtları henüz kahvehanelerini ayırmasa da dişler bilenmiş, masalar ayrılmıştı.

Elindeki kâğıtları açarken:

"Gazeteler kapanıyor, gazeteciler kendini hapiste buluyor" diye sesini yükseltti bu saatte kahvehanede ne aradığı merak edilebilir, temizce giyimli biri.

Hiç böyle olur muydu?

Yan masadan cevap gecikmedi. Olurdu! Çünkü basın özgürlüğü iyiydi ama devletin âli menfaatleri, cemiyetin huzur ve sükûnu söz konusu olunca bu özgürlük pekâlâ daraltılabilirdi! Değil mi ki bazı basının faaliyetleri yıkıcıydı!

"Bu yüzden mi Meclis'te Tahkikat Encümeni kuruldu?" Hem muhalefetin her türlü siyasi faaliyeti yasaksa o zaman iktidar kendi büyük mitinglerine niye devam ediyordu?

Onlar iktidardı!

"Ya radyo?"

Radyo da onlarındı.

Eve döndüklerinde Neyyire Hanım Rus General'in kardeşi için niyet ettiği Yâsin'i derin bir huşu içinde okudu. Mevtanın mekânının cennet olması, Posbıyık General'in de geride kalan dokuz boğazı doyuracak kadar rızkının açılması için halis bir kalple dualar etti. Sonra yarım kalan öğle uykusuna kaldığı yerden devam etti.

O gün, bütün çarşı pazarı dolaşan kendisi değilmiş gibi bütün evi elden geçirdi Mücellâ. Kapısının itilmeyecek olduğunu bile bile misafir odasını da ihmal etmedi. Lâcivert karpuz lâmbayı silip parlattıktan sonra *Hayat* mecmuasının kapağından kestiği Kraliçe Farah'ın resmini büfenin içinde, Süreyya'nın resmini kaldırdığı köşeye dikledi. Karşı köşeye de Irak'ın genç ve yakışıklı kralı Faysal'ın nişanlısı, Osmanlı Prensesi Fazıla'nın resmini. Osmanlı hanedanını tarihe gömenler bile bu nişanı ilgiyle izlemişti. Fazıla dünyalar güzeliydi ama sanki annesi Hanzade daha güzeldi.

Sofra hazırlıkları ise ertesi gün başladı. Küçük evin çardak altı boğucu temmuz gecesinde bile ölüyü canlandıracak lâtif bir esintiyle soluk alırdı ama olur ya belki üşürdü Yusuf Ziya. Mücellâ'nın geniş yün hırkası başköşedeki sandalyenin arkasına atıldı.

Bu çehreye dikkatle baktı Mücellâ. Yusuf Ziya karpuz lâmbanın ışığında bile hâlâ soluk tenliydi. Sırtına attığı hırkanın içinde omuzları düşmüştü ve sanki boynu, güzel başını taşımaktan yorulmuş gibi hafifçe yana eğilmişti. Ölümün kıyılarından geri dönmüş, aylarca çıkamadığı yataktan kurtulmuştu Yusuf Ziya ama her an o kuyuya yeniden düşecek gibiydi. Çünkü Suna çoktan bir subayla evlenip Çorlu'ya gelin gitmişti ve aralarında konusu hiç geçmese de o âteşîn mektubun cümleleri Mücellâ'nın ezberindeydi.

O gece Mücellâ, Yusuf Ziya'nın sırtından hırkası kaysa omuzlarına yerleştirdi. Arkasına yastıklar dizdi. Meyveleri eliyle soydu. O bir istediyse Mücellâ iki getirdi. Gece boyunca kulağı seste, gözü sofrada -olur ya biri bir şey ister, kuş sütünden kuru üzüm eksilirdi- emre amade bekledi. Severek yaptı bütün bunları. Kendisinde bir başkalık, bir mutluluk hissetti.

Yemek faslının sonuna doğru Müzeyyen Hanım rica etti, Tevfik Efendi'nin udu tozlandığı yerden ortaya çıktı. Neyyire Hanım'ın evine rahmetli Tevfik Efendi gibi Fahir de meyin, şişenin gölgesini düşürmemişti. Ama ruhlar nağme olup şu beden kafesinden taşmak için kendisinde daha fazla heves, daha çok cesaret bulunca çardağın altına atılmış masanın etrafında acemi bir fasıl heyeti kuruldu. O zaman asmanın mor üzümleri masaya doğru adamakıllı sarktı. Lâcivert karpuz lâmba yıldızlarını, kuşkanatlarını, çiçekli kiraz dallarını etrafı sihirli gölgelere boğarak iyice dağıtırken Müzeyyen Yenge udun karnını göğsüne yasladı, kulağını büktü. Telleri bir iki tıngırdattı, yokladı. Makam aradı, karar tutturdu. Yusuf Ziya ise boğazını temizledi önce. Bükük omuzlarını, çökük göğsünü diklemeye çalıştı. Veremin hasarını hâlâ taşıyan yanık bir ses bütünüyle sessizliğe gömülmüş temmuz gecesinin içinden *Dertleri zevk edindim bende neşe ne arar,* diye başladı.

Müzeyyen Yenge'nin bol yüzüklü parmakları teller üzerinde gezinirken Yusuf Ziya'nın kırık sesi onun gösterdiği yoldan tırmanmıştı. Fakat bir ara aldı başını, yürüdü bu ses. Udun önüne geçti, sözü makamdan kopardı.

Nereden sevdim o zalim kadını?

Annesinin yüzüne bakmıştı. Müzeyyen Yenge ise sallantılı elmas küpeleri parlayıp sönerken, oğlunun omuzuna doğru eğildi, bir an için başını onun göğsüne yasladı.

Geçmesin günümüz sevgilim yasla

Yusuf Ziya'nın sesinden cevap gecikmedi.

Beni kör kuyularda merdivensiz bıraktın

Mücellâ'nın bir ara soluğu tıkanır gibi oldu. Ama yoktu korkacak bir şey. Başka kimseleri kalmadığı için birbirine mecbur kalan zalim ile mazlum gibi söyleşiyordu ana ile oğul ve görünürde sığınacakları başka liman yoktu.

Mücellâ'ya bu eflâtuni heyette önce sadece kenarda kalmak ve dinlemek düşmüştü. Ama birkaç şarkı sonra, bu acemi fasıl yelpaze gibi açılıp bir şemsiye gibi yine kendi üstüne dökülünce Mücellâ da katıldı onlara kararsız ve ürkek sesiyle. Utangaç ve perdelenmiş bir sesti bu başlangıçta. Şarkıların sözlerini de makamları gibi eksiksiz bildiği söylenemezdi. Ama hiç olmazsa müziğin insanın doğasında yazılı ritmine kendini bıraktı.

Neyyire Hanım ise önce başörtüsünün ense düğümünü gevşetmiş sonra gülen gözleri, dizinin üzerinde tempo tutan eli sefaya katılmıştı.

Vakit hayli geç olup ana oğul kol kola, bir gemici fenerinin zayıf ışığında patikadan Paşazade yalısının yolunu tuttuğunda Mücellâ çardağın altındaki masayı, çeyizinden çıkarılmış porselen takımı toplamaya başladı. Bir yandan da Yusuf Ziya'nın sesindeki *Dertleri zevk edindim* yangınını tekrarlamaya kalkışınca Neyyire Hanım üst katta yattığı yerden kulak kesildi. Aşağı doğru:

"Kızım karpuz lâmbayı misafir odasına koymayı unutma" diye seslendi.

Pencereyi sıkı sıkı kapattı. Sabun kokan, tertemiz keten çarşaflar arasında huzurlu, sakin bir uykuya daldı.

Neyyire Hanım'ın evindeki fasıl bir daha tekrarlanmadı. Ana kız ne zaman Paşazade yalısına gitseler, Yusuf Ziya'yı plak dinlerken Paşazade'yi ise radyoya kulak verirken buluyorlardı.

"Nasılsın Yusuf Ziya?"

"İyiyim Mücellâ abla. Ama biraz sesim kısıldı."

Bu ses hâlâ çok derinlerden geliyordu.

"*Yassıada Saati*'ni dinlemeyecek misin Yusuf Ziya?"

"Yok. Sen dinle abla. Ben burada kalacağım."

Mücellâ yan odaya geçerken pikabın kolu önce geri çekildi, sonra milim şaşmaksızın iğne plağın en dıştaki çizgisine yerleşti. Bir süre hafif bir cızırtı duyuldu, ardından şarkı başladı.

Bir rüzgârdır gelir geçer sanmıştım

Sessizce değil, en beklenmedik anda değil; bağıra bağıra, göz göre göre gelen, memleketi yerinden hoplatan, en azından yarısının ayarını bozan, kimyasını şaşırtan 27 Mayıs günü, bu taşra şehrinde bile halk o ilkel sevinçle askerleri omuzlarına alırken ihtilâl haberi Yusuf Ziya'ya bir meltem esintisi kadar dahi dokunmamıştı. Oysa iktidar da muhalefet de "Demokrasi elden gitmesin" diye canhıraş gayret ederken ne hikmetse ordu da aynı gaye ile darbe yapmakta bir beis görmemişti ve "Dikkat dikkat!" Tok bir ses "Muhterem vatandaşlar"ı radyolarının başına çağırdığından, NATO'ya da CENTO'ya da bağlılığını duyurduğundan beri Paşazade kulağını radyodan ayırmamıştı.

Sırtında ince desenli saten bir robdöşambr, boynunda bordo renkli fularıyla, orta masasının başında, Müzeyyen Hanım ile bezik oynayan Paşazade saatine baktı. "Benden bu kadar Müzeyyen Hanım" dedi radyo başına geçerken. Erivan radyosu, parazitler, Arapça şarkılar arasında o tanıdık sesi buldu:

"Burası İstanbul Radyosu."

Yassıada Saati başlamıştı.

O radyonun başında dinlediler "Adalet mülkün temelidir" cümlesinin altında bir zamanların muktedir siyasileri olan sanıkların yüzlerce davadan aylarca yargılanmasını. Fakat mazlumlar adına zalim devirenlerin kendisi şimdi o kadar zalimdi ki mahkeme sorgudan çok teşhire, adaletten çok intikama dönüştü. Az zaman evvel Başvekili bağrına basan yüz binlerde de çıt yoktu. Yargılama süreci öyle şımarık, öyle kibirli, öyle terbiyesizce idi ki kadınlar künhüne eremese de daha dün iktidara ateş püskürüen, bu yargılamayı dört gözle bekleyen Paşazade bile vicdanında derin bir sızı hissetti. Ölüm ara renkleri iptal eder. Bu defa da öyle oldu. İdamların arkasından geriye sadece siyah ve beyaz kaldı. Sadece göklere çıkarılabildi o iktidarın yapıp eyledikleri, ya da tümüyle reddedildi. On yıllık çok karmaşık bir dönemin sevapları kadar hatalarının da tartışılması şansını Türkiye bütünüyle kaybetti.

Bütün bunları Neyyire Hanım gibi Mücellâ da Halide Pişkin'i, radyo oyunlarını, Hamiyet Yüceses'i, Zeki Müren'i dinlemeye alışık oldukları Paşazade'nin radyosundan dinlerken zaman su gibi geçti. Ne zaman ki Mücellâ'nın kendisine ait bir radyosu oldu zaman onun da içinden aynı hızla geçip gitti. Fakat küçük evin bir radyoya sahip olması için Fahir'in Sirkeci'den kalkan bir trenle Almanya'ya giden ilk işçiler kafilesine katılması gerekmişti.

"İnsan yüzü çabuk değişmez. Eğer bir yüz bu kadar değişmişse demek araya fark edecek kadar uzun zaman girmiştir."

Fahir Almanya işi için nüfustan, emniyetten evrak tanzimine geldiğinde Mücellâ tam olarak kelimelere dökemese de böyle düşünmüş, Pervin'e benzer şeyler söylemişti. Gittiğinden beri, yani Mücellâ'nın çocukluğundan bu yana her defasında Fahir'in iki gelişi arasına Mücellâ onun yüzünü değişmiş bulacak kadar mesafe girmişti ve Allah bilir bu yüzü bir daha ne zaman görecekti? Keriman ise babasının evinde, sokağın tarafına bile bakmaz. Her zamanki gibi.

Fahir'in ne kadar değiştiğini fark eden Mücellâ ve Neyyire Hanım ise kendi yüzlerinin yıldan yıla nasıl değiştiğini fark edememişlerdi. Ama bir kere daha Mücellâ bu evde kuzinenin iç duvarı alçılanırken, dam aktarılırken, kırık camlar değiştirilirken, odalar ve sofa gibi evin dışının da boya badanası yapılırken, çardağın altına ucuz şima dökülürken değil -bunları yapmaya yaptırmaya zaten yıllardır alışmıştı- ama gecenin karanlığında hapishane tarafından silâh sesleri gelirken evde bir erkek varlığının ona verdiği güveni hissetmişti.

Bütün yurt gibi bu şehir de artık öğrenmişti ki temmuz ayı Almanya'da çalışan Türk işçilerin izin zamanıdır. Onların gelişiyle şenlenirdi şehir. Binlerce kilometreyi kat etmeyi göze alarak sırtında geldikleri son model ya da ikinci el külüstür otomobiller, ellerinde teypli portatif radyolar, başlarında kenarı tüylü Bavyera şapkalarıyla zuhur ederdi Almancılar. Şehir, yerinden hiç kıpırdamasa da temmuzdan temmuza onlardan öğrenmişti bambaşka bir yaşamın varlığını, onun hayatı kolaylaştıran ayrıntılarını, yeni tatları, âdetleri, eşyaları, aletleri, alışkanlıkları.

İki arada bir derede, orada yabancı burada yabancı bu insanların gelişleri ne kadar sevinçliyse dönüşleri o kadar hüzünlü olurdu ve hepsinin özlemi baba evinde bir tas çorbaydı. Baba evi de özlemle açardı onlara kucağını. Meğerki Fahir. Almanya'ya gideli hiç gelmemişti. Neyyire Hanım oğulcuğunun arabasında ön koltuğa kurulmanın keyfini hiç çıkaramamıştı. Gerçi Refik enişte kimi pazar günleri kırmızı Kaplumbağa'yı kapının önüne çekiyor, Neyyire Hanım arkaya, iki kızı kucaklarına almış Mümine hemşireyle Mücellâ'nın arasına sıkışıyordu. Ön koltuğa oturtulmadığına içerlemesini araba hareket eder etmez unutuyor, kırgınlığı da otomobil gibi uçup gidiyordu. Ama oğul arabası ile enişte arabası bir olur muydu hiç?

Pastırma yazının devam ettiği ışıl ışıl bir kasım günü yukarı sokaktan Haydar dış kapıyı vurdu. Fahir'le aynı fabrikada işçiydi. Orta boy bir bavulla yer odasına adım attığında Mücellâ gibi Neyyire Hanım da üzerinde Amerikan bezi kılıfıyla Fahir'in bavulunu tanıdı. Ana kız ikisi birden bir süre Haydar'ın hâlini hatırını sordular. Nasıl gidiyordu orada hayat? İşi ağır mıydı? Gurbet ellere alışmış mıydı? Demek karısını ve çocuklarını da götürecekti, o yüzden mi böyle zamansız gelmişti? Neyyire Hanım neden sonra Fahir'i sordu. Artık iyice pürüzlenmiş sesi gücenikti:

"Bu sene de gelmeyecek mi?"

Terini koca bir mendille silerken cevap verdi Haydar:

"İşi ağır Neyyire teyze. İzni Keriman ablanın iznine uymuyor. Gelinlere, torunlara karıştılar. Ama hâlâ çalışıyorlar. Hem ev alacaklar, para biriktiriyorlar."

Öyle tabii! Mektuplardan, fotoğraflardan takip etmişlerdi Kâmil'in Almanya'ya gittikleri yıl evlendiğini. Fahir'in dede olduğunu ve altmışına merdiven dayamışken hâlâ çalıştığını.

Mücellâ bordo halının üzerine diz çöküp bavulu açtığında -Neyyire Hanım sedirde oturuyor ama onun her hareketini merakla, dikkatle izliyordu- Fahir'in, mektuplar ve havale kâğıtları gibi vicdan susturmanın bir yolu olarak gördüğü hediyeler de odanın ortasına yayıldı. O yıllarda Almanya'dan yurda ne getirilir ne gönderilirse aşağı yukarı aynı şeyler: Çikolata, çay, kakao paketleri, kahve kavanozları, göz alıcı ve dayanıklı ambalajlar içinde Alman ve İsviçre peynirleri. Payreks bir sütlü kahve takımı, melamin yemek tabakları, Alman gümüşünden güzel bir tepsi. Şampuan, el kremi, yüz kremi, hoş kokulu ve renkli çeşit çeşit sabunlar. Çantanın bir köşesinde unutulur cinsten, açılır kapanır minicik bir şemsiye, polyester bluzlar, plise etekler, naylon çoraplar, naylon eşarplar.

Bazılarını Mücellâ'nın da Neyyire Hanım'ın da tanıyıp bilmediği bu bir yığın eşyanın rengine, eğlencesine rağmen Fahir'in bavulundan çıkan en kıymetli hediyeler küçük bir saç kurutma makinesi ve kuş gibi hafif buharlı bir ütüyle portatif bir radyoydu. Fakat ortada ciddi bir problem vardı. Belediyenin dış kapısına mandal bu kenar mahallede bu küçük eve hâlâ su gibi elektrik de bağlanmamıştı.

"O iş kolay" dedi Haydar cebinden bir zarf çıkarırken. "Fahir Mark gönderdi zaten. İzin verirseniz bozdurur, sizin eve elektrik su bağlatırım. Artık kolay bu işler. Eskisi gibi aylarca beklemek gerekmiyor."

Bir yandan da radyoyu köşedeki masanın üzerine koyarken:

"Hem pilli hem elektrikli" dedi. "Yazın çardakta da dinlersiniz."

"Şunu versene kızım."

Neyyire Hanım sedirden hediye yığınına doğru eğilmişti. Kahve kavanozunu evirdi, çevirdi, kapağını açtı. Kahvenin kokusu hoşuna gitti ama sanki biraz iri çekilmişti.

"Mücellâ, kızım. Hadi birer kahve yap da içelim."

Mücellâ bakır cezvede nedense bir türlü köpürtemediği üç fincan kahveyi yer odasına götürürken elinde pillerle bakkaldan dönen Haydar:

"Oo! Sen Türk kahvesi gibi pişirmişsin Mücellâ abla" dedi gülerek. "Bu öyle değil. Neskafe. Zahmet çekmene gerek yok. Bir bardak sıcak suya bir kaşık at, karıştır. Hepsi bu kadar. Hazır."

"Anne bak" dedi Mücellâ. "Hazır kahveymiş bu. Kolayından. Hadi yaşadın."

Cezvede ağır ağır pişmek yerine çabucak hazırlanıyor. Köpürmüyor, fincanda içilmiyor ama yine de kahve. Tek yudumunun bile kıymeti bilinmesi gereken kahvenin koca su bardağında içilmesini dişleri çoktan takma olsa da ağzının tadı hâlâ yerinde Neyyire Hanım'ın aklı pek almadı. Kahveye hakaret gibi geldi bu bol kepçelik ona. Kazan gibi bardakta kahvenin keyfi tamam olur muydu hiç? Bu kadar bol olursa kahve eksik kalmaz mıydı? Kahve bu. Minicik bir fincandaki azlığı güzelliğinin garantisi, en bol olduğu anda bile nadirliğinin uyarısıydı peşinen. Cezve başında çekilen zahmet değerinin diyeti. Bu yüzden kahve tek fincanla sınırlıydı. Çay gibi aynı vakitte ikincisi, üçüncüsü, tekrarı olmazdı onun. Oysa bu, üst üste iki hatta üç kere içiliyordu.

Yine de Neyyire Hanım dilini damağını şapırdatarak Neskafe'sini son yudumuna kadar bitirdi. Üstelik ilk yudumda "Eh işte!" dese de bu yeni lezzet son yudumda ona "Pek de fena değil!" gibi gelmişti.

Hani Haydar'dan çekinmese "Mücellâ kızım" diyecekti. "Bir daha."

Yine de çarpıntısı tutar diye vazgeçti.

Haydar anteni özenle açtı, uzattı. Düğmeye dokundu. Bir istasyon buldu. Şimdiki radyolar çok değişmiş, hafiflemiş, kasası küçülüp kutusu incelirken lâmbası filân da ortadan kalkmıştı. Gümbür gümbür bir ses odanın içinde işitilirken İstanbul Radyosu'nun spikeri, Amerika Başkanı Kennedy'nin vurulduğunu, karısı Jackie'nin kucağında son nefesini verdiğini söylüyordu.

Haydar kapıdan çıkarken Mücellâ, Beyaz Saray'ın içini dışını, Amerika'nın eyaletlerini, hele Dallas'ı, onun her bir sokağını caddesini bilir, Kennedy'yi yakından tanır, siyasetini takip edermiş gibi radyo dinlemeye başladı. Bir daha da kulağını ayırmadı.

Ama pil bu, çok geçmeden tükendi. Üstelik ateş pahası. Eve elektrik bağlanıncaya kadar portatif radyo dantelli örtüsünün altında köşesine çekildi.

Hakikatli çıkan Haydar sözünü tutmuştu. Almanya'ya dönmeden önce dilekçeleri yazdı. Mücellâ Terzi'nin adı soyadı, imzası resmî bir evrakta geçti. Müracaatlar, ödemeler yapıldı. Mücellâ ümitle her sabah gözü yolda kulağı kirişte, beklemeye başladı.

Mücellâ'nın çocukluğunda bir belediye görevlisi büyük caddelere asılmış havagazı lâmbalarını tırmandığı merdivenin ucundan uzun alevli bir sopayla yakardı. Bir ara direklere lüks lâmbaları yerleştirilmişti. Ara sokakların bütün ışığı ise elde taşınan deveci fenerleri ile pencerelerden sızan zayıf ziyalardı. Nicedir bu sokağa da elektrik direkleri dikilmiş, evlerin bir kısmına da elektrik çekilmişti. Şimdi kendi evlerine. Hayatının ne kadar kolaylaşabileceğini fark ederek hatırı sayılır bir mutluluk duydu Mücellâ. Ama bu eve elektrik de su da ancak altı ay sonra bağlandı.

Sokakta yaprak kımıldamayınca birkaç kere belediyeye gitti Mücellâ. Sora sora ilgili odayı buldu, memurun karşısına dikildi. Her defasında kendisine ileri bir tarih verildi ve her defasında o tarihte kimse gelmedi. Neden sonra sokakta belediye işçileri boy gösterdi. Önce her yağmurda çamur içinde kalan kapı önü kazıldı köstebek yuvası gibi. Ucuz taşların iş makineleriyle delinmesi zor olmadı ama uğultuları günlerce Neyyire Hanım'ın beyninin içinde zonkladı. Meşhur baş ağrılarından biri tutu. Tülbent çattı alnına, çepeçevre patates dilimleri dizdi.

Fakat iki gün çalışsa beş gün yok oluyordu belediye işçileri. Geri döndüklerinde çukurların bir kısmını dolmuş buluyorlardı. Nerede kaldıklarını anlamaları zaman alıyor, dahası su işçileri ile elektrik işçilerinin açtığı çukurlar birbirine karışıyordu. Araya genel seçimler, koalisyon arayışları, hükümet bunalımları girince işler büsbütün durdu. Mücellâ iki kere daha belediyeye gitti. Elini beline koymasa da biraz bağırdı çağırdı. Ayıp değil miydi bu yaptıkları? Vatandaşın hakkını kimse aramıyor mu? Aylar sonra nihayet su boruları gibi kablolar da çekildi. İşin sonuna gelindi.

Girişteki taş tekneye kocaman bir musluk ve duvarın yüksekçe yerine sigorta kutusu takıldı. Metal kampanalı zil tesisatı koca kutusuyla sigortanın yanına monte edilirken kapıyı açacak otomat da ihmal edilmedi. Her odada düğmelerin kulağı birkaç kez çevrildi. Her şeyin tıkır tıkır işlediği Mücellâ'ya gösterildi. Porselen fincan içine metal para koyarak bakır telle sigorta bağlamak bile öğretildi. Musluktan akan su da tamam olunca belediye işçileri arkasında kablodan, çividen, alçıdan, çimentodan ibaret bir döküntü bırakarak çekti gitti.

O gün, akşamı haber veren koyu mavi çizgi perdelerin kenarında belirirken Mücellâ yer odasındaki elektrik düğmesini çevirdi. Etraf bir anda gündüzmüş gibi aydınlanınca elektriği icat eden Edison kendisiymiş gibi gururlandı.

"Dünya varmış aman anne" dedi sedirin üzerinde uyuklayan Neyyire Hanım'a. "Aç gözünü de bak."

Yemekten sonra pencerenin içine oturup iğne oyasını eline aldığında ise şaştı kaldı Mücellâ. Kaldırdı başını o hayretle. Köşedeki rafta duran gaz lâmbasına baktı. Bunca yıldır bunca işi şu beş numara idare lâmbasının ışığında nasıl işlemişti? İpliği iğneye nasıl geçirebilmişti? O kör ışıkta nasıl olup da poplinin tellerini sayabilmişti? Harfleri nasıl tanımış, heceleri nasıl birleştirmişti? Neyyire Hanım, onun yazıp çizdiklerini gecelerce nasıl izlemişti? Haznesi, fitili ve şişesiyle şu küçücük, aynalı lâmba yanmaya başladığı andan itibaren titrek ışığıyla Mücellâ'ya da Neyyire Hanım'a da nasıl yetmiş, nasıl hayat vermişti? Üstelik bunun evveli var, Tevfik Efendi zamanı var, Fahir zamanı var; hayatları onun ışığında nasıl geçmişti? Aklı almadı Mücellâ'nın.

Gerçi evdeki manzara pek iç açıcı değildi. Kablolar biçimsiz metal boruların içinden yürütülmüş, yer yer siyah çatal çivilerle duvara tutturulmuş, sağdan soldan mantar gibi fırlayan elektrik düğmelerinin yeri de tamamen tesadüfe kalmıştı. Gece uyanan Mücellâ meselâ bir bardak su almak için alt kata inmeye kalksa; önce kör karanlıkta kapı yanına kadar yürüyüp odanın ışığını açacak, sonra sofaya çıkıp ta uca gidecek. Eğer o arada bir şeye takılıp düşmez ve el yordamıyla bulabilirse düğmeyi çevirecek, tekrar sofanın diğer ucuna dönüp merdiven aşağı inecek. Orada da benzer zikzaklarla düğmeleri bulacak, işini gördükten sonra aynı güzergâhtan ters istikamette geri dönecek. Fakat hiç yüksünmedi Mücellâ. Yine de bu zahmete değerdi. Sanki daha kurulduğu gün bu eve elektrik bağlanmış, şimdiye kadar hep elektrikle yaşamışlar ve bundan sonra da elektrik olmadan yaşayamazlarmış gibi. Elektrik havâyic-i asliyeden birine dönüvermişti.

O hızla Mücellâ ertesi sabah ilk iş, evdeki aynalı aynasız bütün gaz lâmbalarını, deveci fenerlerini, Zonguldak fenerlerini, gemici fenerlerini, kandilleri; kulplu kulpsuz, kollu kolsuz şamdanları; kuş nakışlı fanusu, porselen gövdesiyle lâcivert karpuz lâmbayı taş teknenin başına dizdi. Musluktan gürül gürül akan şehir suyunun altında hepsinin gövdesini, şişesini, fanusunu ovdu, yıkadı, sirkeli suyla duruladı, sildi, kuruladı, parlattı. Eski gazete kâğıtlarına sardı dikkatle. Neyyire Hanım'ın yüklüğüne kaldırdı.

Nasılsa bir daha hiç kullanmayacaklardı!

Çok geçmeden, yanıldığını anladı Mücellâ. Çünkü sokağın başını yeni yeni şereflendirmiş ve kayıp çocukların adını, yaşını, eşkâlini; görenlerin, bulanların insaniyet namına filân yere haber vermelerini önemle duyurmasına alışık oldukları belediye hoparlörü bu defa dört günlük bir elektrik kesintisi olacağını özür dileyerek muhterem halka ilân etti. Sonra kesintiler ardı ardına duyurusuz, özürsüz gelmeye başladı. Kuvvetlice bir rüzgâr esmeyegörsün, bir damla yağmur inmesin yere, gök gürlemesin, yıldırım düşmesin. Bir yerlerde elektrik dağıtımına can veren bir şeyler mutlaka devrildi, şebekeler arızalandı, elektrik anında kesildi. Bazen de hiç sebepsiz yere, dört beş saat, bazen bütün gece, bazen günlerce süren karanlıklar ardı ardına geldi. Elektrik arada bir göz kırptıysa da anında vazgeçti.

Mücellâ önce çay tabağına diktiği ucuz beyaz mumlarla geçiştirmeye çalıştı bu karanlık saatleri. Baktı ki böyle olacağı yok, bu kez bütün o lâmbalar, fenerler, fanuslar, şişeler, şamdanlar Neyyire Hanım'ın yüklüğünden gerisin geri çıkarıldı. Hele de emektar gaz lâmbası köşedeki rafa iade-i itibarla yerleştirildi.

Yıllar boyunca, gözünün önünde çocuklar büyürken, gençler yaşlanırken, nice hikâye yaşanır onca hatıra birikirken için için yandığı gecelerde etrafında yaşanan her şeye tanık olmuş, tanık olduğu her şeyi içine atmış, odada hareket eden her şeyi, alınan ve verilen her bir nefesi titreyen alevine kaydetmişti idare lâmbası. Hafifçe bir gaz kokusu sızdırmıştı yanarken, ışığını bir kez olsun görenler onu bir daha unutmasın diye. Bu kez de naz etmedi, kaldığı yerden sessiz sedasız yanmaya devam etti.

Elektrik gibi su sevinci de fazla sürmedi. Onun da ne zaman gelip ne zaman gideceği belli değildi. O da bir var bir yoktu. Çok defa Mücellâ elini musluğa atınca kireçli borularda birikmiş havanın homurtulu sesi geldiyse de su gelmedi. Üstelik bu kez mazereti hazırdı belediyenin. Kindinar mahallesi çok yüksekte olduğundan pompalar suyu o kadar yükseğe çıkaramıyormuştu.

Düzenlerini eskisi gibi sürdürseler daha iyiydi ama o da bozulmuştu bir kere. Konu komşu bahçesinde yaz günü kavun karpuz sarkıtılan kuyular çoktan körelmiş, ağızları kapatılmıştı ağır demir levhalarla. Yerleri bile unutulmuştu handiyse. Mahalle camiinden su taşıyan çocuklar şadırvanda suyun tükendiğini haber veriyor, küsmüş deli saka görünmüyordu nicedir. Eskiden kol kalınlığında akan mahalle çeşmesi saç teli gibi akmaya başladı ve sarnıçta birikmiş yağmur suyu da unutulmuşluğun acısını çıkardı. Dalla yaprakla, çer çöple dolmuştu. Allah bilir içinde kurbağalar yüzüyordu.

Belediye seçimleri yaklaşınca, oncadır unutulmuş mahalle aniden hatırlandı. İtfaiye aracı haftada iki gün mahalleye su vermeye başladı. Mücellâ sırtta lâstikli basma etek, ayakta ahşap nalın, yakıcı güneş altında, arozöz kuyruğunda saatlerce kendisine sıra gelmesini bekledi. Boy boy bakır güğümler, çinko kovalar, emaye kazanlar, yan yana sofaya dizildi. Yetmedi. En sonunda musluklu koca bir naylon bidon, taş teknenin üzerinde kendisine melül melül bakan kör musluğun yanına yerleşti.

Neticede arozöze, naylon bidona rağmen su kesintileri sadece Mücellâ'yı değil bütün mahalleyi canından bezdirdi. Öfke, burunların ucunda birikti. Herkes nasibini aldı bu öfkeden. Ankara bile ihmal edilmedi. Nafia Vekâleti, milletvekilleri, bakanlar, hükümet, başbakan, cumhurbaşkanı kulaklarının üzerine mi yatmışlardı? Hele bir seçim günü gelsin, görürdü gününü o Belediye Reisi! Ona artık oy moy yoktu!

Yıllar birbirini izlerken Mücellâ, kışsa yer odasındaki pencerenin içinde, yazsa çardak altında -artık pil almak için paraya kıyıyordu-, temizlik ve yemek yaparken, hatta uyumadan önce, radyo tiyatrolarını, arkası yarınları, uzaya fırlatılan suni peykleri, Ay'a insan ayağının bastığını, İngiltere'de kraliyet düğününü hep radyosundan dinledi. Bu radyonun ağzından duydu *Anadol* arabasının piyasaya çıktığını, ilk banka reklâmlarını. Sülün Osman Galata Kulesi'ni, Haliç Köprüsü'nü satarken *Vita* yağı, *Günaydın* gazetesi, *Pay* kuponları herkesin hayatına bir yerden dokundu. Okullarda süttozu dağıtıldı. *Beatles* grubu bütün dünyayı salladı, *Twist* mahalle aralarında bile oynandı. *Samanyolu* neredeyse milli marş oldu, *Senin en güzel yerin kahverengi gözlerin* de onunla yarıştı. Vietnam Savaşı başladıysa da şükür bu defa Türkiye'ye kadar uzanmadı ama bambaşka olaylar sökün etti.

Mücellâ gibi pek çokları, kimin kime ne diye husumet beslediğini ilk zamanlar anlayamadıysa da kulağı delik olanlar İstanbul'da üniversitelerin buhar kazanı gibi kaynamaya başladığını 6. Filo olayı ile fark etti. Menderes'e rahmet olsun, İnönü ve Bayar çoktan barışmış ama Mücellâ nasıl olduğunu bile anlamadan kırklı yaşlarının sonuna doğru ilerlerken sağcılar ve solcular olarak bölünmüştü ülke şimdi.

İKİ

Eflâtun giysisinin yakasında bir sıra inci parıltısıyla Pervin'in yasemin kokusu odalarda, sofalarda dolaşacağı kadar dolaştı. Mektup günlerinden biriydi ve Pervin yanında Nazlı'yla evin hâlâ en sevilen ziyaretçisiydi.

Çay demlendi, patates haşlandı, turşu çıkarıldı, domates doğrandı. Kaygana kızartıldı bakır tavada. Neden sonra Mücellâ sofrayı toplayıp bir koşu bulaşıkları yıkamak için taş tekne başına geçtiğinde sohbet derinleşti. Pervin, Neyyire Hanım'a Filiz'i ve kızları sorunca bir sırçaya taş değdi.

İyilerdi, afiyettelerdi. Kızların ikisi de T Cetveli'ni gururla taşıyarak Mimarlık Fakültesi'ne başlamışlardı. Bir eli yağda bir eli baldaydı Filiz'in, emekliliği yakındı. Refik enişte evinin yolunu bilmekten hiç şaşmamıştı. Ankaralı kodamanlarla arası iyiydi...

Araya sessizlik girdi ve mevzu bir taşın ağırlığınca saklanan endişeye kendiliğinden geldi. Duygular duygulara çarpınca Neyyire Hanım içindekini daha fazla saklamadı. Dertleşmek faslı kendiliğinden açıldı. Kader Mücellâ'dan esirgediği çoluk çocuk kalabalığını Filiz cihetinden fazlasıyla telâfi etmişi fakat Neyyire Hanım gözünün sağlığında Mücellâ'sının mürüvvetini görse başka bir şey istemezdi. Yoksa gözü arkada gidecekti.

Neyyire Hanım, kadınlara dair bu derin mevzuya girmeden önce pencere içine bir göz attı alışkanlıkla. Nazlı, dizlerinin üzerine oturmuş, uçları kurdeleli, koyu kestane rengi iki kalın saç örgüsünü üzerine sarkıttığı bir kitaba dalmıştı oracıkta iki büklüm. Mal almak için İstanbul'a giden Sahir Efendi'nin daha geçen hafta getirdiği kırmızı taşlı İstanbul işi yüzüğe de bakıyordu sayfaları çevirirken. Fakat her akşamüstü güneş batarken karşı tepedeki altın camlı evi seyreden çocuğun masalını okumaya başlayınca yüzüğü unuttu. Çocuk üzülüyordu çünkü kendi evlerinin camları çok çirkindi. Bir gün güneş batarken altın camları yakından görmek için karşı evin yanına gidiyordu çocuk. Ama sıradan, gündelik camlarla karşılaşıyordu. Kendi evine baktığında ise bu kez onun camlarının altından olduğunu görüyordu.

Bir süre başını kaldırıp vadideki evlere baktıktan sonra yerli yersize gözyaşı döken bir çocuğun masalına geçti Nazlı. Bu çocuk olur olmaza o kadar şımarıkça ağlıyordu ki bir gece bir peri kızı onu gözyaşlarından yapılma bir saraya götürüyordu. Gözyaşları orada renklerine göre tasnif edilmişlerdi ve her birinin içinde dökülüş sebebi görünüyordu sinema filmi gibi. Bunca gözyaşı arasında mat, gri renkleriyle çok sevimsiz bir grup vardı. Şımarıklık gözyaşlarıydı bunlar. Kendi gözyaşlarını da onların arasında tanıyan çocuk utanıyordu. Bu arada çocuk mor renkli gözyaşlarını merak ettiğinde, peri kızı "Onlara dokunma" diyordu. "Onlar keder gözyaşlarıdır."

Son sayfada ise tek damlası, üzerine döküldüğü resmi canlandıran iksirin masalı vardı. Nazlı kendisine de böyle sihirli bir su verilse onu hangi resimlerin üzerine dökeceğini hayal etmeye başladığında Neyyire Hanım, onun, Ramazan topu patlasa duymayacağına kanaat getirdi. Haksız da sayılmazdı. Şu, bir damla iksirle canlanan resimlerin içine giren kız gibi Nazlı da masalların, hikâyelerin, kitapların dünyasındaydı nicedir. Şu anda Nazlı diye çağırsalar kaldırıp başını o tarafa bakmazdı.

Pervin, sözünü hiç kesmeden Neyyire Hanım'ı bir süre dinledi. Duygularını eskisi gibi gemleyemeyen yaşlı kadın böylesi bir konuda içini açtığına göre belli ki geminin demir attığı tehlikeli sularda vaktin hayli geçtiğinin o da farkındaydı. Yoksa dünyalar bir araya gelse yılların Neyyire Hanım'ı bu mevzuda konuşmazdı.

. Hayatın evli barklı, bir erkek bedenini ve ruhunu tanımış, dahası çoluk çocuğa karışmış, o sihirli eşikten geçmiş kadınlara verdiği tecrübe hakkıyla; onların, kendisinden büyük yaşta bile olsa hiç evlenmemiş kızlara dair taşıdıkları bir tür sahiplenme hissiyle bir süre içindekini döktü tarttı Pervin. Sonunda nazı geçti, her şeyi göze aldı. Kadın kadınalardı şunun şurasında ve Pervin de artık kırkına merdiven dayamıştı.

"Neyyire Hanım teyze" dedi bembeyaz elini usulca Neyyire Hanım'ın elinin üzerine koyarken. "Endişelerinizde haklısınız." Nazenin hâlâ sizli bizliydi. "Dost acı söyler, beni bağışlayın. Ama açık konuşalım. Böyle giderse korkarım Mücellâ ablam bir yuva kuramayacak."

Neyyire Hanım, Pervin'den, Mücellâ'nın henüz genç olduğuna, taliplerinin de işte şu bahçe kapısında sıralandığına dair bir itiraz beklememişti gerçi ama hafifçe sendeledi sanki. Yine de tek kelime çıkmadı ağzından. Doğru söze ne denirdi? Mücellâ için -tek kürklüler şöyle dursun-, artık dul ve çocuklu adamların bile ağız aramasının üzerinden yıllar geçmişti.

Pervin bu suskunluktan cesaret aldı.

"Söz ölüm getirmez ama siz de dediniz demin. Hepimiz bugün var yarın yoğuz. Ölümlü dünya. Size bir şey olsa Mücellâ ablam yapayalnız kalacak. Elbet kader neyse o yaşanacak âmenna. Ama kaderi de kolaylaştırmak lâzım, öyle değil mi?"

Öyleydi.

"Mücellâ ablam daha ellisini bulmadı. Hâlâ karşısına biri çıkabilir. Hâlâ bir yuva kurabilir."

"Hâlâ!" Neyyire Hanım bu kelimedeki keskin gözdağını bu yaşta bile fark etmişti. Hâlâ mevcut olan bir şey vardı ortada, evet. Ama onun mevcudiyeti bile zamansızdı demek. Çoktan tükenmiş olması gerekirdi. Yaşmağının ense düğümünü sıkıştırırken açıkta kalan bir tutam kınalı saçı içeri sokmaya çalıştı Neyyire Hanım sıkıntıyla, her zamanki gibi. Pervin devam etti:

"Demem o ki azıcık kendisine çeki düzen verse Mücellâ ablam. Giyinip kuşansa, insan içine, huzura çıksa. Gelin izin verin, Mücellâ ablamın yüzüne gözüne birazcık renk revnak verelim, saçını başını bir parça düzeltelim."

Neyyire Hanım hâlâ ensesindeki saç tutamıyla uğraşıyordu. Pervin en hafif olandan başladı:

"Saçları" dedi. "Beyazları çoğaldı Mücellâ ablamın. Bekâr kız. Hangi devirde yaşıyoruz? İzin verin. Boyasın saçlarını."

Ok yaydan nasılsa çıkmıştı.

"Sonra şu kaşları. Erkek kaşı gibi. Gözlerine kadar inmiş. Birazcık fazlalıklarını toplasa, alnının üzerinde birleşmiş düğümü açsa. Yüzüne aydınlık gelse biraz. Böyle yaşından da fazla gösteriyor."

Neyyire Hanım sonunda kınalı tutamı yaşmağın içine sokmayı başarmıştı. Onun da her anne gibi -hâlâ- Mücellâ'sının mürüvvetini görmek en büyük dileğiydi. Ama demek kızların evlenmesi için süse püse muhtaç olunan devirlere gelinmişti.

Bir şey diyecek oldu. Pervin, safir bir yüzüğü -bunu da Sahir Efendi İstanbul'dan getirmişti- zor taşıyan minicik, beyaz elini

Neyyire Hanım'ın buruşuk elinin üzerine bir kez daha koydu. Başını kaldırdı, onun gözlerine baktı sevgiyle.

"Elbet boya küpüne batsın çıksın demiyorum. Ama azıcık pudranın, bir fiske allığın kime ne zararı var?"

Akşamüstü işten çıkan Filiz gibi okuldan dönen Feriha ve Gülümser de tam bu konunun üzerine gelince cephe güçlendi. Neyyire Hanım'ın çoğalan beyazların boyanması, arası bitişik duran kaşların alınması, rengi soluk cildin üzerine biraz allık pudra dokundurulması için ikna edilmesi zor olmadı. Yine de nazdan geri kalmadı Neyyire Hanım.

"Kaşlarını çok inceltmeyin bari" dedi. "Saçının boyası da kendi renginde olsun."

Lâkin onun da galiba usulen yapılmış kaprisleri bu defa geçersiz kaldı. Mücellâ katran karası boyayı hemen o gün Filiz'e ısmarladı. Kendi saçlarıysa -biliyoruz- kül rengi bir kumraldı ve epey zamandır avuç avuç dökülen bu saçların kıvırcığı gibi kabarıklığı da kalmamıştı.

El ayak çekildikten sonra iğne danteline başlarken radyoyu açtı Mücellâ. Üniversitelerde çatışmalar, boykotlar, işgaller, süreli süresiz tatiller birbirini kovalamış, işçiler greve başlamış, banka soygunları, rehine krizleri yaşanmıştı. Yine herkes kendine göre haklıydı. Solculara bakılırsa Türkiye bağımsız değildi. Üzerinde vazife hisseden sağcılara göreyse vatan elden gidiyordu. Durumdan vazife çıkarmasa da vazife için durum yaratan ordu ise her zamanki gibi -o da vatan için- vazifesinin başındaydı!

Memleketi baştanbaşa dolaşan kazayı belâyı anlamaya çalışırken bile Mücellâ'nın aklının bir yarısı katran karası saç boyasındaydı.

Hamamcıktaki yer yer paslanmış bakır kazanın bir türlü tam sıkışmayan musluğu, pembe plâstik kovaya yeknesak damlalar hâlinde akarken önce kenarı kırık porselen kâsede boya karıldı. Filiz tüpün sıkılmasını, hapların katılmasını, sırayı, usulü uzmanlık seviyesinde sıraladı:

"Pütür kalmasın, iyice hallet. Akmasın dikkat et. Şu kadar vakit beklet, sonra yıkarsın."

Bakır kazan o gün limon ve portakal kasalarından kırılmış tahta parçalarıyla iki kez kaynadı. Hamamcıkta Mücellâ hiç böyle uzun kalmamıştı. Alnında, boynunda, ellerinde kalan boya lekesini çıkarmak için Filiz'in küçük pencereden üfleyerek içtiği sigaranın külü yetmedi. Lavanta kokulu Alman sabunu yarıya indi. Lâkin abanoz aynada simsiyah saçlarına baktığında Mücellâ sonuçtan memnun kaldı. Kaşlarına Filiz ilk cımbızı attığında canının yanmasına da aynı memnuniyet ümidiyle ses çıkarmadı.

Dahası hemen oracıkta Filiz'in eline birkaç lira tutuşturdu. Bir şişe *Lögalyon* ısmarladı.

"*Lögalyon* ha!"

Filiz gibi, saç boyasının sonucunu görmek için hamamcığa doluşmuş kızlar da öyle çokbilmiş bir çapkınlıkla göz kırptılar ki Mücellâ ilk kez kendini şimdiye değin ittiği fakat çok lezzetli sırlarla dolu bir dünyanın sakini gibi hissetti.

Küçük boy *Lögalyon* geldiğinde Mücellâ hemen odasına çıktı, kapıyı kapadı, yatağının kenarına oturdu. Tül perde bahar rüzgârında ağır ağır havalanırken karton kutuyu özenle açtı. Kalın camın serinliğini avuçlarında hissetti. Şişeyi pencereye doğru kaldırdı, kehribar rengi esansın içinden ağır ağır süzülen ışığı seyretti. Kapağı açıp kokuyu içine çekti. Çok güzeldi. Ama birkaç saat sonra anladı ki kalıcı değildi. Her defasında koku,

Mücellâ fark bile etmeden boynundan, bileğinden uçup gitti. Sık sık yenilenmesi gerekti.

Saç boyası da öyle. Mücellâ'nın sonsuza değin katran karası kalacağını zannettiği saçlar üç hafta gitti gitmedi. Beyazla harmanlı bir kül rengi dipten boy verdi. Bu yamalı bohça bir hafta daha idare ettiyse de sonraki hafta Mücellâ'nın canına tak etti. Yeniden hamamcıkta, boya kâsesi elde, abanoz aynanın önüne geçti. Ama sonuç değişmedi. Üç hafta, en fazla dört hafta. Yine de Mücellâ sabırla, istekle denedi.

Bunca yıl neredeyse fark etmeden adım adım hayattan çekilen Mücellâ son bir dönme çabasıyla şimdiye kadar boş kalan yerlerini doldurmaya, eksik kalanları tamamlamaya, gençliğini yakalamaya kalkışmış olsa bile, bu kapının bir yandan da yaşlılığa açılmış olması, ona artık kendi hayatını kendi eline almışlara mahsus bir özgüvenle karayemişin ötesine geçme cesaretini de verdi. Çarşı pazar, bakkal manav, elektrik su faturası, belediye, postane, hastane gibi değil. Başka türlü. Mücellâ daha okula gitmezken, Neyyire Hanım'ın çamaşır gününde, karayemiş fidanının altında kendisine gösterilen o sınır taşının işaret ettiği bütün yasaklara duyulan gecikmiş merak. Eğer bir sebep yoksa üst üste iki kez geçilmeyen çarşı caddesi, camına göz atılmayan vitrinler; tek başına oturulmayan pastaneler, girilmeyen sinemalar, konserler; alelacele yürümeler, kimsenin yüzüne dikkatle bakmadan işini bitirip hemencecik eve dönmeler yerine nefes almak için inilmiş sahil yolu, parklar, bahçeler. O kadar kınanan ve adına "gezip tozma" denen şeyin doğrudan kendisine duyulan ilgi.

Bu dolaysız ilgiyle Mücellâ, yıllar önce mahalleye gelen sinema makinesinin o vakit bakamadığı büyülü fenerinden içeri hepsinin acısını çıkartan son bir bakışla baktı. Neyyire Hanım bile ses etmedi, yasakları bir anda anlamını yitirmişti. O da fark etti ki Mücellâ'nın yaşı, saçındaki boyaya, yüzündeki pudraya rağmen hakkında dedikodu yapılacak eşiği neredeyse geçmişti. Kaybedecek bir şey kalmayınca korumaya da gerek kalmadı. Neyyire Hanım'ın, Mücellâ üzerindeki hâkimiyetinden vazgeçmesi kendisinin ihtiyarlığıyla değil Mücellâ'nın yaşlanmasıyla başladı.

Evet tabii, daha evvel de gitmişti sinemaya Mücellâ. Refik Bey ve Filiz şehre gelen hiçbir filmi kaçırmazlardı ve ara sıra Mücellâ'yı hatta Neyyire Hanım'ı da yanlarına alırlardı. Perdeyi boydan boya kaplayan renkli sinemaskop filmler seyretmiş, assolistten önce ismi bile bilinmeyen uvertürlerin sahneye çıktığı, araya skeçlerin, lâfazan komedyenlerin, eli çabuk sihirbazların girdiği konserlere bile gitmişti Mücellâ. Saniye Can, Neşe Karaböcek, Erol Büyükburç'u hatta Ayşecik-Şeytan Çekici'ni bile görmüştü dünya gözüyle.

Yıllar önce Ayşecik'in bir filminin koskoca afişi bir pikabın kasasında günlerce bütün şehri dolaşmış, şoför mahalline kurulmuş bir kadının yutarcasına ağzına dayadığı megafondan yükselen canhıraş ses Neyyire Hanım ve Mücellâ'nın sokağından bile işitilmişti. Küçük yıldız, filminden önce Saray Sineması'nda etiyle kemiğiyle görünecek, sevgilisi olduğu halkla buluşacaktı. Refik enişte biletleri önceden almıştı.

Saçları lüleli Ayşecik, sahneye çıktığında kırıtmış, şımarmış, Gülümser ve Feriha'nın arasındaki koltuğuna iyice gömülen Neyyire Hanım bile sesli sesli gülmekten alamamıştı kendini. Şeytan Çekici perdenin aralığından arka tarafa çabucak geçiverince hayranları filmiyle avunmuşlardı akılları onda kalsa da. Mücellâ ise eve döner dönmez eski bir yünlü elbiseyi ters yüz etmiş, Ayşecik'in, kısacık eteklerine beyaz kürk geçirilmiş kırmızı elbisenin aynından kızlara da dikmişti.

Bu kez Ayşecik'in filmi gibi değil. İlk defa Mücellâ yalnız başına sinemaya gidecek. Başında bir büyük olmaksızın veya arkadaşsız. Tek başına. Uyarına geldiği için değil, kendi istediği için.

Mart ayının ortaları. Günler uzamaya başlamış, daha dün, akşam inerken dağın üzerinde öyle berrak bir aydınlık belirmişti ki baharın kapıda olduğunu gören gözler anlamıştı. Ama hâlâ kıştı görünürde, soğuktu ve o gün hava bulutluydu.

Mücellâ Saray Sineması'nın önüne dikildiğinde etrafta birkaç kişi vardı. Matine için okuldan kaçtığı her hâlinden belli, yakalığı, kemeri çıkarıp çantaya atmış ama siyah önlüğü sırtında ortaokullu kızlar, onların peşine takılmış liseli delikanlılar, felekten bir gün çalmak için toplanıp gelmiş ev kadınları, işi gücü olmayan birkaç erkek, kasketli birkaç köylü ve bilet almayacaksa bile alanları seyre gelmiş olanlar. Az ötede düşük kârla hiç bekletmeden hizmet sunan karaborsacıya dönüp bakmadı Mücellâ. Kalabalığa sokuldu. Sırasını bekledi.

"Balkon, bir kişi."

Saçları saman sarısı kız ne biletini keserken ne para üstü verirken ilgisizce bile olsa başını kaldırıp yüzüne bakmıştı Mücellâ'nın. Hayret! "Sen yalnız başına sinemaya mı gidiyorsun? Hani arkadaşların?" dememişti.

Localardan birine giren fötr şapkalı, düzgün giyimli bir erkekle yanındaki genç ve süslü kadına bir göz atıp merdivenlere doğruldu Mücellâ. Duvarlar sağlı sollu afişlerle doluydu. Sigara dumanından göz gözü görmeyen fuayede Mücellâ küçük siyah çantasını açtı, bozuk para cüzdanını çıkardı. Gazoz ve simit aldı. Balkona girdiğinde "Kabuklu meyve yemek memnudur" levhaları aydınlık kalsa da lâle biçimli aplikler henüz sönmüştü. Elde cep feneri önüne düşen ama Mücellâ'dan çok kendi yolunu aydınlatan teşrifatçının gösterdiği yere zar zor ilişti. Pek yakında, gelecek program derken *Kınalı Yapıncak* başladı. Bir ara film kopunca salondan ıslıklar yükseldi. Neyse ki makinist filmi, kesmeden devam ettirmeyi başardı.

Mücellâ dışarı çıktığında hava henüz kararmamıştı. Yıllarca sadece önüne bakarak işini bir an önce bitirip eve dönmeye baktığı, iki asabi çizgiyi iki kaşının ortasına orada bir maske gibi taktığı çarşı caddesini bilâsebep önce bir kaldırımdan sonra karşı kaldırımdan, boydan boya iki kez geçti Mücellâ. Süslü vitrinlere baktı uzun uzun. Camlarda yansıyan görüntüsünden gözlerini kaçırmazken sırtını dikleştirdi. Saçını düzeltti. Birkaç dükkâna girdi, almayı düşünmediği bir şeyleri raflardan indirtti. Bir kitapçıyla konuştu. Bu ayın *Burda* mecmuası gelmiş miydi? Kızlar Hippi tarzı elbise istiyorlardı, içinde o modelin kalıbı var mıydı?

Eve dönmeden önce bu kez sağlı sollu atkestanesi, akasya ve çınar ağaçlarının arasından Meydan'a doğru yürüdü Mücellâ. Rüzgârda uçuşan atkısının uçlarını bir araya getirmeye çalışırken Baylan Pastanesi'ne geldi. Vitrindeki kırmızı çikolata kutuları, nişan sepetleri, Alman gümüşü gondollar, yapma çiçekler İstanbul'un şekerleme modasını yansıtsa da bu soğukta bile süt dumanıyla ter içinde kalmış tatlıcı, dükkânın önüne attığı piknik tüpündeki kazana kepçesini daldırmış, muhallebiyi savura savura karıştırıyordu. Çıraklardan biri öne geçti, Mücellâ'ya merdivenleri gösterdi.

"Aile salonumuz üst kattadır."

Basık tavanlı aile salonunun en kuytudaki masasında el ele, göz göze iki üniversiteli âşık ilk anda Mücellâ'dan yana endişeli bir bakış atsalar da ondan bir zarar gelmeyeceğine kanaat getirerek anında kendi âlemlerine döndüler. Mücellâ ise temiz bir mermer masa üzerinde muhallebiyi kaşıklarken yarım tül perdenin arkasından sokağı seyretmeye başladı. Hava hafifçe kararmış, yağmur başlamış, sokak lâmbaları yanmış, vitrinlerden, pencerelerden dökülen ziya ıslak caddede sarı ışık topları yapmıştı. Denizle dağ arasına sıkışmış bu şehrin aniden patlayan fırtınalar, durup dururken coşan dalgalar gibi telâşlı, daima aceleci insanları kadar yabancı oldukları çehrelerinden belli üniversite öğrencileri de paltolarına sarınmış, şemsiyelerini açmış, kaldırımlarda koşuşturuyor, az ötede kestaneci lüks lâmbasını yakarken Çingene çiçek satıyordu.

Çantasını aldı Mücellâ, atkısına sarındı. Basamağa adım atmadan önce "Bir şey unuttum mu?" diye dönüp masaya baktı. Durağa geldi, biraz bekledi. Ön camının üzerinde artık Bahçecik yazan Kindinar otobüsüne bindi. Mahalleli kadınlardan biriyle karşılaştı otobüste.

"Sinemadan geliyorum" dedi o sormadan. "Ya!" dedi beriki.

Eve döndüğünde akşam ezanı çoktan okunmuş, üç küçük pencerenin dışında hava iyice kararmıştı. Elektrik düğmesini çevirdi Mücellâ. Sedirin kenarına, anacığının yanına iliști. Beklerken oturduğu yerde uyuyakalmış, başı omuzuna düşmüş Neyyire Hanım'ın iyice buruşmuş yüzüne, çökmüş avurtlarına, kapalıyken daha da çukurda görünen gözlerine baktı, nefesinin ciğerlerinden koparken çıkardığı sesi dinledi. Şu kadıncağızın da kendisinden başka kimsesinin olmadığını fark etti ve Mücellâ içinde hafif bir suçluluk hissetti.

"Anne" dedi usulca onun omuzuna dokunurken. "Uyan, boynun ağrıyacak. Akşam okundu hem, namazını kaçırma. Bak sana tarçınlı akide ile çikolatin aldım."

Neyyire Hanım "Kızım" dedi. "Geldin mi?"

"Geldim anne."

Neyyire Hanım namazını oturduğu yerde kılarken iğne dantelini eline alan Mücellâ pencerenin içine geçti, her zamanki yeri. Ara sıra başını kaldırıp Paşazade'nin yalısına bakarak işlemeye başladı, her zamanki gibi. İki saat için ışıkların sönmesi, büyük bir perdenin üzerinden geçen trenlerin Mücellâ'nın hiç bilmediği yerlere gitmesi, *Kınalı Yapıncak*'ın birdenbire güzelleşmesi, sevdiği adamı kendisine âşık etmesi bunlar güzel şeylerdi gerçi. Ama ışıklar yandığında Mücellâ aynı Mücellâ, şehir aynı şehirdi.

Artık Neyyire Hanım'ın sözünü çiğnemek anlamına bile gelmeyen bir cesaretle Mücellâ, karayemişin altına inip önce korka korka, sonra inatla ve hayatında ilk kez tattığı bir duyguyla ileri geçince hiçbir şey olmamıştı işte. O ağacın ötesini merak etmek, bahçenin dışına geçmek, bir bilmek armağan etmemişti Mücellâ'ya. Eskisi neyse yenisi de o. Saray Sineması, Rus generalin "sinema makinesi" dediği dört bacaklı kara kutu kadar bile olamamıştı. Sinemanın içerisi ve dışarısı. Karayemişin bu yanı ve öbür yanı. Arada fark yoktu. O kadar merak edilen ötesi, sonrası? Bir şey yoktu. Bomboştu.

Haber saati yaklaşınca Mücellâ radyoyu açtı.

Ordu muhtıra vermişti.

Gerçi bu kez radyoevi ve postane işgal edilmemiş, ordu içinde de sıra saygı gözetilmişti. Ama ilk anda bile "Böyle giderse" diye gözdağı verildi. Arkadan gelen günler ise darbe günlerini aratmadı. Başbakan istifa etti. Partiler üstü ara rejime geçildi.

Deniz Gezmiş'in yolu Gemerek'te çevrilirken devlet hem soldan hem sağdan dernekleri kapatarak eşitlikçi olduğunu göstermeye dikkat etti! Devlet bu, eli şiddetliydi. Hele derinden gelince, üzerinde vazife hissetmiş sağcı gençler bile bekası için can verdikleri devletin yumruğunu tepelerinde hissetti.

Gülümser, Neyyire Hanım'ın; Feriha da Mücellâ'nın koynunda yatmıştı o gece. İki kız, sabahlara kadar elde kâğıt kesme bıçağı; ev maketleri, park bahçe krokileri, hastane projeleriyle uğraşarak geçirdikleri bir haftanın sonunda sığınmışlardı çocukluk cennetlerine. Zaten onlar ne zaman gelse bu ev de cennete dönerdi. Gece yarısı Feriha'nın su istemesi üzerine uyandı Mücellâ. Beyaz poplin geceliğinin eteklerini toplayarak yataktan indi. Koca kız, yirmi yaşında. Kocaya versen "Gitmem" demez ama hâlâ Mücellâ'ya nazlanıyor, şımarıklık yapıyor. Gülümsedi Mücellâ terliklerini ayağına geçirirken.

"Olsun, yapsın. Kimi var ki? Zaten bütün haftayı uykusuz geçirdi sabi."

Konsolun üzerindeki sürahiden hepi topu bir bardak su alacaktı Mücellâ. Elektrik düğmesini bulup çevirince gözü duvara diklenmiş abanoz aynaya ilişti. İki kaşının ortasında karayemişin dalları gibi bir çatal. Üstelik bu kez eğreti kondurulmuş değil, sahici. Gaz lâmbasının ışığında görünmezdi böyle bir şey ama elektrik ışığında ayan beyan gördüğü çizgiye hayret etti Mücellâ. Dahası, çeneleri sıkı sıkı kitlenmiş, feri sönmüş gözleriyle bir yüz aynadan kendisine bakmıştı ve gözlerinin altı gibi dudaklarının iki yanından da sanki birer çizgi sarkmıştı.

Sabah uyanır uyanmaz ilk iş, aynaya baktı Mücellâ. Şükür, kitlenmiş çenesi açılmış, çizgiler gibi o fersiz gözler de gitmişti. Her zerresinden güzellik fışkırmasa bile yüzünde hâlâ o alıştığı ifade, bir parça gençliğin hatırası.

Ama o giden şeyin geri gelmesi gecikmedi. On beş gün sonra yine bir gece yarısı ve yine elektrik ziyasının altında aynaya gözü kaydığında aynı yüzle karşılaştı Mücellâ. Yüzündeki ışığın söndüğünü fark ettiğinde yine geçer zannetti. Geçti de. Ama yeniden geri geldi. Üstelik geri gelen, kışın içinde saklı sayılı gün güzelliğinde, gelip geçici. Bu yorgun yüz beş gün yok olsa altıncı gün geri dönüyordu. Gündüz yok olsa gece geliyordu. Üstelik her defasında geri gelişi daha az zaman alıyordu ve her defasında daha fazla kalıyordu. Mücellâ gecenin bir yarısında uyandığında eğer aynaya bakarsa, karanlıkla örselenmiş kendi yüzünde yaşlı bir kadının yüzünü yakalıyordu. Her defasında hem giden bir şey buluyordu yüzünde hem ona katılan yeni bir şey.

Sonunda gelen artık gitmedi, giden de geri gelmedi. Gelen, kendisini fark ettirmeye öyle karalıydı ki Mücellâ aynaya bakmasa bile sarkan göz kapaklarının ağırlığını gözlerinin üstünde hissetti. Tıpkı ağzının iki yanından yol bulup sarkan iki derin çizginin yere doğru çekilen ağırlığı gibi. Her sabah uyanıp aynaya baktığında oradan kederli ve yorgun bir yüz, ölü bir balığın gözleriyle bakıyordu kendisine. Bu yüzle uyandığına göre demek gece boyunca bu yüzle uyuyordu. Yaşadıklarının toplamı olan bir yüz ifadesi ama yaşadıklarından çok yaşamadıklarının işareti olan bir bakış. İşte ancak şu mana kadar yaşamış. Mücellâ günden güne pörsüyen derisini, içeri çöken göğsünü, bükülen sırtını, toplanan omuzlarını abanoz el aynasından göremedi ama gördüğü yüze, yüzündeki çizgilere, gölgelere sonunda hayret bile etmemeye başladı. Gün geldi, aynaya bakmayı da bıraktı. Alıştıra alıştıra gelmişti bu yüz. Artık yadırgamadı.

"Vakti öyle geldi geçti Mücellâ'nın" denebilirdi belki. Şimdi gelenin ne olduğu gözünün önündeydi ya, gidenin ne olduğunu pek bilemedi. Yüzüne, bakışlarına daha evvel olmayan bir şey katıldığında ancak anladı daha evvel neye sahip olduğunu. Üstelik bu eksilen, romatizma ağrıları artmış, bastonsuz yürümesi zorlaşmış, hâsılı kapısından çoktandır girdiği ihtiyarlık hanında bütün odaları dolaşmış Neyyire Hanım'ın feri giderek sönen gözlerinden bile kaçmadı.

O Neyyire Hanım ki Tevfik Efendi'nin ölüsü başında gördüğü rüyanın gerçekleşmesi için, yıllar boyunca Mücellâ'ya göz açtırmazken hiç "Acaba?" dememişti. Bir yanı uyanık uyumuştu gecelerce, iç geçirmişti uykularında bile. Bu devirde babasız kız çocuğu yetiştirmek! İşi zor gibi gelmişti. Ama kısa zamanda anlamıştı ki zor değil, hükmedilecek gibiydi Mücellâ. Üstelik görünürlüğü de hükmedilemeyecek türden değildi ve tek kat peçeyle bile saklanabilecek güzelliği, güzellik değil sadece gençliğin güzelliğiydi. Ama işte! Yıkılması hiç zor olmamıştı bu temelsiz gençliğin. İlk kez Filiz'in, daha sonra eşin dostun, hısımın akrabanın nikâhına, düğününe giderken giyilen mavi tayyörün yakasındaki bir demet kuş gülü gibi gelip geçmişti.

Katran karası saç boyasına gelince. Sebatı ona biraz daha yetti Mücellâ'nın. Bir müddet sonra kimi ayları öylesine geçiştirdi. İki ayda bir tekrar denedi. Her defasında elde ettiği sonuç çekilen zahmete daha az değdi. Bazen bayramdan bayrama tekrarladı saçının boyasını bazen onu bile atladı. Sonunda Filiz'den -çarşıya inmeye üşenmişti-, saçlarının renginde kül rengi kumral bir boya istedi. Bir müddet sonra onunla da uğraşamayınca yarısı katran karası yarısı küllü kumral saçlarının siyah kısmını Tevfik

Efendi'nin emektar makasıyla kesip attı. Bir yıl sonra kumrallar da gitmiş yerine beyazı çok siyahı az gri bir baş kalmıştı. Neyyire Hanım'ın yaşmaklarından biri o başa sarıldı.

Bir saç boyamak için saatlerce uğraşmak gibi allığı, pudrayı çoktan kendisinden geçmiş bir tenin üzerine yapıştırmaya çalışmak da giderek daha çok zahmet vermeye başladı. Ne Mücellâ bu tür inceliklere alışkın bir gözün ve bileğin sahibiydi ne de Mücellâ'nın çehresi, böylesi hafif dokunuşlarla geri gelecek kadar az yol gitmişti. Giyinirken özenmek, "Ne neye uyar? Hangi renk beni açar, hangi renk bana yakışmaz?" diye düşünmek de artık daha zor geldi ve sonuç, her defasında verilen emeğe daha az değdi. Giderek iyice sıkıcı geldi bu iş. Tevfik Efendi'nin yarım aynası önünde, birbirine uyması için onca zamanı yiyip yutan yorucu giyim kuşam hevesini de saçlarını boyamayı, kaşlarının arasını almayı; yüzüne sabah akşam sedefli *Havilland* kremi, pudra ve allık sürmeyi bıraktığı gibi bıraktı Mücellâ. Giysi işte! Örtsün, korusun, yeterdi.

Konsolun üzerindeki *Lögalyon* şişesi ise ancak yarıya kadar inebildi. Sisli puslu abanoz aynanın önünde rengi matlaştı, kıvamı koyulaştı. Unutulmuş kokusundan geriye ekşi, bulanık bir hatıra kaldı.

Eski ahlâktan nasibi kalmamış, verdiği sözü tutmayan badanacı delikanlı kapıyı çekerken "Ben gidiyorum teyze" demişti daha dün. "Yarın sabah erkenden gelirim."

"Tamam oğlum" demişti Mücellâ da ve çardağın altında düşünmüştü uzun uzun.

Sadece yüzünde geçmemişti yıllar Mücellâ'nın, kendisini hitaplarda da göstermişti. Yıllar önce herkes için "kızım"ken sonra "kardeşim"e dönüşmüş, ondan "abla"ya geçilmiş, şimdiyse "teyze" olmuştu işte yedi kat yabancılara. Mücellâ'nın hitapları da ters yönde ilerlemiş, herkes önce "amca, teyze" sonra "abi, abla" sonra "kardeşim" şimdi de "kızım, oğlum" olmuştu onun için. Çevresinde "dede, nine" dediği kimse kalmamıştı neredeyse.

Hasır iskemlenin üzerinde doğrulurken yüzünü rüzgâra çevirdi Mücellâ. Başındaki yaşmağın düğümünü gevşetti. Çoktandır vücudunun her zerresinden aniden fışkırarak kendisini ziyaret eden o tandır ateşini, yüzünü basan teri kovalamak için yaşmağın uçlarını salladı, göğsünden, bağrından içeri üfledi. Yıllar önce çarşafına sızan iki damla kanda doğduğunu hissetmemişti Mücellâ. Ama bu kez bütün damarları bir eldiven gibi tersine çevrilirken, içi dışına çekilirken öldüğünü hissetti.

Zaman iki katlı kâgir evin pencereleriyle çardağı, kapısıyla bahçesi, taş teknesiyle karayemiş ağacı arasında bir su gibi akmış ve Mücellâ, olaysız denebilecek yaşamının üzerinden geçerek, gelmiş, dayanabileceği tek yere, yaşlılığın kapılarına dayanmıştı. Acelesi olmayan zamanın ne kadar çabuk geçtiğini fark edecek zamanı bile olmamıştı. Karayemiş fidanı yıldan yıla büyüyüp koca ağaç olurken önceleri ağır ağır geçen zaman sonraları adımlarını sıklaştırmış, en sonunda o kadar hızlanmıştı ki Mücellâ üç küçük pencerenin önünden zamanı izlemeyi de artık bıraktı.

Zaman onu bırakmamıştı oysa. Yüzüne, sırtına, omuzlarına her gün yeni bir şey eklenirken, hatıralarından da her gün bir şey eksildi Mücellâ'nın. Her şey öyle uzakta kalmıştı ki Mücellâ ne zaman, sahi en son ne zaman o duyguyu hissetmişti? Hani bir ilkbahar sabahı insanı aniden uyandıran ve aydınlıklar içinde bırakan o yaşama sevinci? Sabahın köründe insanı bahçeye fırlatan kuvvet? Mavi bir mineyle, duvarın üzerinde açmış aslanağzı ya da beyaz limon çiçeğiyle burun buruna geldiğinde Mücellâ'ya yaşadığını hissettiren şey? Ya da Filiz'i balayına uğurlayıp rıhtımdan geri dönerken gökyüzünün rengi, denizin kokusu, dalgaların sesi ve martıların çığlıkları arasında hissettiği başka yerler duygusu. O kalp kaynaması sahi ne zamandı? Mücellâ bulup da bir yerden çıkaramadı.

Sanki böyle doğmuştu Mücellâ, hep böyleydi. Hıdrellez günü Telsiztepe'de, o ışıklı bayırın üzerinde, yemyeşil aydınlığını taşıran tazecik çimenlerin, sarı düğün çiçeklerinin arasında, yakamozlar saçan ilkbahar bulutlarıyla aynı hizada koşturan o çocuk hiç olmamıştı. Başı bulutlara, omuzları göklere hiç değmemişti. O küçük kız çocuğu Mücellâ'yı, hatta yakasına bir demet kuş gülü konduran Mücellâ'yı, hatta saçlarını katran siyahına boyayan, küçük bir şişe *Lögalyon*'a heveslenen, hatta sinemaya, pastaneye gitmek için karayemişin ötesine geçmeye cesaret eden Mücellâ'yı bile artık hatırlamadı. O kadar yabancı geldi ki ona bir zamanlar kendisinin olan bu yüzler, şu an, şimdi ölse, hangi yüzü taşıyan bir kendisi onu karşılasın dilerdi? Hayatının hangi devresine dönmek ve orada ebedi kalmak isterdi? Bir cevap bulamadı. Hayatının "İşte burası! Bu!" diyeceği bir zamanını işaret edemedi.

"Kocadım artık" dedi. Direnmedi.

"Evi mütaite verdik."

Mücellâ'nın yüzü ve ülkenin kimyası gibi şehrin de çehresi değişirken bu cümle çok sık duyulur olmuştu. Öyle tepeden bakmıştı şehrin ilk apartmanı, mahallelerde kadınlar gibi erkeklerde de aniden apartman yaşamının kolaylıklarına dair güçlü bir zihniyet gelişti. Çok geçmeden mandalina ve portakal ağaçlarıyla dolu bahçeler ve iki katlı evler kendilerini kat karşılığı arsa kapatan uyanık müteahhitlerin elinde buluvermeye başladı. Hem bu daha başlangıçtı.

Birkaç istisnası vardı bunun. Mücellâ ve Neyyire Hanım gibi kendi yağında kavrulup gidenler, mahremiyetine düşkün Sahir Efendi ve Şerafettin Albay gibi apartman yaşamının iç içeliğinden nefret edenler, Müzeyyen Yenge gibi Paşazade yalısının kıymetini bilenler.

Lâkin hız kesmeyen yenilikler yine de Paşazade'nin evindeki radyoya diş geçirebildi. Gerçi bu, Paşazade'yi, Hitler'in yenilgisini dinlediği gün sevince, Stalin'in kalbinin durduğu yayın keserek verildiğinde heyecanlı düşüncelere, Türkiye meşhur Macar Milli Takımı'nı 3-1 yendiğinde coşkuya, Başvekil ve üç bakanı idam edildiğinde, bütün muhalifliğine rağmen vicdan tarafından hasar almış bir zaferle "Bu değildi niyyetim bu" dedirten bir kedere boğan radyo değildi. Cirmi küçülürken odaya hâkimiyetini de kaybetmiş, bir köşeye çekilmişti nicedir. Ama yine de herkes onun ağzının içine bakıyordu ve alnına düşen dantel perçemiyle hâlâ tek başınaydı. Radyonun hükmünü kaybetmesi, gözden tümüyle düşmesi televizyonun gelmesiyle başladı.

İlk zamanlar sadece Rus kanallarını çeken televizyon, Paşazade yalısında bir zamanlar radyonun işgal ettiği makama itibarla kuruluverdi. Ekranında Ortodoks kilisesindeki uhrevi ayinlere yer olmasa da Sovyet Rusya'nın artistik jimnastik, buz pateni yarışmaları; 8 Mart Kadınlar Günü, Kızıl Meydan'da Ekim Devrimi'nin yıldönümü onun karıncalı camının içinden Paşazade'nin odasına yansıyıverdi. Yusuf Ziya dâhil maaile, bazen konu komşu, çoğunlukla uyuyakalsa da Neyyire Hanım ve gözünü dört açmış Mücellâ o siyah beyaz ekranda, konuyu anlamaya çalışarak, tek kelimesini bilmedikleri gürültülü bir lisanda çekilmiş filmleri seyrettiler. Kulakları tırmalansa da geçkin ve şişman kadınların söylediği aryalar, orkestra müzikleri, işçi köylü marşları, Kızıl Ordu konserleri dinlediler. Sovyet Rusya'nın hiç eksik olmayan propaganda saatlerinde Paşazade doğrusu özlemle baktı yanaklarından kan fışkıran gürbüz çocuklara, kalplerinden taşan azim bedenlerinde yansıyan güçlü ve güzel gençlere, çavdar tarlasını biçerken kaldırıp başını güneşe bakan ve alnındaki teri silen kadın erkek köylülere, kol kuvvetiyle dünyayı sarsan işçilere. Paşazade en fazla da bacaları buram buram tüten fabrikaları var eden medeniyete imrendi.

"Ah bizde böylesi bir imar ve tarım hamlesi, böylesi sanayi atılımı, böylesi toplumsal gelişmişlik nerde?" diye iç geçirdi.

Paşazade uzun uzun Sovyet Rusya'daki sisteme dair tahliller yapsa da Ankara yayınlarının gücü nihayet bu şehre ulaşınca antenin yönü anında değişti. Rus kanallarını izlemek artık Paşazade'nin bile aklına gelmedi. Televizyon önünde geçirilen zaman artarken kadınlar aşk filmlerini ve dizileri daha çok sevdi. *Anna Karenina*'yı ömründe tek kitap okumamış olanlar da gelecek bölümü iple çekerek seyretti. Müzeyyen Hanım sık sık oğluna "Söylesene, ne olacak bu kadının sonu?" diye sorsa da Yusuf Ziya susmayı tercih etti.

"Seyretsin, kendi görsün."

Yusuf Ziya mı? Neden sonra fakülteyi İstanbul'da bitirmişti ve şimdilerde lisede öğretmendi.

Roman gibi dizide de Anna'nın hayatı solarken Levin'inki aydınlansa da *Haberler* hiç iç açıcı değildi. Bu defa kahvehaneler de birbirinden ayrılmıştı ve mahşer görüntüleri her gün televizyon ekranından çıkıp odalara doluveriyordu. Komşu, külüne muhtaç olduğu komşusundan selâmı sabahı kesmişti. Ülkenin tamamı şiddetle sağa sola devrilirken elifi görse mertek sananlar bile öğrendikleri üç beş afili terimle siyasette uzman kesilmişti.

Bunca bunaltıcı haber arasında nadiren güzel ve neşeli şeyler de yaşanmaz değildi gerçi. Trabzonspor üç büyüklerin arasına dördüncü büyük olarak karışırken meselâ, asırlardır dışlanan taşra, merkezden intikamını aldığını hissetti! Sağcısı solcusu, diğerine belli etmemeye çalışsa da yüreğinde onunla aynı ortak sevinci yakaladı. Dahası aynı şehir, adı artık müzmin bekâra çıkmış Yusuf Ziya'nın Yurdanur'la evliliği sürecini, acı bir filmin geç gelen mutlu sonu gibi izledi.

Müzeyyen Yenge ana kızı *Büyük Ümitler* izlemek için çağırdığı bir gece vermişti müjdeyi. Ketum kadın başlangıçta ser verip sır vermemiş, son ana kadar "Ne olur ne olmaz" diyerek kimseye bir şey hissettirmemiş, ancak iş tamam olunca hayırlı haberi artık saklamamıştı. Yurdanur... O da lisede öğretmendi. Yusuf Ziya'dan yirmi yaş küçük, yirmi yaşında bir tazeydi ve nihayet zadegândandı, İstanbullu gelinin beklediği gibi.

Saçlarını uzun zaman üzerine ilk kez boyamıştı Mücellâ ve sırtında günlerdir kendi elleriyle ördüğü hafif simli, siyah, üçgen bir şal vardı. Nikâh kıyılırken yan tarafta oturduğu masadan, önce Yurdanur'un yüzüne baktı. Anladı ki müge salkımları arasından görünen kalkık burnu, çıkık elmacık kemikleri, kalınca kaşları, hafif çekik zümrüt rengi gözleri, dolgun dudakları ile İran'ın mahzun prensesi Süreyya'ya benzeyen bu asil yüz güzellikten öte, taşıdığı sonsuz iyimserlikle Yusuf Ziya'yı incitmezdi. Mücellâ, Yusuf Ziya'yı, bir ölüyü bekler gibi beklediği, onun başucundaki koltukta sabahladığı gecelerden bu yana şefkatle sakladığı yerden, boynuyla omuzu arasındaki boşluktan nihayet çıkararak gönül huzuruyla Yurdanur'a emanet edebilirdi

Saçlarının gümüşü artmış, çizgileri derinleşmiş Yusuf Ziya'nın hâlâ güzel esmer yüzündeki gülümsemenin ise sahiciliğine inanmak istedi Mücellâ. Madeni düğmeleri sıkı sıkı kapalı, yaka cebindeki mendili hafifçe sarkıtılmış beyaz ceketinin içinde onun elinin ayağının birbirine dolaşmasını bu yaşta taze damatlığına verdi ama burnunun ucunda sallanan ter nikâh defterinin açık sayfasına damladığında irkildi Mücellâ. Bu teri iyi bilirdi. Belediye reisi çiftin mutluluğuna dair bitip tükeneceğe benzemeyen temennilerine başladığında Mücellâ şalının uçlarını göğsünün üzerinde birleştirerek, dudaklarında hafif bir gülümseme, gözleri kısık, neler düşünmedi ki?

Terini, öksürüğünü, teninin sarısını yatağında bırakmış olsa bile bir temmuz gecesinde çardak altında kurulan acemi fasıldan bu yana Yusuf Ziya'nın gözlerinde hep aynı bakış asılıydı. Etrafında olup bitenlere, bir çiçeğin açmasına, rüzgârda kapının çarpmasına, sürahiden bardağa suyun dolmasına bir daha eskisi gibi bakamamıştı. Bir kuşkanadının esintisinde bile dengesi bozulan bir kalp kalmıştı geriye o günlerden.

Ne garipti Yusuf Ziya. Kendi yarattığı dalgada boğulan zavallı çocuk. Önüne çıkan her söküğü belki kendisi sebep olmuştur diye özenle dikmişti. Yoluna dikilen her çöpü kendi bıraktığını sanarak toplamış, her kırığı kendi sonucu sanmış, dikkatle yapıştırmıştı. Ama sırça bu. Azıcık zorlamada çıt diye atıvermez miydi en kuvvetli yapıştırıldığı yerden?

Görünürde bütünüyle kendisine ait bir hayatı yaşarken bile ona sahip çıkmakta ne kadar kendisi olarak kalamamıştı Yusuf Ziya. Mücellâ bile bir kayaya tutunmuş yosun dalı gibi olduğu yerde yalpalarken Yusuf Ziya rüzgârın önüne katılmıştı. Kendi hissiyatından çok "Başkaları ne düşünür, ne der, ne hisseder?" bunu hesaba kata kata, suya attığı taşın bile nerelere çarpacağını hesaplaya hesaplaya, hep başka ellerin eseri olan dalgaların önüne bedenini bıraka bıraka işte şu masanın, şu açık defterin başında bulmuştu kendisini. Nuh'un gemisine sığınarak tufandan sağ çıkmış yaralı bir kedi değildi. Sürekli önüne baksa da arkasındaki avcıya kulak kabartan bir ceylân gibi yorgun düşmüştü sadece. Başını satıra uzatmıştı en fazla ve üstelik cellâdıyla kanlı bıçaklı bile olamamıştı.

Kendi kaderinin kuyusuna düştüğünde dahi parmağının ucunu kıpırdatacak güçten aciz, sadece istemişti. Göklere kırılırken bile, kalbi erirken bile en fazla "Hiç mi kimse benim için 'Allah seni bunaltmasın, darda komasın' demedi?" diye sızlanmıştı kendi içinde. O hasta yatağında, bir şey olmasını, dışarıdan bir elin gelip kendisini kurtarmasını beklemişti yalnızca. Kendi adına karar verecek birini, üzerindeki kördüğümü çözecek, kendisini bin yıllık bir bağdan azat edecek elin sahibini beklemişti daima. Mücellâ bile satırları arasından evvelde keder bidayette keder damlayan o mektubu düşününce -o zaman değil ama şimdi- anlamıştı da Yusuf Ziya anlayamamıştı: Öyle bir el yok, o bağı çözecek yine sadece kendi eli. Bunu görememişti Yusuf Ziya. Birisinin, kendi mucizesi olmasını beklemişti. Ama o mucize hiç gerçekleşmemişti.

Bir cana bile mâl olmayan bu sevdadan geriye kalan yüze bir daha baktı Mücellâ ve Yusuf Ziya hâlâ derin bir suyun katmanlarına çarpa çarpa gelen bir sesle "Evet" derken, içinden orada bulunan herkesle aynı dileği geçirdi:

"Allah mesut etsin. Tamamına erdirsin."

Müzeyyen Yenge ise elindeki taşlı çantayı sıkı sıkı kavramış, Paşazade'sinin kolunda bütün masaları, eski bir defterin nihayet tamamen kapanmış olmasının saadetiyle, o yaşında kuşlar gibi sekerek dolaşmıştı. Sırtında bu defa siyah ya da kurşuni değil gülkurusu renkte bir tuvalet vardı ve mücevherleri ilk kez elmas değil pırlantaydı.

Yusuf Ziya'nın nikâhından döndükleri gece geç vakte kadar pencerenin içine oturdu Mücellâ. Dışarıda bakır sofra sinisi kadar büyük bir dolunay gümüşi ışıklarını dalların, yaprakların üzerine serperek yükselirken vadideki tek tük evlerden tertemiz havanın içinde göz kırpan huzurlu ışıklar yayılıyordu. Paşazade'nin yalısında, Yurdanur'un penceresinde bile her şey sükûnet içindeydi. Radyosuna uzandı Mücellâ. Bir şarkıya rastlardı belki. *Akşam oldu yine bastı kareler* meselâ. Talihine *Haberler* çıktı. Memleket her zamanki gibi kan revan, toz toprak içindeydi.

Bunca kaza belâ arasında bile Mücellâ'nın yaşamı sessiz bir su gibi aktı fakat hayat sürprizlerini eksik etmedi. Bu kasvetli ev önce Gülümser'in sonra da Feriha'nın evliliği ile arka arkaya iki kez hareketlendi, renklendi, şenlendi. Arada Fahir bile iki oğluyla Almanya'dan ana evine geldi, döndü. Günler ne kadar birbirinin aynı olsa da zaman çok çabuk geçtiğini bir kez daha gösterdi.

Filiz misafir odasındaki koltuğa yerleşirken "Amaan Mücellâ" demişti, a'ları uzatarak ve tombul elini boşlukta sallayarak. "Bilsen ne haberlerim var!"

Öyle bir havadisi vardı ki sülâlenin bütün kadınları işitseler küçük dillerini şimdiden yutarlardı vallahi! Neyyire Hanım bile köşedeki koltuktan kulak kesilmiş, Mücellâ'nın gözleri ise "He acaba?" diye açılmıştı.

Yanılmamıştı Mücellâ. Gülümser'in çok iyi bir kısmeti çıkmış ama her şey çok ani olmuş. Yoksa Filiz Mücellâ'ya ilk günden söylemez miymiş? Yine de bütün hikâyeyi, Neyyire Hanım'ın misafir odasında kapıyı üzerlerine çekip romanlarını anlattığı günlerdeki gibi ayrıntılı anlattı Filiz. Oğlan tarafı öyle uyduruktan Alman gümüşü filân değil gerçek gümüşten gondol içinde yaprak çikolatalarla dayanmışlardı kapılarına. Kırmızı gülleri ise Filiz sayamamıştı bile.

"Ben diyeyim elli sen de yüz. O kadar yani!"

Üstelik haberin daha önemlisi, asıl beklenmedik olanı arkadaydı. Feriha'yı da isteyen biri vardı. Refik Bey'in, şimdi bir milletvekili olan Teknik Üniversite arkadaşı, oğlu için Refik Bey'in ağzını aramıştı. Evet, zamanı değildi gerçi ama bu da hiç yabana atılacak gibi değildi. Hele bakalım gelecek günler ne gösterirdi?

Filiz gittikten sonra kalbinde bir kuş pırpırı, yüzünde şaşkın bir tebessüm ile çardağın altına çıktı Mücellâ. Bir sandalye çekti. Başını rüzgâra sırtını duvara verirken uzun yılların türlü ayrıntısı resim resim gözlerinin önünde belirdi.

Eline doğdukları gün daha dün gibi. Allah aşkına ne zaman büyümüştü bu kızlar da gelinlik çağına gelmişlerdi? Ne zaman sahil yolunda dolaşmış, Emperyal Gazinosu'nda çay içmiş, mini etek üstüne maksi manto, İspanyol paça pantolon altına apartman topuk, karpuz kol, kısa yelek, dik yakalı orlon kazak giymiş, uzun madalyonlar takmışlardı? Ne zaman krep, jorjet, samba, amaroza gözden düşmüştü de naylon kumaşlar baş üstünde tutulur olmuştu?

Bu kızlar ne zaman maşa, ısıtmalı bigudi, röfle, gölge, meç, saç boyası, makyajdan geçmişti? Barbara Cartland romanları, *Saklambaç*, *Kelebek*, *Hey* dergileri, resimli romanlar, cep fotoromanlarla, masumiyeti tehlikeli hatıra defterleriyle, sayfaları arasında gül kurutulmuş şiir ve anket defterleriyle, mektuplarla, arkadaşlık teklifleriyle kalplerini eğlemişlerdi?

Arabeskin ağabeyi, babası, dedesine sırt çevirmiş, ne zaman Pink Floyd, Rolling Stones, Anadolu Rock, Barış Manço, Cem Karaca ile, 45'likler, longplay'ler, teypler, kasetlerle eğlenmişlerdi?

Hayat nasıl böyle değişmişti? Zamanın ne hızlı geçtiğini göstere göstere bu kızlar bu yaşa nasıl gelmişlerdi? Mücellâ nasılını aradığı bu sorulara koynuna aldığı kundak günden güne büyürken, kendi hayatının tam üzerinde, ona yapışık sandığı bir çizgi, apayrı istikamete çekilirken, iki kez anne olmadan anneliği tadarken cevap bulmuş olmalıydı aslında. Ama işte her anne gibi o da haberi duyunca hepi topu aynı cümleyi söylemişti:

"Allah aşkına ne zaman büyüdü bu kızlar da gelinlik çağına geldi?"

Rüzgâr kuvvetlice esti. Yaşmağının uçlarını toplayan Mücellâ sağ bacağı gibi iki kürek kemiğinin arasında da hafif bir ağrı hisseti. Ağır ağır kalktı yerinden. İçeri geçti.

O yaz Gülümser'in nişanı, nikâhı, düğünü bir arada yapıldı. Şimdiki gençler pratik ve aceleciydi, her şeyi bir arada çıkarıyorlardı. Feriha ise evet fazla beklemedi. Refik Bey'in arkadaşı milletvekilinin biricik oğluyla ertesi yaz evlendi. Delikanlı, evlilik ihtimalini önce reddetmiş, annesinin babasının "Bir kere gör oğlum. Yine de karar senin" ısrarına istemeye istemeye boyun eğmiş, ailesiyle birlikte kalkıp ta Ankaralardan Gülümser'in düğününe gelmişti. Yol boyunca söylenmiş olsa da Feriha'yı, gözleriyle aynı renkteki çimen rengi tuvaletinin içinde -Gülümser'in tülü puanlı gelinliği gibi bu tuvaleti de Mücellâ dikmişti makinenin başında sevinçle, istekle sabahlayarak- bir kez görünce ve bu gözlerin kendisine bakarken daha bir yeşilleştiğini fark edince artık vazgeçmemişti.

Büyüğü İstanbul'a küçüğü Ankara'ya gelin gitmişti kızların. Bir esintileri kalmıştı geriye, bir de resimleri. Attıkları adımların izi, her köşede anıları. Şurada düşmüştü, dizi kanamıştı. Şurada ağlamış, şurada çiçek açmıştı. Kızların ikisi de bu evden gelip geçmişti.

Büyük kız evlenirken artık kullanılmayacağını sezdiği çeyizinin yarısını boşalttı onun sandığına Mücellâ. Ertesi yaz Feriha'nın çeyizi kalkarken de geri kalanını. Daha bir yıl önce sandığının kapağını kaldırırken içi biraz sızlamıştı Mücellâ'nın, Allah şahit, gözleri nemlenmişti. Bu kez öyle olmadı. Hani şu, tekini sual etmesi münasip görülmeyen, bir harfi eksik yatak yorgan takımlarını, çift kişilik çarşafları, çift kişilik upuzun yastık kılıflarını, yine çift kişilik banyo ve yüz havlularını yıkayıp ütüledi. Mücellâ'nın, zamanla çekmiş sarma işi *M*'sini incecik uçlu bir makasla sökmeye uğraşırken biraz söylendi. Peçeteleri, havluları, örtüleri ve daha bilûmum bez parçasını dürüp bohçaladı ve bu defa içi acımadı. Bu duygu bir kere tecrübe edilmişti çünkü ve kabullenmek böyle bir şeydi demek ki. Fakat yine de "Hayret!" dedi Mücellâ. Bir yıl evvel bile içinde demek hâlâ bir ümit, bir "Olur ya!" kalmış, sandığının yarısını saklamıştı.

"Amaan" dedi saten damat bohçasını eliyle düzeltirken. "Bizden geçti."

Refik enişte korna çaldığında her şey hazırdı.

Gerçi zamane değişmişti. Mücellâ'nın çeyizinin büyük kısmını ne Gülümser ne de Feriha beğendi. Kaşık torbalarının tarafına hiçbiri bakmadı. Antika işinin modası tümden geçmişti. Şimdi fisto revaçtaydı, dantel kimsenin umurunda değildi. Sandık mı kalmıştı ki örtüsü olsundu? Şifon mevlid örtüleri biraz beğenildi ama pul boncuklu beyaz tülbentlere kimse itibar etmedi. Şimdi kâğıt peçeteler vardı, kim peçete kaynatmakla uğraşacaktı? Mücellâ'nın üç yüz altmış motifli yatak örtüsü gibi aynı yüzölçümüne sahip masa örtüsü de ilgi görmedi. Hakikisini aratmayacak naylon masa örtüleri çıkmıştı ve hiç kimse yakından baktığında bile onların naylon olduğunu anlayamazdı. Yıkama derdi yok. Ütü, kola, hele kaynatma! Hangi devirde yaşıyorlardı? Telkâri nalınlarla hamam tası ise evet, gümüş vitrinine koyulabilirdi. Bir de şu gümüş tel işlemeli peştamal, gümüş kırma işli üçgen baş havlusu ve sırmalı peşkirler. Bunları kesip biçmek, çerçeveleterek pano hâlinde salon duvarına asmak şimdilerde çok modaydı. Antika niyetine.

Lâkin öyle bir çeyiz hazırlatmıştı ki Mücellâ'ya anası, değil iki kıza mahallenin bütün kızlarına yeterdi. Kalanları eritmesi için on gün gerekti Mücellâ'nın. Bir kısmını eşe dosta, hısım akrabaya hediye etti. İki mahalle ötede fakir bir kızın evlendiğini işitti. Geriye mahallenin camisine gönderilecek biri şamdanlı üç seccade bile kaldı.

Sandık tamamen boşalıp dibindeki yaygı göründüğünde mahallede bir fısıltı dolaştı.

"Mücellâ çeyizini dağıttı."

Feriha'nın, küçük çapta bir kuyumcu dükkânını aratmayacak ağırlıkta altınla, pırlantayla, inciyle donandığı dillere destan düğününde, Pervin ve Sahir Efendi, Nefise Hala ve iyice serpilmiş olan kızı Rengin, Şerafettin Albay ve Güzide, Paşazade ve Müzeyyen Yenge, Yusuf Ziya ve Yurdanur ile aynı büyük masadaydı ana kız. Oturma planına göre, masanın üzerindeki zarif kartta isimleri yan yana yazılıydı.

Mücellâ "Neyyire Hanım'ın uslu kızı"ndan "Neyyire Hanım'ın hamarat kızı"na geçeli uzun yıllar olmuştu. Şimdi ise "Neyyire Hanım ve Mücellâ" olmuşlardı işte. İki yalnız, yaşlı kadın.

Üzerinde siyah krep bir bluz ile yine siyah jorjet etek, sırtında hafif simli siyah şal -Yusuf Ziya'nın nikâhında da bunları giymişti-, gözlerinin içi gülümseyerek Feriha'yı seyrederken yıllar öncesinin yine böyle bir haziran gecesini hatırlayıverdi Mücellâ. Filiz gelin olduğu zaman içinden bir kıskançlık geçmemişti onun. Ağlamamış, surat asmamış, kapı çarpmamıştı. Kendi isteğiyle çıkarmıştı sandığından canım hamam peştamalını. O bahtiyar gelin, birkaç ay küçüklüğün bile sırayı saygıyı gerektirdiği eski zamanlarda Mücellâ için vakti geçmişlik anlamına gelse de kimse kimsenin sırasını çiğnemiş değildi aslında. Sadece Mücellâ'nın kısmeti gecikmişti. Görünüşe bakılırsa gecikmekle kalmamış, o kısmet hiç gelmemişti.

Fakat kader, en nüktedan yanıyla ani bir şaka yapıverdi. Feriha'nın düğününün haftasında, iki nikâhtan arda kalmış, altı çocuklu, Özbekzadelerden Kantariyeci Hüseyin Efendi, bu küçük evin karayemiş ağacıyla işaretlenmiş sınırına yaklaşmaya cesaret edebildi. Mücellâ'nın kısmetsiz yaşamına onunla muhatap olan tek talibi olarak girebildi.

Kantariyeci Hüseyin Efendi uzun yıllar önce Trabzon'a yerleşmiş Özbek bir ailenin beşinci kuşaktan torunuydu. Kendi coğrafyasında rengârenk olması yadırganmayan erkek giyim kuşam zevki bir aile yadigârı gibi babadan oğula geçerek Hüseyin Efendi'nin babasına kadar gelmiş, Osmanlı zamanında ağırbaşlı giyinmeyi seven Türkler arasında Özbekzadeler en fazla da bu renkleriyle yadırganmıştı. Hele kırmızıları o kadar parlaktı ki çaylak görse ciğer sanıp kapardı hani. Hüseyin Efendi'nin babasında bu renk aşkı camgöbeği bir cübbeyle arz-ı endam etmiş ama Hüseyin Efendi'ye gelince hızını keserek orada durmuştu. Ne cübbe ne de renk bulurdu onda atalarının izini arayanlar. O, Cumhuriyet'in şekil ideallerine gönülden bağlı, 70'li yıllarda bile duble paça pantolonu ütüsüz ama her zaman yelekli takım elbiseli, yer yer yağ lekeli lâkin daim kravatlı, kalıbı bozulmuş fakat her vakit fötr şapkalı, çoğu kez ayarı bozuk ne gam, ille de zincirli cep saatliydi. Geniş yüzü, küçük çekik gözleri, ince dudakları, minik burnu ile ırkının çizgilerini taşısa da sireten coğrafyasının malı olmasına beş kuşaklık zaman yetip artmıştı bile.

Kantariyeci Hüseyin Efendi, ilk karısıyla otuz yıl evli kalmış, ikinci karısı ise gencecik yaşında rahmet-i Rahman'a kavuşunca, önceleri yaşayamayacağını sanmış, kendisi gibi dul olan ablası Naime Hanım'ı yanına almış, baba evinde onunla yaşamaya başlamıştı. Fakat yaşı yetmişi bulmuş, mahalleliye bakılırsa bir ayağı çukura çoktan girmiş olan Hüseyin Efendi tez zamanda anlamıştı gözünün dünya evinde kaldığını. Yalnızlık Allah'a mahsustu ve er kişiye yalnız yaşamak yakışmazdı. Yatak yorgan, çarşaf, yastık tek başına çekilmiyordu kısacası. Daima gülen çehresine, kan fışkıran pembe yanaklarına, servi boyuna, dimdik sırtına bakılırsa pek de haksız sayılmazdı Hüseyin Efendi ama keşke bu kadar göbekli olmasaydı.

Çilingir sofrasının başında hafiften demlendiği o gece, içinde büyüyen arzuyu ablasına açmaya karar verdiyse de söze nasıl gireceğini çakırkeyiflikte bile kestiremedi Hüseyin Efendi. Ama tabiatın hükmünü icra etmesi gerektiği yani bir erkeğin kadınsız yapamayacağı zeki abla tarafından zaten fark edilmişti. Naime Hanım da bir taneciği Hüseyin'inin bir yuva kurmasını nicedir düşünüyordu doğrusu ve söylemek için zaman kolluyordu. İşte o zaman, Hüseyin Efendi'ye hafifçe bir türkü mırıldatarak kendiliğinden gelip çattı. Kız bakmak Naime Hanım'a kaldı.

Naime Hanım önce arka mahalleden bir kapıyı çaldı. O kapının sahibi Mahpare Hanım mahallede "Saraylılardan" diye anılır, "Annesi saraylıymış", öyle bilinir öyle söylenirdi. Fakat saraylı bir anne bu mahalleye nereden gelmiş, niye gelmiş, bunu kimseler bilmezdi. Yine de Mahpare Hanım yanağına lâdenden ben kondurmasa bile hâlâ vazgeçmediği rastığına, sürmesine, düzgününe, konuşurken dudaklarını büzmesine, gözlerini süzmesine bakarak mahallenin kadınları onun gelmişini geçmişini kâğıttan okur gibi sıralayabilirdi.

Mahpare Hanım'ın gençliğinde üflesen uçacak cirimde olduğu da tevatürler arasındaydı. Ama şimdi yanağına fiske vursan kan damlayacaktı ve cami evet çoktan yıkılmış olsa da mihrap ayaktaydı. Sözün kısası, altmışını çoktan geçmiş Mahpare Hanımın mâh'ı gitmiş pare'si kalmıştı nicedir. Lâkin âhı gitmiş vâhı kalmışlardan değildi. Onun da aklı, mâh-ı cihan, âfet-i devran olduğu günlerdeydi. Yine de içine gömmüştü bu hevesleri, heveskârı kalmadıkça. Dünya hâlinden elini eteğini çekmiş, köşesine çekilmişti, ununu elemiş eleğini asmıştı görünürde. Fakat bir gözünü öbür dünyaya çevirmiş olsa da diğer gözü hâlâ bu dünyanın parıltısındaydı.

Bu parıltıya rağmen, Naime Hanım hayırlı bir niyetle kapısına dayandığında yeni bir evliliği gözü kesmedi Mahpare Hanım'ın. Bu ihtiyarlık zamanında bir çorap daha eksik yıkamaktan yanaydı ve o, bir başına soğan ekmek de yiyebilirdi. Ama ya evde bir erkek olunca, öyle mi? Hepsinden önemlisi bari Hüseyin Efendi bütün bunları göze almasına değeydi.

İçindekileri söylemedi elbet ama gerdanını kırıp gözlerini süzerken dilinden dökülen cümle nazikçe bir redden ibaret kaldı Mahpare Hanım'ın. Önündeki çay bardağını hafifçe öteye itti. Gözlerini yüzüne dikmiş cevap bekleyen Naime Hanım'a:

"Bu yaştan sonra evlenmeyi nasıl düşüneyim efendim?" dedi.

"Aa! Yaşınızın da nesi varmış ayol? Genç kızlara taş çıkartısınız vallahi!" yolunda samimi bir yüreklendirme işitse düşünecekti belki. Ama o ısrar gelmedi.

Onun yerine Naime Hanım usulen bir şeyler geveledi ağzının içinde. Mahpare Hanım'ın gözünden kaçmadı bu isteksizlik. İncindi ve bir daha, şevkle reddetti. Naime Hanım'ın ise nihai olarak aldığı red cevabından içi hiç ağlamadı.

"Bana müsaade hanım" diyerek toparlandı.

Kapının önünde yarım ağızla "Pek üzüldük efendim ama hayırlısı olsun. Ne diyelim?" derken bile gönlünden geçen dilinden dökülene hiç uymadı.

Bir bildiği olmasa, Mahpare'nin yakasını kolay bırakmazdı Naime Hanım. Tanıyanlar bilir ki tuttuğunu koparmada onun üstüne yoktur. Ama daha bu sabah Mahpare'nin evine gelirken Mücellâ'nın sokağından geçmişti ve oracıkta dizini dövmese de "Tüh! Daha evvel aklıma nasıl gelmedi?" diye geçirmişti içinden. Vardı işte her işin bir hikmeti. Olan gibi olmayanda da hayır vardı. Bu iki kadından biri iki nikâhtan arda kalmıştı öbürü ise başından nikâh geçmemiş, yaşı elliyi aşmış olsa bile yıpranmamış, gözü açılmamış.

"Allah'ın sevgili kuluymuşuz meğer" diyerek çıktı Mahpare'nin evinden.

O gece sofra başında Hüseyin Efendi'ye Mahpare'nin cevabını iletti ve ağır ağır demlenen kardeşçiğinin üzülmesine fırsat vermeden asıl konuya girdi.

"Üzülme sakın. Sana kız mı yok? Ben sana ondan daha iyisini buldum bile. O kadar iyi ki bunun olmadığına şükredeceksin."

"Kim ki?"

"Mücellâ. Neyyire Hanım'ın hamarat kızı. Üç sokak ötede oturuyor."

"Mahpare Hanım daha güzel değil mi?"

"Aa!" dedi Naime Hanım. "Ne münasebet! Bilir bilmez yere konuşmasana birader."

"Sadece görmüşlüğüm vardır. Nasıl biridir bilmem hemşire."

"Tanımana gerek yok. On parmağında on marifet. Hamarat. Temiz. Akıllı. Namuslu. Hem de hiç evlenmemiş. Kız oğlan kız. El değmemiş."

Hüseyin Efendi sofradan kalkıp divanın üzerine yarı uzandığında ağzına attığı elma dilimini çiğnerken kısmetinin hanesinde duran bu iki kadının da adının *M* harfi ile başladığına dikkat etti. Gizemlere, rumuzlara, hurufata düşkün cetlerinin genlerine nakşettiği alışkanlıkla *M*'nin uzayan kuyruğu üzerinde hayallere çoktan dalsa da geciktirmeye gelmezdi hayırlı işler. Kahvesinden ilk yudumu höpürdetirken kararını ablasına bildirdi. Mücellâ Hanım'ın kapısını bir çalsın öyleyse. Bakalım ne cevap alırlardı?

İki gün sonra, sabah, Kantariyeci'nin küçük torunu, Naime Hanım'ın öğleden sonra ziyarete geleceğini haber verdiğinde Mücellâ hiçbir şeyden şüphelenmedi. Ne de olsa Neyyire Hanım mahallenin yaşlısıydı. Ziyaretçisi eksik olmazdı. Gerçi Neyyire Hanım ufacık bir rüzgârdan kendisini koruyamamış, yine soğuk almış, üst katta yorgan döşek yatıyordu ama:

"Buyursun tabii" dedi Mücellâ.

Öğle ezanı henüz okunmuştu ki bahçe kapısı önce vuruldu sonra itildi. Kan ter içindeki Naime Hanım iki kolundaki fileleri yere indirdi. Misafir odasına girmeden evvel taş tekne yanında nefeslendi.

"Buyur Mücellâ Hanım. Bunlar sizin için" derken bir yandan da bohça büyüklüğündeki poplin mendille alnını, boynunu siliyordu.

Pirinç, bulgur, şeker, kuru fasulye, mercimek, makarna, un, bisküvi. Hatta elli gram, halisinden mis kokulu kahve. Bir tek ablasının ikazına uyarak, "İyi değildir, acılık getirir" diye tuz ve sabun koymamıştı kız evine gidecek hediyelerin arasına Özbekzade.

Mücellâ teşekkür ederken bu yersiz cömertliğe epey şaşırsa da "Dur bakalım" dememiş, aklının ucundan bir şey geçmemişti.

Ama çay yapmaya kalkıştığında, Naime Hanım:

"Mücellâ Hanım, çay uzar. Sen bize birer kahve pişiriver de gel hele. Annen hasta ama biz seninle bir konuşalım kadın kadına" dediğinde ve bir lütuf bekler gibi değilse de lütfeder gibi manalı, imalı gülümsediğinde, işte o zaman Mücellâ'nın içine koca çengeliyle bir soru işareti düşüverdi.

Cezveyi ateşe sürerken "He acaba? İster misin bu kadın? Aman dostlar!" diye düşündü. Kaşlarını hafifçe çatarak baktı boşluğa. Kenarı yaldızlı fincanları tepsinin üzerinde düzeltti.

Kahveler içilip de Naime Hanım mukaddime yapınca Mücellâ bu bol hediyeli ve zamansız ziyaretin iç yüzünü anladı. Naime Hanım "Mücellâ kızım" diye başladığında -oysa Mücellâ'dan sadece beş yaş büyüktü- Mücellâ boynunu dikti, omuzlarını sabit tutup başını iyice yana çevirerek dik dik onun yüzüne baktı. Gözleri kısılmış, kaşlarının ortasındaki çatal iyice derinleşmişti. Kanepenin ucunda oturuyordu Naime Hanım. Mücellâ yanındaki koltuktaydı ve Neyyire Hanım'ın annesinden yadigâr, mavi hazeranlı taş tepsi kucağındaydı.

"Ben buraya hayırlı bir iş için geldim."

Mücellâ "Ya sabır!" çekti.

Naime Hanım önce evliliğin dinimizde tavsiye edilmiş olduğuna dair mahallenin cami hocasını gölgede bırakacak bir talâkat ve fesahatle küçük çaplı bir vaaz verdi. O kadar özendirici konuşuyordu ki şehrin göbeğindeki İskenderpaşa Camii'nin vaizlerinden biri olsa yaşlı genç, cemaatin bütün bekârları haftaya kalmaz evlenirdi. Mücellâ'nın kulplarından sımsıkı kavradığı hazeranlı tepsi ise neredeyse çatlayacaktı çünkü Naime Hanım, Mücellâ ve Hüseyin Efendi'nin isimlerini aynı cümle içinde ve aynı yüklemin hükmünde birleştirdiğinde şöyle demişti harfiyen:

"Mücellâ Hanım kızım, Allah'ın emri Peygamber'in kavliyle seni kardeşim Hüseyin Efendi'ye istiyorum."

O zaman Mücellâ, Hüseyin Efendi'nin daha dün kendisine neden o kadar hararetle temenna ettiğini anladı. Dükkânın önünden geçerken Mücellâ kaldırımın üzerinde ağzı kıvrılmış çuvallardaki hububata bir an duraklayıp şöyle bir baktığında boru gibi pantolonu, önü bir türlü kavuşmayan ceketi ile Hüseyin Efendi'yi dükkânın önüne fırlatan selâm demek böyle bir niyetin tecellisiydi. Hele de kirli fötrün bir koşu, dükkânın içinden bir kutu Hacıbekir lokumunu kapıp geldiğini hatırlayınca iyice öfkelendi Mücellâ.

"Buyur hanım."

"Yok efendi, istemem."

Hüseyin Efendi, Karun hazinesinden altın gerdanlık bağışlar gibi diretmişti.

"Buyur hanım, çekinme. Yanlış anlama, aklımızdan bir fenalık geçmez bizim."

İçinden "Fenalıklar götürsün seni e mi! Tövbe estağfurullah. Alt tarafı lokum. Yanlışla yanlışlıkla ne ilgisi var bunun?" diye geçse de tek cümleyle kestirip atmıştı Mücellâ.

"Kalsın efendi."

Başını çevirerek yoluna giderken zamparanın gevrek sesi arkadan işitilmişti.

"Hacıbekir lokumu. Daha dün geldi İstanbul'dan. Böylesini bulamazsın."

İşte şimdi, dünkü mükâleme gibi kalıbı bozulmuş fötr şapka ve burun altındaki akıtma Hitler bıyığı da gözünün önüne dikilince Mücellâ içinden:

"Vay ahlâksız!" dedi. "Seni gidi kart zampara, seni gidi ırz düşmanı!"

Gerisi yayından kurtulmuş bir okun hızıyla geldi. Mücellâ taş tepsiyi koltuğun üzerine atarken yerinden fırladı. Ellerini beline koymadı ama sesinin perdesini işiten Neyyire Hanım bile gecelik entarisiyle aşağı inmiş, kapının önünde dikilmişti.

"Ne oluyor kızım?" diyecek, iki kelime edecek oldu. Mücellâ onu eliyle kenara itti.

"Sen sus! Karışma!"

Naime Hanım'a döndü sonra Mücellâ. Aklına geleni saymaya, diline geleni söylemeye başladı. Yüzü, boynundan yukarı kıpkırmızı kesilmişti ve bütün vücudu ter içindeydi.

Mücellâ o gün orada, doldurulmasını başlangıçtan beri engellediği bir boşluğun, eksikliğini hissettiğini bile fark etmediği bir yokluğun bütün acısını, şu geç gelse de er olmayan kısmetinden öyle bir çıkardı ki, bu ne cüretti! Hüseyin Efendi de kim oluyordu? Ablası nasıl cesaret ediyor da bu evin eşiğinden içeri adım atıyor, Mücellâ'yı istiyordu? Bir daha olmasındı böyle bir münasebetsizlik! İlkti son olsundu!

Son oldu.

Asıl kızılca kıyamet ise birkaç hafta sonra Mücellâ ve Mahpare, Pervin'in kabul gününde karşılaştıklarında koptu.

Ayın yirmi yedisindeki kabul günü için Pervin, hazırlıklara bir gün önceden başlamış, ertesi gün öğleden sonra büyük evin kapı zili hiç durmamış, gelip gidenin ardı arkası kesilmemiş, misafir odası dolup taşmıştı. Kabul günlerini kaydettiği minicik bir defterde parmağını isimler ve tarihler üzerinde dikkatle gezdirerek yarın kime gideceğine karar vermiş bir oda dolusu kadın arasında birbirini daha önceden tanıyanlar da vardı ilk defa karşılaşanlar da. Her zaman olduğu gibi içlerinden ikisi hâl hatıra başladı.

"Nasılsınız efendim?"

"Hamdolsun iyiyim. Ya siz nasılsınız efendim?"

"Çok şükür, ben de iyiyim."

Sonra al baştan, tanışma faslı biraz daha derinleşti.

"Beyefendi ne işle meşguller efendim?"

"Tekaüt efendim."

"Ya sizin beyefendi?"

"Ticaretle uğraşıyor. Manifaturacı."

Sonra her ikisi de başka kadınlara döndü. Kaç kadın varsa ihtimaller hesabına göre hepsi sırayla benzer şeyleri sordu, benzer cevapları aldı. Birbirinin hatırını sormamış, ifadesini almamış tek kadın kalmayana dek bu böyle devam etti. Yeni bir misafir gelince aynı şey bir kez daha tekrarlandı.

İkindiye doğru hâl hatır faslı nihayet bitmiş, çaylar içilmiş, ikram pek beğenilmiş, ev sahibinden tarif istenmiş, buna yeni tarifler eklenmişti. Sohbet derinleştikçe el işi örnekleri alınmış, bir filmden veya konserden ama daha fazla televizyon dizilerinden söz edilmişti. Kopabilir bir tartışmanın korkusuyla siyasete, sağ sol olaylarına değinilmese de -çoluk çocuğu hapse girmiş, kayıplara karışmış, vurulmuş, yaralanmış, cenazesi gelmiş, faili meçhul kalmış, mezarı bile olmamışlar günlerden çekilmişti nicedir ama sağcı ya da solcu bir oğlu, kızı, kocası, kardeşi vardı bu kadınların- bir parça dedikodu bile eksik olmamıştı. Önce gelenler sonrakilere yer vermek için koltuklardan masa başına, kanepeden sandalyelere gerilemiş, bir kısmı da başka bir kabul gününe uğramak üzere müsaade alıp gitmişti. Vakit akşama dönüp de salkım avize yandığında el ayak çekilmiş, yabancı hanımlar, utanılır misafirler eksilmişti. Biz bize kalmıştılar kısacası.

Mahpare Hanım bu fırsatı kaçırmadı. Oturduğu koltukta sırtını dikleştirirken kendisine hâlâ görücü geliyor olmasından çıkardığı gurur payıyla ortaya üstü kapalı bir cümle attı. Başını imalı imalı sallayıp merakı kışkırtsa da önce nazlandı, niyazlandı. Sonunda kıvamı geldiğince ısrarlara dayanamadı. Özbekzadelerden Kantariyeci Hüseyin Efendi'nin, ablası Naime Hanım'ı kendisini istemeye gönderdiğini uzun uzun anlattı.

O sırada Mücellâ, lâstikli çorabını dizinin altına indirmiş, ağrıyan sağ bacağını uzatmış, diğerini kıvırıp altına almış, bir damat bohçasının köşe dantelini işliyordu ki bir an durdu. Gözlüklerinin üzerinden Mahpare'ye baktı.

"Dur hele" dedi o da sırtını diklerken. "Bak sen kuyruksuz tilkiye. Bana da ablasını gönderdi o adı batasıca."

Ve ekledi: "İstemek için."

Yıllar sonra karşılaşan iki askerlik arkadaşının anlatacak, hatırlayacak ne çok şeyi varsa o kadar konuştular. Bir farkla, ikisi de öfke içindeydi. Gerçi bu öfkelerden Mahpare'ninki hesapkâr Mücellâ'nınki ise gerçekti.

Mahpare Hanım "Densiz, edepsiz" diye başladı yeni gelin gibi süzülürken. "Ne sanıyor kendini?"

Mücellâ daha ağır sıfatlarla andı Hüseyin Efendi'yi. "Pabucumun kantariyecisi. Seni pines sünepesi seni. Senin gibileri bizim arka bahçeye bağlıyorlar."

Mahpare Hanım'ın altın dişleri arasından billûr bir kahkaha avizenin damlalarını titreterek şelâleler gibi döküldüğünde genç kadınlar ve genç kızlar önce bıyık altından, sonra kıs kıs en son kahkahalarla gülmeye başladığında Mücellâ kükredi.

"Hem kel hem fodul. Bir ayağını attığında ötekini kurt kapıyor. O kim ki bana talip olmaya cesaret ediyor?"

Mahpare'den mukabele geldi. "Gözü çöplükte kalmış kart horoz. Dükkânın önünden geçerken kadınlara, kızlara nasıl baktığını herkes biliyor."

O gün akşama kadar Mücellâ vurdu Mahpare tulum çıkardı. Biri bıraktı sözün ipini öbürü aldı. O kadar ki çayının güzelliğiyle meşhur Pervin üçüncü demliği açtığında mevzu bir pehlivan hikâyesi gibi dallanıp budaklanmış, kollarına ayrılmış, hiç bitmeyecek kadar uzamıştı. Konu küllendiği yerden ateşlendi, bitti denilen yerde yeniden başladı. Misafir odasının sakinlerinde de bitmesi için özel bir gayret yoktu. Herkes hâlinden memnundu.

Ta ki salon tarafından ayak sesleri duyuldu. Sahir Efendi akşamüstü tenteyi indirip kepenkleri kapattıktan, her zamanki gibi komşu esnafla helâlleştikten sonra çarşının tenhalığına karışmış ve iyice uzamış gölgelerin arasında ağır ağır yürüyerek eve dönmüştü. Pervin'i, bunca yıllık evlilikten sonra bile hâlâ her an yanında istese de kabul günlerinde bu olağanüstü duruma ses çıkarmaz, köşesine sinerdi. Yine sessizce kütüphane odasına çekilecekti ki:

"Gelsene Sahir" dedi Pervin. "Yabancı yok, biz bizeyiz. Neyyire Hanım teyze de burada. Bir 'Merhaba' de. Sana da çay vereyim."

"Peki."

Sahir Efendi kapı tarafındaki koltuklardan birine ilişirken genç kadınlar gerçi biraz toparlandı ama diğerleri onun samimiyetine sığınmakta beis görmedi. Hızını alamamış Mücellâ, onu bile malûm mevzunun içine çekip onay bekleyince Sahir Efendi ne olup bittiğini ilk anda kavrayamasa da hararetli bir külhanın ağzına düştüğünü anlaması zor olmadı. Şaşkınlıkla Pervin'e baksa da iş işten geçmişti.

"Değil mi ama Sahir Efendi? Davul bile dengi dengine. Hiç olacak iş mi?"

Sahir Efendi, Mücellâ'ya usulen bir "Evet, tabii" diyebildi.

Kendisini İl Halk Kütüphanesi'nden daha geniş bir envanteri olan kütüphanesine attığında başı, önündeki dünya küresi gibi dönmeye başlamıştı Sahir Efendi'nin. "Aman Allah'ım!" Sırtı ağrımıştı. Arkasına yaslandı. Bir an duvarda, sazının yanında asılı duran uduna baktı.

Biraz tıngırdatsa? "I-ıh!"

Sol kolunda hafif bir sızı gezinmişti.

Masanın üzerinde, kehribar tespihin az ötesinde *Ferheng-i Ziyâ* ile yan yana duran Marco Polo *Seyahatname*'sini açtı. Ara sıra misafir odası tarafından gelen hararetli seslere kulak kabartarak gülümsese de çok geçmeden İran dağlarının içinde kayboldu.

O sırada Nazlı girdi odaya. Siyah önlük beyaz yaka. Okul dönüşü. Çocuklukla genç kızlık arasındaki o muammalı eşikte ama aklı da kalbi gibi daha çok eski masallarda, yeni kitaplardaydı Nazlı'nın. Masanın diğer ucuna geçti. *Dağların Kızı Heidi*'yi açtı. Frankfurt'taki büyük evde çok sıkılan Heidi'nin dağdaki kulübeyi özlediği yerde kalmıştı, üç köknarın üzerinden geçen rüzgârın estiği sayfada.

Sahir Efendi, İran dağlarından göz ucuyla onun, kitabın üzerine ciddiyetle eğilmesine bakarken içinden cennet kuşları havalandı. O, nesi varsa dökerdi ortaya ulu orta, hesapsız kitapsız. Çocuğu uykuda iken sevenler zümresinden değildi ve şu çocuğu bir kitap gibi okuyordu nicedir. Fotoğraflarının hiçbirinde objektife bakmayan mutlu bir çocuktu Nazlı fakat onun mutluluğu diğer çocukların mutluluğundan farklıydı. Kendi bahçesine eğileli beri sokağa çıkmak hatırına gelmezdi meselâ. Kapıdan kendi başına çıkmayı bilmez ama parmaklarının ucunda yükselerek bir pencere aralığından, batan güneşi gördüğü günden beri gökyüzünün rengini, yeryüzünün derdini seçebilir; ışıklı, bulutlu, denizlidir. Dalgaların ve yağmurun dilini az çok bilir fakat neyi bildiği gibi nereli olduğunun da henüz farkında değildir.

Hafifçe iç geçirdi Sahir Efendi ruhu umutla dolarken ve önündeki seyahatnamede okumadığı bir sayfayı dalgınlıkla çevirirken. Her türlü mayayı tutmaya hazır, tam kıvamındaki bu hamur; inşası için işinin ehli bir mimarı bekleyen bu bereketli malzeme, tam da bu çağından sonra kendisine ne kadar muhtaçtı. Sahir Efendi'nin işi ciddi, yolu ise uzundu. Bir sayfayı daha hiç fark etmeksizin çevirdi. İçinden, Nazlı'nın okuması gereken kitapların, gitmesi ve görmesi gereken yerlerin, alması gereken hayat derslerinin, yapacağı tahsilin uzun bir listesi on beş gün içinde ödenmesi gereken iki senedin sıkıntılı düşüncesiyle bir arada geçerken hafif ayak sesleri işitildi. Abdest almaya çıkmıştı Neyyire Hanım Pervin'in koluna tutunarak ve açık kapıdan içeri her zamanki merakıyla başını uzatmıştı.

"Buyur Neyyire yenge" dedi gülümseyerek Sahir Efendi. "Gel otur biraz. Senin de başını mı döndürdüler Özbekzade ile?"

Masanın ucundaki sandalyeye Pervin'in yardımıyla yerleşen yaşlı kadına muhabbetle baktı. Biraz hoş beşten sonra:

"Neyyire yenge" dedi birden. Yüzü aydınlanmıştı o yaşta çocuk gibi. "Şu senin kedi ile köpek hikâyesini bir daha anlatsana. Hani bize çocukken anlatırdın. Nazlı bilmiyordur."

Neyyire Hanım bir süre etrafı inceledi. Kendisine yüksek gelen sandalyede bacaklarını bir çocuk gibi sallandırdı. Sahir Efendi'nin talebini neden sonra cevapladı.

"Peki oğlum. Anlatayım."

"Ama dur" dedi Sahir Efendi. "Önce ikimize birer çay getireyim."

Buram buram kokan çayı yudumlarken dura dura, hafızasını zorlaya zorlaya Neyyire Hanım oracıkta Nazlı'ya kediyle köpeğin hikâyesini anlattı.

"Çok eski zamanlarda bir adamın bir köpeği ve bir kedisi varmış. İkisi çok iyi anlaşırlarmış. Bir gün adam en kıymetli yüzüğünü kaybedince köpekle kediyi, yüzüğü aramaları için ormana göndermiş. Gün boyunca köpek dili dışarıda yüzüğü aramış. Kedi ise sürekli uyuyor, uyanınca hızla koşarak köpeğe yetişiyormuş. Sonunda köpek yüzüğü bulmuş ve dönüş yoluna girmişler. Bir ara def-i hacet etmesi gereken köpek yüzüğü kediye vermiş.

'Kedi kardeş, sen bu yüzüğü bir dakika tut. Ben hemen geliyorum' demiş. Bunun üzerine kedi yüzüğü ağzına attığı gibi hemencecik eve doğru koşmaya başlamış. Köpek durumu fark edince kedinin peşine düşmüş ama doğası gereği yoluna çıkan ağaçların etrafında birer kez döndüğü için vakit kaybetmiş.

Eve döndüğünde kedinin sırtını okşamakta olan sahip, köpeği azarlamış:

'Sen nerelerde aylaklık ediyordun tembel? Bak kedi yüzüğü bulup döndü bile!'

O günden sonra kedi ile köpek birbirine düşman olmuş."

Ezeli düşmanlığın hikâyesi, üzerinde bir *Seyahatname* ile bir *Heidi* açılmış masanın başında Nazlı'nın masalları arasına bir fasıl başı olarak katıldı. Neyyire Hanım'ın ise dünya kelimeleri ile anlattığı son masaldı.

Özbekzade'nin kopardığı fırtına tez günde geldi geçti. Radyo haberleri, öğrenci olayları çok kasvetli. Küçük evdeki günler eskisinden de tekdüze, Mücellâ'nın canı eskisinden de sıkkın. Yaşayıp gidiyorlardı işte. Tek istisnası vardı bunun. Sadece mevlid günlerinde bu haneye renk gelir, evin havası birdenbire değişirdi. O yüzden de sene-i devriyeler dikkatle takip edilirdi.

Neyyire Hanım, Tevfik Efendi rahmetlinin duvardaki fotoğrafının camıyla çerçevesi arasına iliştirilmiş takvim yaprağına sisli puslu görüntülerin arasından baktı. Kocasının rahmet-i Rahman'a kavuştuğu gün ve saat o sararmış, kıvrılmış kâğıdın üzerinde donmuştu.

"Mücellâ" dedi son günlerde iyice bulanan zihnini zorlayarak. "Bak bakalım babanın sene-i devriyesi ne zaman?"

"Bakmaya gerek yok. Ezberimde benim. Haftaya perşembe."

Mevlid doğum demekti ama Anadolu'da yüzyıllardır ölümle iç içe geçmişti. Neyyire Hanım'ın ve Tevfik Efendi'nin annesinin, babasının, büyükbabasının, onların da isimleri bile bilinmeyen büyük büyükbabalarının, daha büyük büyükannelerinin ruhları için bile *Mevlid* okutulmuştu bu evde. Bu mevtalar, ölüm kendilerini sıralı, zamanlı bulmuş yaşlılardı. Ölüm kendilerini unlar elenip elekler asıldığı zamanlarda bulmuştu kısacası. "En gençleri Tevfik Efendi ile Halil'dir" denebilirdi belki ama onların da ölümlerinin üzerinden sanki asırlar geçmişti. Mücellâ da -Neyyire Hanım gibi- elinden gelse bu aziz ölülerin hatırı için günde beş öğün ağlayabilirdi. Fakat o kadar uzakta kalmıştı ki bu fanilerin ölümleri, hatıraları uzun zamandır yakmaktan çok okşamaya başlamıştı. Üzerinden bu kadar çok zaman geçince kendilerinden geriye yakıcı bir ateş, tahammülü aşan bir feryat değil küllenmekte nazlanmayan tatlı bir sızı kalmıştı.

Kısacası mevlid bu eve yılda en az üç defa ismiyle çelişen ölümün hatırasını değil hayatın bahtiyarlığını getirirdi. O kadar severdi ki mevlid günlerini Mücellâ, o büyük neşvenin bütün tanzimini sağlamak da elbet ona düşerdi. Zoraki değil. Yeknesak hayatına bir kuşkanadının esintisiyle çarpan bu günlerde hayatla dolar, bir başka Mücellâ olurdu sanki.

Tevfik Efendi'nin kim bilir kaçıncı sene-i devriyesinde yine öyle oldu. Hazırlıklar hemen ertesi gün başladı. Her şeyden önce ve en önemlisi bir hafta evvelden bütün davetler tamamlanmalıydı. Çünkü alıngan kadın kısmı hele de bu tür çağrılarda en ufak ihmali bile affetmez, anında kırılır, küskünlüğünü küllenmeye bırakmaz, özenle büyütürdü. Bu yüzden bir listesi vardı Mücellâ'nın. Onu muşamba örtülü masanın çekmecesinden, gözü gibi sakladığı yerden çıkardı. Pencerenin içine oturdu. Gözlüklerini itinayla taktı. Tükenmez kalemi eline aldı. Sayfaları dikkatlice inceledi. Her defasında ölmüş ya da bu şehirden çekip gitmişlerin üzerini çizerdi hiç sektirmeden. Sonra yeni tanıdıkları, büyümüş de adam sırasına geçmişleri en alttan sayfaya eklerdi. Girdi çıktılarıyla Mücellâ'nın davet listesi herhangi bir mahalle bakkalının veresiye defteri kadar karmaşıktı ama onun da ancak sahibince malûm bir düzeni vardı. Bu yüzden bu defa da hiçbir kazaya uğramadı Mücellâ'nın mevlid çağrıları.

Davet faslıyla beraber evdeki temizlik de bir hafta önceden başladı. Misafir odasının silinmedik ovulmadık bir köşesi kalmadı. Odalar ve sofalar aynı titizlikle elden geçti. Sırt minderlerine serilecek sıra dantelli örtüler kaynatıldı, kolalandı, buharlı ütüyle kâğıt gibi ütülendi. Hafız hanımların oturacağı köşe, camiden ödünç alınmış rahle hazırlandı. Konu komşudan emaneten sandalyeler taşındı. Boş kalan yerlere, kapı aralıklarına yer minderleri atıldı. Gümüş gülâbdan en halisinden gülsuyuyla dolduruldu. Şeker külâhlarının dizileceği Alman gümüşü tepsi parlatıldı. Çoktan ovulup açılmış bakır mangal, bakır sininin üzerinde misafir odasının ortasına konuldu. İçine atılacak karanfil ve günlük tanelerinin, üzerlik tohumlarının sık sık tazelenmesi gerek. Gül suyu ve şerbetler gibi şekerlerin dağıtılacağı zaman da belliydi. Mahallenin gençlerine hepsi sırasıyla ezberletildi. Yardıma koşanlar vardı elbet ama hepsi Mücellâ'nın titiz denetiminden, onun onayından geçmek mecburiyetindeydi.

Kaba hazırlık bittiğinde Mücellâ, şekerci Asım Efendi'nin yolunu tuttu. Külâh kâğıdı seçildi. Şekerler taze mi kontrol edildi. En üste koyulacak güllü lokumun, çikolatalı drajenin tadına bakıldı. Yerli yersiz, sıkı sıkı tembihler edildi.

Okuyanların Kur'an tilâvetinden ücret talep etmediği zamanlardı. Bir gece önceden hafız hanımlara hediye edilecek başörtüler hazırlandı. Rahle üzerine tuz, kesme şeker, pirinç ve bir sürahi su da konulunca hiç eksik kalmamıştı.

Neyyire Hanım gibi kendisinin de takacağı oyalı başörtüleri çıkardı Mücellâ konsolun çekmecesinden. Hanım Köşkü, Saray Süpürgesi. Üzerinden zaman geçmiş, hafif bir rutubet kokusu hissetti sanki Mücellâ. İçine sinmedi. İkisini de yeniden yıkadı, ütüledi. Sedirin arkasına yaydı. En son, dolabını açtı. Uzun uzun giysilerini gözden geçirdi. Kimini askısından çıkardı, abanoz aynanın önünde üzerine tuttu. Sonunda fes rengi jorjet elbisede karar kıldı. Konsolun üzerindeki sümbüllü incik boncuk kutusundan Beyoğlu taşı bir broş çıkardı. Elbisenin yakasına taktı. Büyük hazırlığın en ince ayrıntısı bile tamamdı.

Mevlid gününün sabahına tek şey kalabilirdi. Un helvasının kavrulması. Pompalı gaz ocağı yetmez -hâlâ tüplü bir ocak alamamışlardı- bahçede yer ateşi de yakılır, üzerine koca tencere koyulur, başına da gençlerden, eli tatlılardan biri oturtulurdu. Fakat Mücellâ'nın bizzat kavurduğu helvanın sanki bambaşka bir lezzeti olurdu. Onun elinin tadı İlknamaz helvasından da bilinirdi gerçi. Ama bir imarethane bereketinde artan bu mevlid helvası hatırı sayılır kadın cemaatiyle sınırlı kalmaz, mahallenin tamamına, hastalara, yaşlılara, hatta esnafa dağıtılırdı ve Tevfik Efendi'nin adını bile duymamış olanlar bu helvanın yüzü suyu hurmetine kemikleri çoktan toz olmuş mevtanın temiz ruhuna üç Kulhüvallah bir Elham okurlardı.

Mevlid günü öğle ezanı henüz okunmaya başlamıştı ki yaşlı genç, evli bekâr, mutlu mutsuz, anne, hamile, kısır, her yaştan her kaderden, her neşeden her sevinçten, türlü maceradan türlü hikâyeden bir sürü kadın misafir odasına doluşmaya başladı. Sığmayanlar odalara, sofalara taştı, sofanın merdivenlerine oturdu. Bir kısmı üst kata bile çıktı.

Başlarında Sultan Küpesi, Yedi Dağın Çiçeği, Unutma Beni, Subay Sırması, Paşa Nişanı, Kâkül Tarağı gibi maharet isteyen, ağır oyalarla bezenmiş; kırmızı, narçiçeği, safran sarısı, tirşe, taba rengi ve daha bir sürü renkten şifon, krep, markizet örtüleriyle bir sürü genç kadın odalarda, sofalarda cennet hurileri gibi dolaştı durdu. Az bir kısmının göğsünün üzerinde parıltısı azalmış elmaslı dal iğneler, kulaklarında gül küpeler, parmaklarında gül yüzükler vardı ama çoktandır pırlanta revaçtaydı. Çeşit çeşit parfümün kokusu mangaldan ince bir duman hâlinde yayılan günlük ve karanfil kokusuyla birleşti. Hava uzak ve bilinmedik yerlerin rayihasıyla ağırlaştı.

O kalabalığın ortasında gençleri kendilerine verilmiş görevleri aksatmamaları için usulünce uyarırken bile yüzünde güller açan, kısık gözlerinin içi gülen ve her zamankinden daha uzun boylu ve süslü görünen Mücellâ da gençleşmiş, tazelenmişti ve kendisini renkli ve ışıklı kalabalığa dâhil gibi hissetti. Sanki Nefise Hala, Müzeyyen Yenge, hatta Filiz ile değil; Yurdanur ile aynı zümredendi. Hatta şuncacık yeni yetme Rengin'le bile.

Ellerinde tepsilerle sağa sola seğirten tazeler ne kadar renkli, çiçekli, ışıklıysa etrafını mutlulukla seyreden Neyyire Hanım ve Mümine hemşirenin yanında yöresinde oturan yaşı geçmiş, hayatı matlaşmış mahalleli kadınlar da o kadar ağırbaşlıydı. Hafız hanımların bulunduğu odada kanepeye, koltuklara, yer minderlerine sıra sıra dizilmiş bu itibarlı ihtiyarlar gözleri yarı kapalı, ağır ağır sallanıyor, dudakları kıpır kıpır, dualar okuyorlardı. Hepsinin başında çivitli beyazı tertemiz birer namaz örtüsü vardı fakat imamesindeki iğne deliğinden bakılınca Kâbe-i Muazzama görünen tespihleri rengârenkti. Çoğunun musafaha için uzattıkları kuru ellerinde gümüş bir hacı yüzüğü, yüzlerinde ise bu dünyadan çok ahirete bakan dalgın, ağır bir bakış asılıydı. Bol elbiseleri göğüs altından büzülmüş, bellerindeki kuşağa bir veya daha fazla anahtar özenle düğümlenmiş bir sürü kadınlardı.

Hafız hanımlar geldiğinde herkes yerine oturdu, sesler kesildi. Kısa bir hâl hatırdan sonra Aşr-ı Şerîf okundu. Arkasından *Mevlid*'in ilk mısraları büyük hafız hanımın ağzından döküldü. Bazı kadınlar derin bir iç geçirdi. Hz. Muhammed'in adı geçtiğinde *sallallahü aleyhivesellem* demek âdettendi. Fakat başların kalp üzerine meyledişine, gözlerin derin bir muhabbetle kapanışına, yanaklardan sessizce süzülen gözyaşlarına, kimi tutulamamış ateşli hıçkırıklara bakılırsa bazılarının içinden daha fazlası geçti.

Şerafettin Albay'ın karısı, kırkına merdiven dayamış aheste Güzide'nin gözlerinden boşalan yaşlar ise güzellik şöhretini artık kaybetmiş olan Zarife'den başka kimsenin dikkatini çekmedi. Merdiven başında yan yana oturuyorlardı. Omuzları birbirine değiyordu hatta. Fakat bir türlü mana veremedi bu sarsıla sarsıla ağlayışa Zarife. Gören sanır ki bütün şu adı sanı anılan anılmayan eski ölüler aheste beste Güzide'nin daha dün cenazesi çıkıvermiş anası, babasıydı. Sırtını okşadı Güzide'nin Zarife. Eğildi, merakla yüzüne baktı. Mendilini ona uzattı. Fakat bir mukabele gelmedi. Sımsıkı yumduğu göz kapaklarının arasından iplik gibi yaşlar Güzide'nin yanaklarına dökülmeye devam etti.

Susadım gayet harâretten kati
Sundular bir cam dolusu şerbeti

Mevlid'in bu odalarda, sofada toplanmış kadınlardan her birinin kalbine çarpacak bir dizesi vardı. Yine de bu mısraları cemaatin anne olmuşlarından daha fazla kimse anlayamazdı. Hepsi candan can koparan o sancıyı, iki sancı arasında can evine vuran susuzluğu, bazen iki sancı arasında kendilerini yakalayan saniyelik *Ashab-ı Kehf* uykusunu şu an yeniden yaşadı. Çoğunun *bir cam dolusu şerbet* sunan yakını olmuştu yanında, sırtını bir sıvazlayanı bulunmuştu. Birkaçının ise bir kaşık su bile vereni olmamıştı. Güzide ise ancak on yedi yıl üzerine, onca adaktan kurbandan, türbeden evliyadan, kapı kapı gezilen doktorlardan, İstanbullardan sonra ilk çocuğunu doğurduğunda Nefise Hala'nın evinde bayramların bayramı yaşanmıştı. Hanelerinde eksik kalmamış, cümle aza tamamlanmış, Şerafettin Albay, Kore yıllarından hatıra kalan aksiliğini ancak o zaman üzerinden atmıştı. O zaman bütünüyle dinmişti Hint Okyanusu'nu geçerken sağ yumruğunun üzerinde açılan yaranın sızısı. Kerem'ini kucağına aldığı gün kışlada sadece subay arkadaşlarına değil evlât bildiği askerlerine de baklava dağıtmış, o günden sonra talimlerde, kendisine emanet edilmiş şu ana baba evlâdının hatasını, kusurunu daha az görür olmuştu.

Âmine Hatun bin dört yüz yıl üzerine hâlâ o soğuk şerbeti içip nura gark olurken yerlerinde kıpırdanan cemaatin kadınları *bir akkuş, kanadıyla* geldiğinde ayaklandı. *Arkamı sıvadı kuvvetle hemân* okunurken yaşlısı, genci, çoluk çocuğu ile kadın cinsine mensup bunca Âmine Hatun kızı birbirinin sırtını sıvazladı. Mücellâ'nın bir doğum sancısı çekeceği artık muhal farz olsa da eli, bir gün bir çocuk doğurması muhtemel her dişinin arkasına, izini bırakarak değdi. O şefkat yağmurundan Nazlı'nın da sırtı nasibini aldı. *Mevlid*'in en güzel beyti, kadınlar henüz yerlerine oturmamışken geldi.

Doğdu ol sâatte o sultân-ı dîn
Nûra gark oldu semâvât ü zemîn

Demin sırtlar sıvazlanırken yaşanan hareketlilikten eser kalmadı. Yüzler kıbleye dönmüş, şimdi herkes sükûnete ermişti. Hz. Muhammed sanki yeniden doğmuştu ve sanki o an Mücellâ'nın hanesini şereflendiriyor, ilk dünya nefesini şu misafir odasında alıyordu.

Sallû aleyhi ve sellimû teslima
Hattâ tenâlû cenneten ve naîmâ

Saygıda kusur yoktu.

Araya aşr-ı şerifler, münacatlar, kasideler, ilâhiler girdi. Hafız hanımlardan genç olanı hızını alamadı, sayfanın altındaki aruz kalıbını da kıraatine kattı.

Fâilâtün Fâilâtün Fâilün

Mevlid-i Şerif dua ile bitti. Çok geçmeden cemaat dağıldı. Bugün bu evdeki hafif gülüşmeler, nicedir bir araya gelememiş hasretlikler, kavuşmaları handiyse ahirete kalmış vefasız ahretlikler, "Ah ne kadar da büyümüş"ler, "Geçmiş olsun"lar, "Bekâr mı?"lar, hatta öfkesini içine gömmüş kanlı bıçaklılar; hepsinden tatlı bir huzur kalmıştı geriye. Ve Mücellâ bilirdi, tecrübeyle sabit, bu huzur, tıpkı perdelere kadar sinmiş karanfil ve günlük kokusu gibi bu evi birkaç gün terk etmeyecekti.

Ne zaman ki ölüm acı elini Neyyire Hanım'a dokundurdu o zaman ufukta görünen Mücellâ'nın kendi ölümü oldu. Hatırasını karnının üzerinde hiç kapanmayan koca bir yara gibi taşıdığı göbek bağının anlamını o zaman kavradı Mücellâ. Şimdiye değin sadece okşadığı mevlid güzelini ölüm bu kez vurdu. Vurmakla kalmadı devirdi, geçti.

Oysa her zamanki gibi bir sabahtı. Olağanüstü bir işaret yoktu ortada. Kötü şeyler olacağına dair emareler belirmemişti. Mücellâ o günlerde yorumu ürpertici, sadece suya anlatılması gereken rüyalar filân görmemişti. Ağzından azı dişi büyük bir acıyla sökülmemişti meselâ ya da deprem evlerini yıkıp götürmemişti. Durup dururken içine katlanılmaz bir sıkıntı da çökmemişti Mücellâ'nın, sol gözü seğirmemiş, gözleri dalıp gitmemişti. Hiçbir şey sezmedi, hiçbir şey hissetmedi. Ölüm işte. Hiç haber vermeden, en beklenmedik zamanda, çat kapı geliverdi.

Ağustosun sonlarıydı. Yarısı yaz yarısı güz bu ayda sonbahar "Ben varım" demiş, esintisini sararan yapraklar arasında derin bir fısıltı gibi dolaştırmaya başlamış olsa da rutubetli sıcakların katlanılmaz olduğu sayılı günlerden biri. Mücellâ mevsimi geçiyor diye biber dolması yapmak istemiş, iki yüz elli gram kıyma almak için üşenmemiş çarşıya kadar inmişti o sıcakta. İki yüz elli gram! Ana kız iki kişi. Neyyire Hanım nicedir bir kedi kadar az yiyordu ve bir kuşcağız kadar küçülmüş, suyu çekilmiş limonlar gibi kurumuştu cirmi.

Mücellâ kapıdan çıkarken:

"Mücellâ, kızım" diye seslenmişti Neyyire Hanım sedirin köşesinde her zaman oturduğu yerden. "Geç kalma sakın, erken gel."

Mücellâ "Erken gelmeyip de ne yapacağım? Nereye gideceğim?" diye geçirmişti içinden biraz da öfkeyle ona bakarak.

Erken geldi Mücellâ, her zamanki gibi. Ama önce Kindinar'ın ardından Tezveren Dede'nin yokuşunu inip -otobüse, dolmuşa para vermeye kıyamamıştı- çarşıya varması, sonra aynı yokuşları tırmanarak eve dönmesi için gerekli olan zaman Neyyire Hanım'ın şuncacık bedeninde atan minicik kalbi durdurmaya yetmişti. Adı konmuş bariz bir hastalığı yoktu Neyyire Hanım'ın. Gerçi bir sahur vakti bakır tava başında yufkaları, ıslatmadan kızartmaya kalkıştığından bu yana o keskin zekâ, o dakik hafıza günden güne erimişti. Zihniyle birlikte bedeni de günden güne çöküvermişti Neyyire Hanım'ın. Ama yine de bir şeyciği yoktu onun. Bir meyve, zamanı geçince nasıl çürüyüp dalından düşerse, bir saat aniden nasıl durursa, bir zemberek, gücü tükenip nasıl boşalırsa, öyle duruvermişti onun da kalbi.

Öyle olmasa bu kalabalık bu evin önünde böyle birikir miydi hiç? Üniforması içinde kışlasından koşup gelmiş Şerafettin Albay, Mücellâ'ya "Metin ol" der miydi? Yusuf Ziya koluna girip onu bir köşeye çeker miydi, "Mücellâ abla! Ablam!" diyerek ama gerisini getiremeyerek. Müzeyyen Yenge elini Mücellâ'nın alnında, yüzünde gezdirir miydi? Böyle acı içinde bakar mıydı bu gözler yüzüne?

"Kızım, annen biraz hastalandı."

Nefise Hala, Rengin ve Güzide, Mutaves Hanım, Zarife, daha bir sürü kadın ve erkek, fırıncı, bakkal, manav ne zaman ve ne diye toplanmışlardı buraya? Filiz, Refik enişte... Hepsinin aynı anda nasıl haberi olmuştu? Kara haber bu kadar mı çabuk yayılırdı?

Mücellâ, Yusuf Ziya'dan kurtulup yer odasına nasıl koştuğunu bilmedi. Orada bırakmıştı annesini, sedirin köşeciğinde. "Mücellâ, kızım. Geç kalma sakın. Erken gel" dediği köşede. Şimdiyse üzerinde koca mutfak bıçağıyla, kenarları antikalı bembeyaz Rize bezi çarşafın altında, bordo halının üzerine uzatılmış şu küçücük beden, annesi miydi? Hem Mücellâ, kendisi nasıl bu kadar sakindi? Diz çöküp çarşafın üzerine kapandığında içinde hâlâ bir ümit mi vardı ki sımsıkı tuttuğu pazar torbası hâlâ elindeydi. Ama soğukkanlılık da ümit de, bir ölünün soğuk yüzüyle karşılaşınca dağılıp gitti. Mücellâ önce çırpınmaya başladı, çok geçmeden hayatında ilk kez bayıldı.

Mahallenin kadınları Lokman ruhu damlatılmış suyu kitlenmiş çenelerini ayırarak ağzına dökmek için hayli çaba sarf ettiler. Kâr etmedi. Ucu yanmış çaput, soğan koklattılar. O da yetmedi.

"Birkaç damla limon kolonyası katın suya da içirin" diye seslendi Müzeyyen Yenge.

Kendine geldiğinde sedirin üzerindeydi Mücellâ. Ne zaman kaldırmışlardı onu buraya ve vücudu nasıl böyle kütük kesilmişti? Yüzüne doğru eğilmiş birçok yüz gördü. Kimi elini tutmuş, kimi kolonya ile bileklerini ve şakaklarını ovuyor, kimi bir şeyler söylüyor. Hepsinin yüzüne hiçbirini tanımadan, boş gözlerle baktı Mücellâ. Çok geçmeden kendisini içine çeken karanlık kuyuya tekrar yuvarlandı. Anacığının adının sokak başındaki belediye hoparlöründen "Salihat-ı nisvandan Neyyire Hanımefendi" diye okunduğunu, mahalle camiinin minaresinden salâsının verildiğini duymadı. Bahçede iki dal arasına gerilmiş çarşafın arkasında tahta teneşir kurulduğunu, dutun altındaki kara kazanda su kaynatıldığını görmedi.

Mücellâ'nın o baygınlıklar ve aygınlıklar arasında sedirde uzandığı saatler boyunca her gelen, yerde uzatılmış Neyyire Hanım'ın yüzünü en az bir kere açtı. Mücellâ kendinde olsa bunca kadını bahçe süpürgesiyle mi kovalar yoksa hepsinin ağzının içine mi bakardı, bilinmez. Ama çeneleri çökmüş, dişsiz damakları üst üste binmiş, gözleri iyice çukura kaçmış, burnu uzamış, rengi yeşile dönmüş bu ürkütücü yüz, mahallenin kadınlarına bakılırsa oracıkta melâikeler gibi uyuyordu. Daha düne kadar tam olarak seksen dokuz yaşındaydı Neyyire Hanım. Fakat ölüm, dünya yaşını yok etmiş, şu beyaz çarşafın altında kaskatı kesilerek soğuyan ölü beden birdenbire otuz üç yaşına, cennet yaşına dönüvermişti.

Kadınların hepsi Neyyire Hanım'ın son anlarını merak ediyor, bu ürkütücü çehreden, o son nefesin çaresizliğine dair bir bilgi çıkarmaya çalışıyordu. Yalnız ölmüştü işte şunun şurasında Mücellâ'nın anacığı. Ağzına bir kaşık su vereni, pamukla zemzem damlatanı olmayanlardan olmuştu düpedüz. Ama herkesin onunla ilgili son bir anısı, son bir bakışması vardı. Herkes veda olduğunu bilmeden o eli son bir kez sıkmıştı. Herkes o vedalaşmanın hayaline tatlı tatlı dalarken bu fani bedenden çıkardığı hikmeti tekrarladı. Vecizeler, atasözleri, kıssalar birbirini kovaladı.

"Öyle bir deve ki her evin önüne çöker. Kimse kalmayacak kızım, hepimiz gideceğiz."

"Cümle sırlar şimdi ona agâh oldu. Her şeyi biliyor artık. Ah onun bildiklerini bilsek."

En doğrusunu, yıldırıma uğramış bir çınar ağacı gibi kavrularak, görümcesinin başında dikilen Mümine hemşire söyledi.

"Uyuyordu, uyandı."

"Rahmetli Neyyire Hanım" aşağı "Rahmetli Neyyire Hanım" yukarı. "Rahmetli Neyyire Hanım" olmuştu şimdi Mücellâ'nın anacığı, öyle mi?

Her doğum, her düğün, her cenaze Mücellâ için katılması şart olan meclislerdendi. Doğum, düğün bir yana olur ya insanlık hâli, bir cenaze evine anında gidemese, mevtanın akşam evde okunan mevlidine, yedisine, kırkına, elli ikisine, sene-i devriyesine koşa koşa gider, açık açık söylemese bile "Yoksa bizim cenazemize de kimse gelmez" diye korkardı.

Korktuğuna uğramadı Mücellâ. Bu küçücük kadının, Neyyire Hanım'ın, öyle bir cemaati oldu ki Yurdanur'un, Yusuf Ziya'dan duyup naklettiğine bakılırsa nur yüzlü bir hoca efendinin ikindi namazını müteakip cübbesinin yenlerini savura savura peşine taktığı cemaatin bir ucu kabristana vardığında, diğer ucu mahalle camiinden çıkamamıştı daha. Gerçi camiyle mezarlık arasında hepi topu elli metre vardı ama yine de büyük kalabalıktı.

Kadınlar gitmezdi o vakit cenaze namazına, defin esnasında da mezarlıkta bulunmazlardı.

"Sonra, erkekler çekildikten sonra!"

Erkekler çekildikten sonra kollarına girmiş Yurdanur ve Yusuf Ziya'nın yardımıyla, yanında yöresinde yürüyen kadınların arasında, sürüklene sürüklene mezarlığa gittiğinde ana toprağının üzerine bütün gövdesiyle kapandı Mücellâ. Sağından solundan çekiştirmek, toza toprağa bulanmış yüzünü gözünü silmek isteyenleri öyle bir geri püskürttü ki yanından, kapandığı toprağın üzerinden onu kaldırmaya artık kimse teşebbüs etmedi. Kalabalık dağıldı çok geçmeden. Yusuf Ziya ile Yurdanur az ötede bir mezarın alçak duvarı üzerine oturarak güneşin inmesini servilerin gölgesinde sabırla bekledi. Akşam ezanı okunurken Mücellâ'nın omuzuna bir el dokundu.

Yusuf Ziya "Hadi Mücellâ abla" diyordu.

Yüzü gözü, etekleri toz toprak içinde sendeleyerek kalktı yerinden Mücellâ. Yusuf Ziya ve Yurdanur'un kollarına asılarak eve dönünce odasına çıktı dosdoğru. Yorganı açtı. Çoraplarını bile çıkarmadan, olduğu gibi bembeyaz çarşafın üzerine uzandı. Haklıymış "Toprak serinletir" diyenler. Hiç olmadığı kadar derin bir uykuya daldı.

Kendine geldiğinde misafir odasındaki erkekler meclisinde mevlid başlamıştı. Çenelerini zorla açıp acı mı acı bir ilâcı diline damağına akıttıklarında uyuştu bütün duyguları Mücellâ'nın.

"Vermeyin bana o ilâcı" diye inlese de gerisin geri, olduğu yerde sızıverdi.

O uyuşma arasında incitmekten korkarak Mücellâ'nın ellerini tuttu Rengin. "Mücellâ abla" dedi. "Alman gümüşü tepsi nerede? Mevlid şekerleri geldi de."

Bomboş gözlerle baktı Mücellâ Rengin'in gözlerine. Sonra bakışlarını tavanın tahtalarına dikti.

On dakika sonra odaya girdi Zarife. "Erkekler namaz kılacak. Seccadeler, tespihler nerede?"

Çıt yok.

"Kadınlar için de başörtüsü lâzım."

Aynı bakış aynı sükût.

Mevlid'in mısraları gibi, okunan Yâsin ve Tebâreke boyunca da ne şekerlerin tepsiye dizilme biçimini, ne karanfillerin mangaldaki kora hangi aralıklarla atılması gerektiğini, ne de şerbetlerin hangi mısralar okunurken ikram edileceğini gençlere hatırlatabildi Mücellâ. Bütün başörtülerin konsolun alt gözünde mum gibi düzgün bohçalara sarılı olduğunu, dizi dizi tespihlerin aynı konsolun üst gözünde durduğunu da Rengin ve Zarife ancak epeyce aradıktan sonra bulabildi. Mevlid şekerleri bu evde ilk defa o gece, Asım Efendi'nin dükkânından geldiği gibi karton kutu içinde dağıtıldı.

Neyyire Hanım'ın ölümünün en acı yanı dili varmıyordu Mücellâ'nın söylemeye ama üç gün sonra Fahir'in çıkagelmesi oldu. Cenazeye yetişememişti ve Keriman yoktu yanında. Tutmuştu bir şafak vakti ağır ağır uzaklaşan posta vapurunun güvertesinde kıyıya bakarken verdiği sözü Neyyire Hanım'ın gelini.

"Ne sen benim cenazeme ne ben senin cenazene."

Kapının başında dikilen şu uzun boylu, sarı saçlı çocuğun ise -Fahir'in torunu- bu eve gelmesi böyle mi olacaktı? Mücellâ'nın kolları arasında böyle gevşek, adı bu kadar tanıdık olmasına rağmen -Tevfik-, onun göğsünün üzerinde böyle yabancı mı duracaktı? Fahir'in bir mektup satırında haber verilen her gelişi gibi bu defa da hazırlıklar aylar önceden başlamayacak mıydı? Mücellâ reçel kaynatıp turşu kurmayacak mıydı? Asma yapraklarını tuza yatırmayacak mıydı? Onlar gelince, uykusuna düşkün Mücellâ erkenden kalkıp kahvaltı sofrası hazırlamayacak mıydı? Büyük bir mutlulukla ocak başına geçmeyecek miydi bütün gün? Hele ağabeyinin ne kadar yaşlandığını, saçlarının bembeyaz olduğunu, yüzünün nasıl böyle kırıştığını, boyunun bile sanki küçüldüğünü bu kadar keskin bir şekilde mi fark edecekti Mücellâ? İki resim arasındaki fark böyle yanık mı olacaktı?

Mücellâ "Ah anacığım!" diye yığıldı Fahir'in omuzuna. "Ah seni görseydi. Ah Tevfik'inin geldiğini bilseydi."

"Sus" dedi Fahir parmağını dudaklarına götürürken, Mücellâ'yı bağrına basarken. "Sus."

Hemen o vakit mezarlığın yolunu tuttuklarında Mücellâ'nın içinden bir kadın kadar aciz kardeşçiğine dair bir ikrah geçtiyse de üstelemedi. Fahir'e şu saatten sonra sussan ne fayda konuşsan ne fark ederdi?

Mezar başında ilk günün kalabalığından eser yoktu. Yüzölçümü günden güne genişleyen şu kabristanda yatan onca akrabanın, yakının, eşin dostun arasında, Tevfik Efendi'nin yanı başında olsa da kara toprağın altında yapayalnız, kurtlara, böceklere terk edilmişti Neyyire Hanım'ın bedeni. Servilerin arasından serin bir rüzgâr geçerken Mücellâ anladı ki bu dünyada beden gibi mezar toprağı da tek mülkiyetti. Anacığının yanındaki boş mezarın toprağına baktı uzun uzun.

Kendi yeriydi.

Veda günü kahvaltı sofrasının başında:

"Abi" dedi Mücellâ. "Emekli oldunuz." Bir an durdu. "Yaşlandınız da artık."

Yüzünü son bir ümitle Fahir'in yüzüne kaldırdı. "Dönmeyecek misiniz?"

"Yok kızım" dedi Fahir neden sonra. Ayakları yine birbirinin üzerine binmişti. "Buralarda yapamayız biz artık."

Sedire yayılmış, canının sıkıntısı yüzünden ve habire salladığı bacağından anlaşılan uzun saçlı oğlanı gösterdi.

"Çocuklar da torunlar da oralı oldu artık. Oralarda kök saldık. Biz buralarda yabancıyız."

Uçak saatine doğru Mücellâ'yı defalarca kucaklayıp tekrar bağrına bastıktan sonra, yer odasının kapısından çıkarken yüzünü duvara döndü Fahir. Cebinden çıkardığı markları saydı.

"Mücellâ" dedi. "Küçük bir buzdolabı alırsın. Artan para tüp gazlı ocağa da yeter."

Mücellâ'nın onu son görüşü oldu bu.

Fahir döndükten sonra da eşin dostun elde tencereler, baş üstünde tepsilerle Mücellâ'nın evine gelip gitmesinin ardı arkası kesilmedi. Oysa kim vardı bu evde, kim yerdi bunca yemeği? Yine de mahalle gibi sülâlenin kadınları da öyle basit yemeklerle değil marifet isteyen su börekleri, zeytinyağlı yaprak sarmalar, ev açımı baklavalarla gösterdiler hünerlerini. Komşuluk hatırına radyolar açılmadı. Değil sokakta evlerde bile yüksek sesle gülünmedi. Ezkaza bir kahkaha çıksa ağızlardan, suçluluk hissedildi. "Gece yalnız kalmasın" diye, hısım akrabadan genç kızlar Mücellâ'da yatıya bırakıldı. Ölene de kalana da itibarda kusur edilmedi.

Bir tek Pervin yoktu görünürlerde.

Mücellâ daha ikinci gün, o acı arasında, o hengâmede bile Pervin'in yokluğunu fark etmiş, ağlamaktan kıpkırmızı kesilmiş, kapanacak kadar şişmiş gözlerini Güzide'ye çevirerek iyice çatallı bir sesle sormuştu.

"Pervin nerede kızım? Hayırdır, niye hiç gelmedi?"

Yüzü Mücellâ'nınki kadar soluk, gözleri onunkiler kadar şiş Güzide'den bir cevap çıkmamış, bir bahane bulup uzaklaşmıştı oracıktan anında. Yine hıçkırmıştı.

Birkaç gün oyaladı kadınlar Mücellâ'yı, acı üstüne acı binmesin diye. Sorularını sudan sebeplerle geçiştirdiler, üzerine lâf getirdiler. Ama nereye kadar? Sonunda acı haberi ona da verdiler.

Bu hanenin kapısına çöken deve, yükünü almış, dönerken Sahir Efendi'nin de kapısını çalmış, henüz kırk yedi yaşındaki adamı terkisine atmıştı. Daha ilk krizde kalbi "Tamam! Benden bu kadar" diyen Sahir Efendi'nin Neyyire Hanım'la haftası karışmıştı.

Ateş içinde yanan, yeni bir alevin harını hissetmezdi elbet. Mücellâ ne kadar yandığını tam olarak anlamadı, üzerine tuz dökülen bir yara kadar tazeydi anacığının acısı. Ama duygudan çok bilgiye dönüşen bir acıyla, haberi öğrendiği anda Mücellâ'nın aklından geçen ilk cümle, bundan sonra ne kadar büyüse de hep on dört yaşında kalacak olan Nazlı'ya dair oldu. Kendisi de hep ana rahminde kalmamış mıydı?

Dizlerini döverken "Oyy!" dedi Mücellâ. "Oyy! Babasız kız çocuğu!"

Gözünün önüne iki yüz elli gram kıyma almak için evden çıktığı o gün, Tabakhane köprüsünde Sahir Efendi'yle karşılaşması geldi Mücellâ'nın. Sırtında keten bir takım elbise, başında yazlık hasır şapka. Yanında uçuk pembe elbisesiyle Nazlı. Çocuk babasının değil, baba kızının koluna girmiş, yan yana, ağır ağır yürüyorlardı Sipahipazarı'ndaki manifatura mağazasına doğru.

O bunaltıcı günde itfaiye arabasının sağlı sollu ıslattığı yolda genizlerine tozla karışık bir su kokusu dolarken üç beş dakika konuşmuşlardı ve nedense Sahir Efendi, Mücellâ'nın gözüne Filiz'in nişan gecesindeki delikanlı yüzüyle görünmüştü köprünün demir korkuluklarına yaslandığı süre içinde. Ne yanılgıymış meğer. Kalp krizi. Asildi. Süründürmüyor, uğraştırmıyor, çökertmeden alıp götürüyordu kalbini eline geçirdiklerini ve demek doğruymuş insanın ölmeden önce son bir yaşam enerjisiyle hayata tutunduğu. Demek o karşılaşmada Sahir Efendi'nin yüzünde parlayan, sönmeden evvel bir an için olağanüstü güzellikte ışıyan yıldızların olağanüstü aydınlığıydı. Orada konuştukları süre içinde yamacın tepesinde, Tekfur sarayına sırtını dayamış evceğizlerinin arkasında kocaman bir tâk gibi gökkuşağının çıktığını görmüştü Mücellâ. Burada damla yok ama demek bir yerlerde yağmur yağıyordu.

Kara haberi öğrenir öğrenmez taş konağın yolunu tuttu Mücellâ. Yürüdüğü süre boyunca, mevsimin nasıl birdenbire değiştiğini hissetti. Bunaltıcı sıcaklar aniden kesilmiş, havanın rutubetli ağırlığı hafiflemiş, yumuşamış, ilk yağmurlar gök gürültüsü ve şimşekler arasında dökülmüştü yere. Rüzgâr, akan suyu yönünden dışarı savurmaya, dalları daha kuvvetli sarsmaya başlayınca kokulu üzümün rengi mora yaklaşmış, akşamla yatsı arasındaki süre kısalmıştı. Güneş eskisi kadar dik göndermiyordu ışınlarını, ikindi vakti takılıp kalmıyordu gökyüzünün yarısında. Dağın arkasına daha erken iniyordu. Dahası uzun bir aradan sonra ilk kez sevilir olmuştu. Yolda yürüyenler gölgeye kaçmıyor, güneşli taraflardan yürümeye dikkat ediyorlardı hassaten. Doğrusu güneşin fazla göründüğü de yoktu ve deniz, ara sıra gösterdiği mavi düz atlasından erken pişman olmuş gibi "Dur hele. Ben de buradayım" diyordu kararan, küllenen rengiyle. Bu şehirde yaz işte bu kadardı. Mevsim birdenbire değişmiş, daha dün yazken bugün sonbahar gelmişti. Eylül dedi mi zaten birkaç sayılı günden ibaret yazın harareti, rutubeti, teri gibi ismi de unutulup gitmişti.

Üzerinde hâlâ Sahir Efendi'nin ismi yazılı zili çalmadı Mücellâ, kapı aralıktı. Bir zamanlar duvarlarından sokağa pembe yaban gülleri sarkan, bahçesinden taşlığa leylâklar, akasyalar uzanan, verandasından, pencerelerinden fasıllar taşan koca konak karanlık bir akıbetin arifesinde sessizliğe gömülmüştü şimdiden. Bahçedeki ağaçlar yapraklarını dökmeye başlamıştı usul usul fakat taşlık süpürülmemişti. Aralık kalmış musluğun aynasından kenarları yosun tutmuş ince bir suyolu sızarken dutun dalına kurulmuş boş salıncak her şeyden habersiz, rüzgârın önünde hafifçe sallanıyordu.

Divanın köşesinde oturan şu zayıf, küçülmüş siluete baktığı ilk anda Mücellâ anladı ki evin temel direği devrilince, hepsi okul çağında üç çocukla bir başına kalan Pervin'in boynundaki bir dizi inci dağılmış, yasemin kokusundan geriye hiçbir şey kalmamıştı. Sırtında kurşuni renkte bir hırka, başında oyasız tülbentten beyaz namaz örtüsü ile birkaç günde çöküvermişti kadıncağız. İyice incelmiş, avurtları göçmüş, gözleri kuytuya kaçmış, dudakları bir bıçak ağzı gibi sıkılmış, çeneleri kitlenmiş bu yüzde Mücellâ, yıllar evvel bir gece yarısı aynada yakaladığı kendi yüzünün bir benzerini fark etti. Feri sönmüş gözleriyle bu yaşlı yüz kendisine bakınca, gelenin birkaç gün için gitse de tekrar geri geleceğini ve bir daha gitmeyeceğini Mücellâ, kıyıdaki dalgalardan açıktaki fırtınayı sezenlere mahsus bir tecrübeyle anladı. Cennet bitmişti, bundan böyle hayatın kendisi.

Divanın önünde diz çökerken Pervin'in ellerine sarıldı Mücellâ. Onun, çok güzel bir şeyi bir daha geri gelmemek üzere kaybettiğini anladı. Biraz durdu ve hıçkıra hıçkıra ağlamaya başladı.

"Kızım" diyebildi.

Başını o kurumuş dizlere bıraktı.

O sırada oğlanlar görünmüştü kapıda. Mücellâ onların yüzüne baktı. Önce birinin sonra diğerinin. İkisi de lise sıralarında. İkisinin de yüzünde, hayatın her türlü çağrısına doğru arzuyla koşarken nasıl baş edileceğine dair en ufak bir fikre sahip olmadıkları bu ani darbenin korkusu. Ummanın ortasında, dümeninin nasıl çevrileceğini bile bilmedikleri bir geminin güvertesinde bir ana ve bir kız kardeşle baş başa kalmış olmanın şaşkınlığı. Oysa ikisi de henüz baba eline muhtaç, ortaya çıkmamış, hayata atılmamış iki sabi.

Büyüğü "Anne" dedi. "Biz okula gidiyoruz. Çıkınca açarız mağazayı."

"Gidin oğlum" dedi Pervin. "Derslerinize dikkat edin. Mağazayı düşünmeyin."

Oysa Sahir Efendi'nin kapalı manifatura mağazasının hafta içinde ödenmesi gereken senetleri vardı.

Nazlı ise sırtında sarı bir hırka, pencerenin önünde oturmuş, bahçeye bakıyordu. Sokak kapısının yanındaki nar ağacına dikmişti gözlerini. Bir hatıra aniden bir yerlerden sökün etti. İlkokul birinci sınıfa başladığında öğretmen "Bahçenizden yaprak örnekleri getirin. İsimlerini de öğrenin" dediğinde -henüz okuma yazmayı sökmemişlerdi- "Bak unutma. Bu nar" demişti babası o ağacın altında iğ biçimli birkaç yaprağı defterinin arasına koyarken. Yine böyle sonbahar başıydı fakat kıble çıkmıştı. Sıcacık bir rüzgâr esince bahçede yapraklar uçuşmuştu. Asmanın yapraklarından önce en dayanıksızı düşmüştü savrularak, arkası hızla gelmişti. Mandalinanın üzerindeki küçük, yeşil topların sararması yakındı. Hiç unutmaz Nazlı, kırlangıçlar çatal kuyrukları, yay biçimli kanatları, küçücük başlarıyla arka bahçede kanat çırparak, pike yaparak, daireler çizerek uçuşup durmuşlardı. Ve evet. "Bu nar." Nazlı hiç unutmamıştı.

Şimdiyse sağ eliyle örgüsünün ucundaki saçıyla oynuyordu dalgın dalgın. Kendisine bir şey olduğunun farkındaydı ama ne olduğunu tam olarak çıkaramamıştı bile. Önünde ölüm üzerine düşünebileceği uzun yıllar, yangından geriye ne hasar kaldığını ancak dumanlar dağılınca anlayacaktı. Yara sıcakken duymamıştı acıyı. Gerçek acı zamanla başlayacaktı.

Mücellâ o gün eve döndükten sonra kendi acısına kaldığı yerden devam etti. Ne garipti Neyyire Hanım'ın ölmesi. Mücellâ bir an boş bulunsa ağzını açıp annesine potlu çarşafı nereye koyduğunu soracaktı meselâ. Ama çok sürmüyordu bu boşluk. Gerçeği hatırlıyordu hemen ardından ve uzun uzun bakınıyordu etrafını saran onca eşyaya. Her an elinin altında olan bilginin birdenbire ve bütünüyle kaybolması, nasıl izah edilirdi bu? Az evvel var, şimdi yok. Nereye gitti? Ne oldu? Bir zemberek aniden kırılmış, sadece Neyyire Hanım değil, Mücellâ'nın hayatının da onu bilen, ona dokunan, onu gören ve onun tarafından da bilinen, dokunulan ve görülen kısmı bir anda yok olmuştu. Mücellâ'nın hayatının tamamı demekti bu.

Kendi çocukluklarına gölge salan bir ağacın devrilmesine yanarak iki gün boyunca ağlayıp dövünen Feriha ve Gülümser bile İstanbul'a, Ankara'ya, evlerine, sıcak yuvalarına, kocalarına, çocuklarına döndükten, el ayak çekildikten sonra bir hafta gece yatısına kalan Rengin de sonunda evine döndü ve o gece Mücellâ ilk kez evi bomboş buldu. O çatının altında ilk kez yalnız uyudu, sabah yalnız uyandı. Günlerce evin içinde Neyyire Hanım'ın sesini duydu. Nefes alış, hıçkırık, öksürük, ayak sesi. Çay bardağının tabağa dokunuşu, cezvede dönen kaşık, tavada cızırdayan yağ. Hele sahur vaktine doğru tahta kaşığın küt küt bakır pilâv tenceresinin -kulaklı- kenarına vuruluşu. Mücellâ'yı uykusundan daha tatlı bir sahura uyandıran ve geceye o kadar yakışan, sırrı sadece kadınlarca malûm o ses. Hepsini duydu Mücellâ. Şimdi o, kolu bacağı kopmuş ama onu hâlâ yerinde sanan, çoktan düşmüş azı dişinin ağrısını bütün başında duyan biri gibiydi. Ağrı yerinde kalsa da sesler çok geçmeden kesildi. Gündüz gelip gidenle oyalansa bile gecenin örtüsü Mücellâ'nın üzerine sessizlik kumaşından serildi. En çok da yolda izde kol kola girip yürüyen ana kızlara imrendi.

Başsağlığına gelenlere "Kıymetini bilin. Gidin evinize. Otu-run dizinin dibine, ananızın gözlerinin içine bakın" dedi.

Neyyire Hanım'ın kırkı, elli ikisi okunduktan sonra Mücellâ bir sabah kendisinde adım atacak bir parça güç buldu. Koca eve bomboş gözlerle baktı. Bahçeye çıktı, çardağın altına bir sandalye attı. Tatlı bir sonbahar günüydü. Dalından kopan yaprağın toprağa yavaş yavaş düşüşünü seyretti Mücellâ. Sofaya döndü, yer odasına geçti. Pencerenin içinde oturdu. Paşazade'nin çınarları iyice sararmıştı. Yurdanur'un perdesi hâlâ kapalıydı. Yerinden kalktı tekrar Mücellâ. Misafir odasının kapısını itti, pervaza yaslandı. Ceviz kasnaklı saatin sarkacı hâlâ boşlukta sallanıyordu ve mavi halı gibi her şey de yerli yerindeydi. Üst kata tırmandı, kendi odasına baktı Mücellâ. Neyyire Hanım'ın kapısını araladı. Anacığının yatağı köşede, öylece duruyor olsa da ceviz dolabındaki yelekler, hırkalar, mantolar, başörtüler, terlikler çoktan fakir fukaraya dağıtılmıştı Mücellâ'nın iki baygınlık arasında gözünü açıp açıp yumduğu günlerde. Midesinden boğazına doğru acıyla dolu yoğun bir dalga yükseldi Mücellâ'nın. Kendisini bıraksa oracıkta ağlama nöbetlerinden birine daha tutulacaktı. Bırakmadı. Usulca çekti kapıyı. Neyyire Hanım'ın odası Mücellâ ölünceye değin öylece duracaktı. Ama arkadan gelen günler içinde o evde ne varsa işte onların yeri değişti.

Lâstikli basma eteği sırtına geçirdi Mücellâ. Saçlarını yaşmağın altında topladı, kollarını sıvadı. Önce mavi halıyı yuvarladı bir ucundan, sonra yer odasındaki bordo halıyı. İçinde garip bir ferahlık hissetti. Aldığı hazdan utandı bir an için. Anacığının hatırasını incittiğini, Neyyire Hanım'ın bir köşeden kendisine öfkeli öfkeli baktığını zannetti ama aldırmadı. Kan ter içinde, mavi halıyı çekeleye çekeleye iç odaya taşıdı. Bordo olan daha hafifti, o kadar zorlanmadı. Ellerini beline koyup bir o kapıdan misafir odasına baktı, bir bu kapıdan yer odasına. Hakkı varmış Neyyire Hanım'ın! Tüyü dökük mavi halı yer odasında battal durmuş, acemi baklava deseniyle iri düğümlü bordo halı misafir odasında basit kalmıştı. Yani evet, hiç olmamıştı.

Ama dur hele, daha vardı. Gül ağacından büfeyi şöyle bir ucundan kıpırdatmak, yerinden oynatmak istedi Mücellâ. Bir ucuna yaslandı, bacakları koptu kopacak büfeyi her zaman görmek istediği yere doğru itti. Karşı duvar. Geri çekildi. Nasıl göründüğünü uzaktan seyretti. Çok eğreti durmuştu sanki!

Bir gün. İki gün. Onca yıl isteyip de yapamadığı her şeyi gönlünce yapmak, koca evin -artık gözüne kocaman görünüyordu küçük ev- tek kadını, tek hâkimi olmak yani hepi topu şunun bunun yerini değiştirmek duygusuyla Mücellâ sadece bir hafta oyalanabildi. Sonunda vazgeçti. Arkadan gelen iki günü ise yerini değiştirdiği onca eşyayı bu arada mavi ve bordo halıları eski yerlerine sürüklemekle geçirdi. En son, misafir odasında birer karış öne çektiği bütün mobilyaları gerisin geri itti, sıkı sıkı duvara yapıştırdı sırtlarını. Misafir odasının kapısını kapadı, iç odaya girdi. Radyoyu açtı, pencerenin içine oturdu. İğne oyasını eline aldı.

Hepsi birbirinin aynı günlerin her birinde sabah gözünü açtı Mücellâ. Uyandıysa da yataktan kalkamadı. Kolunun üzerinde yarı doğruldu yerinden. Komodin üzerindeki çalar saate baktı. Kadrandaki tavuk başını biteviye indirip kaldırarak, bıkıp usanmaksızın muhayyel darı tanelerini yiyordu ve akreple yelkovan saatin tam olarak sekiz buçuk olduğunu gösteriyordu. Yapacak bir işi olanlar için geç, yapacak işi olmayanlar için ise çok erken.

Saatin Roma rakamlarını birbirine ekledi. Önündeki bunca saat gözünde büyüdükçe büyüdü, Mücellâ küçüldü. Son zamanların en sıkıntılı meselesi, zaman geçirmek, vakit öldürmekti. Nicedir bomboş evin sabahına yapayalnız uyandıkça Mücellâ'nın aklına gelen ilk şey "Bugün nasıl geçecek?" sorusu oluyordu. Sabahın daha bu saatinde Mücellâ'nın sırtına yük oldu bu soru ve cevabı yoktu. Bu sorunun cevabını bulamadıkça başladı Mücellâ uyanmaktan korkmaya. Gecenin bir vaktinde ansızın uyandığında karanlığın devamına emniyet etse de güneşin çiğ ışığı odayı doldurduğunda yataktan çıkmayı istemiyordu. Yatağın dipsiz bir kuyu gibi insanı içine doğru çektiğini daha o günlerde öğrendi. Arkadan gelen günler içinde ezber etti. Başını koyduğu yastık, üstüne çektiği yorgan, onu içine çekti. Yatak kuyu, duvarlar üstüne geldi.

Her defasında o karanlık kuyuya düşerken içinden bir ses "Aç gözünü yoksa bir daha uyanamayacaksın" dese de gözlerini sımsıkı yumdu Mücellâ ve her defasında bir şey olmadı. Saatlerce uyudu tekrar uyandı.

Neden sonra kalktı. Vakit öğleyi bulmuştu darısını yiyen tavuğun kadranında. Sırtında gecelik entarisiyle boş gözlerle dolaştı odalarda, sofada. Basamakları indi çıktı. Çay demledi. Muşamba örtülü masanın başında, her sabah tel dolaptan çıkarılan ve çoğu kez aynen geri konulan, çatalla didiklenmiş peynire, kurumuş zeytine, üzeri kabuk bağlamış tereyağına ve kıvamı koyulaşmış reçele baktı. Arasına biraz peynir sıkıştırdığı ve ucundan iki diş aldığı ekmeği masaya bıraktı. Öne doğru eğilirken omuzları büküldü, sırtı kamburlaştı. Kollarını masanın üzerine uzattı, başı kollarının üzerine düştü sonunda. Bu vücut başını bile taşıyamıyorken yine aynı soru zihninde belirdi Mücellâ'nın. Koca gün nasıl geçecekti?

Yemek. Mücellâ ilk zamanlar kendisi için yemek pişiriyor, porselen takımları çıkardığı bile oluyordu. Derken tencere kaynatmak her defasında anlamını biraz daha yitirdi. Çünkü pişen ne yeniyor ne tükeniyordu. Bir tabak yemek için harcanan tüp de cabası. Masa hazırlayarak yemeğe oturmak usulünü yavaş yavaş terk etti Mücellâ. Bir tepside iki yumurta, su ve ekmeği dizlerine yerleştirerek ilişti sedirin ucuna. Kulağı radyoda. Sağcılar ve solcular filân üniversitede çatışmışlardı. İki kahve taranmış, bir dernek basılmıştı. Toplamda sekiz ölü on beş yaralı vardı.

Elinde kim bilir hangi geline yetişecek damat bohçası, gözleri artık oyaya girip çıkan iğnenin ucunu görmez olduğunda pazar mantosunu üzerine çekerek sedirin üzerinde gece uykusuna kıvrıldı Mücellâ. Uykusunun en derin yerinde bile zehirli bir şey kalbini yaktı, bütün damarlarını dolaştı. Bunu uyurken değil ama uyandığı zaman anlıyordu. Öyle yorgun açıyordu ki gözlerini, Allah muhafaza. Adım atarken sallanıyordu. Bazen fazladan attığı her adım yorgunluk hanesine yazıldı. Bedeni taşınacak bir yüktü ve ne kadar ağırdı. Fakat bazen de ruhu bedeniyle birleşmiş, ne ruh ne beden olan bambaşka bir maddeye dönüşmüş oluyordu sanki. Ama o zehir yerli yerindeydi yine de. Ne kopan fırtına ne yağan kar ne yağmurun sağanağı yetti o zehri seyreltmeye. Kısacık kış günleri gibi uzun yaz günlerini de tespih taneleri gibi birbirine eklerken bugünü bitirse yarından korktu Mücellâ. Zaman öyle geçmiyordu.

Mücellâ'nın kilerine bir hırsızın dadanması o günlere rastladı. Aslında her şey boğazına düşkün Rengin'in tel dolabın kapısını üst üste iki sabah açık bulmasıyla başladı. Nefise Hala, hâlini, gidişini beğenmediği Mücellâ'da kalması için birkaç günlüğüne göndermişti Rengin'i, tabii eli kolu dolu.

"Mücellâ abla" diye seslendi Rengin. "Tabaktaki kavurmayı sen mi yedin?"

"Yok kızım."

Ertesi gün:

"Su böreğini nereye kaldırdın Mücellâ abla? Azıcık ısıtayım da yiyelim."

"Ben kaldırmadım ki!"

Duyguları nice zamandır uyuşmuş Mücellâ'nın sırtında bir ürperti dolaştı. Hayat, kötü bir sürprizle de olsa, bir ucundan kendisini geri çağırmıştı sanki. Tel dolabından bir şey çalınmasından çok yabancı bir elin, namahrem bir nazarın harim-i ismetine böyle açıkça tecavüz etmesi tüylerini diken diken etmişti. "Allah muhafaza." Yalnız bir kadın.

Üstelik hırsız dakikti. Her sabah sofanın kapısı açıldıktan sonra o da tel dolabın kapağını açıyor, yüksek bir damak zevkinin eseri olan seçimiyle, hepsi de Nefise Hala'dan gelme et, sucuk, pastırma, peynir cinsinden ne bulursa alacağını alıyor, bazen kâsedeki sütü deviriyor, sonra da tel dolabın kapağını kapamaya bile gerek duymadan çekip gidiyordu. Adımlarının sesi bile işitilmiyordu.

Üçüncü sabah da aynı şey olunca Mücellâ:

"Bu defa tamam" dedi. "Yakalayacağım seni. Artık kaçamazsın. Görelim bakalım el mi yaman bey mi yaman?"

Sofanın kapısını ardına kadar açtı, kendisi de yer odasının merdivenlerine sindi. Gözünü kapı aralığına uydurarak pusuya yattı. Rengin de onun yanı başındaydı.

Çok geçmeden kapının önünde önce bir gölge belirdi. Ardından suçlu göründü. Bol bıyıklı ve gayet şişman yanaklara bakınca anladı Mücellâ bunun bir hırsız kedi olduğunu. Başka türlü kedi milletinin hiçbir ferdi böyle semiremezdi.

Devamında olanları görünce gözlerine inanamadı Mücellâ da hâlâ onun omuzunun üzerinden bakmakta olan Rengin de. Hırsız kedi etrafı bir süre kolaçan etti, bıyıklarını oynattı, burnunu kaldırarak havayı kokladı. Bir tehlike olmadığına kanaat getirince taş teknenin kenarına sıçraması için tek hamle yetti. Bir daha etrafı kolladı. Sonra usulca ön patisini uzattı, tel dolabın gevşek mandalını indirdi. Mücellâ terliğini tam isabet fırlattığında gördüğü şey son hızla kapının pervazını dönen püsküllü kuyruğun ucu oldu. Sarıydı.

Mücellâ birkaç gün sofa kapısını kapalı tutmaya dikkat etti. Bu böyle bir gitti iki gitti. Ama pastırma yazı başlamış, sıcaklar geri dönmüştü çoktan. Kapıyı kapasa havasızlıktan boğuluyor, içini ufunetler basıyordu Mücellâ'nın. Tel dolabın kapısına kilit vursa ayıklanmak üzere taş tekneye bırakılmış mezgitlerin -onları da Zarife getirmişti- üçü beşi kaşla göz arasında kayboluyordu.

Her şeyle baş etmeye alışkın Mücellâ bir hırsız kediyle baş edemedi. Sonunda pes etti. Bileğini bükemediği eli öpmeye karar verdi.

"Gel!" dedi çatlak kâsede sütü kapının dışına koyarken. "Gel!"

Ama biraz düşündü. Eğer bu kapıda beslenecekse hırsızlığa tümüyle tövbe etmesi gerekirdi, öyle değil mi? O büyük mukaveleden önce yeni hayatının, bu bembeyaz sayfanın sembolü olarak da ona bir isim verdi. Etrafa bakınırken gözü, demir çubuklu pencerenin önünde susuzluktan kurumak üzere olan fesleğene ilişmişti.

"Bundan sonra senin ismin Fesleğen olsun."

Beriki söz dinledi. Bir daha kimsenin dolabından, taş teknesinden bir şey aşırmamaya külliyen tövbe ederken kendisini ziyadesiyle doyuran sahibine hediyeler bile getirdi. Evin altındaki bodrumda yakalanmış yarı canlı bir fındık faresini, kuyruğu kopmuş bir kertenkeleyi teşekkür isteyen bakışlarla Mücellâ'nın saten yorganının üzerine bazen de misafir odasındaki halının ucuna bırakıverdi. Ve kendisinden sonra gelecek sarman torunlarından birinin adı daima Fesleğen olmak üzere bahçeye, kapıya tek kişilik ailenin ikinci ferdi olarak eklendi. Mücellâ pencerenin önündeki fesleğeni sularken anacığından sonra ilk kez gülümsedi.

Canının sıkıntısını dağıtacak asıl çare ise hiç ummadığı bir yerden geldi Mücellâ'ya. Sedirin başı. Önceleri başsağlığı için evin kapısını aşındıran, sonra iğne danteli ısmarlamaya kaldığı yerden devam eden konu komşu şimdi haberli habersiz Mücellâ'yı ziyaret ediyor, bu arada Mücellâ'nın yaşına başına, tecrübesine güveniyor, ona akıl danışıp fikir soruyordu. Dert paylaşmaya, akıl almaya, teselli olmaya, işin özeti gevezelik yapmaya muhtaç olan mahalleli kadınlar kendilerinde boş olan yeri Mücellâ ile doldururken Mücellâ da kendi boşluğuna onları doldurmaya alıştı. Böyle böyle Mücellâ, eşe dosta zamanı gibi aklını, fikrini, zikrini, tecrübelerini cömertçe harcamaya başladı. Kendisini yatağa çeken kuyu gece derinleştikçe Mücellâ gündüz eve gelip gidene kapısını ardına kadar açtı.

Mücellâ şimdi geleni gideni ağırlıyor, sırlı bir nefesin sahibi gibi çareleri bir yerlerden bulup çıkarıyordu. Adı çaresaza değil ama akıl hocasına çıkmıştı. Bir çeşit akıldanelik sediri üzerinde köşeye kurulmuş, Lokman olup şifa dağıtmasa da kocamış, öğüt dağıtıyordu.

O sedirin üzerinde otururken Mücellâ'nın yer odasından gelip geçti farklı yaşlardan, farklı sıkıntılardan, eş dost, hısım akrabadan kadınlar kızlar. File elde pazar dönüşü uğramış, "Bakkala gidiyorum" diye evden çıkmış, hallâcı ya da yorgancıyı bahane etmiş, ya da bilâsebep doğrudan bahçe kapısını itmiş bunca kadından kızdan hiçbirinin Mücellâ'dan gizlisi saklısı da yoktu anlaşıldığı kadarıyla. Bir yanda pencerenin dışında, karşı yamaçta, Paşazade'nin evinin üzerinde, Yurdanur'un penceresinin önünde değişip yenilenen mevsimler, diğer yanda kuytu yer odasından geçip giden şaşırtıcı hikâyeler. Bunların her biri Mücellâ'nın önünde resmigeçit etti. Hiçbirinin yaprağı kendisine değmeyen onca dallı budaklı ağaç, gözünün önünde köklendi, boy attı, çatallandı. Budandı ya da kuruyup gitti.

Mücellâ'nın başının üzerinde gevşek düğümlü bir kılıç gibi sallanan Yusuf Ziya'nın hikâyesi çok eskilerde, Neyyire Hanım'ın zamanında kalmıştı, unutulmuştu neredeyse bütünüyle. Ama Müzeyyen Yenge ve Yurdanur'un bile Mücellâ ile paylaşacak birer dertleri, gelin kaynana birbirlerinden şikâyetleri vardı. Sözden öteye geçip atacak adımları yoktu gerçi ikisinin de. Müzeyyen Hanım çaptan düşmüş, takati tükenmişti. Genellikle köşesinde oturuyordu nicedir. O da yaşlanmıştı. Yurdanur ise Yusuf Ziya'nın kıymetini bilirdi. Yine de onlar anlattı Mücellâ dinledi.

Müzeyyen Hanım'a "Bu dünya taşlık zemin. Bir 'Oh!' demeyeceksin yenge. Bir yanın diken üzerinde olacak daima" dedi. Sabrı tavsiye etti. Yurdanur'a ise yardımı öğütledi. "El çekme kızım. Onun acısını bunda dindirirsin. Onda yandığını bunda söndürürsün." Mahallenin kadınlarına da hepsi harcıâlem, benzer şeyler söyledi. Akşam inerken herkes kendi evine gitti.

Doğrusunu söylemek gerekirse Mücellâ'nın aklına, fikrine, hayat tecrübesine, yaşına başına muhtaç değildi bu kadınlar. Geliyor ve içlerini döküyorlardı sadece. "Anlatmazsam ölürüm" bir dertleri vardı çoğunun. Diğer yandan "Dağlar olsa taşımaz" derdini ufacık bir şikâyetle anlatan, incir çekirdeğini doldurmaz sırrını ise dünyaya atom bombası atılacak da bir tek kendisi biliyormuş gibi büyütenler de eksik değildi. Ama hepsi nihayetinde ne varsa döküp saçıyor, üzerindeki ağırlığı bir pazar küfesini devirir gibi Mücellâ'nın sırtına boşaltıyor, ondan sonra da çekip gidiyorlardı evlerine. Herkes onu dinliyor ama ardından kendi bildiğini okuyordu. Arkalarında, hepsinin de gölgesi Mücellâ'nın üzerine salınmış, karanlık, kasvetli birer gölge ağacı kalıyordu.

Bu yüzden kalabalık gündüzlerin arkasından gecelerinin yalnızlığını giderek daha çok sever oldu Mücellâ. Gecesiyle gündüzünü ayırdı. Sedirinin üzerinde gelen gidenle dolan günün akşamını, o büyük yalnızlığı özlemle bekledi. Kapı önünde bekleyen Fesleğen'in başını okşadı. Sütünü verdi.

Neticede Mücellâ'nın öğütleri ve hayat tecrübesi sadece araları limoni ya da kanlı bıçaklı gelinlerle kaynanalara yetti. Diğerlerine kâr etmedi. Bu sedirin üzerinde Mücellâ, Rengin'e söz geçiremedi. Aheste Güzide'yi, yirmi yıllık yuvasını dağıtarak kendisinden on yedi yaş küçük Erzincanlı erle kaçıp gitmekten bu sedirin üzerinde vazgeçiremedi.

Şerafettin Albay'ın kardeşi, aheste Güzide'nin görümcesi, Çamlık'taki sanatoryumda bıraktığı gençliğin ve aşkın acısını çoluk çocuğa karışmakla çıkaran, kırk beşinde bile çocuk doğuran Nefise Hala'nın en küçük kızı -tekne kazıntısı- Rengin, kayalıklara sırt vermiş merdivenli evin göz bebeği olsa da nicedir dedikodu almış yürümüştü. Rengin, arka mahalledeki fırıncının oğluyla vakitli vakitsiz, olur olmaz yerlerde görünüyormuş. Soğuksu yollarında, hususi bir taksinin -emanet tabii- şoför mahallinde oturuyormuş. Çamlık'ta ikisi el ele yürümüşler, sinemada loca tutmuşlar... Erkek dedikodusu kadın dedikodusundan bin beter -yuva yıkar-, kahvehane, meyhane sohbetlerinde adları geçiyordu. Kadınlar da eksik değil, Mücellâ'nın sediri önünde Rengin'den bahsediliyordu her vesile ile.

Aslında Mücellâ'da kaldığı günlerde Rengin bir gece meseleyi çıtlatmış, dahasını da açmaya kalkışmış fakat o acı arasında Mücellâ ciddiye almamış, üzerinde durmamıştı. Kendi derdi Mücellâ'ya yeterdi. Gerçi aynı günlerde Rengin'in gün ortasında sebepli sebepsiz evden çıktığı -abla ekmek bitti- Mücellâ'nın dikkatini çekmemiş değildi ama onun fırına giderken bile karayemişin altında minik bir cep aynasına bakarak saçlarını taradığını, sarı papatya küpeleri taktığını fark etmemişti.

Yine de "Fırıncının oğlu mu?" diyebilmişti Mücellâ ilk anda.

Uzun uzun dil dökmüştü Rengin. Evet, fırıncının oğluydu. Ayıp mıydı? "Hayır, tabii ki değil. Ama tahsili?" Doğru, ilkokulu bile bitirmemişti ama diğer tahsilsizler gibi değildi. Evet, şu şu eksikleri vardı ama şu şu meziyetlere de sahipti. Öyle olsa hiç Rengin onu sever miydi? Mücellâ ablası Rengin'i, onun hatalı bir seçim yapmayacağını bilmez miydi?

"Bilmem" demişti Mücellâ, Rengin'in göz kapaklarındaki alelacele silinmiş sedefli yeşil kalemin izlerini bu kez fark ederken ve hafifçe gülümsemişti. Çünkü bütün eksik gediği telâfi eden ve Rengin'in seçimini meşrulaştıran yegâne sebep fırıncının oğlunun derin derin bakan simsiyah gözlerinden ibaretti ve eğer Mücellâ bir parça tanıyorsa ne Şerafettin Albay ne de Nefise Hala bu evliliğe izin verirdi.

"Kız gönlü. Bugün akar yarın diner" deyip geçiştirmişti Mücellâ. "Bahar esintisi!"

Oysa esinti geçmediği gibi dün de büyük fırtına kopmuştu. Aslında uğultu birkaç haftadır işitiliyordu. Rengin'i gelin almaya en az oğlu kadar hevesli görünen fırıncı, ailesinin kendince itibarlı gördüğü büyüklerini toplamış, her defasında gümüş gondolda yaprak çikolata ile sahici kırmızı gül değilse de hasır sepette jelatinli lokum ve yapma çiçekleri yüklenmiş, iki kez reddedildiği kapıya üçüncü kez dayanmış, bir kez daha ve ısrarla istemişti Rengin'i, Allah'ın emriyle. Fırıncının, evde bir köşeye çekerek uzun uzun öğütlediği karısı, gündüz kadın kadına görüşmek için Nefise Hanım'ın kapısını çaldığında misafir odasına değil sofanın çıkmasındaki divana buyur edilmiş, yine de "Hanımım, günahtır sevenleri ayırmak" bile diyebilmişti. Fakat bumbuz bir bakış ve acı bir sesle almıştı cesaretinin karşılığını.

"Hayır!" Rengin okuyacak, bu sene üniversiteye başlayacaktı. "Sizin oğlunuzsa ilkokulu bile bitirmemiş." Denk olmayan diğer hususlara Nefise Hala yine de nezaket gereği değinmemişti.

Gece aynı cevap, son kez söylendiği önemle vurgulanarak -bir daha bu kapı size açılmaz- erkeklere de tekrarlanmıştı: "Hayır!"

Fakat Rengin bu "Hayır"a aldırmamıştı. Evlense de üniversitede okuyabilirdi. Hem üniversitede okumasa herhâlde ölmezdi. Sevdiğiyle olsun da kuru ekmeğe razı gelirdi. Onsuz baklava börek boğazından geçmezdi. "İki gönül bir olunca samanlık seyran olur" demlerindeydi Rengin ve Nefise Hanım'ın "İki çıplak bir hamama yaraşır"ı bir kulağından girip öbüründen çıkmıştı doğal olarak. Fırıncı, avenesiyle birlikte kayalıklardaki evin kapısını bir daha çalamasa da iki genç kendi aralarında nişanlanmışlardı gizlice ve Rengin'in döşek altına sakladığı yüzük Nefise Hanım'ın eline dün öğle sularında geçmişti. Düpedüz altın bir alyanstı bu. Nefise Hanım pencerenin önüne yaklaşıp ışığa tuttuğu çeperde ışıl ışıl parlayan ismi bile okuyabilmişti: Ferit. Şimdilik Şerafettin Albay'dan saklanmıştı durum ama Nefise Hanım, Rengin'i odasına kilitleyerek anahtarı belindeki kuşağa asmış, çarpıntısı tutunca kendisi de odasına kapanmıştı.

Güzide sapsarı bir yüzle izlemişti olup bitenleri ve tek kelime edememişti kayınvalidesine. Sadece kapı arkasından seslendiği Rengin'e:

"Üzülme" diyebilmişti, "Üzülme. Belki geçer."

Rengin, belkilere ümit bağlayacak, üzerine kapanan kapının kilidini açması için vaktini saatini, Hızır'ın elini bekleyecek, birilerinin kendisine mucize olmasına bel bağlayacak, bağrına taş basacak, kırıp dizini oturacak kızlardan hiç değildi. Kız kısmına çare mi yok? Odasının penceresinden bahçeye kolayca atlayarak Mücellâ'nın sedirinin üzerinde almıştı soluğu işte.

Pabuçlarını Güzide çıkarmıştı kapıya usulca, Nefise Hanım'ın odasına kulak kesilerek.

Şimdi Rengin, Mücellâ'nın ellerine sarılmış, "Ne yapayım abla ben?" diye sızlanıyordu.

Evet, annesine, ağabeyine, ailesine bir yüz karası getirmeyi o da istemezdi ama meşhur mesel ki önce can sonra canandı. Rengin'in Ferit'siz yaşamasına şu gökler şahit olsun ki imkân ihtimal yoktu ve Ferit "Kaçalım Rengin" demişti. Fırıncı ve karısı, Bayburt'un yükseklerindeki köylerinde düğün hazırlıklarına başlamıştı bile.

Rengin'in, fırıncının oğluyla kaçıp gittiğinin duyulduğu o günün akşamı odaya karanlık çökerken uzun süre kalkamadı oturduğu yerden Mücellâ. Birkaç gün sonra Bayburt'un köyünde kendisine davullu zurnalı düğün dernek kurulan, teli duvağı, üç kat kordonu eksik edilmeyen -ne kadar borca mâl olmuştu kim bilir-, önce resmî ardından imam nikâhı kıyılan Rengin de ona akıl danışmaya, yol yordam istemeye gelmemişti demek ki, diğer kadınlar gibi. O da konuşmuş, anlatmış ama arkasına bakmadan çekip gitmiş, kendi bildiğini okumuştu sadece.

Yine de Mücellâ'nın dudaklarının kenarından hafif bir memnuniyet tebessümü geçti. Hani kendini tutmasa:

"Aferin kız sana" diyecekti. "Kendi geminin dümenini kimseye bırakmadın. Annenin, zamanında yapamadığını sen yaptın. Sana aferin."

Kız kaçması bu. Oğlan bekâr kız bekâr. İki gün sonra nasılsa unutulur giderdi.

Radyoyu açtı Mücellâ. Spiker uzun uzun Boğaziçi köprüsünün açıldığını, İstanbul'un boynuna inci bir gerdanlık gibi takıldığını bildirdi. Sağcılar ve solcular ise Cumhuriyet'in 50. Yıl kutlamalarına aldırmadan yine çatışmış, beş kişi ölmüş, dokuz kişi yaralanmıştı.

İçi kararmıştı Mücellâ'nın. O sıkıntıyla çardağa çıktı. "Fesleğen" dedi. "Ne olacak bu işin sonu?"

İstanbul'da ve Ankara'da Cumhuriyet'in 50. yılı kutlanırken bir yandan da her şeyin fiyatı artmış, zamlar yağmur gibi yağmış, Türk halkı enflasyonla yakından tanışmış olsa da çarşıya inmek için iki yokuş inip çıkmıyordu artık Mücellâ. Tek kuruşun hesabını yapmak istese bile adım atmaya mecali olmuyor, genellikle otobüse, nadiren dolmuşa biniyordu. *Binbir Çeşit*'e uğraması lâzımdı ama üç gündür kapıdan dışarı burnunu uzatamamıştı. Çünkü üç gün önce bütün şehir büyük bir fırtınayla uyanmıştı.

Aslında uykusu hafif olanlar gece aniden patlayan uğultuyu duymuşlar, sabah namazına kalkanları da bir daha uyku tutmamıştı. Karadeniz'in heyheyleri üzerindeydi birkaç gündür. Fırtınayı sezen martılar gün boyu damların üzerine asker gibi sıralanmış, hep aynı yöne bakmış, tüylerini kabartmış, sonra da huzursuzlukla havalanmışlardı çığlık atarak. Denizin çarşafı gün boyu yaşmaklanmış, o asil sükûnet, içinde kaynayan tandırı bir anda kusmuştu. Kurşuniye dönen tülün üzerinde içten gelen ışıklarla aydınlanan milyonlarca lâmba yanmıştı ve fırtına sabaha karşı patlamıştı. Keskin bir ıslık kapı altlarından girip odalarda sofalarda üfürmüş, halıları, kilimleri havalandırmıştı kâğıt gibi. Uçmayı bilmeyen tavuklar ve horozlar bile tozu toprağı burgaçlar hâlinde savuran rüzgârın önüne katılmış, kanatlanmayı tecrübe etmişlerdi, tabii eğer komşu kızın anlattığı doğruysa. yapraklar biçilmiş, dallar savrulmuş, ağaçlar iki büklüm eğilmiş, kimileri gövdeden kırılmış, yıkılmıştı. Kiremitler düşmüş, köhne saçaklar Alâeddin'in sihirli halısı gibi havalanmış, en son köşedeki minarenin çinko külâhı daha fazla dayanamayıp uçmuştu.

Bu gibi büyük rüzgârları ancak yağmur keserdi, öyle söylerdi eskiler. Ama yağmur da naz etti. Üç gün üç gece esen rüzgâr koca şehirde uçuracak, koparacak, savuracak bir şey bırakmadığında nihayet sağanak başladı ve fırtına bıçakla kesilmiş gibi durdu, Neyyire Hanım'ın söylediği gibi.

Alt üst olmuş bahçeye ümitsiz gözlerle baktıktan sonra bir makara iplik almak için sabah erkenden evden çıktı Mücellâ. Üç gündür olanlar hiç olmamış gibi hava öyle güzeldi ki, kendisinde takat buldu, yürümek istedi. Fırtınanın neler yaptığını iki adımda bir seyrede ede çarşıya indi. Terzi Aznif'in çoktan kapanmış kör kilit atölyesini henüz geçmişti ki Pervin'le karşılaştı. Başında üçgen bağlanmış, koyu kahverengi bir eşarp, yüzü her zamanki gibi süzgün, elinde naylon bir bidon:

"Gaz yağı almaya çıkmıştım Mücellâ abla" dedi Pervin, açıklama ihtiyacı hissederek. "Sobada gaz bitti. Çocuklar okulda. Evi soğuk bulmasınlar. Ama nerede satıldığını bilmiyorum. Sen biliyor musun?"

Mücellâ "Gel kızım" dedi.

Epey zamandır Pervin'e "Kızım" demeye başlamıştı. Pervin için de Mücellâ artık ağız dolusu "abla"ydı.

İçinden feleğin kör gözüne dair sitemler geçerken Mücellâ, Pervin'in önüne düştü. Ömrühayatında bir ekmek almamış mor menekşe, Sahir Efendi'nin çardak gülü, şimdi elde naylon bidon, gazyağı aramak için yollara düşmüştü, he mi?

Üstelik aciz olan her şeyi çemberinde döndürmeye alışkın felek hızını alamadı. Üç gün süren fırtınayı aratmayacak bir şiddetle Pervin'i esip savurması bu kadarla kalmadı. Sebeplerini kurdu, bulamadıklarını en ince ayrıntılarıyla üşenmeden dokudu. Birkaç gün sonra taş konağa gittiğinde Mücellâ, hayat bu, akla gelmeyenin başa geldiğini anladı.

"Biliyor musun Mücellâ abla" dedi Pervin, üzeri Farah Diba resimli porselen demliğe çay koyarken. "Konağı boşaltıyoruz."

Mücellâ kaşlarını çattı. Hiç ummadığı bir haberdi bu.

"Hayırdır? Nerden icap etti şimdi bu kızım?"

Çay masasının başında Pervin'in kırgın fakat çaresiz bir sesle anlattıklarına bakılırsa mesele basitti görünürde. Pervin, okul çağında üç çocukla bir başına kalınca, Sahir Efendi'nin ve Pervin'in ailesinden üzerinde vazife hisseden büyükler, bu arada Sahir Efendi'nin hepsi de şehir dışında yaşayan iki ablası ve iki eniştesi bir akşam yemeği sofrasında bir araya gelmişlerdi. Durumu enine boyuna masaya yatırmış, enikonu tartışmış, uzun uzun düşünüp taşınmış, doluya koymuşlar almamış, boşa koymuşlar dolmamıştı. Üç çocuğun okulu, kepenkleri günlerdir kapalı ekmek kapısı, ekmek almayı bilmez bir kadın. Mağazada birbiri ardınca günü gelen ödemeler, senetler, protesto endişesi, Allah korusun haciz korkusu. İstanbul'un, hepsi de alacaklarının peşine düşmüş kuldan utanmaz, hâlden anlamaz toptancı esnafı. Pervin kadın başına bunlarla baş edemez, uğraşamazdı. Tutalım uğraştı. Olmaz ama diyelim ki manifatura tezgâhının başına geçti. Yine de olmazdı. Çünkü herkes hazır giyime dönmüştü son yıllarda, manifatura mağazaları artık eskisi gibi iş yapmıyordu. Ardı ardına iş değiştiriyordu manifatura esnafı. Kimsede kumaş alacak, terzi bulacak, ölçü verecek, provaya gidip gelecek para da zaman da sabır da yoktu. Olsaydı, zaten büyüklerden biri geçmez miydi hiç Sahir Efendi'nin tezgâhı başına? Elbette geçerdi! Ama mevcut durumda bu, hazırdan yemek olurdu ve hazıra dağ dayanmazdı. Durumun vahim olduğuna karar veren itibarlı büyükler yemek sonunda herkes için en iyi olacak çözümde madde madde anlaşmışlardı.

Manifatura mağazası kapanacaktı, bu bir!

Konak, nicedir gayet iyi bir teklifle kapılarını çalan, eşiklerini aşındıran müteahhide verilecekti kat karşılığı, bu iki!

Pervin'e -ablalar gibi- tam dört daire verecekti müteahhit. Birinde oturur diğerlerinin kirasıyla çocuklarını okutur, gül gibi de geçinip giderdi. Bir eli yağda bir eli balda olurdu eskisi gibi. Elini sıcak sudan soğuk suya sokmazdı. Peki inşaat tamamlanıncaya kadar ne mi olacaktı? Onu da düşünmüştü müteahhit. Pervin kaloriferli, küçük bir daireye taşınacaktı apartman tamamlanıncaya kadar ve kirası müteahhit tarafından karşılanacaktı. Çok büyük bir firmaydı bu, sözlerine güvenilirdi. Böylesi fırsat bir daha ele geçmezdi. Kaçırmaya gelmezdi.

Gerçi büyüklerden, ablalardan, eniştelerden hiçbirinin gönlü razı değildi koca konağın ve mağazanın elden çıkmasına, anıların toz olmasına. Ama ah, başka ne yapılabilir, elden ne gelirdi? Üç çocuğun ortaya çıkması için bir diyet lâzımdı, o da koca konaktı!

"Biliyor musun Pervin, kızım" dedi Mücellâ, ağrıyan sağ bacağını ovarken.

"Abim de bizim evi mütaite vermeyi istiyor. Keriman yengem aklına girmiştir gene."

"Sen ne dedin?"

"Razı gelmedim."

Pervin üçüncü bardak çayını doldururken Mücellâ Fahir'le son telefon konuşmasını anlattı. Uzun zamandır kenarları mavi kırmızı, verev çizgili; üzerinde "Par avion- Uçak ile" baskılı zarflarda mektuplaşmak yerine telefonla konuşuyorlardı. Her ayın son cuma günü Mücellâ, Paşazade'nin yalısına gidiyor, o gün öğleden sonra artık hangi saate denk gelirse, Fahir telefon açıyordu. Uzun uzun değil, kısa kısa konuşuyorlardı.

"Nasılsın Mücellâ? "

"İyiyim ağabey. Sen? Siz nasılsınız?"

"İyiyiz. Bir şeye ihtiyacın var mı?"

"Yok, siz iyi olun yeter."

"Buzdolabını, tüplü ocağı aldın mı?"

"Aldım abi."

Bu kadardı hepsi. Telefon kapanıyordu. Gerçi her zaman bir yanı kırıktı Mücellâ'nın ama yine de eksik bir şey kalıyordu. Yıllarca birbirinin yüzünü görmeden mektuplaşan iki kişinin yüz yüze geldikleri anda, yokluğun beslediği o sihri kaybetmeleri gibi değildi belki ama mektuplaşsalar daha iyiydi.

Son konuşmalarında Fahir "Mücellâ" demiş ve arkasını getirmeden susmuştu. Mücellâ bu paslı sesi yıllar öncesinden, çocukluğundan hatırladı. Neyyire Hanım'ın odasında dükkânı satmayı dayatan sesin aynıydı. Çatallı, kılçıklı. Allah bilir Fahir'in ayakları da yine üst üste binmişti.

"Efendim abi?"

"Mücellâ, evi müteahhide versek, diyorum."

"..."

Araya giren santral memuresi "Devam ediyor musunuz?" diye sorduğunda Fahir ona "Evet" demiş, meseleyi Mücellâ'ya açıklamaya koyulmuştu bu kez acele acele. Dili çözülmüş, sular seller gibi konuşmuştu.

"Benim bir ayağım çukurda kızım. Bana ev, apartman, kat, daire ne gerek bu yaştan sonra? Ama çocuklar var, torunlar büyüyor. Baba memleketine geldiklerinde kalacakları birer daireleri olsun. Unutmasınlar ata toprağını. Hem sen de eski evin işiyle yorulmazsın. Rahat edersin."

"Torunlar dede baba memleketine gelince, he mi?" diye geçirmişti içinden Mücellâ telefon başında. Günler boyunca halasıyla iki kelime edemeyen, sedirin üzerine yayılıp kalan o sarı saçlı oğlan mı dede memleketine dönecekti? "Utanmaz!" Bir de adı Tevfik'ti!

"Olmaz abi" demişti Mücellâ asabi bir ses tonuyla kestirip atarak. "Olmaz."

İçinden "Avucunu yalarsın" diye geçirmişti. "O bir kereydi. Beni bu yaştan sonra kira evlerine mi çıkaracaksın? Elin adamlarıyla mı uğraştıracaksın? Hem ben evimden memnunum."

A'sı, B'si, C'si olan uzun blokların altında açılmış mahalle arası türden halı, mobilya mağazalarının, satış ve teşhir yerlerinin, palanga gürültüsü sokağı tutan küçük atölyelerin arasından yürüdü Mücellâ. Ucuz çimentosunun üzerine kan kırmızısı boyası akan kalın bir fırçayla bir tarafta "Tek yol devrim", "Faşizme geçit yok" az ilerde "Milliyetçi Türkiye", "Komünistler Moskova'ya" yazılmış duvarların önünden geçti. Boyasız, sıvasız, üçüncü sınıf bir inşaatın kapısını itti. Betonarme yığını. Zevksiz ve bayağı. Pervin'in taşındığı daire, Kat 3, Numara 7.

"Evi gezdireyim sana Mücellâ abla."

"Hadi gezdir kızım."

Pirinçli mozaik döşeli dar ve uzunca bir hol üzerinde iç içe açılan iki oda, bir masa iki sandalyeden fazlasını almaz bir mutfak. Ailenin itibarlı büyükleri bula bula burayı mı bulmuşlardı? Bulunmaz fırsat, düşünceli müteahhit bu dairenin mi kirasını ödemeye razı olmuştu? Ve hayret! Koca konak şu iki küçük odaya nasıl sığmıştı? Venedik aynası, mermer masa, oymalı koltuklar ve kanepe, aslan bacaklı büfe, ceviz sehpalar, halılar... Koridorda, odalarda, sağda solda Sahir Efendi'nin kendisine bir kitaplık bulamayarak üst üste yığılmış kitapları... Kenarı yırtılmış karton bir kutunun içinde *Marko Polo Seyahatnamesi*, *Ferheng-i Ziya*, *Dağların Kızı Heidi*, Sahir Efendi'nin kehribar tespihi.

Kitap yığınları bir yana aralarında hiç boşluk kalmadan, nefes almaksızın birbiri üzerine abanmış, yerini yöresini karıştırmış bunca eşyanın üzerinde bir eğretilik hissetti Mücellâ. Garip bir duyguyla, hepsi ona hem tanıdık hem de yabancı geldi. Üstelik eşyanın üzerinde bile bir şaşkınlık olduğunu hissetti.

"Biz nereye geldik? Bize ne oldu böyle?" Denizden çıkmış balık gibi.

"Eşya da kendi yerinde ağırmış" diye geçirdi içinden Mücellâ. Ama asıl, mutfak penceresini açıp bir baş uzanınca onu hafakanlar bastı. Aynı müteahhidin eline düşmüş eski evlerin üzerinde yükselen yeni bir mahalleydi burası. Topyekûn inşaat alanına dönüşmüş gürültülü sokak boyunca sağlı sollu sıralanan kaloriferli, çok katlı, çok daireli apartmanların bir kısmı bitmiş, bir kısmı karkas, bir kısmı ise inşaat hâlindeydi. Her yana kalaslar, demirler uzatılmış, çakıl elekleri kurulmuş, tuğla istifleri hazırlanmış. Bu şehre ne diye düştüğünü sadece kaderden bilip amele pazarından kas gücüne göre seçilmiş Kürt işçilerden biri yanık bir türkü tuttururken kamyonların biri gelip diğeri dönüyor. Kasaların homurtuyla kalkıp her boşalmasında sağda solda kum tepeleri yükseliyor. Beton makinesi gürültüyle dönen karnında beton karıyor. İş makineleri kükreyip duruyor. Biri toprağı metrelerce eşerek temel çukuru kazıyor, diğeri zemin açıyor. Sahipleri tarafından boşaltılmış ve sırasını bekleyen bahçeli evlere pençesini geçiren bir diğer iş makinesi tek hamlede taş duvarları yıkıyor, zarif işlemeli kapıları, dökme demir veranda parmaklıklarını kepçesinde savuruyor, az ötedeki moloz yığınının üzerine fırlatıyor. Çatı çöküyor, kiremitler kırılıyor. Pencere camları ufalanırken, kıymet verilip götürülmemiş modası geçmiş perdeler, lime lime, hâlâ bir odanın mahremiyetini koruduğunu zannediyor. Çerçeveler, pervazlar karton gibi yassılıyor oysa. Çatı alınlığındaki narin çiçek buketi, *Hilye-i Şerif* levhası gibi *Nazar Ayeti*, *Maşaallah*, *Yâ Hafız*, *Mâlikelmülk* hatları un ufak oluyor. Kapı üstü kitabeleri, özenle kayda geçmiş yapım tarihleri sonsuza değin yok oluyor.

Akrep gibi ilerleyen bir başka iş makinesi henüz çiçek açmış ıhlamur fidanlarını, daha geçen sene dikilmiş iğdeleri kıskacında sıkıştırıp papatya toplar gibi çekiyor. Mor salkım, yasemin, sarmaşık gülüne dokunması yetiyor. Onun yerinden sökemediklerini, az ya da çok direnenleri, asırlık dut ağacını, güçlü elmayı, yaşlı ayvayı çarkından kıvılcımlar saçan bir hızar makinesi toprağa en yakın yerinden biçiyor. Salıncağın ipi dalından kurtulup büklüm büklüm yere yığılıyor. Limon, üzerinde henüz sararmış meyveleriyle boylu boyunca devriliyor.

Oysa ağaçların gövdesine su yürümüş çoktan. Her şeye kanan can eriği, yattığı yerde kendisini diri zannedip günlerce çiçek açmaya devam ediyor. Günlerce can çekişiyor. Ancak damarlarındaki hayat suyu kuruduğunda odun kesiyor.

Mücellâ mutfak penceresinden geri çekilirken:

"Balkonda otursak ya" dedi Pervin'e.

Eni bir metre var ya da yok, evin tek balkonu olan bu çıkıntıya da Mücellâ'nın verandadan hatırladığı mum çiçeği, devetabanı, filkulağı saksıları alt alta, üst üste sıralanmıştı ve oğlanların kim bilir hangi sınıftan karne hediyesi bisiklet, üzerine çekilmiş brandanın altında balkonun yarısını kaplamıştı. Naylon mandallarla naylon çamaşır iplerinin arasından karşıya baktığında mutfak penceresinin önünde bekleyen evlerin akıbetiyle karşılaştı Mücellâ. Çıplak tuğla bir duvarın iki karış öteden üzerlerine düşen iç karartıcı gölgesi.

"İçeri geçelim" dedi Mücellâ. "Üşüdüm sanki."

Konaktan apartmana, evden daireye, bahçeden balkona, topraktan saksıya, cennetten dünyaya geçilmişti işte. Daireler büyürken bahçeler küçülmüş, sonunda tümüyle yok olmuştu. Şehrin yüzü gibi kalbi de paragöz ve cingöz adamların gönlünce değişmiş, eski alışkanlıklar bir köşeye itilirken yeni âdetler edinilmişti. Tuz ve ekmeğin hatırı yoktu artık. Hepsini içine attı Mücellâ. Etekleri pilili divanın köşesine ilişirken zoraki gülümsedi ve Pervin'e:

"Bak ne güzel" dedi. "Nohut oda, bakla sofa. Kibrit kutusu gibi ev. İşin çabucak biter. Yorulmazsın. Soba yakma derdin de yok eskisi gibi."

"Eskisi gibi..."

Sessizliği incitmekten korkarak atılan adımlar. Bahçelerde, taşlıkta, odalarda, salonlarda esinti gibi dolaşan eflâtuni bir genç kadın. Mor salkımın, hanımelinin, yaseminin kokusu. Bahçede ağaçlar, sarnıç, kuyu. Az ötede denizin esintisi, dalgaların sesi, büyük fırtınaların uğultusu, martıların çığlığı, sandal satıcılarının bağırış çağırışları, seher vakti balıktan dönen takaların şamatası. Sahir Efendi'nin yaz gecesi verandada udunu tıngırdatırken hafiften mırıldandığı mahur şarkı. Eğer eskisi buysa, Mücellâ'nın aklından, hep geçmişten dem vuran şu kadının kendisinden daha dertli olduğu geçti. Herkes yaralı. Geçmişini kaybedenin geleceği de kalmamıştı.

Solgun yüzüne bir çocuk aydınlığı yayılan Pervin:

"Konağı o kadar özlüyorum ki Mücellâ abla" dedi. "Geceleri rüyamda kendimi hep eski evde görüyorum. Bahçedeki aralık kalmış musluğu kapatıyorum. O kadar şikâyet ederdim, taşlıktaki kuru yaprakları süpürüyorum. Bilsen rüzgârın sesini nasıl özlüyorum."

Etrafına bakındı bir an. Aranır gibi. Yok.

"Burada hiçbir şey yok. Ne çiçeklerin açtığını görüyorum ne rüzgârın estiğini işitiyorum. Hangi pencereden dışarı baksam çıplak tuğla duvarlar, yığılmış kum tepeleri. Kafam sepet gibi vücudum boş bir çuval. Ne için yaşadığımı artık bilmiyorum."

"Kızım" dedi Mücellâ. "Bu kadar üzme kendini, sonra hastalanırsın. Kendini düşünmüyorsan çocukların var unutma. Onlar için."

Nazlı'nın odaya girmesiyle sustular. Sırtında siyah önlük, belinde beyaz kemer; el yordamıyla yakalığını bağlıyordu. Okul vakti. Pervin eğreti bir iyilik çehresi takınarak yüzündeki kederi saklamaya çalışırken Mücellâ içten gelen bir duyguyla gülümsedi. Çocuğun olduğu yerde her şeye rağmen ümit var. Hayat her şeye rağmen her yerdedir ve değerlidir. Veremli Yusuf Ziya'nın penceresinin önünde bile leylâklar açtığından beri hayat Mücellâ'ya bunu öğretmişti.

Yerinden doğruldu.

"Nazlı" dedi. "Ben öreyim mi şimdi saçlarını kızım?"

"Ör Mücellâ teyze."

Mücellâ hiçbir seste bu kadar yürekten bir tasdik işitmemişti.

"Gel otur yamacıma."

O divanın başında, bir melek kanadıyla dokundu Nazlı'nın omuzuna Mücellâ. Bir şefkat eli geçirdi o güvercin kahvesi gözlerin üzerinden. Kestane rengi saçları elleriyle ördü, uçlarına siyah okul kurdelesini takıverdi ve gelirken bakkaldan aldığı küçük bir kese kâğıdı bisküviyi siyah çantasından çıkarıp Nazlı'ya verdi.

"Teneffüste yersin."

O sahici gülümsemenin, o saç örmenin, mahalle arası imalât, açıkta satılan o bayat bisküvinin, sahibinin bile henüz tam farkında olmadığı bir kalbin ülkesinde nerelere çarptığını, nerelerde yankılandığını, nerelere kazındığını Mücellâ hiç bilmedi, bir mevlid günü kıyama durduklarında Nazlı'nın sırtını sıvazlayan elinin izi gibi.

Sedirin köşesine her an kalkacakmış gibi ilişmiş olan Zarife, kendi gelinlerinden dert yandıkça yandı.

"Ee Mücellâ abla" dedi. "İki oğul evlendirdim. İkisine de ayrı ev açtım. Bir güne bir gün işlerine karışmadım gelinlerimin, burnumu sokmadım. Ama..."

Mücellâ onun hepsi de "Ama" ile başlayan şikâyetli, muhalefetli cümlelerini dinlerken ara sıra başını iğne dantelinden kaldırıyor, Zarife'nin yüzüne bakıyordu. Aklına onu Filiz'in nişanında ilk kez gördüğü an geldi. Sokakta karşılaşsalar şimdi yanında oturan şu kadına Mücellâ o eski Zarife der miydi? Salon kapısından içeri Mutaves Hanım'ın iki adım gerisinde girerken bile varlığıyla etrafı aydınlatan bu güzelliğin zamana yenilmesi kolay olmamıştı gerçi. Yıllar, ileri gitmek yerine geri gitmişti Zarife için, ama bir süreliğine. Kendisine lütfettiğinin acısını zaman, daha sonra çıkarmış, vaktinde verdiklerini fazlasıyla geri almıştı. Kırkını devirince, binlerce yıl dayanıp da havayla temas ettiği ilk anda toz olan asar-ı atikalar gibi dağılmıştı Zarife'nin güzelliği.

Bu şişman, yüzü terli, dudaklarının üstü gibi çenesinin altı da tüylerle dolu kadın o muydu? Bir yüz nasıl bu kadar başkalaşır, nasıl böyle çökebilirdi? Hadi kırışığı, buruşuğu anladık. Gözler bile değişir miydi? Nereye gitmişti o güzellik? İçten taşan o ışık neredeydi?

"Her şey bozuluyor" diye geçirdi içinden Mücellâ. "Hiçbir şey aynı kalmıyor. Her şey devridaim ediyor."

Zaten Zarife de kendisine "Ne kadar güzelsiniz" denmesi, bir gün bu güzelliğin tükeneceği korkusunu hiç uyandırmadan dayanmıştı tükendiği kapıya. Kendisinde seyre değer bir yan kalmadığını anlayınca huyu da başkalaşmış, bu defa o, başkalarını seyretmeye başlamıştı. Şu anlattıkları incir çekirdeğini doldurmazdı ama içindeki zehri akıtması lâzımdı Zarife'nin. Bu kez Mutaves Hanım'dan şikâyete başladı.

"Verelim şu evi mütaite, diyorum, razı gelmiyor kaynanam. Ama köşesinde hizmet beklemekten de geri durmuyor. Durmasın. Ben elim ayağım tuttuğunca yaparım. Ama bu eski evden artık canıma tak dedi. İşinden bezdim Mücellâ abla. Ee ben de yaşlandım."

Ellerini geniş kucağında birleştirmiş, başparmaklarını çevirerek anlattıkça anlattı Zarife. Sedirin ucunda hâlâ eğreti oturuyordu ama kalkmaya da pek niyeti yoktu. Döndü dolaştı, anlattıklarını bir daha anlattı. O da Mücellâ'nın bir öğleden sonrasını aldı. Şikâyeti yoktu gerçi Mücellâ'nın. Zarife kalkıp gitse şimdi, şu koca evde tek başına, bu kadar zamanı ne yapacaktı? Hani neredeyse sözün akacağı yatağı kendisi gösterdi. Sözü söze eklemesi için Zarife'ye Mücellâ yol verdi. Ara sıra başını işinden kaldırarak, "Hı hı" ya da "Öyle mi?" diyerek Zarife'yi dinledi.

Zarife'nin sırtındaki yük kalktığında ikindi çoktan okunmuştu. Üzerindeki ağırlık azalmış, iyice hafiflemişti. Şimdi artık evine dönebilir, adım atamayan inmeli Mutaves Hanım'a hizmette kusur etmeyebilirdi. O kadar ki kendi derdini bir tarafa iterken elin günün derdiyle dertlenmeyi ihmal etmedi.

"Mücellâ abla" dedi üçgen eşarbının uçlarını sıkıp toparlanırken. "Bir şey diyeceğim şimdi sana. Ama inan ki dedikodu olsun diye değil."

Hep böyle başlardı dedikodular oysa. Mücellâ gözlerini kısarken gözlüklerinin üstünden Zarife'ye baktı. Tek kaşını kaldırmıştı.

"De bakalım."

"Şu Güzide var ya?"

Mücellâ'nın diğer kaşı da kalktı.

"Var, ee?"

"Pek iyi şeyler söylemiyorlar onun için."

Ne münasebetsizlik edecekti bu Zarife şimdi?

"Şerafettin Albay'ın emir eriyle..."

Mücellâ o zaman oturduğu yerde şöyle bir kıpırdadı. Gözlüklerini burnunun üzerine indirdi. Bakışlarından bir ikaz geçtiyse de Zarife oralı olmadı.

"Şerafettin Albay'ın emir eriyle" diye yineledi. "Onunla söyleniyor."

Mücellâ iğne oyasını kucağına bıraktı.

"Kızım" dedi. "Evli barklı, çocuklu kadından bahsediyorsun. Dikkat et, genç kız hakkında lâf söylemeye benzemez bu. Ağzından çıkanı kulağın duysun."

"Benim ağzımdan çıkmıyor ki abla, herkes öyle söylüyor. Duyduğumu söylüyorum ben de. İkisini Kisarna'da, Köşk yolunda görenler olmuş. Dahası da var. Anlatsam inanmazsın."

"Hadi oradan" dedi Mücellâ bu kez elini boşlukta sallayarak. "Aheste Güzide mi yapacak o işleri? Sutyeni kopsa becerip askısını dikemez o."

"Zaten becerememiş ya" diye güldü Zarife sararmış dişlerini göstererek. "Azıcık aklı olsa Albay göreve çıktığında Erzincanlı eri sabah namazı vakti odasından bahçeye salmazdı."

"Hadi kızım hadi! Geç oldu. Kaynanan bekler seni" dedi Mücellâ başıyla kapı tarafını işaret ederken ve "Ağzı olan kokuyor" diye içinden geçirirken.

Ama içine düşen kurt sabaha kadar bir kalbinden bir zihninden Mücellâ'yı kemirdi durdu. Zarife, çıkarken parmağının ucunu tükürüklemiş, kapının pervazını işaretlemişti.

"Mücellâ abla, şuraya yazdım işte. Çok geçmez Güzide de düşer senin kapına."

Çok geçmedi. Mücellâ hiç unutmaz, bir haziran sabahıydı. Bahçede kirazlar olgunlaşmış, çardakta asma yeşil yaprakla donanmış, kuşlar cıvıldamaya başlamıştı neşeyle. Mücellâ işini gücünü bitirmiş, kapı önünde Fesleğen'in sütünü vermiş, sedirin köşesine oturmuş, iğne oyasını henüz eline almıştı ki bahçe kapısının açıldığını duydu. Başını çevirdi. Güzide'nin basamakları indiğini demir çubukların arasından baktığında gördü. Çok geçmeden yer odasının kapısı itildi.

"Mücellâ abla" diyerek halının üzerine çöktü Güzide. Dirseğini bütünüyle devrilmemek için sedire dayamış, elini de alnına siper yapmıştı. Bu duruşta, bu hitapta bir tekinsizlik hissetti Mücellâ. Bir kötülük vardı bu gelişte. Bu, o aheste Güzide değil başka biriydi sanki. Gözlerinin altı çökmüş, beti benzi solmuştu. Limon küfü renginde bir elbise vardı üzerinde ve içindeki beden incelmiş, erimişti.

Güzide tarafından hepsi de usulen cevaplanmış "Hoş geldin"in, hâl hatırın dışında söz çıkmadı ağzından Mücellâ'nın.

Bekledi, ne beklediğini bilerek ve korkarak. Güzide ise anlatmaya korkuyor ama anlatmazsa da boğulacakmış gibi duruyordu.

"Abla" dedi.

Söz hançeresinden öyle çıkmıştı ki bu "Abla"nın gelişinden encamını kestirdi Mücellâ. Bir dokunsa bin ah dökülecekti Güzide'nin ağzından. Mücellâ dokunmak istemezdi o ah'a, onun böyle bir bahse girmesini hiç istemezdi. Ama o gün yer odasında, güneşin halıyı bir uçtan öbür uca yalayıp geçtiği uzun bir yaz öğleden sonrasında Mücellâ'nın sedirinin başında Güzide, içini kavuran yangını saklamadı. Sık sık eli kalbinin üzerinde, derin bir nefes almaya çalışıp alamıyordu. Acıyla yanmış, kavrulmuş, sonra da arınmış, saflaşmışlara mahsus, duru bir sesle konuşmuyordu Güzide. Bu seste boz bulanık bir tını vardı. Fırtınanın tam ortasında, yanardağın ağzındaydı.

Konuştuğu süre boyunca yanaklarının üzerinden durmaksızın süzülen yaşlara bakılırsa bu artık sızdırmak değil taşırmaktı. Hıçkırmıyor, katılmıyor, omuzları sarsılmıyor. Sadece süzülüyordu gözyaşları ateş kırmızısı yanaklarının üzerinden. Güzide anlattı. Mücellâ taş kesilmiş gibi dinledi. Saatler boyunca dinlediği şey aslında iki cümleye sığabilecek türdendi ve Rengin'den dinlediği gönül sızısı gibi değildi. Bu, bambaşka bir şeydi. İşin özü, nasıl olduysa olmuş, Güzide, kocasının emir eri Erzincanlı askere gönlünü kaptırmıştı. Gönül kaptırmaktan öteye de geçilmişti anlaşılan. Ter tere, nefes nefese karışmıştı. Bir başka beden tanınmış, vuslatın hazzı alınmıştı.

Mücellâ'nın içinden büyük bir sıkıntı geçti. Öyle ise bu, hem çoktu böylesi bir ağacın kök salmasına yetecek kadar. Hem azdı böyle bir ağacı ilk fırtınada savrulmaktan koruyamayacak kadar.

O zaman Mücellâ, Erzincanlı eri hatırladı. Daha iki hafta evvel Nefise Hala'yı ziyarete gittiğinde, dik merdivenleri çıkarken onunla burun buruna gelmişti. Güzide bir yerden dönüyor, emir eri de Kerem'i kucaklamış, köşke çıkarıyordu. Kenara çekilmiş, saygıyla yol vermiş, fakat bir kez olsun başını yerden, gözlerini ayaklarının ucundan kaldırıp Mücellâ'nın yüzüne bakmamıştı.

"Ne efendi çocuk" diye geçirmişti içinden Mücellâ.

O gün Güzide'nin sırtındaki hışır hışır, ipek döpiyesin şakayıklarından bahar fışkırdığını fark edememişti Mücellâ, boynundaki bir sıra kristal boncuğu ve dudağındaki özenle sürülmüş turuncu, sedefli ruju fark etmediği gibi. Oysa bir zamanlar Yusuf Ziya'nın gözlerinde mesken tutmuş bakışların şimdi şu feri sönmüş gözlere yerleştiğini fark etmemek için kör olmak lâzımdı. Demek o alevli yılan gözlerini kaldırarak Güzide'nin yüzüne bakmıştı Erzincanlı er. Zavallı aptal bir kadının söndürmeye gücünün yetmeyeceğini bile bile ortaya bir ateş dili atmıştı.

Bu kez gözünün önüne Şerafettin Albay geldi Mücellâ'nın. "Şu adamcağızın günahı neydi?" diye geçirdi içinden. "O ki sana karısını, çocuğunu, namusunu emanet etmişti."

Mücellâ'nın içi öfkeyle doldu. Erzincanlı erin ahlâksızlığına, adam olmadığına, daha pek çok fenalığına ne kadar hükmetse, üstelik bunu açık açık söylese de, ne kadar dil dökse de lâfı geçmedi. Söyledikleri Güzide'nin bir kulağından bile girmedi.

"Abla" dedi. "Görmüyor musun? Karışmış bir yün çilesi gibiyim. Ucumu bulup da açan yok. Şu deniz ve gökler nasılsa, içim de öyle benim."

Mücellâ pencereden dışarı baktı. Bütün gün odayı gezen güneş kaybolmuş, birbirinin sırtına binmiş kurşuni bulutlar yere yaklaşmıştı. Haziranın kim bilir hangi fırtınasında Karadeniz yine aniden kapkara kesilmiş, köpük köpük dalgalanmıştı.

"Ya Rabbim" diye geçirdi içinden Mücellâ. "Daha Rengin'in acısı geçmeden. Bu ailenin üzerinde lânet mi var? Ne çileli insanlar bunlar?"

Güzide, o anlattıkça karışmış yün çilesinin ucu açılacakmış gibi anlattı. Evet, karşılıksız değilmiş, bu büyük bir aşkmış. Tezkeresi yakınmış Erzincanlı erin ve Güzide'ye de "Benimle gel" diyormuş. Bir gün bile beklemeye tahammülü yokmuş onun. Güzide'nin bir gece daha o evde kalmasına dayanamazmış. Hele bir kendisiyle gelsinmiş, sonra boşanırmış.

Korka korka "Peki ne yapacaksın şimdi?" diye sordu Mücellâ.

"Gideceğim abla. Başka çarem yok. Artık duramam. Böyle yaşayamam."

"Kızım" dedi Mücellâ biraz evvel sorduğu sorudan pişman olarak. "Ne yapacaksın?" diye sormuştu. Bu soruyu sormakla Güzide'ye bir yapma hürriyeti vermişti sanki. Yapması için seçenekler sunmuştu ona ve bunlardan biri de gitmekti. Sanki Mücellâ "Ne yapacaksın?" diye sormasa gitmek Güzide'nin aklına gelmezmiş gibi.

"Güzide" dedi Mücellâ. "Gel etme eyleme. Zararın neresinden dönsen kârdır. Gitme kızım. 'Kötü bir rüya gördüm' de. Bir su geçir üzerinden. Akıt kirini pasını. 'Geçmez' deme. Geçer. Her şeyin dönüşü var. Günahın bile affı vardır."

"Yapamam abla."

"Yaparsın kızım. 'Düzelmez' deme, düzelir. 'Dönülmez' deme, dönülür. Geçmişin telâfisi gelecektedir."

"Sen ne diyorsun?" der gibi kocaman açtı bal rengi gözlerini Güzide. Yüzü de kucağından bırakmadığı mendili çekiştiren elleri gibi ter içindeydi.

"Abla, sen beni anlamadın galiba. İlk kez hayatımda böyle bir ışık görüyorum. Kendi hayatıma salınan ışığı kendi ellerimle kapatmamı benden kimse beklemesin. Benim kalbimden sevda, ışık okları gibi onun kalbine akarken sen nasıl görmüyorsun?"

Mücellâ anladı ki Güzide, bir şeyin, dünyalar bir araya gelse kimsenin başına gelmeyecek bir şeyin kendisine isabet ettiğine inanmıştı. Dünyanın bütün ışıkları yansa ona göre bu ışığın yanında mum alevi kalırdı.

"Ben şimdiye değin yaşamamışım abla. Uykudaymışım. Kimse bana onun gibi bakmadı. Vedat'ın eli bana değince uyandım. Kadınmışım."

"Vedat!" Mücellâ irkildi. Bu adı duymak değil, Güzide'nin bu adı böylesine söylemesi. Arkasına "Bey" ya da "Efendi" eklemeden. Böylesine yalın böylesine mahrem. Her şeyi birbirine açılmış iki kişiden biri diğerinin adını herhâlde ancak böyle söylerdi.

"Kızım" dedi Mücellâ. "Evlisin. Başında nikâh var. Yirmi yıllık yuvanı bozma."

Biraz düşündü. Esirgemedi sözünü. "Hem bu yaştan sonra mı?"

"Abla" diyerek kaldırdı başını Güzide. "Ben daha otuz sekiz yaşındayım. Aramızdaki yaş farkını kastediyorsan, benim yaşım yok ki onun da olsun!"

"Daha!" Mücellâ kendi otuz sekiz yaşını düşündü. Demek Güzide, geçmekte olan gençliğinin telâşıyla aklının geride kalmaması için karşısına çıkan son şansa sırtını çevirememişti. Yine de bir ümit, ısrar etti Mücellâ.

"Kızım, ele güne rezil etme kendini. Milletin ağzına sakız olma. El yüzüne bakacak yüz bırak kendinde. Kendini mi şaşırdın?"

"Şaşırdım" dedi Güzide. "Hem öyle bir şaşırdım ki..." Gerisini getiremedi.

"Güzide" dedi Mücellâ. "Çok pişman olursun. Başını taştan taşa vurursun. Ama vakit geçmiş olur. Aklını başına al. İradeni kullan. Biraz kararlı ol. Üç gün ağlar sonra unutursun."

"Abla" dedi Güzide. "İradem yok ki kararım olsun."

"Kızım" dedi bir kez daha Mücellâ, "Sanki sana büyü yapmışlar. Ne dediğinin farkında mısın? Unutma halk kınar, Allah günah yazar. Dayanamazsın, vicdanın sızlar. Bütün bunlara tek başına mı kafa tutacaksın?"

"Çok âşığım abla" dedi Güzide hıçkırırken. "Bu kara sevda o saydıklarının hepsine tek başına kafa tutacak güçte. Haklısın, ben de hepsini görüyorum. Kınanacağımı biliyorum. Ayıplanacağım, hakkımda en ağır sözleri söyleyecekler. Dedikodu yapılacak arkamdan yıllarca. Adım kötüye çıkacak. Ama hepsini göze aldım. Karşıma Karadeniz'in dalgalarıyla Zigana dağı, bir de üstüne Ağrı dağını kat, birlik olup çıksa beni yolumdan çeviremezler. Allah'a gelince, içime bu sevdayı koyan Allah umarım affeder."

Yanağına yapışmış saçını geri itti. Tekrar mendilini çekiştirdi.

"Elimden başkası gelmiyor. Mümkün değil. Vedat olmadan yaşayamam ben."

Biraz durdu. "Hem o da" dedi. "Vedat. Bana bir şey olsa o da yaşayamaz. Ölür kederinden."

"O zaman bana ne diye geldin?" dedi Mücellâ.

Bunu Güzide de bilmiyordu.

Acı, Güzide'nin tenini geçmiş, ateş kemiklerine kadar işlemişti. O kemiklere çivi çakılıyordu sanki ve Mücellâ sesini duyuyordu bu çekicin. Şimdi, şu odaya girdiği anın tersine, ter ve ateş içinde garip biçimde güzelleşmiş olan bu yüze baktı Mücellâ. Kararlıydı aynı zamanda bu yüz ve Mücellâ'yı en çok da bu kararlılık korkuttu.

Belli ki bu yolun dönüşü yoktu. Yine de akşam ezanı okunurken son bir gayretle, son bir söz söyledi Mücellâ. Mutaves

Hanım'ın anlattığı onca kıssadan çıkıp gelen bir sureti deliline ekledi.

"Güzide" dedi. "Zeliha'yı biliyorsun değil mi?"

"Hangi Zeliha, abla?" dedi Güzide boş gözlerle bakarken.

"Hazreti Züleyha. Bak kızım, onun bile Yusuf Aleyhisselâm'a gitmek için terk ettikleri arasında çocuk yoktu. Çocuğa dokunma."

Güzide kim bilir hangi uzun kış gecesinde Müzeyyen Yenge'nin gürül gürül yanan çini sobası başında Mutaves Hanım'ın anlattığı Zeliha'nın hikâyesini hatırladı. Ama ne çare! Bir şey diyemedi. Sadece "Abla" diye hıçkırabildi.

Neden sonra Güzide'nin bahçe kapısından çıkışını demir çubukların arasından izleyen Mücellâ, alacakaranlıkta bile onun elbisesinin savrulan eteğine bakınca bu alevin önüne gelen her şeyi yakacağını hissetti. O vakit Güzide'nin gideceğini anladı. Gidecek ama nereye? Sorsa, bunu belki Güzide de bilmezdi. Ama geriye doğru değildi bu gidiş, bu kesindi ve bu gidiş hiç hayra alâmet değildi.

"Hâyy'sın Allah'ım" diye geçirdi içinden Mücellâ sıkıntıyla yerinden doğrulurken. "Ne kaderler yazıyor ne hayatlar yaşatıyorsun?"

Sonra "Ya Rabbim" dedi. "Yarattığın bu kulun acı çekiyor. Sen hayırlara tebdil et, istikamet ver. Nasıl bitecek bu işin sonu?"

Elinden gelse şu bekârlığını, peşinden koşup o an oracıkta Güzide'ye verirdi.

O gece Mücellâ'nın içinden bir tereddüt geçti. Şu sedirde oturarak dinlediği, hissine eremese de bilgisine ortak, sırrına sırdaş olduğu şeyi gidip onu en fazla ilgilendirenlere anlatsa.

Kime? Nefise Hala'ya? Kalp krizi geçirirdi. Şerafettin Albay'a? Cinayet işlerdi. Yine de bilse ki Güzide'yi tutup iki omuzundan sarsacaklar, bir "İyi saatte olsunlar" dokunağını üfler gibi üzerinden silkip atacaklar bu kara büyüyü. Her şey kaldığı yerden, hiçbir şey olmamış gibi devam edecek, her şey unutulacak, hiç hatırlanmayacak; dakika durmazdı Mücellâ. Şu odadan fırlar dayanırdı kayalıklardaki merdivenli evin kapısına. Ama etiyle, kemiğiyle, kanıyla, canıyla yaşanmış olan şey böylesine hakikiyken Nefise Hala ve Şerafettin Albay'dan böylesi muhal bir hayale kapı açmaları nasıl beklenirdi? Mümkün değil. O hâlde kime ne yararı olacaktı sonucu besbelli bir hikâyenin gidişatını tafsil etmenin?

Fakat bildiği şey Mücellâ'ya öyle ağır geldi ki yine de kıvrandı durdu birine anlatmak, bu kez o akıl almak, fikir sormak ihtiyacıyla. Mümine yenge? Nicedir hastaydı. İyice ihtiyarlamış, zihni bulanmıştı. Filiz'e? Ağzında bakla ıslanmazdı. Rengin? Yan mahallede bir ev tuttuklarını duymayan kalmasa da kaçıp gittiği geceden sonra Nefise Hala'nın kapısı ona kapanmıştı. Pervin? Zaten kendi derdinde, uyurgezer olmuştu garibe. Paşazade, Müzeyyen Hanım? Hepsi artık ihtiyarlamıştı. Yusuf Ziya? Mücellâ'nın içinden bir ürperti geçti. Böyle bir şey ona anlatılmazdı. Yurdanur? Dokunulmazdı ona da.

Mücellâ anladı ki ona düşen şimdi sadece susmaktır. Kalbindeki, zihnindeki sırlar denizine atmak bunu da. Ama bu ne bekâr kızların sevdalıklarına, kaçmalarına, ne de gelinlerinden şikâyetçi kaynanaların sızlanmalarına benziyordu. Öyle bir ateş ki düştüğü sırlar denizinde Mücellâ'yı bile yakıyordu.

Son bir ümide tutunmak istedi Mücellâ. Güzide? "He, belki gitmezdi!"

Gitti. Yazın en hararetli zamanı, temmuz başıydı. Bir sabah şehir Güzide'nin tezkere alan Erzincanlı erle kaçtığının haberi ile uyandı. Günlerce değil aylarca bu haberle çalkalandı. Yusuf Ziya ve Müzeyyen Hanım'ın hikâyesinde bile bu kadar gürültü kopmamıştı, Rengin kocaya kaçtığında bile böyle olmamıştı. Zaten bu, o türden değildi. Aradan aylar geçse de sular durulmadı. Unutulmadı Güzide. Geriye ondan bir isim kalmıştı, ağza alınmadı.

Bir de Şerafettin Albay. O günlerin birinde Sarıkışla'da talim sırasında bir eri ölesiye darp etti. Askerî mahkemede yargılandı. Suçlu bulundu. Ordudan atılmadı ama çok soğuk bir kış sabahı güneş doğarken kıt'asının önünde bütün rütbeleri söküldü.

Kader sanki bu sülâlenin Mücellâ gibi kimilerinden esirgediği taşkınlığı diğerlerine bol bol dağıtmıştı. O malûm gemi Mücellâ'ya hiç uğramadan uzaklaşırken onun sedirinin önünden geçen hikâyeler düğümlendi, gelişti, yaşandı ve bitti. Kimi hikâyeler tatlıya bile bağlandı üç beş ay, taş çatlasın bir iki yıl içinde.

Rengin meselâ. Nur topu gibi yavrusunu kucağına aldığında artık daha fazla dayanamamış, ilk bayramda Nefise Hanım'ın kapısını çalmıştı "Ne olursa olsun" diyerek. Kendisini durdurmak isteyen kızları elinin tersiyle itmiş, anacığını her zaman oturduğu yerde, çıkmadaki divanın üzerinde bulmuştu eliyle koymuş gibi.

Nefise Hanım, Rengin'i karşısında görünce önce hafifçe sendeledi, tavanın başının üzerinde döndüğünü zannetti. Sonra kızının gözünün yaşına bakmadan çevirdi başını denizden yana. Gözlerinde kuyu gibi derin bir acılık vardı ve ağzının kenarındaki derin iki çizgi iyice sarkmıştı.

Rengin bebeğin, zeminine mavi yelkenliler işli kundağını açmış:

"Bak buna, bak bana" diye sızlanmıştı gözyaşları arasında. "Ben ne yaptım? Bekâr bir kızdım. Yüzümün akıyla gittim bekâr bir erkekle nikâhlandım. Alnım ak yüzüm pak benim. Ben size bir yüz karası getirmedim."

Sanki kızgın bir yağ cızırdadı sofanın ortasında. Ortaya, atılmaması gereken bir ismin imasını atmıştı Rengin ama susmaya niyeti yoktu.

"Yeter beni cezalandırdığınız. Evet, sevdim. Onsuz yapamadım. Ne yapsaydım? Verem olup ölse mi idim?"

O zaman Nefise Hanım'ın gözünün önüne yıllar önce Çamlık'taki sanatoryumda zafiyet tedavisi gören gencecik bir kızın sureti geldi. Yaşlı kadının, bir sinema perdesine bakar gibi seyrettiği kendi gençlik sureti, geniş balkona sıra sıra dizilmiş kür şezlonglarından birinin üzerinde, dizlerine çekilmiş battaniyenin altında başını hafifçe omuzuna eğmiş, süzülmüş yüzünü çam dallarına doğru kaldırmıştı. O kız ki kalbine taş basarken anasına, babasına, mahallenin namusuna, yedi sülâlesine, bir o kadar ceddine, ölmüşler gibi doğmamışlara yetecek kadar fedakârlık göstermişti.

"Yeter ki onlara bir yüz karası gelmesin!" demişti.

O sırada şirin bir pakete benzeyen kundağın içinden hafif bir ses geldi. Bebek dudaklarını büzmüş, oynatmış; içini çekmiş, kıpırdanmıştı. Onun birazdan ağlamaya başlayacağını anladı Nefise Hanım. Herhâlde o sırada Rengin'inin de memesi sızı içinde kaynamış olmalıydı. Yılların kadını, elinden böyle kaç kundak geçmiş. Anlamaz mı? Anneler bebeklerin acıktığını bağırlarındaki sızıdan anlardı, saate gerek yoktu. Bakışlarını denizden divanın örtüsüne çevirdi Nefise Hanım. Mavi kadife güllerin kıvrımlarını uzun uzun incelerken yüzünden, defalarca vurulmuş ama bir türlü ölememiş bir insanın ifadesi geçti.

Rengin "Ama anacığım, sensiz de, sizsiz de yapamam. Bağışla artık beni" dediğinde Nefise Hanım'ın vurulmuş da ölmemiş canlarından birinin üzerindeki örtü kalktı. Bir yarısı acı çekerken öbür yarısındaki sancı hafifledi. Sanki sanatoryumdaki zafiyet geçiren kızın da yüzünden hafif bir tebessüm geçti o sırada. Kasımpatı gibi sararmış o çehredeki kuytu gözler önce şu yaşlı kadının yüzüne baktı, ardından sırlı bir tebessümle ağır ağır kapandı. Nefise Hala, elân bile burnunun direğini sızlatan çam kokusu arasında iyice kısılmış kendi gençlik sesini işitti:

"Hadi Nefise!"

Nefise Hanım'ın gözleri mavi kadife güllerden Rengin'in önce ellerine, parmağındaki altın yüzüğe, sonra o ellerin şefkatle kucakladığı kundağa kaydı.

Kür şezlongundaki genç kızın kuru parmağı bir yeri işaret etti, Nefise Hanım'ın içinde acının hafiflediği yeri.

"Orası, tam olarak orası Nefise!"

Rengin kundağı annesinin kucağına bırakırken onun önce boynuna sonra ellerine sarıldı. Sızısı vardı elbet Nefise Hanım'ın. Ama olurdu böyle şeyler, gelir geçerdi. Nefise Hanım güngörmüş kadın, hâlden anlardı. Dahası başlarına gelen felâketin yanında bu devede kulaktı. Düşünmesi, hazırlığı, kararı yok; af an meselesi. Bıraktı elini Nefise Hanım. Sandı ki sanatoryumdaki genç kızın da mum rengi yüzü aydınlandı, bunca yıl üzerine acısı dindi. O sırada bebeğin huzursuzluğu açık bir ağlamaya sonra sabırsız bir feryada dönüştü. Bu ses Nefise Hanım'a dünyanın en güzel, en huzurlu sesi gibi geldi. Yılların kadını, incitmekten korkarak kundağı Rengin'ine uzattı.

"Emzir kızım. Acıkmış" dedi gülümseyerek.

Bebek bir iki denemeden sonra süte ulaşınca sesi kesildi. Her iki annenin de üzerine sanki cennetten uçuş uçuş tül yapraklar serpildi.

Sonrası? Bebeğin şenlikleri.

Ne zaman doğmuştu? İsmi neydi? Sanki gözleri dayısının gözlerine benziyordu. Saçları da ne kadar çoktu. Böyle mi doğmuştu? Yoksa sonradan mı büyümüştü bu saçlar? Geceleri ağlıyor muydu? Rengin iyi miydi? Mutlu muydu? Evleri kira mıydı? Geçinebiliyorlar mıydı?

Ve hani? Ferit neredeydi?

Mücellâ haberi alır almaz merdivenli eve koştu. Nefise Hala'nın dipdiri bir heyecanla Rengin'in sandığının kapağını kaldırması, çeyizini açması, sağa sola emirler yağdırarak bunca eşyayı yıkaması, ütülemesi, kızı yeni evleniyormuş gibi hazırlık yapması, eksik gediği telâfisi gecikmedi. Mobilyacıya çatıldı, yorgancıyla kavga edildi, bakırcının, kalaycının yolu aşındırıldı. Sanki hiçbir şey olmamış gibiydi ve bu meşgale Nefise Hala gibi kendisine çok benzeyen yeğenini kucağına alan Şerafettin Albay'a bile -kütüğünde er yazsa da hâlâ Albay olarak anılıyordu elbette- iyi geldi. Bu şehir çokluk affederdi kaçan kızlarını. Onlar, zamanında çıkardıkları yangına rağmen genellikle, geçtikleri eşiğin yüzü suyu hürmetine hele de kucaklarında bir bebekle ana baba, ağabey kapısına dikildiklerinde geride bıraktıkları hane-i saadete kabul edilirlerdi çok zorlanmadan. Tez günde tez zamanda her şey unutulur giderdi.

Ama öyle hikâyeler var ki üzerinden ne kadar zaman geçse, affa dair bir kapı açılmazdı onların kahramanlarına. Onların üzerinden zaman geçmez, donup kalırlardı ilk anın dehşetinde. Bir kaya parçası gibi üzerine çöktükleri kalp o ağırlıkla yaşamaya alışırdı sadece.

Bunu da hiç unutmaz Mücellâ, bu da dün gibi hatırında. Duvardaki *Saatli Maarif Takvimi*'nin yaprağı 21 Aralık'ı gösteriyordu. Yılın en uzun ve en karanlık gecesi. İçinde neler sakladığını kim bilebilir ki? Bir ara kapıya çıktı Mücellâ. Acı soğuk yüzüne çarparken, Fesleğen'in tabağına akşam öğünü peyniri bıraktı.

"Al bakalım Fesleğen" dedi. "Sen bîkes ben bîkes."

Sarman kedi bu dertleşmeye mukabele etti. Kuyruğunu kaldırdı. Mırıldanarak Mücellâ'nın önce ayaklarına süründü, sonra yüzüne baktı.

"Tamam" dedi Mücellâ. "Çok soğuk. Hadi gel içeri. Ama uslu duracaksın. Söz mü?"

Üç küçük pencerenin dışında günün rengi hafifleyip çekilirken elektrik düğmesini çevirdi Mücellâ. Oda bir anda aydınlandı ama radyonun akşam ajansı eskisinden de vahim, daha karanlık, daha beterdi. Bitmek bilmeyen sağ sol olaylarının, olaylar çığırından çıkınca dernek basmaların, kahve taramaların, faili malûm ya da meçhul cinayetlerin, boykotların, işgallerin, grevlerin, gösterilerin, süresiz kapatılan üniversitelerin, sıkıyönetimlerin, sokağa çıkma yasaklarının haberi bir kez daha o radyodan sökün etti. Naturası bozulmuştu insanların. Babanın oğula sevgisi, oğulun babaya saygısı kalmamıştı. Kardeş kardeşe düşman olmuş, bir kez daha "kemâl-i nefret" kalplere girmişti.

Neyin neye göre doğru veya yanlış olduğunu anlamak için her iki tarafı da dinlemek gerektiğini ama bu radyonun ağzından sadece neyin dinleneceğine karar vermiş bir üçüncü tarafı dinlediklerini fark edemezdi belki Mücellâ. Ama büyük alâmetler belirdiğini, daha öncekilere benzemeyen çok kötü bir şeyin yaklaştığını, büyük şeyler olacağını kestirebildi. Çünkü bu böyle gitmezdi. Ya hayr! Acaba askerler yine gelir miydi?

"Aman kötü bir şey olmasın da!" diye geçirdi içinden Mücellâ. Ama onun temennisine kimse aldırmadı. Arananların adı liste liste sayılıp, görenlerin veya bilgisi olanların en yakın karakola haber vermesi vatandaşlık namına önemle rica edilirken, filân yerdeki çatışmada ölü ve sağ olarak ele geçenlerin ismi çarşaf çarşaf okunurken kötülük de iyilik gibi ülkeyi bir baştan bir başa dönüp dolaştı. Sonunda ajans bitti.

Aynı ses hava ve yol durumuna geçti. Sibirya üzerinden gelen soğuk hava dalgası yurdumuza girmek üzereydi. Ezberlemişti artık Mücellâ: Eğer soğuk hava dalgası yurda Balkanlar üzerinden girmişse, harita üzerinde ürkütecek kadar kuzeye, aynı derecede doğuya itilmiş bu şehre kadar çoğu kez gelemez, gelse bile yükünü, afrasını tafrasını yollarda tüketmiş olurdu. Ama eğer Sibirya ya da Kafkaslar üzerinden geliyorsa o zaman durum feciydi. Hava durumunun ardından spiker Erzincan-Pülümür karayolunun filân kilometresinin hiç bitmeyen yol yapımı sebebiyle ulaşıma kapalı olduğunu bilmem kaçıncı kez ilân etti. Sürücüleri dikkatli olmaları hususunda uyardı. Mücellâ sedirin üzerinde her zamanki köşesinde haftaya yetişmesi gereken iğne oyasını eline aldığında cızırtılar arasından Türkçe Sözlü Hafif Müzik başladı. Pürüzlü ve öfkeli sesi Mücellâ tanıdı.

Hakkımızda devlet etmiş fermanı
Ferman padişahın dağlar bizimdir

Ortalık sessizdi. Deniz görünmüyordu ama dondurucu soğuğa rağmen herhâlde bir buz kütlesi kadar durgundu. Aldanmamalı. Mücellâ sobaya iki odun atmıştı ki fırtına patladı. Önce rüzgârın ıslığı duyuldu. Asmanın kuru dalları demir çubuklu pencerenin camlarına kamçı gibi vurdu. Sanki yer yerinden oynamış, savaş çıkmıştı. Daha doğrusu kıyamet kopuyordu.

Devrilen tenekelerin, çatılardan uçup kırılan kiremitlerin sesi, düşen saksıların gümbürtüsü, rüzgârın uğultusu birbirine karıştı.

"Bu gidişle minarenin külâhı gene uçar" diye geçirdi içinden Mücellâ.

Çok geçmeden yağmur başladı, camlardaki kurşun gibi takırtıya bakılırsa kara dönmesi yakındı. Yüzünde tabiatın hayatla dolu hareketine tanık olmaktan mütevellit tatlı bir gülüş belirdi Mücellâ'nın. Kar yağarken, fırtına koparken, yağmur inerken, rüzgâr eserken, yapraklar yavaşça dökülürken, göçmen kuşlar katar katar geçerken hissedilen o duyguyu nicedir unutmuştu.

Sobaya iki odun daha atarken bir yandan hâline şükretti bir yandan da neredeyse hâlinden utandı.

"Allah'ım" dedi. "Sen aç ve açıkta olanlara yardım et. Kurda kuşa da himmet et. Onlar da sana emanet."

Tam o sırada fırtınanın içinden bile silâh sesleri duyuldu arka arkaya. Sobanın yanındaki Fesleğen kulağının tekini kaldırdı, bir gözünü açtı. Arkasını getirmeye üşendi. Başını patilerinin üzerine bıraktı. Kaldığı yerden uyumaya devam etti.

Hey gidi Neyyire Hanım! "Yine hapishaneden mahkûm kaçmış olmalı" diye söylenirdi böyle zamanlarda ve çoğu kez yanılmazdı. Ne zaman gecenin içinden arka arkaya silâh sesleri yükselse haberi ertesi gün duyulurdu mahallede. Şimdiyse ne zaman böyle silâh sesleri ya da büyük bir patlama duyulsa ertesi gün gazeteler şu mahallede kahve tarandığını, şu derneğin bombalandığını yazıyordu. Kapıyı bacayı sıkı sıkı kilitledi Mücellâ. Camı çerçeveyi kontrol etti. Gören sanır ki şehrin zıvanasız bütün sağcıları ve solcuları karayemişin altında çatışacaktı.

Derken elektrik kesildi.

"Hah! Şimdi tamam oldu" diye söylendi Mücellâ. "Bir sen eksiktin."

El yordamıyla emektar gaz lâmbasını buldu. Lâmbanın şişesi soğuktan buğulanırken bozuk fitilin üzerindeki alev önce üç dilim hâlinde yalpalayarak yanmaya başladı. Sonra üç dilim birleşti, hilâl biçimini alarak sakinleşti. Hülyalı, hayalli, sırlarla ve hatıralarla dolu sarı ışık duvarlarda oynaşmaya başladı. Gölgeler derinleşirken çizgiler bulanıklaştı. Eşya yarı ışık yarı karanlığa karıştı. Mücellâ kendi alıp verdiği nefesin alevi titretmesini seyretti bir süre ve yer odasına yayılan hafif gaz kokusu ona, şu pencerenin içinde mektep ödevi yaptığı geceleri hatırlatırken tekrar sedirin ucuna ilişti. Battaniyeyi dizlerine çekti. Eline işini aldıysa da zayıf ışıkta yapamadı, bıraktı. Küçük pencerenin içine geçti. Paşazade'nin konağında Yurdanur'un penceresi bile karanlıktı ama havada pembe bir kar aydınlığı vardı. O tatlı duygu tekrar içini sardı Mücellâ'nın.

"Yağsın yağsın" dedi kendi kendine. "Gök ya yağar ya açar."

Hafifçe çatallı, buğulu bir sesle bir türkü mırıldandı.

Pencereden kar geliyor

Tam o sırada Mücellâ'ya evin kapısı vuruluyormuş gibi geldi. İlk anda ihtimal veremedi.

"Bu fırtınada bu kıyamette kim gelir ki?"

Ama bir daha. "Tak tak tak!"

Tokmağın sesi arttı. Sonra kapı yumruklanmaya başladı.

Mücellâ "Bismillah hafazanallah" diye mırıldanarak kalktı yerinden. Gaz lâmbası elde, kapıya doğruldu. Hapishanenin kaçakları, anarşistler dâhil aklından binbir türlü kötü ihtimal geçti.

"Kim o?" diye seslendi asabi bir tonda.

Bir inilti duydu. Bir insanın sesinden çok yaralı bir hayvanın iniltisine benziyordu.

Bir daha: "Bismillah hafazanallah. Eşhedüenlâilâhe illallah."

Allah'a sığındı. Kapının sürgüsünü çekmesiyle rüzgâr ve sulu kar içeri doldu. Kapı elinden kurtulmuş duvara çarpmıştı o şiddetle. Sırılsıklam, küçücük bir cüssenin, dizlerinin dermanı kesilerek kapının önüne yığıldığını gördü Mücellâ. Gaz lâmbasını yüzüne yaklaştırmasına gerek yok, kar aydınlığında Güzide'yi tanıdı.

"Abla yardım et. Ölüyorum" diyordu.

O gece Mücellâ her şeyin insan için olduğunu bir kez daha anladı. Lâkin bu her şeyin her biri göklerden mi geliyor, yoksa insan kendi kaderini kendisi mi çiziyor, işte bunun içinden çıkamadı. Ama şu kesin: İnsanoğlu çiğ süt emmişti.

Güzide'yi omuzlayarak güç belâ içeri çektikten sonra kendisinin de şaşırdığı bir soğukkanlılık gelmişti Mücellâ'nın üzerine. İlk anda hiçbir şey söylemedi hiçbir şey sormadı. Bildi ki bazı şeyleri sormamak, sormaktan daha iyidir. Hele de bir kadının gözlerinde Güzide'nin gözlerindekine benzer bir bakış varsa, yüzü böyle kıyamet yerinden kaçıp gelmiş gibi yanıksa susmak en iyisidir. Kemik üzerine gerilmiş bir deri, sarkmış göz kapakları ile bir ölünün yüzüne benziyordu Güzide'nin yüzü. Çenesi sivrilmiş, burnu uzamış, dişleri sıkılmıştı. Ama dil sussa ten haykırıyordu işte. Ruhun gizlediğini beden açıyordu. Önce, suya düşmüş bir kedi yavrusu gibi ıslanmış olan Güzide'nin elbiselerini çıkardı Mücellâ. Onun çamur içindeki kırmızı mantosunu sobanın yanına astı. Çamaşırlarını değiştirdi ve gaz lâmbasının sönük ışığında bile fark etti Güzide'nin sırtında, kolunda, bacağındaki çürük izlerini.

"He acaba?"

Başından aşağı kaynar sular döküldü Mücellâ'nın o soğukta bile. İçinden kopan feryadı bastırsa da birkaç küfürü bir o kadar lâneti esirgemedi.

"Ellerin kırılsın eğer öyleyse" diye geçirdi içinden Erzincanlı erin ellerini hatırlayarak. "Ellerin iki yanına uzansın e mi! Tez günlerde teneşirlere uzan da kara haberin gelsin."

Ama bu kadını buralara kadar savuran fırtınaya bakılırsa kimsenin ellerinin kırıldığı, teneşirde iki yanına uzandığı da yoktu.

Bir tülbendi sirkeli suda ıslattı. Güzide'nin alev alev yanan alnına defalarca koydu kaldırdı Mücellâ. Her defasında tülbent, serinliğini o alev ateş alına emdirdi de camların bile buz tuttuğu bu karakışta Güzide'nin ateşi biraz olsun inmedi. Mücellâ buz gibi ellerinin soğuğundan kendisi üşüdüğünde bile o alnın ateşini düşüremedi.

Sedirin üzerinde sızıp kalan Güzide gözünü bir parça açtığında karşısında Mücellâ'yı buldu. Gaz lâmbasının titreyen alevinde endişeyle bakıyordu bu gözler yüzüne ama içlerinde kötülük yoktu. Sıcacık bir çorbayı kaşıkla ağzına götürürken şimdi:

"Ne oldu sana?" diye soruyordu Mücellâ.

Güzide de soruyordu sadece.

"Gördün mü abla? Bana neler oldu?"

Uzun uzun değil kesik kesik anlattı Güzide ona ne olduğunu. Satır başlarını okuduğu, kötülüğün abesliği ile dolu bir romanın boşlukların doldurmak Mücellâ'ya kaldı. Sanki Filiz gelmiş de ona bitmek tükenmek bilmeyen filmlerinden ya da romanlarından birini anlatıyordu. Ama hayat işte, romanı da sinemayı da aratmıyordu.

Erzincanlı erin Güzide'den bıkması için bir yıl yetmiş de artmıştı bile. İstek gerçekleşince, kendisi bile fark etmeden almıştı hevesini. Oysa "Senden başka kimsem yok" demişti Erzincan'a ayak bastıkları gün yanında küçük bir çantadan ve kendisinden başka bir şey taşımayan Güzide'ye. Gerçekten o gün Erzincanlı erin de kimsesi yoktu çünkü ailesi bu belâlı çifti eşiklerinden geçirmemişti. Oysa birinci yılın sonunda Vedat, Güzide yokmuş gibi davranmaya başlamış, hepsi de bir meydan muharebesine benzeyen kanlı bıçaklı kavgalarının birinde Güzide ona "Aşkın bitti, öyle mi?" dediğinde, sükût ikrardandır, sadece önüne bakmıştı. Diğer yandan önce her şeye rağmen her şeyi önemsizleştiren mutluluktan, sonra her şeyi yine her şeye rağmen aynı derecede önemsizleştiren mutsuzluktan, boşanma işine bir türlü sıra gelmemiş, Güzide tek başına bu işin üstesinden nasıl geleceğini bilememişti. Bir altı ay da Güzide'nin bileziklerini, ufak tefek altınını bozdurup yemesi ile geçmişti Erzincanlı erin. Oturdukları tek göz odanın kirasını ödeyemez olduklarında ise Güzide onun yüzünü bir daha görmemişti. Sobasız, odunsuz, kömürsüz, elektriksiz, beş parasız ve yapayalnız geçirdiği geceler boyunca Güzide bu kez kendi içindeki aşkın anbean ekşimesini izlemişti. Ve ev sahibi adam başka vakit kalmamış gibi gecenin bir yarısında kira istemek için fıldır fıldır dönen gözleriyle kapısına dayandığında içinden koca bir "Keşke" geçmişti Güzide'nin.

"Keşke" demişti. "Keşke hiç bilmeseydim. Öyle bir çocuk saflığında, yaşayıp gitseydim. Düşmeseydim otuz sekiz yaşımın ardına. Ya da Erzincanlı er gözlerini kaldırıp da bakışlarını yüzüme çevirdiğinde bile başımı öteye çevirmeme yetecek kadar bilgiyle, şu bir buçuk yılı bilseydim."

Çok şey olmuştu Güzide'ye. Oysa çok değil, daha bir buçuk yıl önce kendisine bir şey olsa "Vedat yaşayamaz, ölür" zannetmişti.

Dayanırdı Güzide belki. Geçmişinde, uğrunda göze aldığı bunca cürete, bunca cinnet ve cürme değecek bir şey kalsaydı.

Ama boşalmıştı Güzide'ye her şeye dayanma, her şeyi göze alma, her şeyi çiğneme, Zigana ve Ağrı dağlarına kafa tutma gücünü veren fiilin kuvvesi. Aşk, iğne batırılan balonlar gibi sünmüş, Güzide'nin gözlerindeki bağ aniden çekilivermişti. Aşk çürüyünce ondan boşalan yere aniden gerçek doluvermişti. Aslında hep de oradaymış gerçek, bir yere gittiği yokmuş. Meğerki perde inmiş üzerine.

Buna bile, Allah şahit buna bile tahammül edebilirdi Güzide. Hiç ummadığı bambaşka bir duygu içinde uyanmasaydı. Şayet şu beş para etmez insan müsveddesi, şu şeytantırnağı uğruna sırtından hançerlediği şeyin azabı vicdanına böyle aniden çöküp bir havai fişek gibi parlamasaydı. Kendi elleriyle işlediği cinayeti vakit geçtikçe sezen bir ruhun saflığıyla o zaman anlamıştı terk ettiği şeyin değerini ve ona ne kadar çok acı çektirdiğini. Çektiği acıdan değil, çektirdiği acıdan utanmıştı Güzide. Dahası, çektireceği acıdan.

Bir tarafta bütünüyle kaybedilmiş bir gelecek -adı aşktı-, öbür yanda sonsuza değin kirlenmiş bir hatıra -kendi hatırası-. Bari biri kalsaydı.

"Ateşle oynayan yandı" diye geçirdi içinden Mücellâ kesik kesik anlatılan bütün bu parçaları birleştirince. Ama:

"Ah kızım! Ben sana demedim mi?" demek için ağzını bile açmadı. Güzide'nin bütün bedeni hatta ruhu yanmıştı. Çivi deriyi, eti, kemikleri yarmış; delecek, dağıtacak bir şey kalmayınca ruha geçmişti. Vuran vurmuş zaten. Bir daha vurmanın ne yararı vardı?

Üstelik Mücellâ birazdan anladı ki gerisi de var. Güzide kapısına dayanan ev sahibinin salyalı gülüşünden kaçarak sabah erkenden garajlara gitmişti. Bir süre dolaşmıştı camekânında bir sürü şehrin adının yazdığı yazıhanelerin önünde. Çığırtkanlar neredeyse kolundan çekip onu hiç bilmediği şehirlere giden otobüslere bindirecekti. Ama nereye gidebilirdi Güzide? Neresi vardı? Nereyi bilirdi? O zaman işte buraya, dönebileceği tek yere dönmüş –otobüs biletini, içinde hâlâ Şerafettin Albay'ın adı yazılı alyansını satarak almıştı- ve az evvel, hâlâ nikâhı altında bulunduğu adamın kapısına dayanmıştı.

Mücellâ dehşet içinde doğruldu yerinden. "Niye ki?"

Güzide de bilmiyordu niye'sini.

Gidecek bir yeri olmamanın -veya gidecek tek yeri olmanın- ne anlama geldiğini öğrenmişti gerçi Güzide. Ama sığınacak yeri kalmamışlara mahsus bir denize düşenin yılana sarılması kabilinden çalmamıştı hâlâ kendisinin olan evin kapısını. O kapının önünde "Beni affedin, tekrar aranıza kabul edin" diyecek yüzü de yoktu elbet. Yol açtığı acıları anlayarak bağışlanmak için mi düşmüştü o kapıya? Asla! Daha çok acı çekmek için, neyi kaybettiğini görmek için mi? O da değil. Ümit dolu bir gelecek için kendini kurban etmek mi? İşlediği suçun kefaretini mi ödemek istemişti? Hayır, bin defa değil.

Aklı tatmin edecek bir cevabı yoktu kayalıklara yaslanmış evin kapısının en beklenmedik ziyaretçi tarafından çalınmasının. Onunki herhâlde ruhun ve aklın yönü kaybolmak üzereyken, gerçeklik duygusu yok olurken kurulabilecek türden bir hayalin eseriydi ve o hayalin içini kanatmasından aldığı bir haz vardı Güzide'nin. Pişmanlığın azabı o raddeye varınca ne yaptığını, geride nasıl bir enkaz bıraktığını görmekten başka hiçbir duyguya bu ruhta artık yer olamazdı ve öyle yapmıştı Güzide. Ne'yi ne uğruna kaybettiğini anlayanların taşıyabileceği o saf acılı özlemin hararetiyle düşmüştü evinin kapısına. Sadece görmek duygusunun uyandırdığı, geçmişle ve gelecekle hiçbir bağlantısı olmayan anlık ama kendi içinde büyüyen sevinç.

Mücellâ bunca karışık cümleden elle tutulur bir felsefe çıkaramadı elbet ama tek şeyi kati olarak anladı ki aşktan da pişman ederlermiş adamı. Bu sökük artık dikiş tutmaz, bundan böyle Güzide iflâh olmazdı. Onun sesinde son konuşmalarında bulamadığı duru acıyı bu kez her kelimesinde duymuştu Mücellâ. Ama iş işten ne kadar geçmişti. Ne kadar dönüş yoktu. Zaman geçse de bunun geçmeyeceği belliydi. Çoklarının hiç sahip olamayacağı, kimilerinin ancak bir ömür boyunca elde edebileceği hayat bilgisini bir buçuk yıl içinde öğrenmişti Güzide. Zaman iyi bir öğretmendi ama bu ne pahalı bedel, bu ne kabadayı bilgiydi.

"Peki, ne yaptılar seni görünce?"

Güzide'nin yüzünde yarı deli bir gülüş belirdi. Gülerken dudağının sol kenarındaki uçuk acıdı. Nefise Hanım'ın elinden hiç eksik olmayan baston kafasının üzerine kalkmıştı. Zor tutmuşlardı kendisini Rengin ve kocası. Keşke bıraksalardı da Güzide'nin oracıkta o eşikte dağılsaydı beyni, kafatası.

Mücellâ korka korka sordu.

"Şerafettin Albay'ı gördün mü?"

"Gördüm" dedi Güzide. Sanki "Kapının önündeki limon ağacını gördüm" diyordu ya da "Şu masanın üzerindeki sürahiyi."

"İçeri tabancasını almaya koştu. Yani bilirim onu, tanımaz mıyım ben? Tabancası komodinin gözündedir. O sırada ite kaka beni aşağı kapının önüne indirdiler."

Yüzünden o garip gülümseme tekrar geçti.

"Bir tek Kerem'imi göremedim. Uyuyordu herhâlde. Erken uyur. İçerden bir ağlama sesi geldi. Rengin'in bebeğiydi galiba. Benim oğlumun sesi değildi. Hepsini gördüm. Bir tek oğlumu göremedim."

Mücellâ Güzide'yle son konuşmasında sorduğu soruyu yine korka korka sordu:

"Peki, ne yapacaksın şimdi?"

"Hiç!" Bilmiyordu.

Gözleri izlenemez serilikteki bir rakkas gibi sağa sola kayıyor, tavanın kirişlerine, gaz lâmbasının alevine, kapının koluna, ilgili ilgisiz daha pek çok şeye son derece önemli bir şeyi inceler gibi ayrı ayrı ve dikkatle bakıyordu Güzide'nin ama hiçbirinde sabit kalmadan birinden diğerine kayıyordu sürekli. Mücellâ en fazla da onun gözlerindeki camsı bakıştan korktu. Gittiği gün de aynı kararlılıkta bakmıştı bu gözler ve yalan söylemedikleri tez vakitte ortaya çıkmıştı. Aynı donuk parıltı yuvalanmıştı bu gözlerde şimdi ve Güzide aynı cümleyi tekrarlıyordu biteviye:

"Ben böyle yaşayamam abla."

"Hele bir dinlen hele bir kendine gel. Hele burada birkaç gün kal. Hele bir iyileş. Gün doğmadan meşime-i şebden neler doğar kızım? Bakalım."

Söylediğine kendi de inanmadı oysa Mücellâ'nın. Böyle bir gecenin sabahından nasıl hayır umulabilirdi?

Güzide başını yastığa bıraktı. Huzursuz bir uykuya daldı. Mücellâ sobaya birkaç odun daha attıktan sonra lâmbayı pencerenin içindeki çiviye astı, iyice kıstı. Sonra vazgeçti. Bu gaz pahalılığında boş yere yanmasın. Ama karanlıkta uyumayı da gözü kesmedi. Bir mum çekti sofadaki raftan. Kıvrılmış fitili yaktığı kibritin yönünce çevirdi. Fitil soğuğun etkisiyle ilk anda zorlansa da sonunda zayıf bir alevle tutuştu. Mumu baş aşağı çay tabağına doğru eğdi Mücellâ. İlk damlalar anında donduysa da birkaç damla sonra Mücellâ mumu tabağa yapıştırmayı başardı. Gaz lâmbasını üfledi. Üzerine battaniyeyi çekti. Sedirin üzerinde Güzide'nin ayakucuna kıvrıldı.

Dışarıda eşini benzerini hatırlamadığı bir kar fırtınası önüne geleni esip savururken rüzgârın iki uğultusu arasındaki sessizlikte Mücellâ kıvrılmış yatan şu kazazedenin düzensiz nefeslerini dinliyordu.

"Ah kızım" diye geçirdi içinden. "Ah alan onmaz. Bilmiyordun. Öğrendin ama ne ağır karşılık ödedin."

Ara sıra tıkanıyordu Güzide'nin nefesi ve onun kalbinin duracağından korkuyordu o zaman Mücellâ. Güzide gitmeden önce "Elimde olsa kendi bekârlığımı şimdi sana verirdim" demişti Mücellâ. Şimdi de elinden gelse şu bahtsızı ele güne aldırmadan kendi evinde tutar, korur kollardı. Ama Nefise Hala'yı, Şerafettin Albay'ı düşününce bunun hiç de kolay olmadığını anladı. Güzide'yi göndermek zordu ama burada saklamak daha zordu.

"Allah'ım" dedi Mücellâ olduğu yerde sızmadan evvel. "Bir kapı aç, bir yol göster."

Yol açılmadı ama yarılanmış mumun alevi çerçevelerin arasından üfüren rüzgârda yalpalanırken ve misafir odasındaki ceviz kasnaklı saat sessizlikte yankılanarak gecenin ikisini vururken hâlâ kirpik kirpik üstüne indirmemiş olan Mücellâ bir hayal kurdu. Yarın sabah karlara bata çıka gitse Şerafettin Albay'a. Ellerine sarılsa onun, ayaklarına kapansa:

"Affet" dese Güzide'nin namına. "İnsanlığın Güzide'de açığa çıkmış bütün suçları adına affet."

"Affet!" Mücellâ bile tahayyülünün vardığı bu raddeden ürktü. Roman mı bu? Affa dair böyle bir talep Yusuf Ziya'nın mektubunda bile olmamıştı. Şerafettin Albay. Bu kaşları daima çatık asker adamın içinde belki sakin bir nehir akıyordu, o yüzden görünürde bu kadar fırtınalıydı. Ama o nehir, yüzeyinde bir af vahası yeşertemeyecek kadar derindeydi ve kızgın yanardağ Güzide'nin ateş olsa yakacağı cirmini ezer geçerdi. Hem Şerafettin Albay'dan böyle bir şey beklemek insanın naturasına uygun düşer miydi? Güzide'nin affedilecek yanı var mıydı? İyi de affa değer olanı zaten herkes affeder. Asıl af, affa lâyık olmayanı da affetmek değil mi? Tıpkı vicdan gibi. Onu kaybetmeye en fazla hakkımız olduğu anda koruyabildiğimiz şey değil miydi vicdan?

Sıkıntıyla döndü sedirin üzerinde Mücellâ. Güzide vicdanını kaybetmişti giderken. Şerafettin Albay ise böylesi bir aftan çok uzaktı. Affın böylesini ancak kendisini ölüme yakın hisseden biri edebilirdi. Ancak giderayak, geriye son kez dönüp bakan biri bu dünyadan helâllik isteyebilir ve onun her türlü meşakkatine hakkını helâl edebilirdi. Oysa Şerafettin Albay ölüme hiç yakın değildi.

Bu kez gözünün önünde bir hatıra belirdi Mücellâ'nın. Bundan yıllar önce Nefise Hala'nın bahçesinde bir çay sofrasının başında toplanmışlardı. Etraflarını saran onca çiçeğin arasında Nefise Hala, pembe yediveren gülleriyle dolu bir vazo da koymuştu sofraya. O kadar mutlulardı. Güzide karnı burnunda, hamileydi. Şimdi Mücellâ, yine o çay sofrasının başında buldu kendilerini. Ama bir mucize olmuş gibi zaman geri alınmıştı bütün zihinlerde, bütün tecellilerde. Sanki herkes, Nefise Hala, Şerafettin Albay, Güzide'nin kendisi sonra, bütün şehir o parlak mayıs gününe dönmüşlerdi, şehrin üstünü kaplayan hafif sis dağılırken şekillerin buğulandığı o güne. Şerafettin Albay da, Güzide de, bütün şehir de hafızadaki her şeyi silen bir ilâç içmiş, her şeyi unutmuş, daha doğrusu hiç de bilmemişti. Bütün bu olup biteni bilen bir tek Mücellâ vardı.

"Böyle şeyler Mutaves Hanım'ın masallarında bile olmuyor" diye geçirdi içinden Mücellâ. Saat gecenin üçünü vururken battaniyeye sıkı sıkı sarındı, uyumaya çalıştı. Mumun alevi tabağa dayanmıştı.

Ertesi sabah uyandıklarında etraf bembeyazdı ve elektrikler hâlâ kesikti. Fırtına durmamış, kar gözünü yummuş, tipi önüne geleni öyle bir savuruyor ki değil Paşazade'nin yalısı, demir çubukların arasından bakınca bahçedeki karayemiş bile görünmüyordu. Sanki gökler sarsıla sarsıla yere doğru iniyordu, kar öyle yağıyordu. Fakat bu kıyametin ortasında derin bir sessizlik hâkimdi. Tek tük sesler bile kat kat örtülerin altında kalmış gibi değişmiş, sislenmiş, hafiflemişti. İş makineleri, göklere uzanan kara karkaslar bile karın örtüsü altında gizlenmişti. Tabiatın üzerinde ona ait olmayan hiçbir şey kalmamış, dünya insanın ona kattığı bütün fazlalıklardan arınarak en doğal hâline dönüvermişti. Sanki bir eşik atlamışlar, başka bir zamana başka bir dünyaya geçmişlerdi. Mekân gibi zaman da erimişti. Sanki burası bütün bunların yaşandığı şehir, o mahalle, o sokak değildi.

Dünya en doğal hâlinde olunca insanın dertleriyle baş etmek daha kolay göründü Mücellâ'ya. Yanıltıcı olduğunu bile bile üzerine bir emniyet duygusu geldi o zaman. Zannetti ki bu fırtına hiç dinmeyecek. Herkes çekildiği evinde öylece kalacak, üzerlerine bir yüz yıl uykusu sinmişçesine bir daha kimse sokağa çıkmayacak. Bu kapı hiç çalmayacak. Sesler duyulmayacak. İnsanlar görünmeyecek. Güzide ve Mücellâ şu dört duvar arasında yaşayıp gidecekler. Ekmek, tuz hiç bitmeyecek. Ya da Güzide ruh olacak, görünmeyecek.

Hiçbiri olmadı bunların ve hayat Mücellâ'nın hem de en istemediği yerden devam etti. Fırtınanın dinmesi, karın erimesi, güneşin açması için iki gün yetti. Sanki bütün o fırtına, o tipi, o kar hiç olmamış gibi, gözleri acıtacak kadar çiğ bir güneş ışığıyla uyandı Mücellâ üçüncü günün sabahına. Bu şehirde kar bu kadardı işte. Gökyüzü atlas bir yorgan kadar mavi, deniz bir nazar boncuğu kadar koyu maviydi. Kar neredeyse bütünüyle erimişti ve en önemlisi Güzide bir yazı, bir not bile bırakmadan gitmişti.

"Hayat devam ediyor. Etmese" demişti Mücellâ o güneşli sabaha uyanırken. "Bir sel alıp gitse bu şehri. Şu dalgalar yükselse ve bu mahalleyi, bu sokağı, bu evi sürüklese."

Kıyametin her an kopma ihtimalini hiç o sabahki kadar sevmemişti.

Kıyamet kopmadı ama Güzide'nin gittiği gün akşama doğru bu ılıman sahil şehrinde hiç olmayan bir şey daha oldu. Bulutlar aniden şehrin üzerine yığıldı. Haklıymış "Güneş kar toplar" diyen Neyyire Hanım. Birinin bıraktığı yerden ilkini aratmayacak ikinci bir kar fırtınası koptu. Ama ne Mücellâ'nın kapısı çaldı gece yarısı ne de daha sonraki günlerde Güzide'den bir haber çıktı.

Asmanın çıplak dallarındaki karı temizlerken çardak altından denizin dalgalarına doğru bakınca ürperdi Mücellâ. Böylesi dalgalar açıklardaki fırtınaları haber verirdi ve arkasından genellikle bir felâket gelirdi. Birbiri ardınca kıyıyı döven ve uğultusu bu kadar uzaktan bile işitilen bu ürpertici dalgaların, önüne düşeni içine alıp bir daha bırakmayacağı belliydi. İki gün önce kopmayan kıyamet şimdi mi kopacaktı?

Umman, aldığını neden sonra geri verdiğinde aradan bir hafta geçmiş, denizin yüzü bütün o yaptıklarından nadim olmuş gibi tüllenmiş, sakinleşmişti yeniden. Yılbaşı günüydü. Ne o gün ne de arkadan gelen günlerde, balıkçıların Beşikdüzü kıyılarında bulduğu, tanınmaz hâle gelmiş bir kadın cesedinin arayanı soranı oldu. Onun kim olduğunu kimse öğrenemediği gibi bunun bir intihar mı kaza mı olduğunu da kimse anlayamadı. *Hizmet* gazetesindeki siyah beyaz haber fotoğrafına bakılırsa deniz Güzide'yi kilometrelerce uzakta kıyıya attığında sırtında o fırtınalı gecede Mücellâ'nın kapısına düştüğünde giydiği manto vardı.

İntihar arzusunun bazen ne kazalara sebebiyet verdiği ise Mücellâ'nın akıldanelik sediri üzerinde öğrendiği son şey oldu.

Dünya geçimlidir. Boşlukları sevmez. Mücellâ "Etmese" dese de hayat kendi yönünce devam etti. Yeniden fırtınalar koptu. Yeniden dalgalar duruldu. Karadeniz sakinleşti, karakış bitti. El yüz yıkarken, çamaşır bulaşık durularken, abdest alırken sular daha az ısırmaya başladı. Kuşlar çeşitlendi. Toprakta çiçekler bile görünmeden önce yeşil çimenin, taze otun kokusu hissedildi. Yeşeren yamaçlara sürüler yayıldı. Arkasından mavi mine, eflâtun sümbül, beyaz papatya, sarı düğün çiçeği, karahindibalar açtı. Dalda tomurcuklar patladı, mor salkım, hanımeli çardaktan sarktı. Mayıs geldiğinde yediverenler bile açmıştı. Bulutlar sevinç ve aydınlık saçarken kalpler kendi yaralarını -istemese bile- onardı.

Temiz havayı içine çekerken bir keyif kahvesi içmek istedi canı Mücellâ'nın. Ağız alışkanlığıyla "keyif kahvesi" ama o da nohuttan. Koalisyonlar dönemi, çam ağacı gibi devrilirken yerine yenisi bazen kurulan bazen kurulamayan hükümetler, bir türlü yakalanamayan istikrar, vergiler, vergileri izleyen yağmur gibi zamlar, iktisadi bunalım, kapı kapı borç arayan bakanlar, Kıbrıs Barış Harekâtı, arkasından Amerikan ambargosu, karaborsa, yokluklar derken iki şey gerisin geri dönüvermişti. Bir uzayıp giden kuyruklar bir de unutulduğu yerden devlet ü ikballe arz-ı endam eden nohut kahvesi.

"Ah" çekti içi garip bir hazla sızlayarak 40'lı yılları hatırlarken Mücellâ. Gençken her türlü meşakkate dayanmanın geriye kalan hatırası demek böyle tatlıydı. Hayatın ne getireceğini bilmemenin kendine has bir lezzeti vardı o zamanlar. İçeri geçti. Tüplü ocağın bir mum alevini aratmayacak kadar kıstığı orta gözüne bakır cezveyi oturttu. Geçen hafta tepesi atmış, alüminyum tencereleri, melamin tabakları, naylon tasları toplayıp eskiciye vermişti Mücellâ. Lâzım değil pratikliği. Ne tat vardı ne tuz vardı içinde pişirilende. Bakırları kaldırdığı yerden çıkarmıştı gerisin geri. Günlerce kalaycı arasa da ne varsa eskilerde vardı yine.

Çardağın altına hasır iskemleyi koydu Mücellâ. Sırtını duvara yasladı. Asmanın filizlerine, limonun gövdesine bakarak nohut kahvesini yudumlamaya başladı. Kulptaki kuş hâlâ gagasını fincanın içine doğru uzatsa da yaldızlı kenar suyu parıltısından çok şey yitirmişti ve Mücellâ nohut kahvesini yudumladıkça çeperde beliren zarif gül buketinin renkleri iyice silinmişti. Koca takımdan geriye kala kala iki tabak ile üç fincan kalmıştı zaten. Hatta fincanlardan birini Filiz'in istenme gecesi kahveleri pişirirken o heyecanla Mücellâ elinden düşürmemiş miydi?

El alışkanlığıyla fincanı tabağa kapadı Mücellâ, soğumasını bekledi. Neden sonra telve tabaktan fincana iplik iplik süzülürken şekiller arasında yitip gitmiş bir balığı gözü aramadı ama Mücellâ nedense Nadire'yi hatırladı. En son Filiz'in nikâhında karşılaşmışlardı ve o zaman da sarı papaya rengindeydi Nadire'nin saçları, dudağında hâlâ narçiçeği bir ruj vardı. Daha sonra Mücellâ, Nadire'yi hiç görmemişti. Onun bir hastabakıcıyla evlenerek Yozgat'a gelin gittiğini duymuştu yıllar önce. Acaba onca romanda, filmde, mektupta, aynada aradığı heyecanı bulmuş muydu Nadire? O da çoluk çocuğa, gelinlere, damatlara, torunlara karışmış mıydı? Evi, arabası olmuş muydu? Başka şehirlere, başka ülkelere seyahat etmiş miydi? O da yaşlanmış mıydı? Kader, sonunda onun da ayaklarını suya erdirmiş miydi? Albümün sayfaları arasında imzalı bir fotoğrafı kalan Nadire ne hâldeydi kim bilir? Nasıl bir hayat yaşamıştı?

Mavi gökte sıra sıra, bembeyaz ilkbahar bulutlarının kıvrımlarına bakarken, durup dururken bir de aklına bakkalın çırağı geldi Mücellâ'nın. Sefer Efendi stok ettiği gazyağını el altından karaborsaya çıkardığı zamanlarda vurgunun tadını almış, sonra bunu gizlemeye gerek görmeden uluorta yapmış, 50'lerde işi büyütmüş, nam salmış, mahalleden taşınmış, şehrin yeni zengini oluvermişti. Bakkalın çırağının ise en son Kore Harbi'ne gittiğini işitmişlerdi ve bir daha da kendisinden kimse bahsetmemişti. Ondan da Kore'de, kelebekler gibi uçuşan haçların az ötesinde taşı hilâlli küçücük bir tümsek mi kalmıştı?

"Bismillah!" dedi yerinden doğrulurken Mücellâ. "Ocak başına!"

Hıdrellez'di bugün. Pervin'le Nazlı gelecekti. Patates haşlayacaktı Mücellâ, soğan kabuğu atılmış suda yumurta kaynatacaktı. Pazı kayganası kızartacaktı Neyyire Hanım'ın bakır tavasında. Turfanda domates, salatalık, yeşil soğan doğrayacak, turşu çıkaracaktı. Sofra kuracaklardı çardak altında. Allah ne verdiyse yiyip içecek, gönül eğleyeceklerdi.

Patatesler henüz haşlanmıştı ki ocaktaki alev önce hafifledi az sonra sönüverdi. Tüp bitmişti. Büzgülü basma perdenin arkasından üçayaklı gaz ocağını çıkarırken kendisini merakla izleyen Nazlı'ya:

"Ah gidi Nazlı" dedi Mücellâ. "Az çekmediydik maltızdan, yer ocağından. Tüplü ocaklar çıkınca rahata erdik sandıydık. Bak, onun da zahmeti gecikmedi kızım. Şimdi kim girecek kuyruğa da tüp bekleyecek? Yine kaldık mı bizim emektara?"

Başı ispirtoyla ıslattı Mücellâ, çakmakla tutuşturdu. Gazı pompaladı. Ateşin kıvama gelmesini beklerken küçük buzdolabından zeytin çıkardı. Bir yandan da, rahata eren kadın milletinin eski zorlukları gençlere anlatmaktan aldığı o ortak zevkle türlü anıyı bir yerlerden bulup çıkarıyordu.

"Hele tel dolap! Sen bilmezsin. Şimdiki gençler bilmez Nazlıcığım. Nasıl saklamışız içinde bozmadan, ekşitmeden bunca yiyeceği?"

Hatıraların sayfası tükenince hâlihazıra geçildi. Pazı kayganasını bakır tavada çevirirken, onu hâlâ dikkatle izleyen Nazlı'ya:

"Ee Hıdrellez de geldi" dedi Mücellâ gülümseyerek. "Kış bitti Nazlı. Kasım günleri bitti. Hızır günleri girdi. Tut ki yaz başladı kızım. Bundan sonra büyük soğuklar olmaz."

Tahta kaşığı bakır tavanın kenarına bırakırken, ateşten kızarmış ve terlemiş yüzü kapı tarafından yansıyan mayıs ışığıyla aydınlanmıştı Mücellâ'nın. Yüzünde, mevsimlerin zamanını ezberlemiş, taze sütü mayasız yoğurda çeviren gecenin rüzgârına ermiş yaşlılara özgü bakış vardı. Dışarıda küçük, pembe kayısı çiçekleri ağır ağır uçuşmaya başladı.

"Hızır günleri başlamış anne" diye tekrarladı Nazlı iç içe koyulmuş porselen tabakları çardağın altındaki masaya taşırken.

Mücellâ bir kez daha gülümsedi.

"Oğlanlar nasıl Pervin?"

"İyiler Mücellâ abla. Okullarına gidiyorlar. Başka da bir şey istemem. Sağa sola bulaşmasınlar yeter."

Sesi endişeliydi.

Çardak altında, verandada kurulan fasılların sözü edilemezdi elbet ama Mücellâ'ya öyle geldi ki Sahir Efendi'den sonra; örselenmiş, incinmiş olsa da hafif bir yasemin kokusu bugün bu evde yeniden odaları, sofayı dolaşmıştı. Pervin'in parmağında yeniden safir yüzüğü vardı. Azgın dalgaların arasında bata çıka yol alan küçücük gemi nihayet istikamet tutmuş, kaldığı yerden yoluna devam etmeyi başarmıştı. Başı hafifçe omuzuna doğru eğik kır menekşesi eski rengini bulamasa bile bu toprak bu su ona yeterdi.

"Ah analık" diye geçirdi içinden Mücellâ. "Sen nelere kadir değilsin ki? Düştüğü kuyulardan nasıl çekip kurtarırsın adamı? Dur bakalım, daha ne hayatlar yaşanacak? Yaşayan neler görecek?"

Sahir Efendi'nin ölümünden bu yana teselli çoğu kez Mücellâ'dan Pervin'e akmıştı ama bu kez sanki Mücellâ'nın içindeki hüznün kapısı aralandı. İki çay yudumu arasındaki o derin sessizlikte kendi hayatına baktı Mücellâ nedense. Yer odasındaki küçük pencerenin önünden vadiyi, Paşazade'nin yalısını, mevsimlerin geçişini; bahçeli evlerin, Kindinar yokuşundaki mısır ve tütün tarlalarının bile yerinde apartmanların yükselmesini, daracık sokakların, çıkmaz aralıkların kaldırılmasını, geniş caddelerin açılmasını, limanın ve havaalanının yapılmasını, üniversitenin kurulmasını seyreder gibi seyretmişti hayatı Mücellâ. Onun hayatı başka yöne sapmadan dümdüz bir çizgi üzerinde ilerlerken sağdan soldan katılan birçok hayat bu çizgiyi biteviye kesmişti. Az ya da çok ilgiyle hayatına girip çıkan, birbirini tanıyan, yolu birbiriyle kesişen veya hiç karşılaşmayan onca insanın hikâyesini sinema perdesinde oynayan bir film gibi izlemişti Mücellâ. Hayatına dokunmak istediklerinde bile ne kadar beyhude çaba sarf etmiş; bildikleri bir yana, kim bilir bilmeden nelerin yanından geçip gitmişti.

Herkesin bir hayatı olmuştu işte, herkesin bir hayatı vardı. İstanbul'da, Manisa'da, Ankara'da, İzmir'de, Çorlu'da, Yozgat'ta, Viyana'da, Frankfurt'ta hatta Kore'de yaşamış ve yaşayan, hepsinin varlığı Mücellâ tarafından bilinen, görülen bir sürü insan. Bunların bir kısmı yok olup gitmişti, bir kısmı Mücellâ'dan sonra da yaşayacaktı. Bir kısmının hayatı Mücellâ'nın hayatıyla iç içe yaşanmıştı. Bir kısmı bir görünüp bir kaybolmuştu. Kalacak zannettikleri gitmiş, gidecek zannettikleri kalmıştı onunla. Kiminin hayatı, izleyenleri tatmin eden bir sonuca bağlanmıştı, mükemmel bir roman gibi. Kimininki sebepsiz sonuçsuz kalmıştı, hayat gibi. Mücellâ'nın gözünün önünden ne kadar çok hayat kayan yıldızlar gibi bir parlayıp bir sönerek akıp gitmişti de bir tek o, bir kaya parçasına sıkıca tutunmuş bir yosun dalı gibi, dalga vurdukça yalpalasa bile yerinden kıpırdamamıştı. Yapayalnız tükenen bu hayat, kendisi için değil başkaları için yaşanmıştı, bütün benzerleri gibi.

Tanık olduğu onca fırtınaya rağmen kendi hikâyesi sessiz sedasız, olaysız, şaşırtmacasız sona ererken Mücellâ en fazla da zamanın ikiyüzlü olduğunu, koşması gereken yerde durduğunu, durması gerekirken koştuğunu anlarken günler geçmişti. Allah şahit, kaderinden kimseye şikâyet etmemiş, bu kesif yalnızlığı, hikmetini kurcalamaya kalkışmadan sineye çekmişti Mücellâ. Örsün üzerinde ruhu dövülürken bile bu bîkesliğin kendisine neyin bedeli olarak, ne diye verildiğini merak etmemişti. Yaptıkları kadar yapamadıklarına da, yaşadıkları kadar yaşayamadıklarına da aynı tevekkülle bakmıştı. İçinde derin bir acılık olsa da kimseye kırgın değildi. Kimseye küsmemiş, göklere incinmemişti.

O Hıdrellez gününde, şu liseli kız, önündeki kitaptan başını kaldırıp da dolaysız bir safiyetle "Mücellâ Teyze, Ferhunde Kalfa'ya benziyorsunuz siz" demese, Mücellâ kendi hikâyesinin üzerine bir yorum eklemeyecek, bir çerçeve çekmeyecek, ona bir isim takmayı aklına getirmeyecekti.

Pervin dışarıda, çardak altındaydı. Mücellâ bir şey almak için yer odasına girmişti ama benzetildiği kadının adını duyunca sedirin başına ilişti.

"Ferhunde Kalfa da kim Nazlıcığım?"

Gençliğin tazeliğiyle dolu bir parmağın ucu, önündeki kitabı işaret etti.

"Halit Ziya Uşaklıgil'in bir hikâyesinin kahramanı. İşte şu kitaptan."

Ne Halit Ziya'yı bilir, ne de Ferhunde Kalfa'yı tanırdı gerçi Mücellâ ama bir yanıyla hâlâ çocuk kalmış bu kıza onu ilk kez görüyormuş gibi dikkatle ve uzun uzun baktı. Açılmış, özenle taranmış ve omuzlarına salınmış saçları iki örgü değildi artık Nazlı'nın ve yanaklarının üzerine bahar pembeliği nicedir inmişti. Işıklı bir ekim gününde elma ağaçlarıyla dolu bir vadinin ortasından akan ırmak boyunca kıvrıla kıvrıla giden bir otobüste sevinç ve umutla dolacağı günler pek yakındı. Bu yıl üniversiteye gidecekti ve kararına bakılırsa doktor olacaktı.

Fakat gözleri hiç değişmemişti Nazlı'nın. Büyük konakta doğduğu gün Mücellâ onu kundak içinde kütüphane odasına götürüp de sabırsızlıkla bekleyen Sahir Efendi'nin kucağına verdiği anda babasının yüzüne nasıl baktıysa öyle bakıyordu hâlâ. O müjdenin karşılığı olan karanfil renkli amaroza elbise Mücellâ'nın ceviz dolabında eskise bile aradan geçen onca yılda bu gözler değişmemişti.

Fakat Mücellâ bir daha dikkatle bakınca, şu Nazlı kız, ne tuhaftı. Bu mayıs baharında buğulanan toprağı, pembe gülhatmileri, mavi mineleri, yıkık duvarın üzerinde boy veren aslanağzını, saksıdaki karanfili, ikindi vakti kokusunu salan reyhanı, hatta çardak altında kurulmuş çay sofrasını bırakıp yer odasına sığınmıştı ve okuyup duruyordu. Dahası, Mücellâ'nın bir zamanlar çeyiz işlediği pencerenin içinde, o da ayaklarını altına alarak, önünde bir manzara resmi gibi uzanan vadiye ve Paşazade'nin yalısına ara sıra bakarken herkesin deniz kenarına gittiğini fark ediyor ama kendisi, gidecek bir yeri yok gibi duruyordu.

Nazlı'ya bakarken onun; bir yandan hikâye kahramanlarının gerçek dünyada yaşadıklarına inandığını, diğer yandan da yaşananları bir hikâye gibi anladığını ama bunu kâğıda kaleme dokunmadan yaptığını, Mücellâ, hayatı boyunca ateşte hiç yanmamış biri, sadece fokurdayan suya bakarak ateşi ne kadar tahmin edebilirse öyle sezdi.

İçi burkuldu Mücellâ'nın. Bu işte bir hüzün vardı. Çünkü bahçenin bütün sınırlarını tek başına temsil eden karayemiş ağacı gibi Nazlı'nın kitaplarını da hiç kimse Mücellâ'dan daha fazla anlayamazdı. Nazlı'nın kitapları, Mücellâ'nın dantelleri... Fark yoktu aralarında. Nazlı da hayatı bir pencerenin içinden seyrediyordu ve onun da hayatla arasında bir pencere camı vardı.

O zaman, isimleri değiştiren, başkalaştıran, kökünü sabit tutsa da sonuna hiç olmazsa bir *Gül* ekleyen, böylece benimseyen yanıyla, bir çiçek şefkatiyle:

"Nazlıgül" dedi Mücellâ. "Bak hava ne kadar güzel. Tıkılıp kaldın bu odaya. Gelsene yanımıza. Çıksana bahçeye kızım. Biraz dolaşıp oyalansana. Hava alsana. "

"Nereye?" dedi Nazlı aynı gözlerle bakarak.

Mücellâ "Karayemişin altına" diyecek oldu. Vazgeçti.

Yine de, ağrıyan sağ bacağını sedirin üzerinde ovarken başını kaldırdı. Mektep medresede elde edilmeyen bir sezgiyle, gözlüklerinin üzerinden pencerenin içinde oturan şu çocuğa baktı. Bir şaka yapmış olmak için, bir gönlü okşamak için, sözü toplamak için galiba, hangi çembere yetişir kendisi de bilmez Mücellâ ama kendi çapınca derde derman olmak için, dileğini bir gül dalına astı. Mayısta açmaya başlardı güller. Hıdrellez gül bayramıydı.

"Nazlıgül" dedi. "Bu kadar çok okuyorsun. Korkarım bir gün yazmaktan başka bir işin olmayacak senin kızım. Yazar olacaksın. O zaman, beni yazarsın. Şu Mücellâ teyzenin solan gülünü, gün görmediğini, içinde yazmaya değer bir şey olmayan kayda değmez ömrünü."

"Rüya olduk Nazlıgül" dedi denize bakarken. "Masal olduk, anlatanımız yok kızım."

Her şeyi ciddiye almaya yazgılı, yalnız ve mutsuz ama mutsuzluğunun farkında bile değil, kendi içinde bir nabız gibi atarak çoğalıp duran bir kız çocuğu ile kuruyup gitmiş yaşlı bir kız arasında yaşanması her zaman için olası bir sahneydi bu.

Tek farkla: Gerçek oldu.

Şimdi düşünüyorum. Lâf olsun diye mi söylenmişti bu sözler yoksa o Hıdrellez gününde, anına mı denk geldi?

Ama ben, 2015 yılının yazında, bir yanımda kâhin Prenses Kassandra'nın kenti Truva, karşımda Gelibolu şehitliği, iki aylığına olsun her şeyden kaçarak sığındığım bir evde, dalgaların sesini dinleyerek sırtımı dayadığım bir zeytin ağacının altındayım şimdi. Kucağımda Fesleğen'in kim bilir kaçıncı kuşaktan torunu ve adaşı olan yol arkadaşım sarman bir kedi oturduğu için bütün yazdıklarımda olduğu gibi son üç satırı daima boş kalan bir defterin sayfalarına bir hayattan çıkarmaya çalıştığım bu romanın son cümlelerini yazıyorum. Ve dilimin çözülmesini bekleyerek -biraz zorlasam dünyanın bütün dillerini konuşacağım-, bir elbiseyi son provadan çıkarır gibi boşlukları doldurduğum şu sırada anlıyorum ki o gün, yer odasında, Mücellâ teyze o cümleleri söylerken, kör kuyuya sarkıtılmış bir kova çıkrığından kurtuldu. Bir kördüğümün ucu açıldı aniden. Çıkmaz sanılan yol çıkar oldu birden. Bir el başını okşadı, Mücellâ'ya bir el dokundu. *Mücellâ* oldu.

Dalından kopan yeşil gül yaprağı ağır ağır, döne döne kuyunun dibine doğru düşerken, Mücellâ onun biçimini, dokusunu, rengini seyre daldı. Küçük kâgir evceğizin iki adımlık bahçesinde büyük evreni, gezegenleri, yıldızları, güneşleri, bu dünyayı ve öteki dünyayı ilgilendiren bir şey oldu. Her şey bir anda oldu. An genişledi, derinlemesine zaman oldu.

Sonu en baştan belli "mutsuz" bir romanı bitirirken bile şimdi benim içimdeki bu ani parıltının başka türlü nasıl izahı olabilir ki? Sadece bir andı ama ebediyet kadar derindi. Mücellâ kendisini öyle sırlı bir zamanın içinde buldu ki sanki dilemesi gereken şeyi kayan bir yıldızın aceleciliğiyle bulup çıkarabilirse, adını koyabilir, zihninden geçirebilirse, o an gerçekleşecekti. Ama ne? Ne isteyebilirdi bundan sonra?

Mücellâ yaşamdan alacağı kalmamışlara mahsus bir duyguyla çevirdi başını. Kimseye vereceği de yoktu. Durmadı üstünde artık. Razı geldi payına düşene. Demek hayat böyle bir şeydi. Buydu demek, bu kadardı onun nasibi.

İçinde eksiği ya da fazlasıyla yara olan her hatıra çiçek açtı, pırıltı saçtı. Bir şelâlenin suyuna kapılmış gül yaprağı gibi Mücellâ, al baştan kendini aynı yerde yakaladı.

Telsiztepe'deki o Hıdrellez bayramı. O ışıklı bayır. O bahar sabahı.

Kendisini aydınlık ve sevinç içinde buldu Mücellâ. "İşte burası. Bu." dedi.

Bilek hizasındaki yemyeşil çimenlerin, sarı düğün çiçeklerinin, tazecik papatyaların, hindibaların arasında; denizin üzerinden perde perde yükselen buğunun, topraktan yükselen kokunun ortasında yere oturmuştu. Başı bulutlara, omuzları göklere değdi. Kurtla kuşla omuz omuza, altın rengi bahar güneşiyle aynı hizada koşturan o çocuktu.

Burnunun ucunda ilkyaz yanığı, pembeleşmiş yanaklarının üzerinde kirpiklerinin gölgesi, yüzünde o saf çocuk aydınlığı. Çam ağaçlarının altında, mavi mineye, kır menekşesine, beyaz gelin tacına, güle, suya, ışığa karıştı.